이 세계의 황비

II

이세계의 황비

임서림 장편소설

Amor

D&C
BOOKS

차 례

10. 시럽 위에는 벌꿀

10. 시럽 위에는 벌꿀

"비나야."

내 눈을 믿을 수 없어서 계속 끔뻑거렸다. 그래도 눈앞에 서서 고개를 갸웃하는 언니는 그대로다. 나는 바보처럼 언니를 불렀다.

"언니?"

"응. 빨리 와."

"비인이 언니?"

언니의 이름도 같이 불렀다. 너무나도 익숙한 이름이지만, 도리어 가족이면 불러 볼 일이 별로 없다. 물론 언니는 내 이름을 부르지만, 동생 입장에서 언니를 그냥 언니라 부르는 것이 익숙하니까.

언니는 고개를 갸웃했다.

"얘가 오늘따라 왜 이런데? 빨리 가자. 엄마아빠 기다리시겠다."

"엄마? 아빠?"

너무 오랜만에 불러 보는 호칭들이다. 마치 설익어서 뽀득뽀득한 감자를 씹는 느낌. 극히 자연스러운 일상의 일부였던 단어들이, 지독하게 비일상적인 것이 되어 있었음을 새삼 깨달았다.

언니는 활달한 얼굴로 웃으며 고개를 끄덕인다.

"그래. 빨리 가자. 너 수능도 끝났겠다, 맛있는 거 먹으러 가야지!"

언니의 등 뒤에서 누군가가 일부러 보여 주기라도 하는 것처럼, 부모님의 모습이 떠올랐다. 마치 물속에 숨겨져 있던 형체가 잠시 제 모습을 드러내기라도 하는 듯.

가족들의 그립디그리운 얼굴들이 아지랑이처럼 일렁였다.

나는 그대로 멍하니 망부석처럼 서 있었다.

이미 알고 있다. 너무나도 사랑스럽고 또 그리운 환상이라, 도리어 함부로 움직이고 말할 수 없었다.

꿈임을 알고 있으니, 차라리 환상일 뿐이어도 가족들에게 매달려 보고픈 마음은 굴뚝같았다. 너무 무서워서 그렇게 할 수가 없었다. 조금이라도 꿈속, 환상 속에서 그리운 모습들을 보고 싶었기 때문이다.

내가 달려가 언니의 품에 안기거나, 엄마아빠의 이름을 부르며 달려 들어가면, 그 순간 저들은 신기루처럼 흩어져 버리고 말리라.

이미 지난 1년이 넘는 기간 동안, 종종 꿈속에서 벌어졌던 일들이다.

나는 애써 흐르는 눈물을 꾹꾹 눌렀다. 환상이 조금이라도 더 오래 남아 있어 주기를 바라며 흐려지는 꿈의 마지막 자락을 힘겹게 부여잡았다.

꿈자리가 꽤나 뒤숭숭했다.

이 세계에 떨어진 뒤, 나는 꿈을 잘 꾸지 않았다. 혹은 꾸더라도 제대로 기억하지 못한 채로 아침에 눈을 뜨는 경우가 대부분이었다. 그나마 기억하는 것은 극히 일부, 그것도 정말 어이없는 경우뿐이었다. 예를 들어, 정말로 기억 속에서 지워 버리고 싶은 '김치찌개 꿈'같은 것 말이다.

혹은, 지금처럼 너무 그리워서 깨고 싶지 않은 꿈.

밤의 옷자락을 아무리 부여잡고 떼를 써도 새벽은 온다. 결국 잔인하게 와 버린 아침, 잠자리에서 눈을 떴을 때 나는 베갯잇이 축축한 것을 알았다.

꿈 내용은 어른거리는 그림자처럼 제대로 기억나지 않았다. 차라리 낫다고 생각하며 우울하게 눈을 끔뻑거렸다. 선명하게 기억나면 정말로 울고 싶어질 것이 분명해서였다.

이렇게 다른 곳에 정신이 온통 팔려있었던 터라, 당황하기에도 늦고 말았다.

몸을 움직일 수가 없었다.

"어?"

등 뒤에서 기다렸다는 듯이 익숙한 목소리가 툭 튀어나왔다.

"깼나?"

그대로 심장이 입으로 튀어나가 바닥을 구를 만큼 놀랐다. 하지만 내 입에서 튀어나간 건 심장이 아니라 괴이한 비명소리였다. 짐 승의 목이라도 비튼 듯한 괴성.

"흐히엑!"

나는 실수로 남의 품 안에 떨어진 고양이처럼 버둥거렸다. 그러 나 물속에 빠진 개미의 허우적거림만큼이나 의미가 없었다.

왜냐고? 굳이 내 입으로 표현하기가 민망하다.

한시적이지만 법적인 남편 분께서 나를 끌어안고 있었던 탓이다.

이게 뭐야!

"나, 놔줘요!"

그는 여전히 콧등을 한 대 치고 싶을 정도로 얄밉게 말했다.

"싫어."

아아아……. 어쩌면 말하는 단어 하나하나가 저리도 얄미울 수 있단 말인가. 저게 이 세계의 신비인지도 모르겠다.

나는 그의 팔 안에서 빠져나가 보려고 꿈지럭 대 보았지만, 정말 로 소용이 하나도 없었다.

남녀의 힘 차이가 원래 이 정도였나? 지구에서는 딱히 실감할 만 한 일이 거의 없었기에, 이게 이 세계의 특징인지 아닌지는 모르겠 다. 이 남자가 나를 번쩍번쩍 들어 올리거나 낚아채거나 하는 데 원체 자주 걸리다 보니, 너무나도 빈번하게 실감하게 된다.

잠시 그렇게 약 올리던 그는 곧 어쩔 수 없다는 듯이 키득거리며 가두고 있던 두 팔을 풀어주었다.

"프핫!"

나는 거의 콩벌레처럼 대굴대굴 굴러 그의 품을 빠져나왔다. 내 발버둥이 지나치게 격렬한 게 분명했다. 내가 그대로 침대 밖으로 굴러 떨어졌으니까.

"꺄악!"

그대로 사정없이 바닥에 엎어진 나는 아픔이나 충격보다 쪽팔림 때문에 몸을 일으키지 못했다. 바닥에 센티미터 단위일 것이 분명한 두께의 푹신한 양탄자가 깔려 있었기 때문이다.

절대 다칠 일은 없다. 그렇다고 상처가 나지 않은 것은 아니다. 내 자존심과 정신에 크나큰 상처가 하나 났다. 바로 쪽팔림이라는 이름의 상처가.

잠시 바닥에 납죽 엎디어 좌절했다. 이게 대체 무슨 꼴이람?

그대로 쥐구멍으로 숨어들고 싶은 자괴감 속에서 두 손으로 얼굴을 가리고 있었다. 아, 그냥 이대로 접시 물에 코 박고 죽고 싶다. 어제는 그렇게 저 인간 앞에서 잘난 척은 있는 대로 다 했는데.

그때였다. 손가락 사이로 익숙한 형체가 눈에 들어왔다.

그렇다. 제발 모른 척하고 나가 주기만을 바랐던, 그 인간이 혼자 쇼하고 부끄러워 죽으려고 하는 내 앞에 선 것이다.

아, 나가라고! 좀!

늘 그러했듯, 그는 내 간절한 바람을 외면했다. 이건 이 인간 특기 같다.

"뭐하는 거지?"

"……."

머리 위에서 헛웃음이 울렸다. 아, 내가 쪽팔려 죽겠는 걸 알면 제발 좀 그냥 가라고.

이번에는 그의 발이 아니라 얼굴이 쑥 아래로 내려왔다. 손으로 얼굴은 가렸지만 시야는 거지반 확보하고 있던 나는, 그 갑작스런 움직임에 화들짝 놀랐다.

그는 내 손가락 사이에서, 놀랄 만큼 부드럽게 반달처럼 휜 눈으로 나를 보고 있었다.

얇은 입술이 열렸다. 익숙하나 더없이 낯설게 느껴지는 이름이 튀어나왔다.

"비나?"

덜컥.

이유를 알 수 없었다. 하지만 분명 심장이 생으로 바닥을 떽떼굴 구른 것처럼 놀랐다.

그가 내 이름을 부른 것은 이번이 처음이 아니다. 그럼에도, 그랬다.

아니, 그가 둘만 있는 자리에서 '저 이름'으로 나를 부른 것은 처음이었다. 타인 앞에서 잉꼬부부를 연출하느라 지나가듯 몇 번 애칭처럼 입에 담기는 했었다. 하지만 남의 시선이 없는 자리에서 오롯이 나만을 향하는, 내 이름을 담은 목소리는 지금 이 순간이 처음이다.

내 손가락 뒤에 숨어서 그를 훔쳐보았다. 그는 다시 한 번 나를 불렀다.

"비나? 분명히 이렇게 부르는 게 맞지 않나?"

"……."

"그대의 고향에서는 사비나의 사가 성씨이고, 비나가 그대의 순수한 이름이라고 했었지."

맞다. 내가 전에 우리 가족에 대해 뻥칠 때 대충 설명해 준 적 있었다. 그는 재촉하듯 거듭 입을 열었다.

"비나."

잠시 망설였다. 하지만 멀쩡히 눈앞에 선 사람이 자꾸 내 이름을 부르는 것을 거부하기는 힘들었다. 특히나 그 이름이, 여기서 정말 나를 부르는 것인지 낯설게 느껴지는 아가씨니, 마마니, 비 전하니 하는 호칭들이 아니라는 점이 더욱 나를 찌르는 것 같았다.

"비나야."

꿈속에서의 음성이 귓속에서 맴돌았다.

그래, 나의 이름이다. 내 고향에서 가족과 친구들이 나를 부르던 그 이름. 도저히 이와 같은 부름을 거부할 수 없었다.

나는 죽어가듯 작은 목소리로 간신히 대답을 내어 놓았다.

"왜요······."

그는 해사하게 웃었다. 기이하게 구김살이 하나도 없는 웃음이라 너무도 이상했다. 그와 그 웃음은 정말로, 어울리지 않는다.

"다행이군. 나는 잠시 그대가 바닥으로 추락한 충격으로 벙어리가 된 것은 아닌가 하였어."

"······."

나를 싱숭생숭하게 하던 온갖 미묘한 감정들이 썰물처럼 일시에 빠져 나갔다. 두 손을 내리고는 고개를 옆으로 휙 돌렸다. 그는 낮게 웃음을 터뜨렸다.

"넘어졌어도 다치진 않은 것 같고······. 그런데 왜 안 일어나고 있었던 건가?"

굳이 대답까지 해야 하나? 아, 쪽팔려서 그랬다. 왜?!

나는 고집스럽게 입을 다문 채 그를 외면했고, 그는 그런 나를 물끄러미 바라봤다. 늘 있어 왔던 이런 대치를 깬 것은, 늘 그러했듯 그의 돌발적인 행동이었다.

"꺅!"

오늘 일어난 지 10분도 안 되어서 몇 번째 비명인지 모르겠다. 그가 그대로 내 허리를 감아 안아 올렸던 것이다. 놀란 토끼눈으로 그를 올려보자, 그는 그제야 만족스럽다는 듯 웃었다. 거우 내가 아는 루크레티우스답다.

"이제야 나를 보는군."

"······그것 때문에 굳이 이런 거예요?"

"글쎄······, 왜일까?"

그는 보란 듯 얄밉게 웃으며 나를 침대 위에 다시 곱게 앉혀 주었다. 이어 내 흐트러진 머리칼을 정리해 주고는 빙글빙글하니 얄밉기 짝이 없는 평소의 어투로 돌아왔다.

"나의 황비는 내가 이대로 방금 본 것을 모른 척하고 나가 주기를 바라는 것 같은데······."

"알면 좀 착하게 굴어 줘요."

나는 별다른 기대 없이 짧게 한숨과 함께 대답했다. 내 전혀 기대 없는 말에 대한 그의 대답은 예상 외의 것이었다.

"그러지."

"네?"

경악한 눈으로 올려다보자, 그는 어째선지 되려 한숨을 쉬었다. 그의 한숨을 자아낸 내 표정을 해석하자면 '이 인간이 이렇게 순순히 나올 리 없는데.' 정도가 되리라.

그는 다시 얼굴을 내려 코앞으로 다가왔다. 초승달처럼 휜 눈매가 유달리 이질적이었다.

"이게 바로 반한 남자가 어찌할 수 없이 져 주는 모습인 거야."

덧붙여 스스로를 칭찬하기 시작했다. 어이가 없었다.

"이 얼마나 가련한 남자인가 말이야. 나를 봐 주지 않는 여자의 마음을 헤아려 배려해 주고 있잖나."

"아, 네……."

태클을 걸 기력도 나지 않을 지경이다. 내 애매한 표정을 보며, 그는 낮게 웃음을 터뜨렸다.

"이 이상 놀리면 더 화낼 것 같군."

"알긴 아시네요."

나는 영혼 없이 대답했다. 그는 키들거리며 곁방에서 대기 중인 시녀를 부르기 위해 천개 옆에 드리워진 시렁 줄을 잡아당겼다.

"여전히 그대는 나를 믿지 않겠지. 하지만 나는 진심이야. 그걸 증명해 보이도록 하지."

"증명?"

의아한 표정으로 올려다보자, 그는 작게 속삭였다.

"곧 무도회가 열릴 계절이야. 그대가 안주인이 될 연회가."

"무도회……요?"

"그래, 그것도 신년의 대연회지. 온 대륙의 모든 명사들이 이곳 제도로 몰려드는 때야. 초대해야 하는 이 중에는 그 여자도 있어."

"그 여자?"

"너도 구면인 여자."

고개를 갸웃했다.

"나도 아는 사람이라고요?"

"그래, 바로 성녀거든."

아아! 맞아. 기억 나, 그 사람!

루크레티우스의 즉위가 결정되던 자리에 있던 여자. 내가 본 이 곳 사람들 중 가장 미남이 루크레티우스라면, 그녀는 최고의 미녀였다. 인간처럼 느껴지지 않는 미모였던 것이다.

그는 손끝으로 내 빵을 간질일 듯 말 듯 덧그리며 다시 속삭여 왔다.

"그녀는 대륙 전체에 널리 퍼진 에오스 교단의 상징과 같은 존재야. 에오스 그 교단은 역사가 시작되기 전부터 존재했다고 알려져 있지."

"그게, 당신의 마음을 증명하는 것과 무슨 관련이 있다는 거죠?"

"설명은 끝까지 듣는 게 좋아. 에오스 교단의 자랑은 대륙 곳곳을 발로 직접 밟은 신관들이 보고 들은 것을 그대로 적은 기록이야. 이것은 교단이 존재할 때부터 시작되어 지금까지 이어지고 있지. 즉, 이 대륙 내에서 벌어지는 거의 모든 일을 모은 기록이, 바로 그 교단에 존재한다는 거야."

나는 진심으로 놀랐다. 그는 아지랑이처럼 흐리게 웃는다.

"과거 그대처럼 다른 세계에서 건너온 자들이 있다면, 그에 대한 기록 역시 존재할 수 있겠지. 성녀는 그에 관련된 모든 기록을 열람할 수 있는 이능과 권한을 갖춘 유일한 이야."

머릿속이 온통 진탕이 된 것 같다. 그가 대체 왜 이런 정보를 순순히 내게 알려 주는 것인지 알 수가 없었다.

그가 내게 가졌다 주장하는 감정이 진짜라면, 내가 돌아가지 않기를 바랄 것이다. 가장 걱정한 것이 그거였다. '그가 나를 방해하려 하지 않을까?' 하는 불안감.

그런데 그는 내 걱정을 비웃기라도 하듯, 아마도 유일할 방법을 내게 제시해 준 것이다. 약속대로. 그것도 내가 태후를 쳐 내기도 전에.

마른 입술을 깨물었다. 절로 끄트머리가 날카로운 목소리가 튀어나갔다.

"왜죠?"

"말했지 않나? 나는 그대가 자의로 나를 선택하기를 바라. 그렇다면 적어도 다른 선택의 가능성은 주어야겠지. 그리고 솔직히 말하자면, 성녀라 해도 그대가 돌아갈 방법을 찾을 가능성은 거의 없다고 판단하기도 했고. 어찌 되었든 성녀와 친교를 만들어 두는 건, 그대가 궁에서 입지를 세우는데 도움이 되면 되었지 방해가 되지는 않을 테니까."

무어라 대답해야 할지 알 수 없어졌다. 그가 내민 이 호의라는 것을 인정하면, 내가 어떻게든 모르고 싶었던 그의 감정을 인정하는 꼴이 될 것 같아서였다.

나는 길고도 짧은 고민 끝에 간신히 입을 열었다.

"원하는 게 뭐죠?"

"……."

결국 이거다.

Give and Take. 거래. 내가 그에게 배운 것이기도 하다.

그는 조금 움찔했다. 이번에는 내가 모르고 싶어도 모를 수가 없는 표정이 드러났다. 상당한 쓸쓸함이었다. 잠시 모양새 좋은 제 턱을 쓰다듬던 그는 이번에도 내 예상의 범주를 벗어난 말로 나를 놀라게 했다.

"루크, 라고 불러 줬으면 좋겠군."

뭐?

잠시 나는 내 귀가 정상적으로 기능하고 있는지를 의심했다. 지금 이 인간이 뭐라고 한 거지?

하지만 내 패닉상태를 마치 짐작이라도 한 듯, 루크레티우스는 다시 제 입으로 방금 전에 한 말을 반복했다.

"나는 그대가 나를 루크, 라고 불러 주길 바라."

"……."

식은땀이 죽 흘렀다. 어제는 루크레티우스라고 이름을 불러 달라 헛소리를 하더니, 오늘은 루크라고 불러 달란다. 저건 역시 애칭일 터였다. 나는 마치 잔뜩 도사린 고양이처럼 그를 바라보았다.

"……."

"……."

침묵과 또 침묵이 이어졌다. 내 예상 혹은 걱정과 달리, 그는 왜 조금 전 내가 한 말을 지키지 않는지 재촉하지 않았다. 'Give and Take'로 따진다면 그에게는 권리가 있었다. 자기가 준 것에 대해 그만큼 되돌려 달라 요구할 권리가.

한데 그는 그리하지 않았다.

어째서?

객관적으로 떠올릴 수 있는 이유는 하나였다.

나는 그와 나 사이에 있을 수 있는 관계는 거래와 계약 말고는 없다고 생각했다. 또 그렇게 믿고 싶었다. 그런데 그는 지속적으로 그렇지 않다고 내게 말하고 있는 것 같았다.

결국, 그가 내게 가진 감정이 진심이라고 말하고 싶은 거다. 그가 딱 떨어지는 대가를 내게 내놓으라 요구하지 않는 지금의 태도가, 바로 그 증거라고 주장하고 싶은 것 같다.

정신이 아찔해졌다. 대체 이게 뭐지? 정체 모를 수런거림이 가슴을 치고 오른다. 이 감정이 머리까지 올라와 나를 지독한 현기증으로 빠트려 버리기 전에, 나는 마치 도망치듯, 입술을 열었다.

"루……크……."

그의 얼굴에 마치 흰 장미꽃이 일시에 터지듯 피어나오기라도 하는 것 같은 미소가 입을 벌렸다. 나는 마치 꽃의 향과 색에 꼬인 나비처럼 그의 미소에 홀릴 뻔했다. 황급히 고개를 돌려, 그의 얼굴을 시야에서 내보냈다.

"좋아."

그는 어쩐지 어린아이처럼 작게 키들거렸다. 나는 이유 모를 열로 발갛게 달아오른 얼굴로 그에게 빽 외쳤다.

"왜 웃어요!"

그는 여전히 미소를 거두지 않은 채로 순순히 답했다.

"기뻐서."

말문이 막혔다.

그는 마치 소설 속의 왕자님처럼 말했다. 저렇게까지 다정하고 상냥한 모습은 너무나도 이질적이었다. 도대체 이유를 알 수가 없는 지독한 불안감이, 당혹과 설렘 아래에서 흔들거렸다.

지금 이 모습은 마치 다른 사람인 것만 같았다. 내가 지난 몇 달간 보아온 루크레티우스 르 크렌시아라는 인간이 아니기라도 한 것처럼. 그 머리색처럼 벌꿀과 시럽을 두른 듯한 말투와 태도로 나를 대하고 있었다.

정말 이 사람이, 자신의 아버지를 죽이고, 아내를 죽이고, 내게 독이 든 잔을 내밀었던 그 사람이 맞는 것인지 더럭 의심이 들었다.

그의 태도가 마치 루크레티우스 르 크렌시아라는 황제와, 루크라는 인간을 내게 구분지어 인식시키기라도 하려는 듯했기 때문이다.

머리가 무거웠다. 생각이 너무 많이 들어차서일까. 마치 터지기 직전까지 가득 채운 물풍선이라도 되는 것처럼 무겁다. 바늘 같은 걸로 찔러서 속에 든 복잡스러운 것들을 빼낼 수 있으면 좋겠다. 그러면 잘 익은 피지를 짜내는 듯한 쾌감이 일지 않을까?

참으로 어이없는 생각을 하며 멍하니 눈앞에서 부산스럽게 왔다 갔다 하는 시녀와 하녀들을 바라보았다. 마치 먼 풍경을 보는 것처럼.

그 중, 어젯밤의 일로 거의 넋을 잠시 놓고 있던 내 정신을 다잡게 도와준 상대가 내 시선을 끌었다.

리즈벳이었다.

"……."

부산스럽게 일하는 사람들 사이에서 나 외에 유일하게 일없이 가만히 앉은 여자. 리즈벳은 새초롬한 표정으로 내 맞은 편 구석의 의자에 얌전히 앉아 있었다.

지금 내 눈앞에서 펼쳐지는 시녀들과 하녀들의 아수라장은 황비궁 전체는 물론 황궁 전체에 똑같이 적용되는 상황이었다. 그도 그럴 것이, 어제 오전 황제가 즉위 후 첫 대연회를 열겠노라 선포한 것이다.

준비 기간이 지나치게 촉박했다. 황궁은 물론, 제도 전체가 들썩이고 있었다. 그리고 이 소식이 국외로 퍼지기 시작하면, 아마도 대륙 전체가 들썩이게 되리라.

대륙 최강대국이자 유일한 제국인 크렌시아의 황제가 직접 왕림하는 대연회의 자리는, 각국의 왕족들에게도 쉽게 참여할 수 없는 귀한 자리였다. 대륙 전체의 축제나 마찬가지인 것이다.

그런 만큼 연회의 무대가 되는 황궁의 모든 인력이 그 준비로 인해 눈코 뜰 새 없이 바쁜 것은 당연했다.

사만다가 수북한 서류를 들고 내게로 바삐 달려왔다.

"전하, 말씀하신 인명록을 뽑아 왔습니다."

나는 웃으며 받았다.

"고마워요."

이제 내 일도 시작이다. 결국 이 자리에, 아니 이 황궁에 제 할 일을 하며 바삐 시간을 보내지 않는 사람은, 리즈벳 혼자만 남은 셈이다. 일을 시키고 싶어도 시킬 수가 없었다. 아무리 간단한 일을 맡겨도 그 일을 수백 배로 더 손이 가게 만드는 특기를 가진 아이에게 무얼 시킨다는 말인가.

리즈벳이 내 시녀가 된 후, 처음 며칠간의 아수라장이 지나고 나자, 결국 누구도 리즈벳에게 임무를 맡기지 않았다. 결국 리즈벳은 나를 둘러싼 사람들의 무리에서 자연스럽게 빗겨나가 있는 꼴이 되어 버렸던 것이다.

그럼에도 달리 자기 자리를 만들려 노력하는 모습은 보이지 않았다. 생각하면 당연했다. 저 아이가 이 자리에 있는 이유는 나의 시녀로서 일하기 위해서가 아니었다. 조금이라도 루크레티우스의 눈에 띄기 위해서일 터였다.

최종 목적은 아마도 지금 내가 앉은 자리를 빼앗는 것이겠지.

"후······."

나는 잠시 흐린 웃음이 티지려는 것을 참았다. 올라가려는 입꼬리는 서류를 들어 가린다.

잠시 리즈벳이 황제의 옆에 선 것을 머릿속으로 떠올려 보았다. 전혀 어울리지 않는다.

불쾌할 정도로.

그렇다. 지금 나는 기로에 서 있었다. 기실, 결정은 지난 밤 한숨도 잠들지 못하며 고민하고 또 고민하여 내린 차였다.

루크레티우스가 내게 내민 진심. 그러나 나는 받아들일 수 없었다.

그를 믿을 수 없는 것도, 마치 다른 사람이 된 듯 내게만 태도를 다르게 하는 이질감도 부차적인 문제에 불과했다.

결국, 나는 이곳 사람이 아니다.

지금 내게 가장 중요한 것은 하나였다.

살아서, 돌아간다.

그것뿐이었다. 그러므로 내게 루크레티우스가 보인 감정은 차라리 장애물이었다. 그렇다. 때문에 나는 어제 밤새도록 고민했었다. 매우 다행하게도 루크레티우스는 어젯밤은 과중한 업무 때문에 내 침실에 오지 못했고, 덕분에 나는 홀로 충분히 고민할 수 있었다.

차라리 리즈벳을 황제의 옆에 붙이기 위해 노력해 보는 것을 어떨까? 하는 생각도 잠시 했던 것이다. 그의 마음에 드는 다른 여자가 생기면 자연히 내게 주어지는 관심도 줄어들 터였다. 어차피 이곳에서 그의 침실에 들고파 하는 여자들은 수도 없이 많았다.

그가 다른 누군가에게 신경을 빼앗기고, 또 진심이 된다면, 그의 감정은 내가 집으로 돌아가는 것에 방해가 되지 않을지도 몰랐다. 특히나 어제 그가 내게 알려 준 사실은, 정말 나의 고향으로 나의 세계로 돌아갈 수 있는 '길'의 가능성을 열어 준 것과 같았다.

나는 애가 닳아 있었다. 정말로 사무치도록 돌아가고 싶었다. 그러니 이곳에는 있을 수 없고, 당연히 루크레티우스의 마음도 받을 수 없었다.

지금 그의 곁에 여자가 나 하나뿐이라, 그가 이상한 착각을 하는 것이 분명했다. 아니라고 해도 상관없다. 내가 그렇게 믿고 싶은 것뿐이라 해도…….

'상관없어. 그렇게 만들 거니까.'

나는 소리 없이 입술만을 움직여 의지를 되뇌었다.

그렇다. 그렇게 만들고 말 거다.

내가 해야 할 일은 크게 세 개로 압축된다.

첫째, 성녀와 접촉해서 귀환할 방법을 찾는다.

둘째. 루크레티우스의 마음을 사로잡을 다른 여자를 찾는다.

셋째, 태후 일파를 몰아낸다.

정하고 나자, 루크레티우스를 사모하며 주변에서 그를 바라보고 있는 리즈벳에게로 생각이 쏠렸다. 솔직히, 리즈벳을 황제에게 들이대 볼까 하는 생각도 잠깐 들었다. 그러나 결론은 하나였다.

리즈벳은 아니다.

언젠가 그가 제 입으로 말했듯, 리즈벳은 그의 취향이 아니었다. 그 사실을 제외하고서라도, 리즈벳이 만약에 내 도움으로 원하는 것을 얻는다면 그 이후가 문제였다. 그 아이나 곁을 충실히 지키는 오를린이 황궁의 권력을 손에 넣었을 때 내게 도움이 될 리가 없지 않은가.

결국 잠시 떠오른 생각을 곧 구겨서 머릿속의 휴지통에 던져 넣었다.

그렇다면 내가 해야 할 일은 간단해진다.

여자를 골라야 한다. 그의 취향에 맞고, 내게도 적의를 가지지 않을 만한 여자로.

바로 그래서 지금 내가 이 길디긴 서류와 씨름 중인 것이다.

사만다가 의아한 얼굴로 내게 물어 왔다.

"전하. 하온데, 폐하를 따르는 가문 출신의 귀족 영애들을 기록한 인명록은 어찌하여 가져오라 하셨습니까?"

나는 생긋이 웃으며 미리 생각해 놓은 핑계를 댔다.

"아무래도 연회 준비로 정신이 없어서 말이에요. 시녀를 한두 명 정도도 더 뽑을까 해서요."

주변에서 시녀들이 함박웃음을 지었다. 그들로서는 반길 만했다. 안 그래도 리즈벳이 한 명분의 일은커녕 오히려 발목을 잡고 있는 와중에 대연회 준비로 업무량이 살인적으로 늘었다. 손이 는다고 하면 환영해 마땅했다.

"좋은 의견이십니다."

"역시 비 전하세요."

"혜안을 갖추셨습니다."

"……."

그사이에서 리즈벳은 긴장한 얼굴로 침묵한 채로 앉아 있었다. 하긴 달갑지 않을 것이 분명했다. 내 주변의 시녀가 는다는 것은 곧 황제의 시선이 그만큼 분산된다는 의미이기도 했으니까.

내가 리즈벳의 사정을 봐주어야 할 이유는 전혀 없었다. 그녀의 원망 어린 시선을 무시하며, 서류를 들고 거기 적힌 이름과 인적사항들을 꼼꼼히 읽어 내렸다.

나는 차갑게 식은 머리로 술렁거리는 가슴을 애써 누르며, 눈앞의 글자들에 집중하려 애썼다.

대연회는 엄청난 일거리를 우리 앞에 던져 주었다. 물론 가장 바쁜 것은 황제일 터이지만, 안주인 역할을 하게 된 나 역시 업무량이 만만치 않았다. 현재 황궁에는 황후 자리가 비어 있었고, 태후는 만삭이라는 몸 상태인데다가 친정과 측근들이 타격을 입은 상태라 안주인 역할을 자기가 맡겠다 나설 수 없었다.

결국 대연회에서 루크레티우스의 곁을 지킬 여자가 나밖에 없는 셈이다. 최대 네 명까지 둘 수 있는 황비 자리조차 세 자리가 비어 있으니, 원래대로라면 조금씩 분담해야 할 모든 일이 내게 쏟아졌다.

연회 규모에 따른 내궁 예산 책정 및 승인이 모두 내 결재를 받아야 했디. 손님으로 초대할 이들에 대해서도 의견이 필요하냐며 새 상부에서 사람을 보내 왔다.

나도 이번에야 알았는데, 남성 혹은 부부동반으로 초대하는 국외의 귀빈들에게는 황제 이름으로 초대장이 나가지만, 여성 혼자를 초대하는 경우에는 내 명의로 초대가 가게 된다고 했다.

물론 황제가 직접 발행하는 초대장이 더 많지만, 몇몇 특수한 경우, 즉 미혼 여성이나 작위를 가진 여성을 대상으로 하는 경우에는 황후가 직접 초대하는 것이 관례라고 했다. 지금은 내가 황후를 대리하고 있으니 결국 내가 개인적으로 초대할 수 있고, 해야 한다.

나는 재상부에 보낼 초대자 리스트의 첫 머리에 마땅한 인물을 적어 넣었다.

에오스 신궁의 성녀 이즈비타 님.

황제가 내게 알려 준 유일한 동아줄.

성녀라면 내가 집으로 돌아갈 수 있는 방법을 알려 줄지도 모른다. 아니, 제발 그러기를 바랐다.

마치 간절한 바람을 넣어 천천히 써 넣으면 이루어지기라도 할 것처럼, 정성을 다해 그 이름을 적었다.

성녀의 이름 아래로 몇몇 여군주들과 장차 작위를 이어받게 될 몇 안 되는 여성 후계자들, 혹은 죽은 남편을 대신해 가문이나 일국을 이끌고 있는 여성들의 이름을 적었다.

이 목록은 재상부에서 미리 보내 준 내용을 사만다가 주의 깊게 정리하고, 그녀의 설명을 들은 후 내가 최종적으로 인가한 것이다.

정성 들여 목록을 작성한 뒤 사만다에게 다시 건넸다.

"끝났어요. 재상부로 보내 주세요."

"예, 전하."

사만다는 공손히 종이를 받아들었다. 이것은 내 사인과 직인이 찍혀 있고, 재상을 수신인으로 하는 공식적인 문서였다.

사만다가 그것을 들고 직접 재상부로 출발하려는 찰나였다.

누군가가 잽싸게 손을 뻗어 사만다의 손에서 그 종이를 빼앗듯이 잡아챘다. 사만다가 당혹과 분노를 담아 크게 외쳤다.

"리즈벳 공녀! 이 무슨 짓인가요?!"

사만다의 외침에 리즈벳은 동그란 눈을 하더니 곧 다시 울먹거리기 시작했다.

"저, 전……, 내용이 궁금해서……. 부모님도 초대받으셨는지 궁금해서……."

주변 시녀들은 물론 하녀들까지 흰 눈을 뜨고 그녀를 한심하게 바라보는 티가 났다.

사만다는 거칠게 손을 내밀었다.

"돌려주세요. 지금 당장."

리즈벳은 순순히 내놓지 않았다. 울먹거리면서도 종이를 든 채

목록에 자신이 원하는 이름이 있는지를 확인했다.

리즈벳은 교육을 받아 글자는 읽을 줄 알았지만 그다지 머리가 좋지는 못했고, 긴 책을 제대로 집중해서 읽지 못하는 편이었다. 결국, 그다지 길지 않은 목록의 이름을 확인하는 데 상당한 시간이 흘러 버렸다. 결국 사만다는 물론이고, 그 옆에서 일을 돕던 아그네스의 분노까지 불러 왔다.

"당장 거스트 백작부인께 돌려드리세요, 공녀!"

울먹거리던 리즈벳은 기어이 진주알 같은 눈물을 뚝뚝 흘리기 시작했다. 그리고 손에 든 종이를 놓지 않고는 시선을 내게 돌렸다.

"이게, 어떻게 된 일이죠? 어, 아니……, 비 전하?! 어째서 이 목록에 제 부모님은 없는 건가요?!"

"……."

길고 황당한 침묵이 이어졌다. 리즈벳은 다시 입을 열어 외쳤다.

"대연회에 공국을 지배하는 당당한 공작가인 제 가문을 초청하지 않으시는 건가요? 어째서죠? 그렇게 제가 이곳에 있는 게 싫으세요? 정말 오를린 말대로 비 전하께서 제가 폐하의 눈에 들까 경계하시는 건가요?! 너무하세요! 이렇게 개인적인 감정으로 공식적인 일을 처리하시다니…… 너무해요!"

"……."

나는 말없이 미간을 찌푸린 채, 어디 할 만큼 다 말해 보라는 심정으로 잠자코 들었다. 아무도 말리지 않자 리즈벳은 할 말 못할 말을 다하기 시작했다.

"비 전하의 목숨을 구하고 또 돌보아 준 은혜는 정말 잊으신 거예요? 지금 그 자리에 앉으신 게 누구 덕인지 생각도 아니하시는 건가요? 아니면 정말로 어머님 말씀대로 아버님을 유혹했기 때문에 저와 어머니를 싫어하시는지요?!"

뭐라고? 이건 또 무슨 개소리야!

내가 지나치게 어이가 없어 말을 터뜨릴 박자를 놓친 순간, 마치 제 새끼를 잃은 어미 사자처럼 아그네스가 사자후를 터트렸다.

"지금 무슨 말씀을 하시는 겁니까?! 공녀!"

그녀의 기세는 나조차도 어깨가 움츠러들 만큼 무시무시했다. 리즈벳은 자신이 눈물을 흘리며 화를 내고 있었다는 것조차 잊고 두 눈을 동그랗게 떴다. 얼굴이 파리하게 질려 있었다.

아그네스는 상대를 뼈째 씹어 먹을 기세로 한 발 앞으로 다가갔다. 리즈벳은 뒤로 두 발 물러났다.

"방금 한 말씀, 책임질 수는 있는 말을 내뱉으신 건가요?!"

"저, 전……!"

"당신은 비 전하의 시녀로서 이곳에 있는 겁니다! 당신이 하는 말 한 마디 한 마디가 모두 공작가의 안위와 연결된다는 것을 모르시진 않겠죠?"

"저희 가문은 비 전하께 은혜를……!"

아그네스의 미간이 흉측할 정도로 일그러졌다.

"세상에서는!"

이번 것은 정말 소리가 컸다. 방 안 전체를 쩌렁쩌렁 울리는 수준. 그녀는 잠시 말을 멈췄다가 다시 이어 붙었다.

"친딸 대신 공녀貢女로 보낸 일을 두고 은혜를 베풀었다고 안 합니다."

리즈벳의 얼굴이 붉게 달아올랐다. 아그네스는 리즈벳의 손에서

종이를 거의 빼앗을 듯이 잡아챘다.

"그리고 당신의 말대로라면 공작은 양녀에게 손을 대고 대★ 크렌시아 제국 황제 폐하의 후궁으로 들여보낸 자가 되는 겁니다. 에일 공국이 내정 독립권을 가졌다 하나, 황제 폐하의 신하임은 분명하죠. 공녀의 말대로라면 공작의 행위는 반역이나 마찬가지입니다."

파리하게 질리던 리즈벳의 얼굴에서 싸악 핏기가 가셨다.

아그네스는 다시 낮은 목소리로 확인했다. 진짜 확인이라기보다는, 기실은 경고이자 협박이나 마찬가지라는 것은 다들 알았다.

"자, 다시 한 번 말씀해 주시겠습니까?"

리즈벳은 또 울먹거리기 시작했다.

아, 저 버릇 또 나왔다. 자신에게 불리한 일만 터지면 울어서 상황을 모면하는 버릇. 늘 그랬다. 그러고 보면, 상황 따라 참 편하게도 눈물이 잘 터지는 아이였다.

하지만 이번에는 상대를 잘못 선택했다.

"공녀! 제대로 말씀해 주세요! 만약 공녀와 공작부인께서 그 일을 진심이라 주장하신다면, 폐하께 말씀을 올려야 합니다! 사실이라면 공작께선 대역죄로 처벌을 받으실 거고, 사실이 아니라면 공녀와 공작부인께선 비 전하를 삿된 말로 비방하신 것이니 처벌을 받으실 겁니다!"

진퇴양난이었다. 잠시 울먹거리던 리즈벳은 결국 빠르게 눈물을 거두고는 다시 평소처럼 돌아와 잔뜩 기죽은 목소리로 대답했다. 거의 죽어 들어가는 듯한 목소리로.

"제가……, 잘못 말했습니다. 어머니께선…… 그런 말씀을 하신 적이 없으세요. ……그리고, 그런 일도…… 없었습니다."

아그네스는 한 번 싱긋 웃었다.

"그것 다행이군요!"

이어, 리즈벳을 싹 무시하듯 돌아서며 덧붙였다.

"그리고 비 전하의 이름으로 초대장을 받게 되는 것은 여성 혼자 초대받으시는 분들만입니다. 공작 부처께선 함께 오실 터이니, 폐하의 이름으로 초대가 갈 겁니다. 그러니 공녀의 부모님이 오실지를 확인하고 싶으시면 이곳에서 전하께서 초대하셨는지 확인하실 게 아니라, 폐하께 여쭈어 보시는 게 맞습니다."

"……."

리즈벳은 그대로 얼어붙었다.

아그네스의 말대로였다. 에일 공작 부부에게 갈 초대는 황제의 이름으로 나간다. 내가 초대할 목록에 그들이 없다고 화내고 있는 것은 화낼 장소를 잘못 찾아도 한참 잘못 찾은 일이다.

엘자가 날카로운 목소리로 아그네스의 편을 들었다.

"앞으로는 주변에서 무슨 일을 하고 있는지 정도는 제대로 들어두세요. 돕지는 못하신다고 해도 말이죠."

주변에서 낮은 웃음소리가 살짝 울렸다. 리즈벳은 붉어진 얼굴로 다시 울먹거리며 주변을 보았다. 그러나 누구도 그녀에게 호의적인 태도나 표정도 보여 주지 않았다.

아그네스는 리즈벳에게서 되찾아 온 종이를 내게 내밀어 송구스럽다는 듯이 아뢰었다.

"죄송합니다, 비 전하. 문서가 더러워져 버렸습니다. 이대로 재상부로 보낼 수는 없을 듯하니, 다시 작성해 주셔야 할 것 같습니다. 업무량이 많으신데 일을 늘려 드려 송구스럽습니다."

나는 해맑게 웃으며 답했다.

"아니에요, 아그네스."

리즈벳은 아그네스의 가차 없는 말에 당하고 난 뒤, 창백한 얼굴로 잠시 자리를 지키다 몸이 안 좋다는 이유로 자신의 거처로 물러났다.

나는 물론 잡지 않았고, 이 자리의 누구도 리즈벳이 떠나는 것을 아쉬워하지 않았다. 도움은커녕 도리어 방해만 되고 있었으니 당연한 일이었다.

리즈벳이 자리를 뜨자 루이스가 통쾌하다는 듯 말문을 열었다.

"데임 도트리야, 조금 전에는 정말 속이 시원했답니다."

엘자가 활달한 말투로 받았다.

"제 말이 그 말이랍니다. 대체 리즈벳 공녀는 무슨 생각으로 저리 무례한 것인지 모르겠어요."

"게다가 매번 비 전하께 경우 없이 구는 것도 무슨 생각인지를 모르겠다니까요."

사만다는 그들의 험담에 어울리지는 않았지만, 작은 한숨으로 그들의 심정에 공감하고 있음을 드러냈다.

아그네스는 조용히 그들의 칭찬에 답할 뿐이었다.

"전 그저 당연한 말을 하였을 뿐입니다. 개인적으로⋯⋯, 제 가족을 지키겠다며 약한 사람을 방패막이로 이용하는 것도, 또 사실이 아닌 불륜으로 귀부인을 모함하는 것도 세상에서 가장 혐오하는 일이라 그만 감정이 격해져 버렸던 듯합니다."

"⋯⋯."

잠시 방 안에 침묵이 내려앉았다.

이 자리에 있는 사람들 중 아그네스의 전 주인이 누구인지 모르는 사람은 없었다.

그녀의 의붓언니이기도 한, 너무나도 착한 것이 도리어 독이었던 전대 황후 베아트리체.

베아트리체 황후가 백작부인 소생이었던 이복자매 대신 팔리듯 황실로 들어왔고, 카틀레야에 의해 불륜 누명을 쓰고 죽은 일은 나도 잘 알고 있다.

아직 아그네스와 나는 그렇게 사이가 친밀하지 않았다. 길게 시간을 함께 보낸 것도 아니니 당연했다. 아그네스가 아까 지나치게 격한 감정으로 나를 보호하고 리즈벳을 공격한 것은 확실히 이상한 일이었다. 그런데 개인적인 경험과 연관이 있는 행동이었다니.

어쩌면 아그네스는 나를 비참하게 죽은 베아트리체 황후에 빗대어 보고 있는 것일지도 모르겠다.

나는 복잡한 기분을 애써 누르며 작게 한숨을 쉬고는, 사만다에게 물었다.

"그러고 보니 황실 내부 귀빈들에 대한 초대는 어떻게 되죠?"

사만다는 고개를 숙이며 친절히 대답했다.

"걱정하실 필요 없습니다. 이미 폐하의 명으로 참여할 사람들의 명단도 초대장 준비 역시 거의 끝나 가고 있으니까요."

나는 고개를 끄덕였다. 그리고 지나가는 말처럼 운을 뗐다.

"잘 알지 못해서 묻는 건데, 황녀들의 경우에는 어떻게 되나요?"

"이미 출가하신 황녀 전하들께는 그 부군께 초대장이 갈 예정입니다. 폐하께서 처리하시겠지요."

나는 다시 물었다.

"하면 미혼의 황녀들은요? 내가 초대해야 할까요?"

사만다는 고개를 끄덕였다.

"그렇습니다. 다음으로 처리하셔야 할 일들이 바로 그 부분입니다. 현재 궁 안에 거처를 가지고 계신 황녀 전하들은 총 일곱 분이 계십니다. 다섯 분은 각각 모친이 되시는 선대 후궁 마마들과 함께 별궁에 거처하고 계시옵고……."

사만다는 말끝을 흐렸다. 그렇다. 사실 내가 황녀들의 일을 꺼낸 이유는 간단했다. 바로 그들에 대해 듣고 묻기 위해서였다. 그래서 나는 흐려지는 말꼬리를 잡아당겼다.

"다른 두 황녀들은요?"

사만다는 잠시 난처한 표정을 하더니, 그래도 곧 순순히 입을 열었다.

"적통 황녀이신 릴리아나, 로젤리아 황녀 전하들이 계십니다. 두 분께서도 참석은 하셔야 할 겁니다. 그 모친께선 몸이 무거워 대연회에는 거둥치 않겠다 하셨으니, 두 분만 챙기시면 될 텐데……."

"뭔가 문제라도 있나요?"

"역시 태후궁으로 직접 보낸다는 것 자체가 좀 껄끄러운 일이기는 합니다."

나는 고개를 끄덕였다.

"확실히 그렇겠군요. 그래도 황녀들 중 서열에 앞서는 이들에게 초대장이 가지 않으면 도리어 책을 잡힐 겁니다. 그쪽의 초대장을 먼저 작성해 주세요."

"예."

태후가 껄끄럽다고 그냥 넘길 수는 없었다. 결과가 어떠할지는 몰라도 두 황녀에게는 개인적인 접촉을 해두는 편이 좋을 것 같다는 확신이 있었다. 대연회 초대는 그저 핑계에 가까웠다.

사만다에게 명령했다.

"그리고 두 황녀가 주로 어디에서 일과를 보내는지, 무엇을 좋아하는지 가능한 모든 정보를 얻어와 줘요."

"예?"

사만다가 당황한 얼굴로 나를 바라보았다. 곁에서 아그네스가 불쾌함을 감추지 않은 얼굴로 내게 물어 왔다.

"어찌 그 간악한 여자의 딸들에게 그리 신경을 쓰십니까?"

나는 해맑게 웃으며 답했다. 아그네스가 카틀레야 소생의 황녀들에게 적의를 가지는 것은 이해할 수 있었다.

"폐하를 위해 필요한 일이 될지도 모르니까요."

"……."

아그네스는 표정을 풀지 않았다. 그러나 내 명에 더는 토를 달지도 않았다.

그녀가 내 의사에 굴복하지 않았다는 사실을, 나는 곧 알게 되었다.

대연회 준비로 한창 바쁘던 나를 부른 것은 황제가 보냈다는 전언이었다.

전언을 가지고 온 시종에게 가슴 깊은 곳에서부터 솟아오르려는 귀찮음을 슬쩍 누르며 되물었다.

"나를?"

시종은 깊이 고개 숙이며 답했다.

"예, 폐하께서 비 전하를 찾아 계시었습니다."

그가 나를 찾거나, 나를 찾아오는 일은 꽤나 자주 있다. 어쨌거나 그와 나는 법적인 부부였고, 게다가 요즘 그는 기이할 정도로 찐득찐득하게 들러붙으려 하고 있었으니 말이다.

안 그래도 그의 시선을 돌릴 방법을 생각하고 있는데, 딱 부르다니. 이쪽 속내를 온통 들킨 기분이었다.

그런데 그 장소가 문제였다. 시종이 알린 그 장소를 다시 확인했다. 정말 거기로 나를 불렀다고?

"정말…… 폐하께서 집무실로 나를 부르셨다는 겁니까?"

"……예."

대답하는 시종의 얼굴에도 난처함이 가득했다.

당연하다. 황제의 집무실. 이는 곧 제국 모든 정무의 심장이자 뇌였다.

재상을 위시한 모든 관료들과 귀족들이 드나들기를 선망하나, 일생동안 그곳에 한 발이라도 들여다 놓을 수 있다면 그것이 곧 최고의 영광인 장소.

한국에서와 달리 법적으로 여인의 정치 참여가 금지되다시피 한 이곳에서, 황제의 집무실이라 함은 곧 금녀의 공간이라는 말과 동의어였다.

어쩌지?

나는 잠시 갈등에 빠졌다. 황제의 부름을 무시할 것인가, 아니면 따를 것인가.

나는 그렇게 간이 큰 인간이 못 된다. 어찌되었건, 나와 황제의 관계에서 주도권은 전적으로 황제에게 있었다.

솔직한 심정으로는 그와 개인적으로 밀접한 공간에 있기를 최대한 피하고 싶었다.

당연하지 않나. 그는 지금 내게 대놓고 들이대고 있었고, 나는 부담스러웠다. 그가 좋냐 싫냐 이전에 부담만 이백만 배다.

그렇다고 황제의 집무실에 황비가 드나드는 모양새가 좋지 못하다는 이유로 거절하자니, 매우 후환이 걱정되었다.

내가 여기서 황제의 명령을 무슨 명분으로든 거절하면, 곧 황제이자 남편의 명령을 거절한 꼴이 된다.

어찌 되었든 주변에 좋은 인상을 줄 리 없다. 그, 뭐냐, 성경에는 황제인 남편이 춤추라는 명령을 거부했다가 목 날아간 여자 이야기도 있지 않은가. 여긴 정말로 남편이 부인의 목을 치는 것이 가능한 곳이었다.

뭐, 말은 이렇게 하고 있어도 확신은 있었다. 내가 여기서 대놓고 명을 거부한다 해서 황제가, 루크레티우스가 나를 죽일 리는 없다고. 그 이유에 대해서는……, 나는 의도적으로 생각을 그만하기로 했다.

어찌 되었든 선택해야 했다.

"……."

침묵이 길어지자 주변에서 나를 보는 눈빛이 점점 강렬해졌다. 사만다가 무어라 입을 열려던 찰나, 결국 결정을 내리고 고개를 끄덕였다.

"예, 바로 찾아뵙겠다고 말씀 올려 주세요."

어찌 되었건, 그 인간 속이 지나치게 좁으니까 말이야. 틀림없이 내가 자기 전언을 씹었다고 하면 절대 그냥 넘어가지 않을 거다. 매일같이 침실에서 얼굴을 보는데, 대놓고 거슬렀다가 뭔 꼴을 당하라고.

속 좁고 뒤끝 길기로는 대륙 제일인 인간이다. 루크레티우스의 뒤끝은 진지하게 무서웠다.

진짜 속내는 어떠하든, 일단 허락의 답이 나오자 시종의 얼굴에 안도의 빛이 스쳤다. 그는 온몸을 다해 안심하며 고개를 숙였다.

쯧쯧. 하긴 만약 내가 부정하는 답을 내놓았다간, 그 답을 전하는 시종이 어떤 꼴을 당할지는 충분히 상상이 갔다.

그는 기쁜 얼굴과 어조로 말을 남기고 다시 물러갔다.

"예, 전하. 바로 아뢰겠나이다."

사만다와 다른 시녀들의 얼굴에도 안도의 빛이 스쳤다. 아니, 단한 명만 제외하고.

그녀, 리즈벳의 얼굴에 스친 실망의 표정이 내 눈에 들어왔다. 그러나 곧 그녀의 얼굴에는 다른 감정이 피어나기 시작했다.

그것은 '희망'이었다.

하긴, 내가 황제를 만나러 간다는 것은 곧 시녀들도 뒤를 따르는 의미였다. 지금 리즈벳의 얼굴에 떠오른 희망은 곧 자신이 그리 은애하는 황제를 만날 수 있다는 의미의 감정이리라.

뱃속이 뒤틀리는 듯했다. 원인은 알 수 없었다.

"……."

"전하?"

잠시 멍하니 있자 사만다가 의아한 얼굴로 물었다. 곧 불편한 무표정을 깨끗이 지우고 몸을 일으켰다.

"가도록 하죠."

대답과 함께 나는 천천히 방문을 향해 걸었다. 그러자 사만다의 다급한 목소리가 나를 잡았다.

"전하! 이대로 바로 가시려는 것이온지요?"

"그런데요?"

이대로 가지 그럼 어떻게 간다는 얘기지? 내가 의아한 얼굴을 하자, 사만다가 다가와 속삭였다.

"폐하께서 머무시는 본궁에는 더 사람의 눈이 많습니다."

나는 바로 이해했다.

"조언 고마워요."

"별말씀을."

사만다는 미소를 띤 얼굴로 손뼉을 쳤다.

"자, 단장 준비를!"

사만다의 조언에 따른 것을 후회하게 된 것은, 양손 바리바리 옷과 장신구를 들고 들어오는 하녀들을 보고서였다.

사만다와 아그네스는 나를 목욕과 피부 관리부터 싹 새로 시키지 못하는 것이 못내 아쉽다는 듯이 철저하게 나를 꾸미려 들었다.

속옷부터 모든 옷과 장신구를 새로 갈고, 머리카락을 풀어 내린 다음, 다시 빗고 새로 땋아 올렸다.

별다른 장식 없이 묶어 올렸던 머리카락 사이사이로 보석 핀과 갓 정원에서 따온 탐스러운 꽃을 장식했다.

아그네스는 어쩐지 흐뭇한 표정으로 덧붙였다.

"전하의 검은 머리카락이 마치 밤하늘 같아, 흰 꽃이 별처럼 빛나 보이는군요."

엘자와 루이스는 바로 그대로라며 내 머리카락과 꽃을 예찬했다. 이, 이건…… 좀, 많이 쑥스러웠다. 나는 손발이 닳아 사라져 버릴 것 같은 부담감을 느끼며 말머리를 돌렸다.

"음? 그런데 리즈벳은 어디로 간 거죠?"

그러고 보면 단장이 시작된 직후부터 리즈벳의 모습이 안 보이는 것 같았다.

코르셋을 다시 매어 주던 엘자와 루이스가 불만 가득한 목소리로 답했다.

"또 잔을 엎지르고 하녀가 가져오던 비 전하의 드레스를 찢을 뻔해서 차라리 나가 있으라 하였답니다."

"곁방에서 기다리라 하였는데, 그곳에도 안 보이더군요."

대답이 뒤따른 것도 아닌데 그들이 덧붙인 말이 들린 기분이 들었다.

'그냥 앞으로도 안 돌아오는 게 차라리 일을 도와주는 거랍니다.'

심정만은 나 역시 같았다. 리즈벳은 옆에 있는 것만으로도 내 기분을 갉아먹고 방해만 된다.

그렇다고 내칠 수는 없었다. 어찌 되었건 나는 목적이 있어 그녀를 곁에 둔 것이고, 일을 아직 제대로 시작도 하지 못했다.

　태후가 정말 접근할지는 알 수 없으나, 정말 접근한다면 그 사실을 바로 눈치챌 수 있도록 리즈벳은 곁에 있어야 한다. 또한 내 곁에 있어야 태후에게도 리즈벳이 이용가치를 가질 것이다. 때문에 나는 입에 바른 말을 할 수밖에 없었다.

　"너무 그리들 말하지 마세요. 어찌 되었건 악의가 있어 저러는 것은 아니지 않나요. 잘들 대해 주세요."

　루이스는 거의 꺼져 들어가는 작은 목소리로 불만을 말한다.

　"전하께선 너무 자비심이 깊으십니다."

　엘자는 무언으로 언니의 말에 동의했다.

　"……."

　나는 심히 양심이 찔리는 것을 느꼈다. 절대 진심도 아니고, 사실은 함정으로 이용하려고 옆에 두고 있으면서, 저런 말을 듣고 있자니 오글거림을 넘어서서 거북할 지경이었다.

　사실대로 다 말할 수도 없다. 결국 입을 다무는 게 상책이었다.

　"윽!"

　곧 갈비뼈를 부술 기세로 조여 오는 코르셋 때문에 말을 하고 싶어도 할 수 없는 지경이 되고 말았다.

　"역시 비 전하이십니다!"

"아름다우셔요!"

사만다를 위시한 시녀들은 거울 앞에 단장을 마친 나를 세워 놓고 뿌듯한 얼굴로 찬탄했다. 내가 보기에도…… 조금, 아니 꽤 그럴듯해 보인다.

하긴 크렌시아 제국은 대륙에서 제일가는 최강대국이다. 그 제국의 중심인 황궁, 황제가 총애하는 하나뿐인 비에게 집중되는 역량이라는 것은 제국 전체의 역량이자 자존심이라 보아도 좋을 터다.

결국 그 '제국의 자존심'이라 불러도 하등 모자람 없는 화장 기술과 패션, 피부 관리술 등 미용과 연관된 모든 기술과 인력의 정수가 바로 내게 모여 있었다. 그 은혜를 받으며 몇 달을 지냈더니, 피부가 따로 화장을 안 해도 광이 날 지경에, 머리카락은 파리가 앉아도 미끄러질 듯했다.

한마디로 한껏 꾸민 거울에 비친 내 모습은, 저게 정말 나라고 하면 지구에서 19년 간 같이 산 가족들도 못 알아볼 정도였다.

그래. 어쩌면 이렇게 말해도 좋을 것 같다. 하지만 대놓고 내 입술로 말할 용기까지는 없었기 때문에, 속으로 살짝 중얼거려 보았다.

'나……, 좀 예뻐진 것 같은데?'

뇌리에 떠올리는 순간, 온몸에 오소소 소름이 돋았다.

아, 난 진짜 자뻑하고는 너무 안 맞는다. 잘못하다간 스스로 손발이 사라져서 죽어 버릴 것 같다. 붉어진 얼굴로 살짝 고개를 흔들어 어이없는 헛생각들을 날려 버렸다.

덧붙여 말하자면, 스스로 조심스레 떠올렸다가 닭살 돋아 죽을 뻔한 자화자찬은, 조금 뒤 벌어진 어이없는 일에 묻혀 생각조차 할 수 없게 된다.

어찌되었건, 당장은 '변신'을 조금 즐기기로 했다. 거울에 비친 나는 확실히 다른 사람 같아 보였다. 그렇다. 조금, 미녀처럼 보일 것 같다.

곱게 관리해서 비단처럼 반짝이는 검은 머리카락을 패션 잡지에서나 볼 법하게 화려하고 예쁘게 땋아 올리고, 진짜 진주와 다이아몬드, 그리고 화사한 흰 꽃으로 장식했다.

엘자가 심혈을 기울여 골라 준 드레스는 대관식 준비 때 맞춘 드레스 중 하나로, 전대 황후나 죽은 루크레티우스의 전 아내의 것과는 달리 새것이라 반질거렸다.

목깃 근처는 거의 검은색으로 보일 정도로 짙은 검푸른 색인데 아래로 내려갈수록 옅어져, 치맛자락은 맑은 물빛이다. 이 드레스를 입은 채 천천히 걸으면, 치맛자락이 우아하게 흔들려 마치 물결치는 밤바다 같은 모양을 연출했다.

색 자체가 너무나도 아름다워서 일부러 많은 장신구를 하지 않았다. 다이아몬드와 진주를 엮어 찬란히 빛나는 목걸이 하나 정도가, 머리를 제외하면 장신구의 전부다. 팔찌도 귀걸이도 일부러 하지 않았다.

음, 이런 말 해도 되려나. 어째 이건, 꼭……

다시 속으로 자화자찬을 하려던 나는 선수를 빼앗겼다. 바로 엘자에게.

"마치 밤의 여신 오레스티타 같으세요!"

엘자가 눈을 반짝이며 외쳤다.

나는 뜨악했다. 뭐, 뭐라고?

"미모가 갈수록 빛이 나셔요."

"정말 나날이 아름다워지십니다!"

"폐하께서도 만족하실 거예요!"

그, 그만……! 제발 그만!

내 손발을 다 닳아 없어지게 할 참이야?!

나는 꽃가루 세례 속에 선 비염환자처럼 재빠르게 상황을 환기시켰다. 즉, 다급하게 대화의 고삐를 채어 머리를 돌렸다.

"너무 지체해 버렸군요. 폐하께서 기다리시겠습니다."

"어머!"

"그렇네요!"

시녀들이 대번에 부산스러워졌다.

물론 재게 움직이는 시녀들 중에 리즈벳은 없었다. 그 애는 정말 어디로 사라진 거람? 자기 처소로 돌아가서 따돌림 당했다며 울고 있는 건 아니겠지?

방문을 나서면서 시녀들에게 리즈벳의 처소로 가서 그녀를 찾아보라 명하려던 찰나였다.

나는 보고 말았다. 조심스레 방문이 열리며, 그사이로 익숙한 누군가가 들어오는 것을.

"……."

"……."

"……."

쥐죽은 듯 불편하기 짝이 없는 정적이 내리깔렸다.

리즈벳이 흰 장미꽃처럼 환하게 웃으며 말을 걸었다.

"다행이다. 아직 출발하지 않으셨군요."

나를 둘러싼 모든 시녀들의 얼굴이 석고처럼 굳는 것을, 보지 않고도 알 수 있었다. 내 얼굴 역시 같은 상황이었기 때문이다.

가라앉은 분위기는 아랑곳 않고 여전히 리즈벳은 꽃처럼 환하고 수줍게 웃고 있었다.

나는 딱딱한 목소리로 중얼거렸다.

"새로, 단장하고 왔구나?"

"예, 전하."

약 한 시간 전과는 완전히 다른 머리 스타일과 화장, 옷. 사라진 사이 머리끝부터 발끝까지 새로 단장하고 온 리즈벳은 순결한 흰 장미꽃처럼 빛나고 있었다.

게다가 그녀의 자그맣고 하얀 몸을 어여쁘게 꾸며 주고 있는 드레스는 짙은 푸른빛이었다.

"……."

방 안의 공기가 마치 얼음물을 끼얹은 듯 싸늘하게 가라앉았다.

당연하다. 조금이라도 생각이 있는 사람이라면 왜 분위기가 이런지 충분히 눈치챌 수 있으리라. 하지만 그 눈치나 머리를 리즈벳에게 기대할 수는 없었다.

리즈벳은 당황하여 큰 눈을 더 크게 뜨고 두리번거리며 주변을 보았다. 명확하게 그녀를 표적으로 하여 싸늘한 시선을 보내는 주변 사람들을 보고 두려움과 억울함이 가득한 얼굴로 나를 향했다.

설마, 저거 나더러 도와달라는 거?

어이가 없어서 멍하니 바라보았다.

예쁘긴 진짜로 예쁘다. 하긴, 리즈벳의 미모 하나는 저 머리와 성격으로도 일생 살아가기에 큰 무리가 없다 싶을 정도로 예뻤다. 물론 황궁에 오려 하지 않았다면 말이다.

"……."

나는 가차 없이 고개를 돌렸다. 시선조차 주지 않고 싸늘한 표정 그대로 리즈벳을 스쳐 지났다. 시녀장을 비롯한 시녀들이 우르르 뒤따랐다. 거기에 하녀들까지 따르는 무리는, 황궁 내에서 여성들로만 이루어진 행렬 중에선 가장 길고 많은 숫자로 이루어져 있었다.

황궁 내에서 황족 부인들의 행렬 규모와 화려함은 곧 그 주인의 지체와 직결된다. 나보다 더 큰 행렬을 이끌 수 있는 여성 황족은 현재로선 태후 하나다.

그러나 그녀는 임신 막달을 맞아 자신의 궁에서 칩거 중인 상태이니, 이만한 규모를 이끌기란 유일한 비이자 1황비인 내가 아니면 불가능하다.

황궁 안 모든 사람들은 내가 앞선 행렬의 규모만 보고도 누구의 행차인지를 알고 바로 예를 표해 왔다.

그런 만큼 시녀의 치장과 옷차림은 주인의 얼굴을 세우기 위해서라도 필요했다.

그렇지만 지금 리즈벳의 행동은 정도를 넘어서 있었다. 주인인 내가 치장 중인 동안 사라졌다가 마치 공주처럼 꾸미고 나타난 것이다. 아마도 의도한 바는 아니었겠지만, 드레스 색마저 나와 겹친다. 나나 다른 시녀들이 리즈벳을 흰 눈으로 보는 것도 무리가 아니었다.

리즈벳의 행동은 곧 나에 대한 직접적인 도전이나 마찬가지였던 것이다.

물론 그쪽까지 생각이 미쳤을 리 없다는 점은 나도 잘 알고 있다. 그런 계산을 할 수 있을 정도로 머리가 돌아갈 리 없다.

내가 곧 황제를 만나러 간다니까 따라가서 눈에 띄고 싶어서 재빨리 다시 꾸미고 온 것이리라.

결국 같은 의미였다. 황제의 총애를 두고 상전인 나와 다투려 드는 행위니 말이다. 이 경우, 리즈벳은 정말로 그러길 원하고 있고 말이다.

"……."

내가 시녀들을 이끌고 지나자, 주변의 모든 이들이 허리를 숙이고 머리를 숙여 예를 표했다. 시선이 무리 끝에 선 리즈벳을 향했다. 리즈벳의 미모 때문이건, 혹은 시녀이면서 황비인 나와 비슷한 수준으로 꾸민 그녀의 예에 어긋나는 행동 때문이건. 어찌되었건 나는 기분이 별로였다.

대체 왜 이러지?

가슴이 답답했다. 왜 기분이 나쁘고 답답한 것일까? 스스로 이유를 알 수가 없어 눈앞이 아득해질 정도였다.

객관적으로 내가 화를 낼 상황이 맞는지도 모른다. 만약 내가 루크레티우스의 진짜 아내나 연인이었다면. 그를 사랑하고 이곳에 평생 남아 있을 사람이라면 리즈벳의 맹랑한 도전에 화를 낼 자격이 있을지도 모른다.

하지만 난 루크레티우스를 사랑하지 않고, 무엇보다 곧 이곳을, 이 세계를 떠나고 싶어 한다. 정말 가능한지는 알 수 없으나, 적어도 떠나려 노력하고 있다.

그러나 감정과 생각은 내 이성에 제대로 갈피 잡혀 주지 않았다. 제멋대로 날뛰었다.

과연 루크레티우스는 나와 리즈벳을 보고 어떤 반응을 보일까?

객관적으로 본다면 리즈벳은 나보다 훨씬 예뻤다. 그런 리즈벳이 정말로 꽃처럼 꾸민 것이다. 아무리 머리가 나쁜 여자가 싫니 어쩌니 하여도, 그도 결국은 사내다. 어여쁜 여자를 마다할 남자가 세상 어디에 있을까?

코르셋 때문일까?

가슴이 아플 정도로 조였다.

"전하."

깊이 생각에 빠진 나를 사만다의 부름이 현실로 이끌었다.

그렇다. 벌써 황제의 집무실 앞에 도착한 것이다.

집무실에 황후를 제외한 후궁이 드는 것은 칭찬받을 만한 일이 아니다. 그러나 내가 이곳에 발걸음 한 것은 월권이 아니라 황제의 명을 따른 결과였다. 나를 맞는 본궁의 시종들이 보이는 공순하기 짝이 없는 태도가 증명했다.

막 집무실 안으로 들려는 찰나였다. 시종이 문을 열려는 안쪽에서 대화 소리가 드문드문 들려왔다.

"……."

"…………."

한 목소리는 내가 잘 아는 황제의 목소리. 다른 목소리도 어디선가 들어본 기억이 있다. 그 두 목소리가 서로 대화를 나누는 중이었다. 소리가 낮아 자세한 내용은 알아들을 수 없었다. 하지만 누군가가 있다는 것은 분명했다.

날 불러놓고 또 누구를 부른 거야, 이 인간?

또 이유 모를 불쾌감이 확 치솟았다.

딱딱한 목소리로 시종에게 물었다.

"누가 들어 있나요?"

시종은 송구하다는 태도로 대답을 내놓았다.

"재상께서 폐하와 논의 중이십니다."

"이런……."

타이밍이 어긋난 것 같았다. 그렇다고 돌아가자니, 시녀들이 어깨에 힘이 들어가 꾸며준 태가 우스워졌다. 나는 잠시 기다리기로 했다.

"하면 논의가 끝나실 때까지 기다리면 되겠군요."

내 말이 끝나자, 시종은 식은땀을 흘리며 고개를 저었다.

"아닙니다, 비 전하."

"아니라고요?"

먼저 온 손님이 있으면 당연히 기다리는 것이 맞지 않나? 게다가 그 손님이 재상이라면, 나도 잘은 모르지만 황제조차도 쉽게 무시할 수 있는 상대가 아니리라. 때문에 먼저 기다리겠다 말한 건데.

시종은 지금 고개를 젓고 있었다.

그는 조심스레 내게 황제가 미리 내렸다는 명령을 전했다.

"비 전하께서 오시면, 누가 있든 어떤 상황이든 우선적으로 듭시게 하라 명하셨습니다."

"……."

갑자기 뭔 일이래?

진짜 중요한 일이라도 있나? 혹시 내가 집으로 돌아갈 수 있는 방법이라도 찾아낸 것은 아닐까?

기대에 부풀었다. 시종의 공손하기 짝이 없는 태도의 안내를 받아 집무실로 들어서는 가슴에 조금 전의 불안이나 알 수 없는 불쾌감은 온데간데없었다.

설마, 정말 '그' 좋은 소식이 있는 것일까?

"폐하, 1황비 전하 드십니다."

시종의 알림과 함께 문이 열렸고, 조금은 다급한 발걸음으로 집무실 안으로 들어섰다.

그곳은 내가 주로 지내는 1황비궁과는 분위기가 많이 달랐다. 거대한 마호가니 책상이 집무실 깊숙한 곳에 놓여 있고, 주변 3면을 온갖 책들이 빼곡히 꽂힌 책장들이 천정까지 세워져 막고 있었다. 거대한 검은 책상 옆에는 우아한 흰색 지도가 그려진 책상의 반 정도 되어 보이는 크기의 낮은 상이 놓여 있었다.

나는 그 곁을 스쳐 지나다 놀랐다. 감탄사가 절로 나올 정도로 아름다운 테이블이었다. 테이블 윗면을 상아 블록으로 채우고, 그 블록 위에 대륙 전도를 새겨 놓았다. 지도 위에는 몇 개의 깃발과 금속으로 만들어진 표식이 놓여 있었다. 아마도 전쟁의 상황, 혹은 국가 간의 관계를 표시하는 것이리라.

이 상아 테이블만큼 이 장소를 한눈에 보여 주는 물건도 없었다. 이 방에서 제국의 권력자들이 지도 위의 표식을 움직여 가며 정책을 결정하면, 이는 그대로 대륙 전체에 적용된다. ……그 무게감은 나로서는 상상이 잘 되지 않았다.

대체 왜 여기로 나를 부른 거지? 다시 의문이 들었다.

인자한 인상의 노인이 웃으며 먼저 인사했다.

"오랜만에 뵙습니다, 비 전하."

그가 누구인지 깨닫기도 전에, 몸이 먼저 알아서 움직여 인사하고 있었다. 황궁에서 생활하며 붙은 버릇 중 하나다.

"예, 그간 안녕하셨는지요?"

흰 수염이 인상적인 노인은 특유의 맑게 울리는 목소리로 껄껄 웃었다.

이 목소리는 선명하게 기억하고 있었다. 지나치게 좋은 목소리는 못 알아듣고 싶어도 그럴 수가 없으니까. 바로 그 사람이었다.

선황이 암살된 다음날, 태후에게 맞서 루크레티우스의 즉위를 도와준 두 명 중 한 명. 즉, 재상.

나는 아직 이 사람의 이름이나 작위도 제대로 모르고 있었다. 그러나 그런 당혹감을 얼굴에 드러내지 않을 정도의 분별은 있었다.

어찌되었건 황제와 재상이 비밀스럽게 이야기를 나누고 있는 상황이었다. 역시 아무래도 나는 잠시 자리를 피했다가 다시 오는 게 좋을 것 같았다. 그냥 이대로 돌아가서 다시 안 와도 매우 좋을 것 같고 말이다.

일단 난 여기 오라는 황제의 명령은 지켰다. 어찌할 수 없는 상황 때문에 돌아간 건 내 탓이 아닌 거다! 안 그래도 하던 일 제대로 끝도 못 내고 이리저리 치장하고 달려온 참이었다. 시간이 매우 모자랐다.

생긋이 웃으며 현숙한 황비인 척 말했다.

"아무래도 제가 두 분께서 공사로 다망하신 때에 잘못 찾아뵌 듯

합니다. 물러나 제 궁으로 돌아갈 터이니, 다시 불러 주소서."

끝말로 내가 알아서 온 게 아니라, 저 치가 불러서 온 거라는 티는 내 주었다. 재상이 나를, 황제를 집무실까지 쫓아와 홀리는 요부로 생각하는 건 피하고 싶었기 때문이다. 어떤 상황에서도, 도망갈 곳은 남겨 두는 것이 내 철칙이었으니까.

예상과 달리 순순히 물러나 하던 일을 계속할 기회는 주어지지 않았다.

흰 수염이 멋드러진 재상 할아버지가 웃으며 고개를 저었던 것이다.

"그럴 필요까지야 있겠습니까. 비 전하께서 계신다 하여 하지 못할 이야기인 것은 아닙니다."

"그렇지."

매우 얄밉게도, 루크레티우스가 씩 웃으며 고개를 끄덕거렸다. 내가 얼떨떨하니 상황을 제대로 파악하지 못하고 있는 사이, 그는 한번 무심한 얼굴로 내 모습을 훑었다.

루크레티우스는 잠시 무표정한 얼굴로 나를 관찰하듯 하더니, 곧 눈매를 부드럽게 휘며 느끼한 멘트를 날려 왔다. 물 흐르는 듯 자연스러웠다.

"눈이 부시군."

"네? 오늘은 날이 흐린······."

"아니, 그대 말이야."

"······."

아, 제발 좀······.

나는 순간적으로 정신이 아득해졌다.

아, 좀 적당히 하라고. 나를 오그라들게 해서 죽일 셈이야?

순간적으로 뭐라고 대답해야 좋을지 알 수가 없어 멍하니 서 있는 내 꼴을 어떻게 해석한 것인지, 재상은 너털웃음을 터뜨렸다.

"폐하, 너무 그리하시면 비 전하께서 부끄러워하십니다."

"그런가?"

하하 웃으며 재상의 농담을 받아넘기는 루크레티우스의 얼굴은 매우 뻔뻔해 보였다. 강철 정도를 넘어서, 티타늄 도금 정도는 한 것처럼 보였다.

아아, 내가 조금만 막 나갔으면, 저 얼굴에 찻잔이나 크림파이 정도는 던져 줬을 텐데. 하지만 매우 애석하게도, 나는 그 정도로 간이 크지 않았다.

속으로 닭살을 벅벅 긁으며 애매하게 웃는 나를 빤히 보던 루크레티우스는 곧 뭔가 깨달은 듯했다. 내 뒤를 줄줄이 따라온 시녀들에게 시선을 주었다.

"⋯⋯."

그의 시선이 천천히, 뒤에 시립한 시녀들의 모습을 한번 길게 죽 훑었다. 나는 순간적으로 긴장했다. 표내지 않기 위해 애썼지만, 솔직히 자신이 없었다.

내 뒤 정확히 어느 위치에 리즈벳이 서 있을지 몰랐다. 때문에 루크의 시선에 리즈벳이 들어왔을지도, 알 수 없었다.

그의 눈빛과 시선의 움직임을 본의 아니게 유심히 관찰했다. 그의 시선이 움직인 궤적 그 어느 쯤에 리즈벳이 있었을지 가늠하기 어려웠다. 리즈벳의 어여쁜 모습을 눈에 담았을지, 그것을 보고 나와 비교하여 어떻게 느꼈을지, 조금 두려운 동시에 기대가 되었다.

"흠⋯⋯."

루크는 조금 고민하는 듯하다가, 곧 환하게 웃으며 고개를 끄덕였다.

"그래, 나의 황비가 한 말에도 조금은 일리는 있어."

"네?"

의외의 말에 고개를 갸웃하자, 루크는 자신이 앉아있던 자리에서 벌떡 몸을 일으켰다. 그리고 성큼성큼 걸어 다가왔다. 그의 시선은 마치 물고기를 잡아 꿴 창끝처럼 내게로 집중되어 있었다.

"주변이 번다한 중에 할 이야기는 아니지."

그의 말이 떨어지자, 사만다가 내 등 뒤에서 바로 의미를 알아채고 깊이 허리를 숙였다.

"예, 폐하."

어?

내가 멍하니 황제의 눈을 보는 사이, 사만다와 황제의 무언의 대화가 이미 이루어진 듯했다. 등 뒤에서 사만다의 침착한 목소리가 울린다. 그녀의 목소리에는 어쩐지 지극한 만족감이 가득한 듯했다.

"저희들은 물러나 있겠나이다."

"어?"

뭐지? 방금?

내 입에서 나온 소리는 아니다. 속으로 '어? 뭐지?' 이러고 있기는 했지만, 그걸 입 밖으로 낼 정도로 정신이 없지는 않았다. 그렇다면 저 목소리는 내 것이 아니라는 의미가 된다.

조심스레 뒤를 돌아보았다.

눈에 띄게 당황한 표정의 리즈벳이 일사불란하게 물러나는 시녀들 틈새에서 말하고 있었다.

"어? 자, 잠시만요. 잠시…….."

누구도 신경을 기울이지 않았다. 아그네스는 거의 시선으로 리즈벳을 뚫어 버릴 듯 강하게 노려보며 그녀의 푸른 드레스 자락을 끌어당겼다.

황제의 집무실 안에 남을 것을 허락받은 자는 나와 재상뿐. 그리고 루크레티우스의 시선은 리즈벳에게 단 1초조차도 머물지 않았다. 리즈벳이 거의 질질 끌려 나가는 데에 그는 깃털만큼의 관심도 가지지 않았다.

탕. 마침내 문이 닫혔다.

차가운 손끝이 내 턱을 잡아 돌렸다. 익숙한 녹색 눈이 나를 사로잡을 듯이 내려다보았다. 바로 얼굴 앞에서.

그는 낮게 혀를 찼다.

"그리 주변에 흩뿌리는 관심의 반만이라도 제대로 남편에게 할애하는 것이 어떠한가?"

대체 이게 무슨 소리야?

내가 멍하니 루크레티우스의 헛소리에 황당해 하고 있는 사이, 일부러 만든 것이 분명한 불퉁한 얼굴로 바라보던 그는 내가 보인 틈을 놓치지 않았다.

"읍!"

입술 위를 입술이 덮었다. 따듯한 살덩어리가 마치 제 집 속으로 들어오는 집 주인처럼 문을 비집어 열었다.

당혹하여 버둥거리는 것을, 그의 두 팔이 어느새 단단히 가두고 있었다. 절로 힘을 주려던 손끝에서 힘이 스르르 풀려 버렸다.

그의 키스는 언제나 격정적이고 집요했다. 찌릿한 감각이 허리를 치고 오르려는 찰나, 나는 거의 숨이 넘어가기 직전에야 그의 농밀한 키스에서 풀려날 수 있었다.

눈꼬리에 살짝 눈물방울 두어 개를 달고 그를 노려보았다. 감정적인 눈물은 아니었다. 너무 숨이 막혀 몸이 제멋대로 보인 반응에 가까웠다.

낮은 목소리로, 그러나 분명하게 항의했다.

"이게 무슨 짓이에요!"

루크레티우스는 마치 손 안의 고양이가 보이는 앙탈처럼 취급했다.

"무슨 짓이긴. 아내를 사랑하는 남편의 애정 표현이지."

"정말……! 지금 굳이 이럴 필요가……!"

'리즈벳도 내보낸 지금 굳이 이럴 필요가 없잖아요?!' 라는 이어질 내 말은 시작도 하기 전에 틀어 막혔다. 그의 입술이 아니라 손가락이 입술을 덮었던 것이다. 그가 작게 속삭였다.

"쉬이. 지금 이 방 안에는 우리만 있는 것이 아니야."

"아!"

그렇다. 잠시, 한 사람의 존재를 잊고 있었다. 마치 내 부주의에 주의를 주려는 듯, 옆에서 낮은 웃음소리가 들렸다.

"쿡쿡쿡."

내가 당혹하여 고개를 돌리자, 집무실 안에 나 외에 남을 것을 허락받은 다른 한 사람이 눈에 들어왔다. 흰 수염과 머리카락이 꽤나 멋진 재상님이다.

그는 부드럽게 눈매를 휘며 나와 루크레티우스의 행태를 흐뭇하게 지켜보고 있었던 것이다.

"이런, 실례했습니다. 제가 두 분의 좋은 시간을 방해한 것 같군요."

루크레티우스는 빙긋이 웃고 단단하게 잡아채고 있던 내 허리를 풀어주며, 재상에게 고개를 끄덕여 보였다.

"천만에요. 그저 짐이 잠시 아내에 대한 사랑을 주체 못했을 뿐. 나의 실수에 가깝죠."

"……."

말을 잃었다.

루크레티우스의 어이없는 대꾸는 일단 미뤄 두자. 평소라면 저걸로도 머리를 부여잡았겠지만, 지금은 다른 쪽이 더 신경 쓰였다.

나는 루크레티우스가 진심으로 존대하는 상대를 본 바가 없었다.

물론 흠을 잡히지 않기 위해서라도 태후 앞에서는 깍듯이 존댓말로 예의를 다한다. 그러나 거기에 진심은 조금도 들어 있지 않았다.

누구라도 태후 카틀레야 앞에서 루크레티우스의 목소리를 들으면 존중이나 존경 따위는 한 방울도 섞여 있지 않음을 어렵지 않게 눈치챌 수 있으리라.

그러나 지금은 달랐다. 다른 이들의 눈이 사라지자 루크레티우스는 재상에게 말을 높였다. 게다가 그 목소리에는 진심이 담겨 있었다. 그와 내가 처음 만나던 날, 루크레티우스가 선황에게 하던 말에도 섞여 있지 않던 존중의 감정이었다.

나는 순수하게 놀라 그들의 대화를 얼이 빠져서 지켜보고 있었다.

재상은 사람 좋아 뵈는 노인의 미소로 우리 둘을 보며 덕담하는 할아버지처럼 말을 이었다.

"폐하와 비 전하의 금슬이 참으로 좋아 보이시니, 제국의 홍복입니다."

"뭐, 나쁘지는 않지요."

"그건 곧 좋다는 말씀이 아니십니까. 폐하께서는 늘 그리 말씀하시지요. 이 늙은이는 이제 완전히 안심했습니다."

루크레티우스는 낮은 웃음을 터트렸다. 더 놀랐다. 저건 또 진심으로 기분 좋은 웃음소리다. 내가 왜 이런 걸 일일이 알아보고 구분할 수 있는 것인지 스스로도 황당하지만, 어쨌건 확신할 수 있었다.

지금 그는 진심으로 즐겁고 또 편하게 노인을 대하고 있었다. 안심하고 말이다.

잠시 루크레티우스와 뻔한 덕담을 나누던 재상은 내게 시선을 돌렸다.

"사실 폐하께서 비 전하를 맞이하시겠다 하셨을 때 좀 걱정을 많이 했었습니다."

당연하다. 배경도 변변찮은, 그것도 선황의 후궁이 될 뻔한 여자를 대뜸 1황비 자리에 앉히는 것이다. 누구든 미쳤다고 할 상황이었다.

내가 맹하니 바라보자, 재상은 뜻 모를 미소를 띤 얼굴 그대로 꽤나 서늘한 말을 시작했다.

"책봉 때도, 그리고 증언을 하실 때도 사실……, 제가 보기에 비 전하께서는 폐하의 반려로서 제국을 떠받치시기엔 너무 약한 분이 아니신가 했으니까요."

"……"

저런 말을 어떻게 저렇게 부드러운 표정과 부드러운 어투로 말할 수 있지? 순수하게 놀랐다. 아마 말투와 목소리만 들었다면, 누구든 재상이 내게 칭찬과 덕담만 해 주는 것으로 들렸으리라.

어찌되었건 그의 말은 계속 이어졌다.

"특히 상황에 어찌할 수 없이 휩쓸리시기만 하는 것으로 보였으니 말입니다. 물론 폐하께서 마음에 드시어 곁에 두기를 원하신다면야 후궁 중 한자리를 내주시는 것은 나쁘지 않을 터이나…… 황후도 없는 1황비 자리는……, 너무 무겁지 않나 생각하였습니다."

아마 황제나 태후가 저런 말을 내 앞에서 했다면 나는 이렇게 생각했을 것이다.

'지금 나한테 싸움 거나?'

그런데, 정말 기이하게도 그런 기분이나 불쾌감은 들지 않았다. 그저 차분하고 고요히, 있는 사실을 그대로 짚어 주는 듯이 느껴졌다.

그것이 도리어 놀랍고, 조금 무서워졌다.

이 할아버지, 루크레티우스나 태후보다 레벨이 높은 것 같아!

애써 동요를 누르며, 가식적인 미소와 함께 모범적인 대답을 내놓았다.

"당연한 판단이십니다."

그는 잠시 나를 바라보았다. 웃고 있는 입매와 달리 눈은 가라앉은 그대로. 고요한 눈빛에 그대로 뼛속까지 꿰뚫리는 것 같았다. 내 알량한 가식 정도는 아무렇지 않게 꿰뚫어보는 눈빛.

그는 더없이 상냥한 태도로 내 어리석은 가면을 깨부숴 버렸다.

"전하께서 늙은이의 실언에 조금 마음이 상하신 듯하군요."

"……"

등줄기가 서늘했다.

직감했다. 여기서 제대로 대답하지 않으면, 이 사람에게 난 그저 황제의 총애만으로도 응석 부리는 그저 그런 후궁으로 끝날 것이다.

입 안이 바짝 말랐다. 갈라지려는 목소리를 애써 누르며 담담하게 말했다.

"쓰고 바른 소리를 들으면 마음이 좋지 못한 것은 당연하지요. 아직 이를 다 갈무리할 정도로 제가 수양이 깊지 못하니 말입니다. 하지만 기분이 안 좋다 하여 옳은 말씀을 제대로 받아들이지 못할 만큼 옹졸하지는 않습니다."

"……."

노인은 여전히 속을 알 수 없는 눈으로 차분히 관찰했다. 루크레티우스가 나를 관찰하는 것과는 달랐다. 그의 시선 앞에서 난 늘 뱀 앞의 생쥐가 되어 늘 기분이 나빴건만, 이건 좀 달랐다.

그렇다. 마치 부처님의 손 안에서 관찰당하는 손오공의 기분.

으……. 왜 늘 관찰만 당하는 걸까, 난.

어쨌든 그 정도로, 반발심이나 불쾌감조차 잊을 정도로 압도당하는 느낌이었다. 식은땀이 등줄기를 축축하게 적시려 했다.

바로 그때, 노인은 부드럽게 눈매를 휘었다. 조금 전의 입만 웃는 미소와는 달랐다. 그는 진심으로 웃고 있었다. 노인은 마치 친손자를 부탁하는 할아버지처럼 내게 당부했다.

"비 전하, 부디 폐하를 잘 보필해 주십시오."

혼란스럽고 얼떨떨한 머릿속과 달리, 내가 생각하기에도 뻔뻔한 표정과 태도가 먼저 나왔다. 난 수줍은 새색시처럼 얼굴을 붉히며 가증스러운 대사를 읊었다.

"부족하지만 최선을 다하겠습니다."

재상은 정말로 손자 부부를 지켜보는 할아버지처럼 흡족한 얼굴을 하더니 고개를 끄덕였다. 그러고는 내게 한마디를 남기고 물러가겠노라 말했다.

"곧 제 며늘아이가 전하를 찾아뵙고 인사를 올릴 겁니다. 부디 어여삐 보아 주시길."

"저야말로 영광이지요."

정말 그림으로 그린 듯, 입바른 대답이었다. 뭔가 나 자판기 같아. 누르면 예의바른 대답을 쏙쏙 내놓는 거 말이다.

재상의 태도 변화에 의아해하면서도 여전히 웃는 낯으로 전송했다. 백발의 노인은 누가 보아도 흠을 잡을 수 없을 정도로 완벽한 예의로 나와 루크레티우스에게 인사를 표한 뒤 물러갔다.

재상의 연회색 예복 자락이 닫힌 문 너머로 사라지자마자, 배부른 사자의 한숨처럼, 루크레티우스의 느른한 목소리가 흘러나왔다.

"다행히 네가 코르넬리우스의 마음에 든 모양이군."

"코르……넬리우스?"

무슨 이름이 부르다가 혀가 꼬일 것처럼 길대? 그러고 보면 루크레티우스도 참 긴 이름이다.

그는 고개를 끄덕이며 답했다.

"재상의 이름이지. 코르넬리우스 데 로넨시아. 로넨시아의 공작이자, 3대째 황제를 모시는 재상이야. 나의 스승이기도 하고."

역시 엄청난 사람이었구나. 나는 마음속으로 고개를 주억거렸다.

하긴 루크레티우스와 태후를 볼 때 그들이 그렇게 심하게 레벨 차이가 난다고 느낀 적은 없었다. 똑같이 위험하고, 또 무서운 사람들. 그러나 저 사람은 아예 달랐다.

황제와 태후마저도 내려다볼 정도의 공력을 가진 사람이다. 보통 일리가 없지.

스승이라는 말도 이해가 갔다. 눈은 웃지 않지만 늘 입가에는 미소를 달고 있는 것이, 느낌은 다르지만 루크레티우스와 같은 유형의 가면으로 느껴졌던 것이다.

그는 개인적으로 충격적인 한 마디를 더 덧붙였다.

"그리고 그의 손녀는 내 과거 약혼자 중 하나이기도 하지"

나는 오랜만에 꽤 많이 놀랐다.

"약혼……녀요?"

어째서인지 가슴이 술렁거렸다.

약혼녀. 그에게는 약혼녀가 많았다고 했다. 그리고 한 명이지만 아내도 있었다고 했지. 그를 죽이려 했고, 그의 손에 살해당한, 아내.

그 옆에 섰었다는 무수한 여자들의 모습이 내 상상 속을 스쳤다. 이유모를 답답함이 엄습했다. 이건, 뭐지?

기묘한 감각을 잊기 위해 의도적으로 밝게 떠들었다.

"몇 번째 약혼녀였죠? 당신, 약혼녀 많았다면서요."

"첫 약혼녀였지. 과거 내 약혼녀 중 유일하게 내가 인정한 여자이기도 했고. 황후 감으로 잘 어울리는 사람이었어."

"……그래요?"

첫 약혼녀. 황후 감.

어째서인지 머리가 싸늘하게 식는 기분이다. 신기하게도 내 기분과는 정반대로 목소리가 통통 튀어 올랐다.

"아쉽게 되었네요. 그분과 무사히 결혼하셨으면, 지금 태후와 맞서 싸워 줄 가장 강력한 우군이 옆에 든든하게 서 계셨을 텐데 말이죠."

"그렇긴 하지."

그는 순순히 고개를 끄덕인다.

"⋯⋯."

왜일까? 기분이 더더욱 가라앉았다. 그의 집무실로 온다며 힘껏 조인 코르셋과 틀어 올린 머리카락이 우스꽝스럽게 느껴졌다.

나는 애써 만든 활달한 목소리도 잊고 퉁명스럽게 말을 던졌다.

"지금에라도 그분을 황후로 맞으시면 되지 않을까요?"

그는 부드럽게 웃으며 고개를 저었다.

"그건 불가능해."

이어진 말에 나는 그대로 얼음처럼 굳어 버렸다.

"이미 죽었거든. 약혼식 1달 뒤 암살당했지."

그의 목소리는 쭉 이어졌다.

난 이해되지 않았다. 그의 목소리는 너무나도 평온하고 일견 유쾌하기까지 했던 것이다. 말에 담긴 내용과는 완벽하게 반대였다.

그는 말투와는 극단적으로 다른 내용을 아무렇지도 않게 내 앞에 풀어 놓았다.

"배후는 밝히지 못했지만, 누구나 그 일의 배후에 누가 있을지는 예상할 수 있었지."

무의식적으로 중얼거렸다.

"태후 카틀레야⋯⋯."

그는 다시 고개를 끄덕인다.

"그래."

그는 더없이 아름다운 미소를 지었다.

"그 때문에 나는 그녀에게 감사하고 있어. 태후는 그녀를 죽임으로써, 가장 강력한 적을 만들었거든. 그리고 내가 존경하지만 완전히 믿지 못했던 코르넬리우스를 완벽한 아군으로 만들어 주었지."

소름이 돋았다.

한 사람의 죽음, 그것도 어쩌면 자신의 아내가 되었을지도 모르는 여자의 죽음에 대한 태도라기엔, 지나치게 차갑다.

그래, 그러고 보면 이 남자는 이미, 자신의 아내를 한 번 죽인 자였다. 자신의 아버지 역시.

의외로 그 사실을 자주 잊어버리고는 한다. 그리고 그는 늘 내가 잊을 만하면 꼭 이렇게 친절히 확인시켜 주었다.

"내 첫 약혼녀였던 이사벨라는 크로넬리우스가 일찍 잃은 장남 부부가 남긴 유일한 핏줄이야. 촉망받는 인재였던 장남을 잃고 상심하던 그는 작위를 물려주지 못하는 손녀를, 그래서 오히려 더욱 마음 쓰며 직접 키웠어."

나는 루크레티우스의 즉위가 결정되던 순간을 기억했다. 그때 재상은 드러내 놓고 루크레티우스의 편을 들고 있었다. 그것은 태후에 대한 적의의 가장 직접적인 표현이었다.

"당시 아직은 제정신이 있었던 선황은 당시 18세가 된 내 약혼녀로 그녀를 선택했지. 나이는 나보다 한 살 어렸어. 당시 대륙 내에 미모와 영리함으로 그녀만큼 뛰어난 여자는 없다는 소문이 널리 돌았을 정도의 재원이었으니, 나도 불만은 없었지."

나는 목소리의 떨림을 애써 눌렀다.

"그런데 살해당한 건가요?"

"그래. 직접 기른 하나뿐인 손녀를 잃은 공작은 상심이 지나치게 커서 3년간 재상 위를 떠나 칩거했을 정도였지."

"하지만, 다시 돌아오셨군요."

어째서?

그의 미소가 짙어졌다.

"나는 그대의 이런 점이 참으로 마음에 들어. 가끔 자기 자신의 일에는 지나치게 둔하지만, 이런 일은 눈치가 참 빠르니 말이야."

누가 둔하다는 거야? 이 사람은 진짜 자꾸 헛소리만 한다.

"당시 세 번째 약혼녀와의 약혼이 파기될 쯤, 내가 직접 크로넬리우스를 찾아갔어. 그리고 설득했지."

무엇으로 설득했을지는 분명했다. 한 상대에게 가족을 잃은 두 남자가 공유할 수 있는 것은 하나뿐이지 않는가.

복수.

서늘함에 입술을 사리물고 그를 올려다보았다. 루크레티우스는 맑게 웃으며 내 예상이 틀리지 않음을 확인시켜 주었다.

"그래. 그렇게 나는 첫 약혼녀이자, 내가 지금까지 본 여자 중 두 번째로 황후감에 걸맞은 여인을 잃은 대가로 가장 큰 우군을 얻었지. 적어도 태후를 끌어내릴 때까지는 그가 나를 배반하고 태후의 편을 들 리가 없거든. 내 입장에서는 꽤 이익이 남는 장사였지."

두 번째? 그러면 첫 번째가 또 있다는 말?

아내 감을 잃고 재상을 믿을 수 있게 되었다는 사실을 두고, 이익이 남는 장사라 평하고 있는 남자다. 그런데 정말 이상한 것은 나였다. 나는 저 섬뜩한 고백보다 그 전의 말이 더 신경 쓰였다.

그는 죽은 약혼녀이자 재상의 손녀를 두고, 그가 보아 온 중 두 번째로 황후의 자리에 걸맞은 여자라 평했다. 두 번째라는 것은 첫 번째가 있다는 말이다.

그가 인정한, 황후 자리에 가장 어울리는 여자가, 있다는 말.

어째서인지 모르겠지만, 여태까지 느낀 중 가장 가슴이 조여 오는 느낌이 들었다.

여전히 이유는 알 수 없었다. 사실은 알고 싶지 않았다.

있는 힘껏 목소리를 끌어올렸다. 활달하고, 즐겁다는 듯. 조금 전의 서늘함이나 알 수 없는 답답함 모두 내 감정이 아니라는 듯이.

"축하드려요."

"뭘?"

"확실히 재상께선 그런 희생으로라도 얻을 가치가 있는 우군이죠. 축하드릴 일이 맞겠네요."

내가 듣기에도 어색했다.

그는 미묘한 표정을 했다.

"희생?"

"예. 약혼녀셨잖아요. 그리고 황후 자리에 걸맞은 분이라 하셨고요. 아마 그 분이 살아 계셨다면, 태후 카틀레야를 가장 앞장서서 견제해 줄 방패가 되어 드렸겠지요."

그는 어째선지 무표정에 가까운 얼굴로 입매만을 끌어올려, 내 어색하기 짝이 없는 말의 핵심을 찔렀다.

"그리고 나는 태후를 끌어내린 뒤 바로 그 칼날을 내 황후에게 겨누어야 했겠지. 차라리 지금이 더 나은 상황이긴 해. 내 입장에서는 말이야."

제법 의연하게 답했다.

"그러니 축하드린다 말씀드린 거예요."

그의 미간이 와락 구겨진다.

"이상하군……."

입 안이 바짝 마르는 것이 느껴졌다. 물이나 차라도 한 잔 기울여 입을 적시고 싶지만 불가능했다. 나를 뱀처럼 옭죄고 있는 이 남자는 그것을 허락하지 않았던 것이다.

"지금 그대는 이상해."

두 눈에 힘을 주어 그를 거의 노려보다시피 올려다보았다.

"전 지극히 정상이에요."

"아니, 평소라면 여기서 나를 비난하거나 무어라 한소리를 했어야 내가 아는 그대야. 좀 더 적극적으로 비꼬아 주어야 내가 아는 비나지."

그의 입술에서 속삭이듯 흘러나온 내 이름이 내 귀를 찔렀다. 그 순간 보이지 않는 송곳이 내 심장 부근을 푹 찌른 것처럼 느껴졌다. 뭐지? 이건?

그는 이상하다는 듯 손등으로 내 뺨을 천천히 쓸어내렸다. 손길은 그대로 내 턱을 쓸고 입술 위에서 멈추었다.

루크레티우스의 얼굴이 가까이 다가왔다. 마치, 조금 전의 열정적인 키스의 순간처럼. 나는 뱀에게 휘감긴 작은 짐승처럼 멍하니 서 있었다. 도망칠 생각이나 거부할 생각조차 하지 못한 채.

다행히, 혹은 불행히도, 같은 행위가 이어지지는 않았다. 그는 내 귓가에 키스하듯 작게 속삭여 왔다.

낮은 소리가, 마치 애무하듯 귓바퀴를 감아 돈다.

"어디, 몸이 안 좋은가?"

소름이 얼음송곳처럼 척추 한 가운데를 찔러 올렸다. 그리고…….

"……."

"응?"

온몸에 열이 화악 퍼졌다.

나는 잘 알고 있었다. 루크레티우스는 꽤나 집요한 남자였다. 그는 자신의 집요함을 굳이 필요 없는 부분에서까지 늘 유지하는 경향이 있었다. 루크레티우스의 그러한 경향은 나를 늘 끝까지 몰아붙이고는 했다.

"그러고 보면 처음 방에 들 때부터 안색이 좋지 않았어."

그의 이마가 내 이마에 닿았다. 서늘한 살갗이 닿자 내 얼굴이 지금 얼마나 달떠 있는지 새삼 깨닫게 되었다.

세상에……. 이게 대체 뭐람!

내가 황당하거나 난처하거나 그는 아랑곳 않았다.

"확실히, 열이 있는 것 같군."

"아, 아니에요!"

이번엔 그의 얼굴이 멀어지더니 손이 이마를 다시 덮었다.

"아니. 열이 있어."

연이어 목덜미에도 닿았다. 그는 결론을 내렸다.

"온몸에 열이 있는 것 같군. 요즘 일이 많다고 하더니, 무리를 한 건가?"

말이 하나도 귀에 들어오지 않았다.

얼굴이 보이지 않았다. 내 눈에 보이는 것은 그의 가슴팍이었다.

물론 지금은 낮이다. 해가 중천에 뜬 한낮. 그것도 재상과 함께 정무를 의논하던 집무실 안. 따라서 그의 몸차림은 완벽했다. 옷깃 하나 흐트러지지 않은 상태.

그러나 나는 저 옷 아래 모양을 전부는 아니지만 알고 있었다.

붉은 옷깃 아래 쇄골과 흰 피부가 어떤 모양인지, 그리고 어떤 감촉인지…….

"아!"

상념에서 도망치려는 것처럼 그가 단단하게 안은 품 안에서 도망치려 했다. 그의 목소리가 더욱 낮아졌다. 더 진지해졌다.

"왜 그러지?"

"그게…….."

얼굴이 마치 숯처럼 뜨거워졌다.

뭐라고 하지? 제대로 된 대답을 주지 않으면, 그래서 납득하지 않으면 그는 절대 나를 놓아주지 않을 기세였다.

뇌가 녹을 것 같다. 대답을 해야 한다. 뭐라고 하지?

사실대로 말할 수는 없었다. 그야, 당신 목소리 듣고, 당신 옷 아래 모습을 순간적으로 떠올렸다고 어떻게 말하라고! 입이 찢어져도 그렇게는 말 못해!

당혹감과 어떻게든 이 상황에서 벗어나야 한다는 강박감으로 마구 던졌다.

"그, 그러니까……! 코르셋이 너무 조여서……! 그래서 답답해서 그런 거예요!"

"……."

그는 무표정하게 나를 내려다보았다. 잠시 내가 한 말이 정말인지 확인하는 것처럼 진지하게 바라보던 그가, 마침내 치졸한 변명을 받아들여 주었다.

"그렇군. 하긴, 내 기억보다 허리가 더욱 가늘어서 놀라긴 했지."

"……."

꼭 나를 화나게 만드는 한 마디를 덧붙이는 것은, 참 이 남자다웠다.

나는 볼멘소리로 중얼거렸다.

"사만다와 아그네스가 본궁으로 오는 것이니 최대한 꾸며야 한다고 평소보다 엄청나게 조였다고요."

그는 씩 웃었다.

"그러면 내가 좀 풀어줄까?"

"!!!"

나는 필사적으로 그의 친절을 거부해야 했다. 친히 드레스 상의를 벗기고 코르셋을 느슨하게 해 주겠다 하는 친절은 너무나도 과했다.

나는 필사적으로 도리질 쳤다. 괜찮다고 강변하며, 그사이 살이 쭉쭉 빠졌으므로 이 정도로 조인 것은 아무렇지도 않다고 얼토당토않은 주장을 했다.

아마 그가 온 힘을 다해 내게 친절(?)을 베풀려 하였다면 강제로 받아야 했겠지만, 천만다행히도 그런 사태는 벌어지지 않았다. 내 한마디 덕분이다.

'여긴 집무실이에요! 태후가 알면 뭐라고 하겠어요!'

다행히 그는 수긍하고 물러나 주었다.

하긴, 내가 생각해도 말이 안 된다. 황비가 황제의 집무실에 대낮에 불려갔다가 옷이 흐트러져 나온다면, 대체 궁 안에 어떤 소문이 돌겠는가. 태후는 옳다구나 하고 루크레티우스를 여색에 미친 폭군으로, 그리고 나를 황제를 농락하는 요부로 만들려 들 것이다.

덕분에 잠시 몸이 안 좋았지만, 이제는 괜찮아졌다 점잔 떨며 말하는 나를, 루크레티우스는 아쉬워하며 놓아주었다.

'위, 위험했어. 이번엔 진짜 위험했어!'

식은땀을 흘리며, 루크레티우스가 잠시 들인 시종이 준 찻잔을 받아들었다. 시종은 다시 곁방으로 물러났다.

나는 여전히 두근거리는 가슴이 애써 진정되기를 빌며, 흰 사기 찻잔 속에서 휘도는 붉은 찻물을 내려다보았다.

히—, 히—, 후—. 진정하자. 좀 정신을 차리자. 사비나. 이러다가, 진짜 큰일 난다.

다행히 루크레티우스도 나를 더 놀릴 생각은 없는지, 좀 더 진지한 이야기, 그러니까 본론을 이제야 꺼내들었다.

"그나저나 재상이 그대를 꽤 좋게 본 것 같아 다행이야."

"그런……가요?"

"며느리가 그대를 만나러 가겠다 했잖아? 일찍 죽은 장남 말고 차남이 장차 로넨시아 공작가를 물려받을 거야. 그 차남의 부인, 일랑 백작부인이 그대에게 인사를 하러 온다는 의미지."

"……."

"제국 사교계에서 그대의 입지를 확실하게 다져 주겠다는 말이야."

마주 고개를 끄덕였다.

"태후가 몸이 무거워 움직이지 못하는 사이에 굳혀 두는 것이 좋겠죠. 고마운 일이에요."

잠시 또 관찰하는 듯이 나를 보던 그는, 지나가는 듯이 내게 질문을 하나 툭 던졌다. 내 입장에서는 조금 등줄기가 서늘해지는 이야기를.

"그나저나……, 황녀들에게 신경을 쓰고 있다지?"

어깨가 긴장으로 딱딱하게 굳는 것이 느껴졌다. 표정 역시 순간 굳었음을 숨길 수 없었다. 그러나 곧 얼굴을 바꾸어 생긋이 미소 지었다.

"네."

"어째서지?"

내 얼굴에 쓴 표정이 바늘 끝 들어갈 틈도 보이지 않기를 바랐다. 내 대답 역시.

"굳이 대답해야 하나요?"

"뭐?"

그의 얼굴이 굳었다. 늘 내 앞에서 보이던 여유 넘치던 태도와는 완전히 다른, 허를 찔린 얼굴.

조금 마음에 들었다.

"따로 말씀드리지 않아도 이미 알고 계셨고, 또 제가 무얼 생각하는지도 이미 판단을 마치셨겠지요."

"……."

속에서 불이 나는 것 같았다. 속이 타서, 그대로 원샷에 가깝게 차를 들이켰다. 하지만 차 한 잔은 속의 불을 어떻게 해 주지 못했다. 도리어 기름을 부은 것 같았다.

신기하게도, 머릿속은 심할 정도로 차가웠다.

나는 진심으로 부드럽게 웃으며 물었다.

"사만다인가요?"

"……."

"아니면 아그네스?"

"……."

"로벤티스 자매일수도 있겠군요. 가능성이 낮지만 리즈벳일 가능성도 없지는 않을 테고."

침묵이 깔렸다.

누구이려나? 나는 차가운 머릿속으로 생각했다.

"이미 아실 터라, 제가 지금 굳이 짚는 것이 지겨우실 테지만 그래도 들어 주세요. 내가 황녀들에 대해 알아보라 지시한 것은 오늘 오전 일이에요."

"……."

"그 뒤에 겨우 두어 시간, 단장을 하고 이곳으로 와서 당신을 만나는 그사이에 누군가가 내 명령을 그대로 당신에게 전달했다는 이야기가 되겠네요."

부드럽게 눈매를 휘며 웃었다. 하지만 지금 내 눈은 웃고 있지 않으리라.

"이미 제가 왜 그리 행동했을지 예상도 하고 계시겠죠. 말씀해 주시지 않겠어요?"

그가 질문에 답하리라 생각하긴 힘들었다. 그는 늘 본인이 원하는 대로 행동하는 사람이었고, 모든 상황의 주도권은 늘 그에게 있었다. 적어도 그와 나의 관계에 있어서는. 그러니 순순히 내 뜻을 따라 줄 가능성은 낮았다.

그럼에도 나는 강하게 밀어붙였다. 싸늘하게 식은 머리가 판단한 대로.

지금 밀리면 이대로 영영 끌려 다니며 끝나리라.

신뢰는 없어도 신용은 할 수 있어야 하지 않나.

이 남자를 신용조차 하지 못하면, 이곳에서 태후를 상대로 살아남기 위해 노력하는 것도 의미가 없다. 차라리 그냥 황궁에서 도망칠 시도를 하는 게 낫지.

……라는 계산이나 판단은 사실 나중에 덧붙인 것이다. 솔직히 말하자면 하나였다.

나는 정말로…….

정말로 화가 났다.

그래서였다. 다시 겁 없이 그를 재촉했다.

"말씀해 주세요. 이미 다 알고 예측하고 계시지 않나요?"

"……."

꽤나 길고 불편한 침묵 끝에 그의 입술이 열렸다.

"……아마도 그대는 황녀들이 도움이 될 거라 판단한 거겠지."

드디어 입이 열렸다. 나는 차가운 미소로 그의 대답을 다시금 재촉했다.

"그렇죠. 그리고요? 구체적으로 무얼 할 거라 예상하셨나요?"

"……내 예상이 맞는다면 그 아이들에게 접촉하려 했겠지. 그리고 인간적인 호감이나 유대를 쌓을 수 있다면 더 좋을 테고. 그 아이들은 제대로 애정을 받지 못하는 아이들이니 약간의 호의에도 쉽게 감화될 게야."

"……."

그 말대로다. 내가 계획하고 있던 내용이다. 그의 입을 통해 말로 구체화되자, 지독한 환멸감이 나를 휩싸려 들었다.

어찌 보면 당연한 일이나, 나를 그다지도 상세하게 감시하고 있는 루크레티우스에 대한 분노. 또 이렇게까지 쉽게 내 생각을 손바닥처럼 읽어 낸 것을 보면, 내 사고방식이 그와 정말로 비슷하리라는 확신에 대한 짜증. 게다가 그의 입을 통해 구체화된 내 계획과 노림수가 정말 저열하고 치졸하게 느껴진다는 사실까지.

모든 것이 나를 화나게 했다.

그렇기에 침착하게 평했다. 절로 딱딱한 목소리가 나왔다.

"역시 영명하십니다."

탁. 나는 빈 잔을 일부러 힘주어 내려놓았다. 연이어 깊이 고개 숙여 청했다.

"하면 이제 물러감을 허락해 주소서."

"……."

대답을 기다리지 않았다. 제발 내 목소리가 송곳처럼 뾰족하고 얼음처럼 차갑기를 바라며 마지막 마디의 말을 맺었다.

"굳이 저를 이리 부르실 필요가 있으시겠습니까? 그 소식을 물어다 준 이에게 확인하시지요. 일부러 감시하시기 위해, 또한 보이기 위해 처소까지 찾지 않으시어도 됩니다."

대답을 기다리지 않고 바로 몸을 돌렸다.

방을 나서고 문이 닫히는 순간까지, 루크레티우스에게는 어떤 대답도 들려오지 않았다. 그 사실이 기이하리만치 가슴을 싸늘하게 했다.

나는 천천히 눈을 굴렸다. 지금 내 앞에는 시녀들이 환담을 나누며, 어제 하지 못한 일을 마무리하는 중이었다. 대연회 준비는 참으로 시간이 많이 걸렸다.

시선이 처음 닿은 사람은 사만다였다.

내 시녀장이자, 황제의 전 시녀장. 그녀일 가능성은 꽤 높았다. 루크레티우스에게 내 일거수일투족을 보고할 사만다의 모습은 쉽게 예상이 갔다.

그다음으로 시선이 닿은 상대는 아그네스였다.

그녀 역시 가능성이 높았다. 아그네스는 루크레티우스의 외조모가 들인 양녀였다. 그녀는 선황과 태후에 대한 적개심으로 가득 차 있었다. 내가 황녀들에게 관심을 보이는 것에 과한 반응을 보였던 것도 그녀였다. 역시 가능성이 높았다.

다음은 엘자와 루이스 자매. 이들은 앞의 둘보다는 조금 가능성이 낮았다. 그러나 이들이 아니라고는 결코 확신할 수 없었다.

별궁에서 내가 이들에게 처벌을 하지 않는 자비를 베풀었고, 나와 비슷한 나이대의 두 사람과 꽤 친해진 것도 사실이었다. 그러나 이들은 황제의 심복 가문 출신이다. 그 가문에서 루크레티우스의 명으로, 입궁하여 내 시중을 들게 된 이들이다. 그들이 나를 우선하여 황제의 명령을 거부하리라고는 기대할 수 없었다.

마지막으로 리즈벳.

"……."

헛웃음이 나왔다. 아까 루크레티우스의 집무실에서는 분노 때문에, 리즈벳이 황제의 귀일 가능성도 생각하고 있었다. 하지만 머리가 좀 식은 지금 생각해 보면 말도 안 되는 일이었다.

의욕이나 동기는 많을 것이다. 리즈벳은 황제에게 조금이라도 가까이 접근하고 싶어 하고 있으니까. 그러나 황제 쪽이 과연 저 아이를 그런 식으로라도 이용하려 들까 알 수 없었다.

무엇보다도, 나를 허탈하게 한 것은 다른 부분이었다. 지금 저 아이는 지나칠 정도로 평소와 같았다.

이 궁 모두가 그의 귀일 가능성이 있고, 모두가 아닐 수도 있었다. 그러나 저 단 한 명은 아닐 것이라 확신할 수 있었다.

내게 그 사실은 차라리 유쾌하게까지 느껴졌다. 저렇게 나를 당장에라도 잡아먹을 듯 노려보고 있는 아이의 태도와 행동을 보고 있으면 내 의심이 어이없어졌다.

무슨 말인고 하니, 기본적으로 리즈벳은 내 앞에서 조금도 감정을 숨기지 못한다는 의미다. 그러니 아마도 저 아이가 루크레티우스와 따로 연이 닿아 나를 감시하고 있다면 당연히 티를 낼 수밖에 없을 것이다. 그런데 그런 기색은 조금도 보이지 않았다.

어제 루크레티우스에게 감시당하고 있다는 사실에 분노한 나머지 바로 잊어버린 일이 하나 있었다.

바로 저 리즈벳의 일이었다.

나와 경쟁이라도 하듯 화려하고 아리땁게 꾸민 리즈벳은 황제의 시선을 한 조각도 받지 못한 채 끌려 나간 뒤로, 내게 대놓고 원망의 눈빛을 보내고 있었다.

태후가 저 아이의 분노나 원망을 눈여겨보고 접근하리라 예상한 것이 과한 바람이었나 싶어질 지경이다. 과연, 성공 가능성이 있을까.

"……."

한숨이 절로 나왔다. 리즈벳은 마치 내가 자신의 것을 빼앗아 간 악당이라도 되는 듯이 보고 있었다.

푸른 눈에 가득한 감정은 억울함과 분노, 그리고 원망. 드러내 놓은 한숨도, 저 아이의 태도 변화를 이끌어 낼 수는 없었다.

지금 내 주변을 둘러싼 시녀와 하녀들의 분위는 난처하고 황망한 껄끄러움에 잠겨 있었다. 당연했다.

결국 참지 못한 사만다가 리즈벳에게 대놓고 주의를 주었다.

"리즈벳 공녀. 불손한 눈빛은 그만두세요."

"예, 네?"

리즈벳은 화들짝 놀라서는 싸늘한 주변을 한번 돌아보았다. 그러고는 더없이 태연하게 대답한다.

"저는 비 전하께 불손한 눈빛을 한 적이 없는데요."

"……."

"……."

무거운 침묵이 내리깔렸다. 아그네스가 낮은 목소리로 찔렀다.

"공녀께서 당장에라도 눈빛으로 비 전하를 찌를 듯이 보고 있다는 것을, 이 방 안에서 눈 달린 이들이라면 모두 보고 있었답니다."

"그, 그건······!"

리즈벳은 잠시 당혹했지만, 곧 억울하다는 듯이 작게 외쳤다. 그나마 소리를 지르지 않은 것은 한번 된통 혼이 난 아그네스가 상대이기 때문이리라.

"어제 비 전하께서 제게 하신 일 때문이에요. 전 약간의 서운함을 표현하고 있었던 것뿐이에요."

주변에 다시 싸늘한 공기가 감돌았다. 나는 대놓고 입을 열었다.

"내가 무얼 어쨌다는 것이지? 무엇이 그리 서운하다는 것인지 모르겠구나."

리즈벳의 눈꼬리가 다시 치켜 올라갔다. 억울하고 분하다는 듯 예쁜 핑크색 입술을 앙다물었다. 그리고 눈매에 수정 같은 눈물방울을 달고서는 다시 헛소리를 시작했다.

"비 전하께서 저를 싫어하신다는 것도 알고······, 폐하께서 제게 시선을 주실까 걱정하신다는 것도 잘 알아요. 처음에는 오를린이 비 전하께서 제게 그러신다고 했어도 믿지 않았지만······, 제게 하시는 행동을 보니 정말로 그렇다는 걸 알겠더군요."

이 아이가 어제 일에서 무언가를 배울 거라 기대하지는 않았다. 하지만 이 정도로 학습능력이 없는 것은 기가 찰 지경이었다. 아니, 이 경우에는 차라리 다행이라 보아야 하려나?

어이가 너무 없어서 기가 막혔다. 다만 차게 물었다.

"오를린이 그리 말했다고?"

"네! 정확한 사실을 알려 줬죠."

리즈벳의 푸른 눈은 나를 똑바로 올려다보고 있었다.

"제가 전하보다 아름다우니, 제가 폐하의 눈에 띄면 바로 비 전하께서는 총애를 잃게 되실 거라고. 그러니 비 전하께서 저를 견제해서 어제도 폐하의 집무실에서 쫓아내신 거라고요!"

마지막은 거의 악을 쓰듯 소리를 질렀다.

리즈벳의 목소리가 작게 메아리치듯 방 안을 맴돌았다. 나는 물론이요, 방 안의 모든 이들이 경악과 혐오의 시선으로 리즈벳을 바라보고 있었다.

그들 중 누구도 먼저 감히 입을 열지 못했기에, 리즈벳은 잠시 당당한 얼굴을 했다. 자신이 더없이 옳은 말을 하였으므로 누구도 무어라 하지 못하는 거라고 말하는 얼굴이었다.

말없이 몸을 일으켰다. 그리고 리즈벳 앞으로 다가갔다. 잠시 그에 움찔하던 아이는, 다시 짐짓 당당하게 어깨를 폈다. 나는 생긋이 웃으며 물었다.

"내가 너를 견제한다고?"

"네."

"그래서 어제 너를 쫓아냈다고?"

"네, 그러셨죠."

"오를린이 그리 말하든?"

"네. 오를린은 나이가 많은 만큼 현명해요."

나는 낮게 웃었다. 대놓고 비웃는 소리가 방 안을 울렸다. 마치 맞춘 듯, 시녀들의 웃음소리가 작게 퍼져나가기 시작했다. 소리가 점점 커져서는, 곧 거의 왁자지껄한 웃음소리의 향연이 되어 버렸다.

길게 웃다가 갑자기 뚝 끊어 내며, 간단히 물었다.

"어제 폐하의 집무실에, 오를린이 있었느냐?"

"……아, 아뇨."

나와 시녀들의 비웃음에, 리즈벳은 잠시 움츠러든 모습이었다. 목소리도 작아졌다.

"그렇다면 그 현명하다는 오를린은 직접 보지도 못한 일을 가지고 마치 본 것처럼 내가 어떤 생각을 가지고 무슨 행동을 하였다 네게 헛소리를 한 셈이니, 벌을 주어야겠구나."

"네?!"

"폐하의 집무실에 든 자리에 오를린은 따라오지 못했어. 그렇지 않나?"

사만다가 긍정한다.

"예, 전하."

한가로이 말을 이어 갔다.

"그리고 어제 시녀를 내보낸 것이 누구였지?"

"폐하셨습니다."

아그네스가 답해 왔다. 나는 엄정하게 잘라 말했다.

"그렇다면 오를린이 감히 본 적도 없는 일을 마치 본 것처럼 말했다는 의미가 되는구나. 아니라면…… 네가 꾸며 말하여 그리 생각하도록 만들었거나."

"네?!"

상냥하게 웃으며 물었다.

"어느 쪽이니?"

리즈벳의 눈이 당혹감에 동그랗게 커졌다. 이제야 자신이 어떤 함정에 빠진 것인지 눈치챈 모양이다.

졸지에 리즈벳은 선택의 기로에 놓였다. 잘못하면 오를린이 본 적 없는 일을 함부로 단정 지어 주인에게 말한 잘못을 저지른 것이 된다. 그도 아니면 리즈벳이 악의적으로 당시 상황을 전하여 오를린이 실수한 것이다.

즉, 리즈벳 입장에선 어느 쪽을 선택해도 자신 혹은 오를린에게 해가 된다.

"그, 그건……."

당혹감에 버벅거리는 리즈벳을 두고, 나는 사만다에게 느긋하게 물었다.

"사만다. 이런 경우 잘못을 저지른 이는 어찌 처벌하는 것이 법도이지?"

그녀는 태연하게 답을 내주었다.

"하녀의 경우 태형에 처해지고, 시녀의 경우 연금형에 처하는 것이 보통입니다. 태형의 횟수나 연금의 날짜는 때에 따라 달리 정해집니다."

"그래?"

"예, 보통 잘못을 훈계하는 웃전께서 정하시는 것이 보통입니다."

나는 고개를 돌려 생긋이 웃었다.

"어느 쪽이니? 사실을 알아야 벌을 내릴 대상이 누구인지 분명히 알 수 있지 않겠니? 너인지, 오를린인지."

"그, 그런……."

리즈벳의 얼굴은 창백해지고, 어깨는 가련할 정도로 와들와들 떨리고 있었다. 그러나 이미 지난 몇 주간 리즈벳에게 시달릴 만큼 시달린 이들에게, 저 모습은 전혀 가련해 보이지 않았다.

침묵이 길어지자 아그네스가 나섰다. 그녀가 몸을 일으키는 것만으로도 리즈벳은 화들짝 놀랐다.

아그네스는 내 옆에 서서 냉정하게 물었다.

"어찌 말씀을 못하십니까? 공녀께서 오를린에게 잘못 말씀을 전하시어 말을 못하시는 겁니까?"

"아, 아니에요!"

리즈벳은 거의 비명에 질렀다. 그러자 아그네스는 다정하게 웃으며 결론을 내려 버렸다.

"그렇군요."

"네, 네! 전 아니에요!"

아그네스가 그녀의 말을 긍정하는 듯 보이자, 리즈벳은 그녀에게 매달리듯 대답했다. 결국 함정이라는 것을 오로지 리즈벳만이 몰랐다.

"그렇다면 벌을 받아야 하는 것은 오를린이겠군요."

"네?"

"공녀께서 말을 왜곡하여 전하신 것이 아니라면, 응당 본 바 없는 말을 만들어 내어 공녀께서 비 전하께 무례를 저지르도록 한 것은 오를린이 되지 않겠습니까?"

"그, 그런……!"

리즈벳이 파리한 얼굴로 항의하려 하자 아그네스가 차갑게 노려보며 되물었다.

"하면 공녀이십니까?"

"……"

"공녀께서 오를린에게 말을 왜곡하신 것이면, 이 죄는 공녀께 가게 됩니다."

"절대 아니에요!"

그리 답한 리즈벳은 온몸을 와들와들 떨었다. 그러나 사만다는 그녀를 무시하고 곧바로 내게 물었다.

"하면 오를린에게 이번 죄를 물어야 하겠군요."

"그렇겠군."

나는 대수롭지 않게 답했다. 사만다가 내게 묻는 목소리에는 숨길 수 없는 즐거움이 묻어났다.

"태형은 몇 대를 내릴까요?"

리즈벳을 한번 훑어보고는, 가볍게 오를린의 처우를 결정했다.

"태형 30대. 3일간 식사는 하루 한 끼만 주도록."

"예."

사만다는 정해진 처벌을 실행하기 위해, 내게 허락을 구한 뒤 방에서 물러났다. 그리고 이 모든 결정이 내려지고 실행되는 동안 리즈벳은 내게 단 한 마디도 오를린이 한 일이 아니라 말하지 않았다.

리즈벳이 벌을 받았다면 자신의 거처에서 며칠 나오지 못하는 것으로 끝이었을 터이다. 하녀의 신분으로 떨어진 오를린은 직접 매를 맞아야 한다. 알고도 리즈벳은 입을 다물었다.

결국, 자기 자신이 중요하다는 얘기겠지.

나는 혀를 차며 유유히 돌아와 앉았다.

리즈벳은 멍한 얼굴로 방 안 이들의 얼굴을 훑어보았다. 누군가에게 도움을 청하고 싶었던 모양이지만, 될 리 없었다. 모두의 싸늘한 표정을 보고 이제야 지금 상황을 제대로 인식한 것인지, 리즈벳은 고개를 떨어뜨렸다.

"……."

평소라면 이 정도까지 하지 않았을 것이다. 조금 더 나갔더라도 이 선에서 멈췄겠지. 하지만 어제오늘 나는 기분이 나빴다.

매우 나빴다.

즉, 리즈벳은 오늘 나를 잘못 건드린 것이다.

사근사근한 말투로 다시 입을 열었다.

"리즈벳."

"네, 네?!"

화들짝 고개를 드는 아이의 얼굴은 참으로 가련하고 예뻤다. 그러나 아무런 감흥을 주지 못했다.

어차피 나에 대한 이 아이의 적개심이 크면 클수록, 태후가 관심을 가질 가능성은 더 올라갈 것이다. 그러면 굳이 내가 무르게 나갈 필요가 없었다.

"어제 일의 오해를 오늘 풀자꾸나."

"네?"

당황한 리즈벳의 얼굴을 향해, 더없이 부드럽고 자신만만하게 웃어 주었다.

"오늘 폐하께서 납시실 것이란다. 그 앞에서 네가 어제처럼 꾸미고 서면 알 수 있겠지. 어제 내가 널 쫓아낸 것인지, 아니면…… 폐하께서 네게 관심이 없으셨던 것인지, 확실히 알 수 있지 않겠니?"

지금 나는 홀로 응접실에 자리를 차지하고 앉아 있었다. 머릿속이 너무 혼란스러워 일부러 시녀들을 모두 물리고서 혼자만의 시간과 공간을 만든 것이다.

다른 시녀들을 물리기 훨씬 전에, 리즈벳은 쫓기듯 파리한 얼굴로 물러갔다. 나는 어깨를 잔뜩 움츠린 채 방을 나가는 그 아이에게 말해 주었다.

"할 수 있는 한껏 치장하고 오늘 저녁에 내 침소 시중을 들려무나."

말만 놓고 보면 무슨 변 사또가 춘향이에게 할 법하지만, 아무리 리즈벳의 얼굴이 볼만해도 내게 그런 취미가 없었다. 단순히 황제 앞에 대놓고 선을 보여 주겠다는 선전포고였다.

스스로도 이해가 되지 않았다. 지금 나는 계속 화가 나 있었다. 어제 루크레티우스, 그가 나를 감시하고 있었다는 사실에 지금까지 화를 내고 있는 것이다.

사실, 이미 알고 있지 않나. 그는 나를 신뢰하지 않았다. 나도 그를 믿지 않는다. 서로 이해득실을 위해 손을 잡고 있는 것에 가깝다.

그렇다면 그가 나를 감시하는 것도 당연했다. 내가 화를 낼 일이 아니었다.

그런데…….

"대체 왜 이렇게 화가 나는 거지?"

나는 거의 들리지 않을 정도로 작은 목소리로 중얼거렸다. 의미 없는 혼잣말.

들고 있던 책을 내려놓고 잠시 멍하니 창밖을 바라보았다. 그리고 다시 자문했다.

'지금 난 왜 이렇게 화를 내는 걸까?'

누구에게 화를 내고 있지?

이건 분명했다. 그에게다. 루크레티우스. 내 법적인 남편.

이유는?

그가 나를 감시하고 있다는 사실을 부주의하게 내 앞에서 드러낸 것이 원인이다.

"……."

그런데 좀 이상했다. 분명히 인식하고 있었다. 나와 그는 전략적인 제휴를 한 상대다. 서로 이용하는 관계. 서로의 이익을 위해 잠시 서로 손을 잡은 것뿐. 그런데 지금 나는 그가……, 나를 믿지 않고 감시했다는 사실에 화가 나 있다.

앞뒤가 맞지를 않는다. 어째서? 실제로 나는 그를 전혀 믿지 않았다. 그런데 그가 나를 믿지 못한다는 사실이 도드라지자, 그에 화를 낸다. 모순도 이런 모순이 없었다.

초조함이 치받아 오르려 했다. 무의식적으로 손톱을 살짝 물었다. 매끈한 손톱의 감촉이 혀와 입술 사이에 들어왔다. 위, 아래 이가 초조하게 그 손톱을 씹었다. 잘근잘근.

대체 이 더러운 기분은 뭐야?

그 순간이었다. 내 뇌리를 울리는 목소리가 있었다.

"……정말 내가 왜 이러는지 모르겠나?"
"내 이름을 불러 줘."

화악!

얼굴이 불에 덴 듯 달아올랐다. 그의 낮은 목소리가 마치 피부를 두드리듯 다시 뇌리에서 반복되었다. 그 아래 숨은 의미를 모르고 싶었다. 모르고 싶었으나, 그럴 수가 없었다.

그런 건가?

정말로?

조금 허탈해졌다. 그리고 나 자신이 한심해서 견딜 수가 없어졌다.

"날 좋아한다고 한 주제에……."

그러면서 나를 믿지 않는 거다, 그 남자는.

어이없게도, 나는 이 사실에 화를 내고 있었다.

그가 한 말은 돌려 한 고백과 다르지 않았다. 그래 놓고 루크레티우스는 나를 여전히 감시하고 있었다.

입 발린 거짓말이라는 생각은 들지 않았다. 그렇게 믿고 싶은 것은 아니다. 그에게 기대를 하는 것도 아니다.

헌데 그가 내게 한 저 애매한 '고백'을 내가 '진짜가 아니다'라고 완전히 부정하지 못하는 이유는 하나였다.

그에게는 굳이 나에 대한 애정을 가장할 이유가 없었다.

나를 이 자리에 앉힌 초반에, 그는 내게 조금도 감정적인 교류를 기대하지도 요구하지도 않았다. 필요가 없었기 때문이다.

당당하게 '거래'를 제안하던 모습을 기억했다. 그때의 그와 지금의 그는, 시간의 흐름이 길지 않건만, 내가 보기에는 다른 사람이라 보아도 좋을 정도로 달랐다.

결국 이리저리 따져 봐도, 그가 내게 보인 감정은 진짜였다. 그렇게밖에는 판단을 내릴 수가 없다. 그런데…….

"그런 주제에……, 왜……."

속이 부글부글 끓었다.

"왜 나를……!"

분노는 조금도 사그라져 주지 않았다. 역시 가장 이상한 것은 나였다. 나는 분명 그가 처음으로 자신의 감정을 드러낸 순간, 이렇게 말했었다.

'알고 싶지 않다'고.

그렇다. 알면서도, 알고 싶지 않았다. 외면했다. 그가 나를 믿지 않는다면 도리어 기뻐해야 맞지 않나?

고삐 풀린 말처럼 날뛰려 드는 자신의 감정을 온 힘을 다해 누르면서, 이성을 최대한 날카롭게 갈았다. 그 차갑게 유지한 이성으로 감정을 분석했다.

대체 난 왜 화를 내고 있는 거지? 화를 내지 않는 게, 차라리 안심하는 게 맞지 않나?

그는 나에게 애정이 있음을 공공연히 드러내 놓고 말했다.

그런 주제에 나를 믿지 않았다는 사실에, 나는 화가 나 있다.

여기서 나올 수 있는 결론은 하나였다.

나도 그에게 마음이 있어서, 그가 나를 믿지 않는다는 사실에 화가 났다.

"……."

어이가 없었다. 절로 날카로운 목소리가 튀었다.

"그럴 리가 없잖아!"

중간에 분석이나 생각의 흐름이 이상하게 튄 것이 분명하다. 나는 잠시 심호흡을 하고, 다시 생각을 가다듬었다.

그것뿐인가? 그게 다인 건가? 곰곰이 따져보았다. 그리고 하나를 추가했다.

"리즈벳."

그래, 리즈벳 그 아이도 있었다. 누가 보아도 돌아볼 수밖에 없는 아리따운 얼굴의 소녀. 진짜 에일 공녀. 태후의 농간이 아니었다면, 루크레티우스의 후궁이 되었을 아이.

정말 힘겨운 일이지만, 나는 간신히 인정했다. 그렇다. 나는 리즈벳이 매우 신경 쓰였다. 그것도 루크레티우스와 연결 지어 생각해 보면 더더욱 가슴이 답답해져 왔다.

이건…….

객관적으로 내릴 수 있는 결론은 하나다. 그렇다. 나는 그와 리즈벳을 연결 짓는 것이 불쾌했다. 내 냉철한 이성이 도출해 낼 수 있는 최종적인 분석은 이것일 수밖에 없었다.

"그래, 리즈벳은 그 인간에겐 안 어울려!"

그러니, 내가 내릴 수 있는 결론은 하나였다.

"역시 더 어울리는 여자를 찾아야겠어!"

리즈벳은 어차피 태후를 낚기 위한 미끼다. 나도 집으로 돌아가고 나면, 루크레티우스의 곁에는 여자가 없다. 일국의 황제에게 아내가 없는 것은 말도 안 된다.

그러니, 역시 내가 좋은 여자를 찾아서 그에게 붙여 주는 것이 낫다.

리즈벳은 객관적으로 황후나 황비 감은 아니지. 그래서 기분이 별로였던 거다. 나 좋다고 하는 남자에게 리즈벳 같은 애가 붙으려고 하니까 짜증이 날 수밖에 없는 거야!

실제로 황후가 된 리즈벳을 상상해보자 기분이 다시 나빠지려 했다.

그래, 이거였어.

나는 집으로 돌아가고, 루크레티우스는 좋은 여자를 찾아 황후로 올리고. 리즈벳은 말고 말이다. 완벽한 구도다. 누이 좋고 매부 좋은 일.

"음음. 그래, 완벽해."

제대로 결론을 만들고 인정하자 매우 마음이 가벼워졌다. 어딘가 중간부터 이상하다는 느낌이 자꾸만 들었지만, 나는 억지로 그 가시처럼 걸리는 느낌을 무시했다.

나름 알찬(?) 생각 정리를 마칠 즈음이었다. 텅 비어 있던 방문이 열리며 한 사람이 응접실로 들어섰다.

아그네스가 조용히 다가와 고개를 숙이며 인사했다.

"명하신 일을 처리하고 왔습니다."

사만다는 오를린에 대한 처벌 문제로 잠시 내 곁을 떠나 있었다. 아마 한두 시간은 돌아오지 못할 것이다. 그리고 엘자와 루이스에게 내 저녁 옷과 장신구를 보아 달라 말하여 잠시 방에서 내보냈다. 그들이 일을 끝내는 것도 시간이 좀 걸린다. 계산대로, 가장 먼저 끝날 일을 주어 보낸 아그네스가 돌아왔다.

그사이 나는 번잡한 것이 싫다며 하녀들을 물리고 있었으므로, 결국 지금 방 안에 남은 것은 나와 아그네스 단둘뿐이었다. 실없는 생각들을 줄줄이 늘어놓으며 나는 사실 기다리고 있었다.

나와 아그네스만이 남는 순간을.

내 목소리가 높지도, 낮지도 않도록 신경 썼다. 감정의 편린도 넣지 않고 그저 담담하도록.

"폐하께서는 오늘 밤 오시겠지요? 그대가 아까 내가 리즈벳에게 한 말을 들었으니 말입니다."

그러자 아그네스가 놀란 눈을 들어 나를 올려다보았다. 잠시 침묵하던 그녀는 내게 물어 왔다.

"본궁에 전언을 드리라는 말씀이십니까?"

고개를 저었다.

"아니오. 그럴 필요 없겠죠. 이미 알려드렸을 것 아닙니까."

"……."

불쾌한 침묵이 물에 녹지 않는 찌꺼기처럼 부유했다. 잠시 속을 알 수 없는 회색 눈으로 올려다보던 아그네스는 내게 다시 물었다.

"어이하여 그리 생각하시는지요?"

나는 무표정하게 답했다.

"그대가 황녀들의 일에 민감하게 반응했으니까요."

그렇다. 내 일을 루크레티우스에게 알렸을 법한 사람은 한둘이 아니다. 내 주변의 모든 이들에게 사실 가능성이 있었다. 지금도 그들을 완전히 신뢰하는 것은 아니었다.

그러나 바로 어제 아그네스는 내가 태후 소생의 황녀들에게 관심을 가지는 것에 지나칠 정도로 민감하게 반응했다. 바로 그날 저녁, 루크레티우스는 황녀들의 일을 내 앞에서 언급했다.

너무 공교롭지 않나. 우연의 일치라고는 생각할 수 없었다.

"그대가 부지런히 일해 주어 나는 매우 편해요. 굳이 폐하께 따로 말씀을 올리거나 사람을 보낼 필요가 없을 터이니. 안 그런가요, 데임 도트리야?"

"……."

내가 듣기에도 싸늘했다. 아그네스라 이름을 부르다 '데임 도트리야'라 호칭을 바꾼 순간, 놀랍게도 그녀와 나 사이의 거리가 확 멀어진 것으로 느껴졌다.

"······."

아그네스는 나를 말끄러미 올려다보았다. 나는 이 사람의 속내나 감정을 제대로 읽어 내기가 늘 어려웠다. 사만다조차도 이렇게까지 어렵지는 않았다.

아그네스는 평소의 일에는 감정을 한 조각도 드러내려 하지 않았다. 그런 그녀가 평소의 고요함과 극적으로 대비되는 격정적인 감정을 드러내는 것은 늘 한 사람에 관한 일이었다.

태후, 카틀레야.

그녀의 의붓언니이자, 황제의 친모인 베아트리체 황후를 죽음으로 몰고 간 여자.

그 때문에 아그네스의 양모는 미쳐 버렸다. 죄를 저지른 당사자 중 한 명인 선황은 이미 죽고 없다. 증오의 대상은 오롯이 태후 혼자만이 남은 것이다. 이 모든 비극을 곁에서 지켜본 아그네스가 태후에게 지극한 증오를 불태우는 것도 충분히 이해할 수 있는 일이다.

하지만 그 증오심을 이유로 아랫사람이 내 제어를 벗어나서 움직이는 것을 그냥 두고 보아 넘길 수는 없었다. 나는 그녀의 증오심을 눈여겨보고, 내게 도움이 되리라 여겨 내 곁에 두었다. 그런데 바로 그 증오심이 이런 식으로 내게 발을 걸 거라고는 예상하지 못했다.

어디선가 증오처럼 양날의 검이라는 표현이 어울리는 것이 또 없다는 이야기를 들었던 일이 기억났다. 아그네스는 성말로 양날의 검이라 불러도 좋을 존재였다는 사실을, 지금에 와서야 깨달았다.

아그네스는 여전히 평온한 표정으로 고개를 숙였다.

"그 일을 폐하께 아뢴 것에 대해 죄를 물으시겠다면 달게 받겠습니다."

역시, 넘겨짚은 것이기는 하나 예측이 맞았던 모양이다. 그 사실에 안도하며 나는 고개를 저었다.

"내게 당신을 벌할 자격은 없지요."

"예?"

의아한 얼굴로 올려다보는 아그네스에게, 나는 작게 웃으며 대답해 주었다.

"당신은 폐하의 사람이니, 내가 어찌 감히 범하겠습니까."

"……!"

거기에 한마디를 덧붙였다.

"그러나 이곳은 내 궁이고, 나는 이 궁의 주인입니다. 나는 내가 믿을 수 없는 사람을 곁에 두고 싶지 않아요."

처음으로 아그네스의 안색이 변했다.

"전하!"

나는 눈 하나 까딱하지 않고 말을 잘랐다.

"다시 로네스 별궁으로 돌아가든지, 아니면 본궁으로 가도 좋습니다. 그대의 거취는 내가 정할 바가 아니겠죠. 하지만, 이 궁 안에 있는 것은 허락할 수 없습니다."

"비 전하!"

나는 담담히 명령했다.

"오늘 바로 1황비궁에서 거처를 옮기세요. 내가 할 말은 이것뿐입니다."

아그네스는 입술을 꽉 깨물었다. 그리고 피를 토하듯 외쳤다.

"제게 말씀하시지 않으셨습니까? 반드시 태후가 응보를 받게 하겠다고요!"

"그렇죠. 지금 생각도 같아요. 난 반드시 태후를 거꾸러뜨릴 겁니다."

"하면 어찌하여 그 간악한 여자의 자식들에게 동정심을 가지시는 겁니까?"

한숨이 나왔다. 아그네스는 너무 격렬하고 지나치게 맹목적이었다. 조금 두려울 정도로.

길게 끌고 싶지 않아 간단하게 답했다.

"그들에게는 이용가치가 있어요. 아무리 황녀들이 태후의 자식이라 해도 태후에게 결코 어머니에 대한 정을 가지고 있지 않을 겁니다. 그리 취급받고 자란 아이가 제 어미를 어찌 생각하는지, 나는 가까운 곳에서 본 바 있어요. 그러니…… 그들은 내게, 그리고 더 나아가 황제 폐하께도 도움이 될지도 모른다 생각한 것뿐입니다."

"핏줄은 속이지 못하지요. 그 끔찍한 붉은 머리카락을 그대로 물려받은 여자들이 아닙니까. 제 어미와 똑같은 이라면 어찌하시렵니까?"

나는 담담히 답했다.

"버리면 그만이지요."

"……."

"나는 그들을 믿지 않아요. 그저 그들의 상황과 그들의 감정에 조금은 이용할 가치가 있을지도 모른다 여기는 것뿐입니다."

아그네스는 뒤통수를 맞은 듯한 시선으로 나를 올려다보았다. 그녀는 잠시 망설이더니 다시 물었다.

"하면 제가 폐하께 그 사실을 알린 것에 이리 분노하시는지요? 전하께서는 폐하의 비가 아니십니까? 부군이신 폐하께 그 일을 말씀 올리는 것에 어찌 이리…….”

부드럽게 웃으면서 그녀의 말을 잘랐다.

“내가 말씀 올리는 것과 내가 알지도 못하는 사이, 폐하의 귀에 들어가는 것은 달라요. 이곳은 내 궁이고, 따라서 모든 일은 내게 재가를 받아야 합니다. 그건 황궁에서는 물론 사가에서도 당연한 법도이죠.”

이것은 분명한 사실이다. 나는 태후와 황녀들을 제외한 현재 황궁 안 모든 여인들의 우두머리였다.

특히나 이 1황비궁은 전적으로 나의 책임과 관리 하에 있어야 하는, 말하자면 홈그라운드인 것이다. 그곳에 내게도 날을 들이댈지 모르는 위험한 무기를 두고 싶은 생각은 없었다.

“비 전하…….”

간단하게 결론을 지었다.

“그러니 1황비궁에서 나가세요. 그동안 고마웠습니다.”

“비 전하!”

더 들을 생각이 없었다. 그대로 몸을 일으켜 방 밖으로 나가려 걸음을 옮기려 했다. 아그네스가 내 앞에 무릎을 꿇었다.

“비 전하! 저는 이리 물러날 수 없습니다. 그 여자! 그 간악한 카틀레야가 몰락하고 제 죄의 대가를 받는 모습을 이 눈으로 보기 위해 살아왔습니다!”

“…….”

“그 계집이 얼마나 지독한 계집인 줄 아십니까? 처형당하실 당시 베아트리체 황후께서 회임 중이셨던 건 아시겠지요? 황후께선 뱃속 아이만이라도 살리기 위해 카틀레야 그 계집 앞에서 무릎을 꿇고 애원하셨습니다! 제발 아이만이라도 살려 달라고요! 처형을 출산 이후로 미루어 달라고, 아이가 황손으로 인정받지 못하여도 목숨만이라도 살려 달라고요!"

등줄기가 서늘해졌다.

"그 계집은 처음에는 그 부탁을 들어줄 것처럼 가장했습니다. 선황에게 부탁을 해보겠다고요. 그러고는…… 처형 날짜를 앞당겼습니다!"

머리 위로 찬 물이 쏟아지는 것 같았다.

아그네스의 피를 토하는 호소가 계속 이어졌다.

"그러고는 지금의 폐하, 루크 님을 처형 장소까지 일부러 끌어냈지요. 친모가 참수당하는 것을 직접 보게 한 겁니다! 그것도 선황에게 그 계집이 속살거린 결과였습니다! 제발 루크 님 눈앞에서 처형을 진행하지 말아 달라는 그분의 마지막 애원조차도, 그 계집은 비웃었습니다!"

"……."

할 말을 잃고 말았다. 카틀레야의 과거 행각이 내 예상을 훨씬 뛰어넘었던 탓이다.

"그런 계집입니다! 그 계집의 딸들에게 동정심을 보이신다 하여 참을 수가 없었습니다. 제 잘못임을 알고 있습니다. 하지만……, 저는 그 계집의 끝을 보아야 합니다! 누구보다 처참하고 또 고통스러운 끝을 말입니다!"

아그네스의 두 눈에서 눈물방울이 흐르기 시작했다.

"비 전하께서 제게 분노하시는 것은 이해합니다. 하나, 제가 폐하께 아뢴 것은 황녀들의 문제뿐이었습니다. 폐하께 확인하여 보셔도 좋습니다. 아니, 돌아가신 베아트리체 폐하의 이름을 걸고 말씀 올리지요. 저는 결코 황녀들의 일 외에 다른 비 전하의 신상에 관한 일을 폐하께도 발설한 적이 없습니다."

망설임이 생각의 끄트머리를 잡아끌었다.

"아그네스……."

"제게 기회를 주십시오. 믿어 달라거나 친절을 베풀어 주시길 바라는 것이 아닙니다."

그녀는 잠시 심호흡을 하더니, 내게 말했다.

"저를 그 계집의 명줄을 끊을 무기로 써 주십시오. 비 전하께서, 황녀들을 이용하는 것이라 하셨지요? 한 가지만 분명하다면, 제 목숨 정도는 얼마든지 비 전하께 바치겠습니다. 폐하가 아니라 비 전하께요. 폐하께 제 하찮은 목숨은 별다른 도움이 되지 못할 겁니다. 그러나……."

"……."

"비 전하께는 소용이 있을 겁니다. 제가 궁 안에서 지내온 지 20년입니다. 그리고 황후궁에서 베아트리체 폐하를 모신 경험도 있습니다. 제 목숨도 아낌없이 바칠 수 있습니다. 비 전하께 충분히 도움이 될 수 있을 겁니다."

지금 아그네스의 눈은 타오르는 불처럼 이글거리고 있었다.

잠시 번민하던 나는 곧 마음을 정했다. 지금 아그네스가 처음으로 제대로 드러낸 증오심은 적어도 거짓으로는 보이지 않았다. 무엇보다, 진실된 절박함만은 감출 수 없었다.

잠시 침묵이 길어지는 사이, 아그네스는 마치 필요하다면 지금이 자리에서 죽으라 한다면 죽을 듯 열정적인 기세로 나를 올려다

보고 있었다.

"확실히 나는 그대의 말대로 도구가 필요해요. 태후를 치기 위한 도구가."

"하면……."

"하지만 나는 내 손을 벗어난 도구를 원치 않아요. 그건 도리어 나를 해치는 칼날이 될지도 모르니까요."

내 생각과 계산을 알지 못하고서 혼자서 제멋대로 움직이는 도구는 도리어 독이다. 내가 예측하지 못한 사이드이펙트를 불러와 결국은 나를 위험에 처하게 할 것이 분명하니까.

아그네스는 열정적으로 고개를 끄덕였다.

"예, 전하. 두 번 다시 그런 일은 벌이지 않겠습니다."

강하게 못을 박았다.

"폐하께도 말입니다."

"전하께서 폐하를 해치시지 않는다면, 응당 그리할 것입니다."

"내가 폐하를 해칠 일은 없어요. 그럴 수도 없고요."

차라리 반대가 가능성이 있다. 실제로 비슷한 일도 있었고.

그러자 아그네스는 내가 처음으로 보는 환한 미소를 얼굴 가득 피워 냈다. 누가 보아도 정상적이라 볼 수 없는 일그러진 미소. 소름이 끼칠 정도였다.

"비 전하께, 제 목숨을, 제 모든 것을, 제 복수를 바치겠나이다."

아그네스는 열정적으로 내 발등에 키스했다.

이날 나는 비로소 아그네스의 주인이 되었다.

"폐하를 뵙습니다."

"폐하를 뵙사옵니다."

나를 비롯한 모든 시녀들이 일제히 허리를 숙여 루크레티우스의 방문을 맞이했다.

루크레티우스도, 그리고 그를 따라온 시중인들도 기묘한 표정으로 시선이 한 곳으로 쏠려 있었다. 그 시선이 향하고 있는 곳은 한 인물이었다. 바로 리즈벳.

나는 놀라지도 불쾌하지도 않았다. 당연했다. 의도한 상황이니까.

지금 리즈벳은 마치 한 송이 갓 피어난 장미꽃처럼 화사하고 아리땁게 꾸미고 있었다. 이 자리에 있는 누구보다도 아름답게.

아마도 잘 알지 못하는 사람에게 이 황비궁의 주인이자, 황제에게 총애받는 여인이 누구인가 묻는다면, 누구나 리즈벳을 가리키리라.

단순히 리즈벳의 미모가 문제인 것이 아니었다. 이 궁의 주인인 나는 지금 거의 꾸미지 않은 침의 위에 가운 하나를 걸친 가벼운 차림으로 황제를 맞았다.

리즈벳을 제외한 모든 시녀와 하녀들은 평소처럼 입고 꾸민 상태다. 그런 와중에 리즈벳이 그대로 무도회에 여주인으로 나서도 손색이 없으리만치 단단히 꾸몄으니 당연히, 이상하게 눈에 띌 수밖에 없었다.

앞서 말한 바와 같이, 이 기묘한 상황은 전적으로 내가 지시한 일이었다. 리즈벳은 내 명령으로 최고로 아름답게 꾸미고 있었다.

지금 리즈벳의 볼은 발갛게 상기되어 있었다. 자신에게 닿는 루크레티우스의 시선을 느끼고 있는 것이 분명했다.

루크레티우스는 잠시 리즈벳의 모습을 뚫어져라 보더니, 다시 시선을 내게로 돌렸다. 그 시선과 똑같은 평을 내게 던진다.

"특이한 상황이군."

나는 생긋이 웃으며 나섰다. 그리고 손을 들어 리즈벳의 손을 잡아 끌어당겼다.

"오늘 참으로 이 아이가 아리땁지 않나요?"

그대로 리즈벳을 인도하여 루크레티우스의 앞에 들이대다시피 했다. 고개를 숙이고 있었지만, 리즈벳의 얼굴이 기쁨과 기대로 분홍색으로 물들어 있는 것은 분명히 보였다.

나는 작게 웃으며 루크레티우스의 얼굴을 뚫어져라 살폈다.

잠시 내게 묻듯이 시선을 주던 그는, 무감한 표정 그대로 무덤덤한 답을 주었다.

"그렇군."

내 손 위에 올린 리즈벳의 손이 기대감에 떨리는 것이 느껴졌다. 나 역시 궁금했다. 과연 그는 어떻게 반응할 것인가. 사실 70퍼센트 정도는 예상하고 있으나, 나머지 30퍼센트 정도 시험하는 것이기도 했다.

자, 어디 한번 보여 봐요. 당신의 진심이라는 걸. 내가 적어도 당신의 감정이라는 것에 진실이 조금이라도 들어 있기는 하다고 인정이라도 할 수 있게.

이때의 나는, 나를 좋다고 하는 남자에게 제대로 된 다른 여자를 붙여 주겠다 벼르면서도, 그가 나에게 가진 감정이 진실인지 시험하는 모순된 행동을 하고 있었다. 그럼에도 이 행동들이 완전히 모순되어 있다는 것도 제대로 눈치채지 못했다.

루크레티우스의 시선이 내 얼굴에서 떨어져 리즈벳에게로 다시 향했다. 청초하고 아리따운 푸른 눈과, 벌꿀을 가늘게 늘어뜨린 듯한 밝은 금빛 머리카락. 사랑스러운 분홍빛 입술. 같은 여자인 내가 보아도 더없이 사랑스러운 모습이었다.

"……."

"……."

긴 침묵의 향연이 끝난 것은, 나와 리즈벳이 다른 의미로 고대하고 있는 대답을 통해서였다. 마침내, 루크레티우스의 입술이 열린 것이다.

"그래. 아름답군."

"……!"

내 손 위에서 리즈벳의 손이 환희로 떨렸다. 순간이지만 나는 분명히 보았다. 그의 말이 떨어진 순간, 리즈벳의 파란 눈이 잠시 나를 향한 것은. 그 어여쁜 두 눈동자는 승리감에 차 있었다.

"……."

그러나 나는 실망이나 안도를 할 여유를 허락받지 못했다. 묵직한 루크레티우스의 손길이 다가와 내 허리를 휘감아 제 품에 들인 탓이다.

그는 내 정수리에 코를 묻고는 깊이 숨을 들이쉬었다.

"오늘 목욕물에는 제비꽃을 쓴 건가?"

개 코야? 어떻게 알았대?

나는 고개를 끄덕였다.

"예, 사만다가 제비꽃잎을 욕조에 띄워 주었답니다."

"좋군. 향기로워."

그는 나를 거의 끌어안다시피 하여 내 침실로 함께 발걸음을 옮겼다. 동시에 내놓은 말은 매우 여상스러웠다.

"그대는 너무 관대해."

"무슨 말씀이시죠?"

그의 시선은 오로지 내게 붙박여 있었다. 녹색 눈동자를 품은 눈매가 모든 것을 다 꿰뚫어본다는 듯이 가늘게 휘었다.

아, 역시 이미 눈치채고 있었어. 이 인간.

"아무리 외모를 가꾸고 꾸미고 싶어 하는 것이 여인네들의 본능이라지만, 저건 좀 심하지 않나. 상황과 때를 보아가며 해야지. 게다가 제 주인마저 넘어서고 싶어 하는 것이 저리 눈에 띄면……."

나는 알았다. 지금 이 인간이 잠시 말을 흐리는 것은, 이어질 말을 강조하고 싶어서다.

곧 마지막 일격이 리즈벳을 후려쳤다.

"꼴사나울 뿐이야."

나는 순종적으로 대답했다.

"말씀을 따르지요."

그와 함께 잠시 고개를 돌려본 나와 리즈벳의 시선이 허공에서 얽혔다.

일순 나는 분명히 보았다. 모멸감으로 온몸을 부들부들 떨고 있는, 아리땁기 그지없는 리즈벳의 모습을.

—탕.

그 모습은 가차 없이 닫힌 문 너머로 사라졌다.

마치 구름 위를 밟는 느낌이다.

"……."

어째서인지 모르겠다. 그런데, 분명히 그랬다. 마치 들뜨는 듯한 느낌. 뭐지? 왜지?

잠시 이유를 알 수 없는 즐거움이 나를 감쌌다. 그리고 그 짧은 즐거움은 곧 옆에 있는 인간의 간섭에 깨지고 말았다. 아무튼 정말로 인생에 도움이 안 되는 인간이라니까!

"어때, 만족했나?"

나는 당연히 평소처럼 퉁명스럽게 되물었을 뿐.

"무엇을요?"

그는 낮게 웃었다. 마치 짐승이 으르렁거리는 듯한 웃음이 그의 목울대 안쪽에서 울리는 것이 느껴졌다. 그래, 그 정도로 지금 그와 나는 가까이 붙어 있었다.

"조금 전 내 반응이, 그대가 어제 내게 화가 난 것을 풀 수 있을 정도로 마음에 들었는가 묻고 있는 게야."

역시 눈치채고 있었다. 뽀로통한 표정으로 올려보자, 그는 마치 칭찬을 기다리는 아이 같은 얼굴로 나를 내려다보고 있었다.

"글쎄요……."

"역시 쉽지 않은 여자라니까."

그는 혀를 낮게 끌끌 찼다. 그러고는 여전히 나를 얼싸안다시피 한 그대로 침대 쪽까지 슬슬 밀어 갔다.

응? 이거 은근슬쩍?

잽싸게 빙글 돌아서 그의 품 안에서 빠져나오며 그의 한탄을 행동으로 증명해 보였다. 그래, 나 쉬운 여자 아니라고.

그는 평소와 약간 달랐다. 자주 황비궁에 들르지만, 오늘은 꽤 신경쓴 듯한 차림새다. 일부러 신경을 더 쓴 것이 분명한 그의 모습을, 나는 짧게 평했다.

"냄새가 너무 강해요. 어떻게 남자가 나보다 향수를 더 독한 걸 쓴대요?"

"……알았어. 앞으로 향수는 줄이도록 하지."

어째 이 인간, 어울리지 않게 저자세다. 하긴 어제 나를 화나게 했다는 자각이 있어서겠지.

그 모습이 매우 나를 기쁘게 했다. 물론 그가 내게 굽혀 주고 있다는 사실 이전에, 이 방에 들어설 때부터 이미 내 기분은 아주 좋았다. 그가 운이 좋은 거다.

그는 다시 채근했다.

"자아, 오늘 그대의 시험을 내가 통과했나? 그대가 만족할 만큼."

"……."

이렇게까지 대놓고 물어 오면 대답을 안 주기가 그렇다.

"나쁘지는 않았어요."

루크레티우스는 빙긋이 웃었다. 역시, 저 인간이 웃는 건 너무 얄미웠다. 내 대답에 대한 해석도 얄밉기 짝이 없고.

"좋았다는 소리군."

"나쁘지 않다와 좋다 사이에는 매우 큰 간격이 있죠."

그는 고개를 저었다.

"아니, '좋다' 아니면 '나쁘다' 둘 중 하나야. 그대에게 주어진 선택권은 그것뿐이지."

코웃음을 쳤다.

"아뇨, 세상이 전부 검고 하얗지는 않아요. 검은 색과 흰색 사이에 얼마나 많은 회색이 있는데요."

"……."

그는 다시 내게 다가섰다. 거의 얼굴이 닿을 듯한 거리.

"그렇다면 나는 흰색에 가까이 서 있나, 아니면 검은색에 가까이 서 있나?"

"……."

허를 찔렸다. 말장난을 서로 주고받는 정도로 끝내려 했는데, 이렇게 드러내 놓고 물어 올 줄은 몰랐다.

내 얼굴이 굳자, 그는 다시 안심시키려는 듯이 웃었다. 하지만 뱀이 싱긋 웃는다고 생쥐가 안도할 수 있을 리 없다.

덕분에 나는 할 말의 갈피를 잡는 데도, 또 첫 마디를 선택하는 데도 긴 시간이 필요했다. 매우 의외지만 그는 전적으로 인내심 있게 기다려 주었다.

"……당신, 진심이에요?"

"단 한순간도 그대에게 진심이 아니었던 적은 없어."

나는 이것만은 자신 있게 부정할 수 있었다.

"거짓말쟁이."

그의 미간이 구겨졌다.

"아니라니까!"

다급하게 답하는 그의 말투는 마치 어린아이 같았다. 내가 아는 그 루크레티우스가 맞나 싶었다. 나는 당당하게 지적했다.

"당신이 처음부터 내게 그런 감정을 가졌을 리 없잖아요. 당신은 날 이용할 대상으로만 보고 있었다고요!"

그는 고개를 끄덕였다.

"그래, 그랬지. 그때는 그것이 진심이었어. 그리고 중간에 진심이 바뀌었을 뿐이야."

"말은 참 잘하네요. 그때도, 그리고…… 지금도."

그는 부드럽게 웃었다.

"칭찬 고마워."

"……."

당당하고 당연하다는 듯이 웃는 얼굴을 보니까 여전히 역시 얄미웠다.

내 표정을 읽었는지 그는 나름대로 변명하듯 덧붙였다.

"사만다도 아그네스도 그대의 일을 내게 일일이 보고하지는 않아. 그 일은 아그네스가 과하게 반응하며 그대를 말려 달라 청한 것뿐이야. 나도 다른 일은 묻지 않았어."

"글쎄……."

정말일까?

솔직히 말하자면, 신용하기 어렵다. 신뢰 이전에, 신용의 문제다.

그는 내 손등에 키스하며 거듭 속삭여 왔다. 너무 달콤해서 도리어 믿기지 않는 말들.

"말했지 않아? 나는 그대가 스스로 나를 선택하기를 바라. 처음에는 이용할 생각이었다 해도, 그대의 역량을 보고 충분히 그러할 만하다고 판단하였기에 그리하였지. 지금도 그 인식은 같아. 그리고 지금은……."

그의 손끝이 내 턱을 당겨 쥔다.

"이 세상 누구보다 그대를 원하고 있지."

"……."

……느끼해! 느끼해, 이 남자! 어쩜 이렇게 하는 말들이 얄밉거나 버터 바른 것처럼 느끼한 말이거나 둘 중 하나인 거야? 중간은 없어?!

소름이 오소소 돋은 그대로 루크레티우스를 흘겨보자, 그는 다시 칭찬해 주길 바라는 아이처럼 웃었다.

"바로 대답해 주길 바라는 것은 아냐. 지금 바로 나를 선택해 주길 바라는 것도 아니지. 그리한다고 내 것이 되어 줄 여자가 아니라는 것도 알고. 그러니 지금은 마음 놓고 나의 아름다움과 그대에 대한 사려 깊음에 감동해도 돼. 내 허락하지."

"……."

진심으로 한 대 칠 뻔했다.

"아까 그 여자 표정 볼만하던데."

나는 입꼬리가 올라가는 것을 숨기지 못했다.

"아, 꽤 볼만했어요."

그의 입꼬리 역시 씩 하고 딸려 올라간다.

"어지간히도 그대를 자극한 모양이야, 그 여자."

"그렇긴 했죠."

확실히 오늘은 좀 심했다. 덕분에 정말로 오랜만에 빡친다는 기분을 느껴 봤지.

그나저나 어쩌다가 이런 자세로 침대에 누운 거지?

정신을 차리니 지금 그는 나를 등 뒤에서 감싸 안고 침대 위로 다이빙을 한 상태였다. 과연 좋은 침대답게 성인 남녀가 뛰어들어도 소음 하나 나지 않았다. 대단한데?

그는 사근사근 내 어깨를 감싸 안았다. 아, 이거 위험해. 체온과 손길이 어느새 익숙해져 가고 있다는 사실을 새삼 깨달았다.

초조함에 입술을 핥았다. 몸을 뒤틀며 입을 열었다.

"저어……, 폐하."

"아니, 틀렸어?"

"네?"

그가 내 귀에 입술을 대고 속삭여 왔다.

"루크, 라고 불러야 맞지."

막간 3. Honey Trap

Honey Trap

함께 잠자리에 들어서 주고받는 이야기는 별다른 것이 없었다. 식사와 티타임에서 한 이야기들. 오늘 주제는 침실에 들기 전 그를 짜증나게 해 준 한 소녀에 대해서였다.

"자세히는 안 봤지만 꽤나 독이 올랐을 것 같던데? 위험하지 않나?"

루크레티우스가 누구를 말하는 것인지는 굳이 부연 설명할 필요가 없었다. 비나는 대수롭지 않게 넘겼다.

"그걸 노린 거니까 괜찮아요. 진심으로 그 애가 나를 미워해야 태후가 접근할 가능성이라도 생겨요."

"태후가 접근하기도 전에, 개인적인 감정으로 사고를 치려 한다면?"

"잘라 내면 그만이에요. 다른 쪽도 생각해 두고 있으니, 실패한다고 해서 태후를 끌어내리는 계획에는 변함없어요."

루크레티우스는 다시금 사실을 환기시켰다.

"이미 알고 있겠지만, 네게 안 좋은 감정을 가진 여자를 곁에 두는 건 위험해. 특히 태후가 손을 뻗는다면 네 생각 이상으로 위험할지도 몰라."

비나는 그의 충고가 진지한 만큼이나 진지하게 반응해 왔다.

"알아요. 하지만 경계만 하고 있어서는, 태후 같은 사람을 얽어 매기 힘들어요. 당신도 알잖아요? 아마 태후가 리즈벳에게 손을 써서 나를 죽이려 했다는 증언과 증거를 만들어 내도 그 일로 폐위하는 건 힘들어요."

"……그렇지."

적어도 황제 암살 내지는 반역에 준하는 정도의 혐의가 아니면, 태후를 실각시키기 힘들다. 리즈벳을 통해 태후를 꼬여 내는 것은 결정적인 약점을 집어내기 위한 밑 준비에 가깝다. 본론이 될 태후를 진정으로 파멸시킬 만한 실마리를 얻지 못하면, 리즈벳을 이용하는 일도 무용으로 돌아갈 것이다.

"그러니 아마 정말로 리즈벳이 태후의 손이 되어 움직일 기미가 보이면 준비를 단단히 해 두어야 해요."

"그래, 역시…… 리즈벳이 태후의 사주로 내 암살을 시도했다는 정도의 조작은 해 두어야겠지."

잠시 침묵하던 비나는 낮게 한숨을 쉬었다.

"……뭔가, 인간으로서 중요한 걸 버리는 기분이네요."

그는 낮게 웃었다.

"조작을 위해 필요한 것은 내가 전부 준비할 테니까, 회의감이 들면 내게 미뤄 버리라고. 그대는 내 사주로 움직이는 거잖아? 게다가 난 이미 존속살해라는 패륜을 저지른 인간이야."

그러나 비나는 고개를 저었다.

"아뇨. 당신이 말했잖아요? 공범자라고."

"……"

"그러니 모두 당신 탓이라고, 나 혼자만 깨끗한 척할 생각은 없어요. 내 의지로 내가 선택한 일이에요. 죄책감이든, 자기혐오든, 내가 감당할 몫이에요. 당신이 빼앗아 가려고 하지 말아요."

"……"

루크레티우스는 다시금 감탄했다. 자신의 죄책감을 빼앗아 가지 말라니, 상상조차 해 보지 못한 말이다.

늘 모든 것을 짊어지고, 이끌고, 발아래 두는 것에 익숙하게 살아 온 그에게 비나는 차라리 다른 종족이 아닐까 느껴질 만큼 다른 사람이었다.

너무나도 강하고 또 선명한 저 영혼을 다시 한 번 확인하게 된다.

"……그래. 그러지."

"약속한 거예요?"

"알았다니까. 아, 그러고 보니 태후가 그 여자에게 접촉하려 하는 것을 바로 확인하려면 제대로 감시해야 할 텐데?"

비나는 고개를 끄덕였다.

"이미 아그네스에게 맡겨 두었어요."

루크레티우스는 마주 고개를 끄덕였다.

"그녀라면 제대로 처리할 거야."

잠시 비나의 몸을 끌어안고 있던 루크레티우스가 한숨을 쉬듯이 중얼거렸다.

"흠……. 앞으로 이런 이야기는 침실에서, 특히 침대에서는 하지 말지."

"네? 왜요? 여기처럼 다른 사람이 듣는 걸 신경 안 써도 되는 곳은 없는데."

"그대를 안고 침대에 들었는데, 마치 집무실에서 정무를 의논하는 기분이란 말이야. 너무 낭만이 없어."

"……."

루크레티우스는 진지했다.

그는 늘 진지했다. 그의 팔이 단단히 몸을 둘러 안으니, 품 안에 갇힌 작은 몸이 바르르 떨린다. 그는 이 순간을 늘 진심으로 즐거워했다.

그가 원하는 이 소녀는 머리가 좋고 눈치가 빨랐다. 명석한 머리로 늘 그의 행동과 말을 분석하여, 그가 어떤 계산 하에 움직인 것인지 모조리 눈치채고는 했다.

그녀의 영민함은 물론 그에게 큰 즐거움이었다. 그러나 그보다 그를 더욱 즐겁게 하는 것은 다른 쪽이었다.

"낭만은 무슨 얼어 죽을……."

그러니까, 바로 이런 태도 말이다.

그에게 이렇게 대놓고 틱틱 대는 사람은 없었다. 태후조차도 그에게 이렇게까지 노골적으로 감정을 드러내지는 않는다.

끌어안긴 그대로 고개를 살짝 돌려 그를 훔쳐보던 소녀는, 눈이 마주치자 화들짝 놀라며 다시 고개를 돌렸다. 순간적이지만 분명히 보였다. 마치 까만 구슬 같은 눈동자가 데록데록 구르는 것을. 역시 귀여웠다.

틀림없이 또 어떻게든 이 곤란한 상황에서 도망칠 궁리를 속으로 바삐 하는 중이리라. 혹은 그의 검은 속내를 어떻게든 짚어 내려 애쓰는 게지. 영특하고 의심이 많은 아내는 늘 그를 경계했다.

어찌 보면 당연했다. 사실 처음부터 첫 단추를 잘못 끼웠다. 실질적인 첫 만남, 그러니까 그의 돼지 같은, 아비 같지 않은 아비를 죽인 때에 말이다.

첫 만남 이후로 늘 외줄타기를 하듯 위험한 상황 속에서 지내 온 그녀다. 게다가 실제로 그는 그녀를 이용하려 하지 않았나.

지금은 진심으로 후회하고 있기는 하나, 독까지 먹였다.

한 가지 변명하자면, 절대 안전하리라는 다짐을 받고 진행한 일이었다. 위험해져서 그도 진심으로 놀랐다.

이런 위험이 반복되는 상황에서, 그녀가 그를 믿기는 어려웠다. 좀 더 솔직하게 말해서, 곧이곧대로 믿으면 바보다.

처음에는 이용가치가 있는 장기 말이자, 가능성 있는 황후 감으로만 보고 있었다. 처음에는 그 이상으로 보지 않았다.

루크레티우스가 자신의 감정을 깨닫고 난 뒤에는, 이미 그간의 쌓인 행동의 결과가 굳어져 있었다. 그의 소녀는 그를 늘 의심하고, 또 매우 경계하고 있었다. 애석하나 어쩔 수 없는 일이었다.

하나 바람직한 일이기도 하다. 이 지옥과도 같은 황궁에서 살아남기 위해 남을 의심하는 것은 가장 기본적인 소양이다.

그러니 그녀를 괜찮은 황후 감 정도로 생각했다면, 굳이 다른 시도를 하지는 않았을 것이다. 예를 들어, 첫 약혼자였던 재상의 손녀 이사벨라의 경우처럼 말이다.

그녀는 쓸 만한 뒷배를 가졌고, 능력과 명석함 역시 인정할 만했다. 그렇기에 그는 그녀를 존중하고, 또한 남편이자 동맹으로서 그녀와 그녀의 친정의 존재가 그를 위협하기 전까지는 잘해 나갈 생각이 있었다.

물론 그녀와 그녀의 가문이 위협이 되었다면, 그가 그리 싫어하는 아비보다 더한 행동이라도 했으리라는 사실도 그는 잘 알았다.

어찌 되었건 지금은 이미 고인이 되어, 그에게 고마운 아군을 준 사람일 뿐이다. 아주 약간의 아쉬움조차도 없다. 그 정도의 관계였다.

진짜 문제는 다른 쪽에 있었다. 지금은 좀 상황이 다르다는 것이다. 상대 역시 너무나도 달랐다. 무엇보다, 그 자신이 원하는 것이 달랐다.

그가 이 소녀에게 원하는 것은 동맹이자 뛰어난 황후만이 아니었다. 그는 그녀의 조심스러운 경계심과, 늘 자신의 앞에 쳐 두고 숨어 버리는 두꺼운 벽을 부수고 싶었다. 일생의 목표로 삼아 온 태후를 끌어내리는 일조차도 요즘에는 이 욕구에 비하면 시들할 지경이다.

그의 아내, 검은 머리의 소녀는 지금 그의 품 안에 있었다. 따스한 체온이 선명하다. 그는 속에서 당장에라도 이 소녀를 잡아먹고 싶어 하는 허기에 찬 짐승을 달랬다.

사실 원하면 가지지 못할 것도 없었다. 실제로 이 육체는 그의 품 안에 있었고, 그가 바란다면 오늘밤에라도 제 것으로 할 수 있다.

'아직, 아직 아니야.'

강제로 그의 여자로 만든다 해서 정말 제대로 소유할 수 있는 여자가 아니었다. 그는 아직도 자신의 앞에서 당당하게 말하던 순간의 비나를 기억했다.

그가 알아 온 그 누구보다도 강렬하고 빛나는 자아를 가진 여자. 그 자체로 마치 스스로 빛나는 항성과도 같은 여자.

이 여자를 정말 온전히 자신의 것으로 품을 수 있다면, 마치 하나의 태양을 온전히 품은 듯 벅찰 것이다.

가장 완전한 모습으로, 그 머리카락 한 올까지 전부 그의 것으로 하지 않으면 의미가 없다. 그 영혼까지.

가장 빛나는, 이 세상에 유일할 것이 분명한 그녀의 존재 자체를 모두 손상 없이 손에 넣기를 바라는 것이다.

그렇다. 그는 욕심이 많았다. 그렇기에 그녀가 스스로 마음을 열고, 원하여 품에 안기기를 바란다. 그리해야, 이 여인은 진실로 그의 것이 될 것이다.

지금처럼 이름뿐인 아내가 아니라, 진짜 그의 여자가.

그는 준비가 되어 있었다. 조심성이 많은 사냥감은, 인내심을 가지고 기다려야 잡을 수 있는 법이다.

그는 다시 다짐했다.

'시간이든, 공이든 얼마든지 들여 주지.'

배고픈 짐승은 다시금 손톱을 숨기고 이를 감췄다. 토끼 앞에서 무기를 모조리 감추고, 마치 자신이 무해한 짐승인 양 애교를 피웠다.

근래에 들어 그가 이 소녀 앞에서 개인적으로 보이는 모든 행동과 태도는 전적으로 이러한 계산에서 나오고 있었다.

그는 조금 전에 한 부탁을 다시 채근했다.

"자, 불러 줘."

난처한 목소리가 그의 반대편을 향해 튀어 나갔다.

"뭐, 뭘요?!"

그는 낮게 웃었다. 웃음소리마저도 다정하게 들리도록 애써 조절했다.

"우리 황비 전하께선 귀가 안 좋아지신 건가?"

"네에?!"

바로 발딱 화를 내며 뒤집어지는 목소리가 귀여웠다. 이번에는 진심으로 킥킥대며, 그는 다시 향기로운 제비꽃 냄새가 진동하는 검은 머리카락에 코를 묻었다.

"루크라고 부르라고 했잖아? 우리 둘만 있는 동안에는 말이야."

"으……."

여자는 무의식적으로 눈치채고 피하고 있었다. 눈치가 빠른 여자니 어느 정도는 눈치를 챘으리라.

그가 그녀를 구슬리려 온갖 애를 쓰고 있다는 사실을.

자신의 고향으로 돌아가고 싶어 하는 그녀의 입장에서는, 잘못하다간 그에게 발목을 잡힐지도 모른다는 사실을 늘 경계하고 있으리라.

루크레티우스가 원하고 또 노리고 있는 것도 바로 그것이었다.

처음부터 큰 것을 요구하지 않는다. 이 정도는 괜찮지 않나 싶은 작은 것들을 그녀에게 원한다. 그 이상으로 큰 것을 함께 제공하면서 말이다.

그녀는 저울 위에 자신이 얻은 것과 그에게 준 것을 놓고, 혼란에 빠지리라. 자신이 준 만큼, 빚진 듯한 감정을 느낄 것이다. 시작은 그 정도로도 충분했다.

작은 요구들로 친밀감을 요구한다. 간단한 스킨십에는, 그녀 자신도 제대로 눈치채지 못했지만, 이미 익숙해져 있었다. 아니, 눈치챈다 해도 상관없다.

이름을 불러 달라 말하고, 애칭을 불러 달라 청한다. 상대방의 이름을 부르는 것, 더 나아가 애칭을 부르는 것만큼 거리감이 줄어드는 일도 없다. 마치 가랑비에 옷이 젖듯이 천천히 그의 존재를 그녀에게 익숙해지게 만드는 것이다.

마침내 그녀가 정신을 차렸을 때는, 루크레티우스라는 이름의 비에 온몸이 폭 젖어 있게 되리라.

'그리 멀지 않았어.'

그는 그리 자기 자신 안에서 불만스럽게 당장에라도 이 여인을 가지고 싶다 외치는 짐승을 달랬다.

'조금만……, 조금만 더 있으면 가장 완전하게 그녀를 가질 수 있어.'

반복해서 자기 자신에게 속삭였다.

'지금은 기다릴 때야.'

그의 거듭된 부탁이 반복되자, 마침내 그녀의 입술이 그가 원하는 단어를 내주었다.

"루크…….'

아주 약간 만족한 짐승이 그의 뱃속에서 살짝 미소 지었다.

11. 사과를 먹으며 동시에 가지고 있을 수는 없다

11. 사과를 먹으며 동시에 가지고 있을 수는 없다

"……."

가끔 이 황궁 자체가 나와 밀고 당기기를 하는 것이 아닌가 하는 의심이 들 때가 있다.

어젯밤 부담스러울 정도로 달콤한 말을 속삭이며 달라붙는 황제로 당기고, 오늘은 아주 거하게 밀어 준다. 소름이 끼칠 정도로.

사만다는 침착한 얼굴로, 그러나 창백한 안색을 감추지 못한 채 사죄해 왔다.

"죄송합니다. 전하. 최대한 신경을 썼는데도……."

"괜찮아요. 어차피 이런 일이 처음인 것도 아니고."

나는 티내지 않고 한숨을 쉬며 사만다의 사죄를 받아넘겼다.

내가 황궁에 도착한지 3일째 되던 날이며 루크레티우스의 황비가 된 바로 다음날, 이와 똑같은 상황을 본 적 있다. 루크레티우스가 말없이 마시지 말라는 의사를 표현한 찻잔의 은제 테두리가 검게 변색된 그때와 똑같다. 그 첫 경험 이후로 '이런' 장면은 일주일에 두어 번 이상은 꼬박꼬박 반복되고 있었다.

그러니까, 베드 트레이 위에 놓인 아침 식사를 담은 그릇 중 소스를 담은 그릇이 시커멓게 변색된 지금 상황 같은 거 말이다.

물론 그릇의 재질은 은이다.

나는 손등으로 은제 소스 그릇을 슥 밀어 버렸다. 다행히 먹지는 않았지만 독이 든 걸 가까이 놓고 싶지 않았기 때문이었다.

사만다가 재빠르게 소스 그릇을 손에 들고 하녀에게 넘겨 치웠다. 함께 아침 식사 시중을 들던 아그네스가 험악한 얼굴로 무릎을 꿇었다.

"또 이런 일이 벌어지다니, 드릴 말씀이 없습니다. 이번에야말로 참담한 짓을 저지른 자를 찾아내겠습니다."

"……부탁하겠어요."

대답하면서도 나는 그녀가 식사에 독을 넣은 이를 찾아내기를 그다지 기대하지 않았다.

아니, 찾아내는 일은 어렵지 않으리라. 높은 확률로 찾아냈을 때 이미 시체가 되어 있거나, 운 좋게 살아 있는 채로 사로잡아도 얼마 안 있어 실토하기 전에 누군가에게 살해당할 거라고 우울한 예측을 한다는 게 더 정확한 표현이다.

지난 몇 달간 비슷한 일이 열 번은 벌어졌기에 확신할 수 있다. 정확하게 맞아 들어간다 해도 전혀 기쁘지 않겠지만.

소스 그릇을 치운 사만다와 아그네스는 다시 한 번 신중하게 베드 트레이 위의 모든 음식을 은제 포크로 찔러 보며 확인했다.

그나마 오늘은 식사 시작 전에 발견했으니 다행이다. 가장 위험했던 경우는, 막 식사를 시작하려고 스푼을 들어 입에 넣으려는 찰나 엘자가 은제 스푼이 변색된 것을 발견하고 소리를 질렀을 때였다. 그 일이 있고는 정말 하루 종일 입맛이 뚝 떨어졌었다. 물 한 잔 마시는 것도 경계하게 되었다.

그런다고 밥을 안 먹자니 굶어죽을 것 같고, 내가 식사를 거부하는 것이 외부에 알려지면 큰일이다 싶었기에 다음날부터는 무리해서라도 음식을 입에 넣었다. 대신 이전보다 더욱 조심해서 검식했다. 오늘처럼.

사만다의 말에 따르면 내게 오는 식사들은 이미 황궁의 주방에서 검식을 마쳐 올린다고 했다. 그런데도 검출되지 않다가 내 눈앞에서 이런 꼴이 난다는 건, 아마도 뜨거울 때는 독성이 드러나지 않다가 음식이 식고 시간이 지나면 독성이 드러나는 유형의 독이어서다.

때문에 주방에서는 검출되지 않다가 먹으려는 즈음에 식기들이 변색되는 것이다.

타이밍이 조금만 어긋나면, 아마도 내 위 속에서 음식들의 독성이 드러나는 불상사도 있을 수 있겠지.

그야말로 살얼음 위를 걷는 기분이다. 쩌적쩌적 잔뜩 금이 가 있는 살얼음판 위를. 그 아래로 독을 바른 칼날이 나를 노리고 있다.

"다시 확인을 끝냈습니다. 이상 없습니다."

사만다는 조심스레 모든 음식을 다시 살피고 확언했다. 그제야 다 식은 아침 식사를 들기 시작할 수 있었다. 물론 은제 포크와 스푼으로 한참을 찔러보고 이리저리 뒤적여 본 다음에.

입맛이 뚝 떨어졌지만, 오늘은 중요한 날이다. 힘을 내려면 먹어야 했다.

아, 입가가 아프다. 얼굴에 경련이 일 것 같아.

이런 속마음이 만에 하나라도 밖으로 드러날세라, 꾹꾹 누르고 목소리를 올렸다.

"어머, 정말 대단하시군요. 백작부인."

"과찬이십니다, 전하."

우아한 중년의 귀부인이 자애로운 미소로 예의바르게 내 너스레를 받아 주었다.

그녀가 바로 일랑 백작부인. 바로 얼마 전 루크레티우스의 집무실에서 만난 재상 코르넬리우스가 말했던 그 며느리였다.

노마 데 로넨시아.

그녀의 남편은 현재 일랑 백작의 작위를 가지고 있지만, 재상이 길어도 3년 내에 은퇴하면 공작위를 물려받게 되리라 다들 예상하고 있다. 곧 얼마 지나지 않아 공작부인이 될 사람이 바로 내 눈앞에 있는 귀부인이다.

장차 황궁 사교계에서 황족을 제외하고는 이 부인이 가장 큰 세를 자랑하게 되리라는 뜻이다.

로넨시아 가문은 그 정도로 유서가 깊고 세력이 강한 가문이다. 제국 내에서도 작위명과 성이 일치하는 가문은 몇 되지 않는다. 이는 자신들의 가문이 일어난 영지를 그대로 지키고 있다는 의미였는데, 그 드문 가문 중에서도 필두가 바로 로넨시아 공작가인 것이다.

친해져서 나쁠 것은 없다. 물론 그녀가 공작부인이 될 때쯤 나는 이미 집으로 돌아간 뒤이겠지만.

"그나저나, 조카딸들의 미모가 정말로 뛰어나군요."

내가 백작부인이 데려온 조카딸들을 칭찬하자, 백작부인은 만면에 미소를 띠었다. 그녀에게는 딸이 없어, 언니의 딸들인 이 두 조카딸을 마치 친자식처럼 아낀다 했다. 내게 오며 선을 보이려는 듯 데려올 정도로 말이다.

"별말씀을요, 비 전하."

백작부인의 약간 뒤쪽으로 앉은 십대 소녀 둘이 얼굴을 붉혔다. 아니, 정확히는 한 명은 수줍어하며 얼굴을 붉히고 있었고, 다른 한 명은 아주 살짝 수줍은 태를 예의상 내며 고개를 숙여 감사를 표했다.

"과찬이십니다."

긴장감에 달달 떨고 있는 쪽과 달리 침착한 쪽이 시선을 끌었다. 다갈색의 풍성한 고수머리를 한쪽으로 모아 일부는 땋고 일부는 풀어 꽃으로 장식한 모양새가 아직 미혼인 것 같았다. 언뜻 스친 옅은 갈색 눈동자가 아주 총명해 보였다.

―흐음.

그러고 보면 생각만 하고 있었지, 그사이에 하도 일이 많아 제대로 진행 못하고 있는 건이 하나 있었다. 바로 새 시녀를 뽑는 일.

그 시녀는 바로 내가 루크레티우스에게 붙여 줄 여자이기도 했다. 나중에 내가 떠난 뒤에는 뭐, 줄줄이 여자들이 들어와 지금은 텅 빈 후궁을 가득 채우겠지만, 당장은 하나도 없다.

루크레티우스는 분명히 지금 내게 대놓고 구애를 하고 있었다. 그러나 난 절대로 그의 마음을 받아 줄 생각이 없었다.

아니, 그럴 수가 없다. 살아서 집으로 돌아가는 것이 가장 큰 목표다. 내 인생 설계에 다른 세계에서 황제의 수많은 여자들 중 하나로 살다 죽는 것 따위는 없단 말이다!

"……."

이 사람이 적당할 것 같지만 확신하기는 이르다. 하나 더 길게 공들이고 시간을 들여 찾을 만한 여유도 없다.

조금 시험해 보기로 했다.

찻잔을 내려놓다가 실수를 가장하여 엎질러 버렸다. 바로 두 소녀가 있는 방향으로.

"이런……!"

"어머!"

"꺄앗!"

내 입에서도, 사방에서도 놀라운 비명이 터졌다. 특히 치맛자락에 찻물 세례를 받게 된 두 소녀 중 긴장을 많이 한 쪽은, 작지만 분명히 비명을 질렀다.

다른 쪽은 조금 놀랐는지 눈을 크게 뜨긴 했지만 조용했다. 바로 침착함을 되찾는 것이 역시 보통은 아닌 것 같았다.

백작부인이 걱정 어린 시선으로 물었다.

"다치지 않으셨나요, 비 전하?"

"저는 전혀요. 그나저나 괜찮으신가요, 두 분 영애? 그만 실수를 해 버렸네요. 정말 미안해요."

나는 두 소녀의 안색을 살폈다. 한 소녀는 약간의 짜증과 안타까움을 가리지 못한 채 손수건으로 제 무릎을 닦고 있었다. 다른 쪽은 여전히 태연한 얼굴로 가볍게 찻물이 튄 치맛자락 위에 손수건을 덮어 자국을 가렸다.

내가 신경을 쓰고 있는 쪽이 분명히 동생이라고 들었는데, 마치 서로 나이를 바꾸어 놓은 구도였다.

"두 분께 정말로 미안해요. 사과의 의미라기에는 약소하지만······."

사만다에게 미리 준비해 둔 선물을 가져오게 했다.

물론 이런 상황을 의도한 것은 아니다. 그저 일랑 백작부인과 친교를 만들어 둘 생각이라 미리 준비해 두었던 선물들이었다. 사실 조카딸들이 온다는 건 만나고 나서야 알아서, 사만다에게 급히 내가 가진 물건 중 선물을 골라 보라 부탁했었다. 그걸 이렇게도 써먹게 됐다.

"어머!"

언니 쪽의 입술에서 찬탄의 목소리가 흘러나왔다.

사만다가 가져온 것은 장신구 세 벌이었는데, 그 중 하나는 점잖으면서도 우아한 디자인이 중년의 귀부인에게 어울렸다. 다른 것들은 젊은 미혼 소녀들이 좋아할 법한 화려한 장신구였다.

백작부인이 사양했다.

"전하, 이것은 황실의 물건이 아닙니까!"

"부인의 시아버지이신 재상께 폐하께서도 큰 고마움을 가지고 계신답니다. 그러니 저도 부인과 부인의 조카 분들께 그저 마음을 보이고 싶은 것뿐입니다."

가증스럽게 말하며, 자잘한 검은 다이아몬드가 박힌 목걸이를 백작부인에게로 밀어 주었다. 다른 두 장신구는 소녀들 앞에 놓았다.

"두 분이 마음대로 고르세요."

"감사합니다!"

언니 쪽이 눈치를 보다가 두 개 중 좀 더 화려한 쪽을 집었다. 동생 쪽은 여전히 태연하고 침착한 태도로 남은 상대적으로 수수한 팔찌를 손에 들고 예를 표했다.

"전하의 은혜에 감사할 뿐입니다."

이것으로 어느 정도 마음을 정했다.

솔직히 이 정도로 어떻게 다 알 수 있겠나 싶긴 하지만, 시간도 예산도 없다. 적어도 임기응변 정도는 확인했으니까.

이 정도면 분명히 나쁘지 않다.

그런데 확신의 끝 맛이 믿어지지 않을 정도로 썼다. 왜 이러지? 잠시 혼란에 빠졌으나, 깊이 생각할 여유는 없었다.

백작부인이 목걸이를 받아들고 난처한 미소를 짓는다.

"이건 너무 과분합니다, 비 전하."

역시 그 재상이 고른 며느리답다. 나는 생긋이 웃으며 그녀에게 낚싯바늘을 던졌다.

"하면 제 부탁을 하나만 들어주시겠습니까?"

"부탁…… 말씀이십니까?"

백작부인의 얼굴에 기묘한 표정이 스쳤다. 정말 찰나의 순간이었지만, 그 짧은 동안 내 의도에 대한 모든 계산을 끝마쳤는지 곧 수긍해 주었다.

"예. 이리 귀한 것을 받았으니 응당 비 전하의 부탁을 들어드려야겠죠. 하명하소서."

나는 작게 웃었다.

"천만에요. 하명이라뇨. 그저 아주 작은 부탁이랍니다."

백작부인은 정말 감탄스러울 정도로 우아한 자태로 찻잔을 들어올렸다.

내가 '부탁'의 내용을 입 밖에 내자, 맵시 있는 곡선을 그리며 올라가던 그녀의 손이 잠시 우뚝 멈었다.

"조카딸 중 한 분을 제 시녀로 곁에 두고 싶습니다."

백작부인보다 그녀의 곁에 앉은 두 소녀가 더욱 놀란 듯했다. 조금 전까지 새침하니 침착함을 유지하고 있던 동생 쪽도 동요했다. 침착함이 내내 그녀의 얼굴을 지배하고 있었는데, 처음으로 평정이 살짝 무너졌다.

"두 아이 모두 부족하기 짝이 없어, 비 전하께 도리어 방해가 되지 않을까 저어됩니다."

의례적인 사양. 그러나 백작부인의 목소리로 보면, 그녀는 꽤 기꺼워하고 있었다.

당연하다. 황비나 황후의 시녀가 된다는 것은 굉장한 영예다. 어느 귀부인의 딸이나 조카를 내가 시녀로 데려온다는 것은, 곧 그 귀부인과 나 사이에 상당한 친분이 있다는 대외적인 과시가 된다.

또한 시녀로 온 처녀들은 자신이 모시던 상전의 후원을 받아 좋은 혼처를 얻을 수 있다. 그 중 운이 좋은 몇몇 이들은 황제의 눈에 띄어 후궁이 되는 경우도 있다.

실제로 제국 역사상 비슷한 과정을 거쳐 황제의 후궁이 되고, 거기서 황비의 지위를 받거나 더 나아가 황후로 올라서는 경우도 종종 있었다.

게다가 현 황제인 루크레티우스에게는 나 외에 다른 후비后妃가 전혀 없었다. 그러니 내 시녀라는 것은 곧, 황제의 여자가 될 가능성이 가장 높은 여자라는 뜻이다.

리즈벳이 저리 애를 써서 루크레티우스에게 달려들 시도라도 할 수 있는 이유는 내 시녀라는 위치 덕분이다.

"대연회 준비에 모두가 바쁜 데다, 아무리 비어 있어도 후궁 전체를 관리하려면 지금 데리고 있는 시녀들로도 벅찬 것이 사실이랍니다."

백작부인은 고개를 끄덕였다.

"확실히…… 시녀장과 부시녀장, 그리고 시녀 세 명으로는 황비 전하의 궁도 감당이 힘들긴 하겠습니다."

오늘 처음 만나는 것이면서도 그녀는 궁의 상황을 상당히 자세히 알고 있었다. 과연 재상의 며느리답다. 절대 보통이 아니다.

"그러니 부족한 저를 도와준다 생각해 주세요."

체면을 세워 주자, 백작부인은 꽃처럼 만면에 미소를 피웠다.

"그러시다면, 부족한 아이들이지만……."

"감사합니다."

긴장한 기색이 역력한 두 소녀에게로 시선을 돌렸다. 사교계에 이미 데뷔하였을 나이인 영애들이라면 지금 얼마나 큰 기회가 왔는지 알 것이다.

나는 대수롭지 않은 투로 두 소녀에게 물었다.

"두 분은 나이가 어떻게 되시나요?"

그러자 백작부인이 대신 답했다.

"여기 큰아이는 올해 열일곱이고, 작은아이는 열여섯입니다. 큰 아이는 혼사를 석 달 앞두고 있지요."

짐짓 아쉽다는 듯이 말했다.

"어머, 축하해요. 그런데 결혼이 석 달밖에 남지 않았다면 내 곁에서 일하는 것은 힘들겠군요."

황족의 시녀로 봉사하는 이들은 보통 짧게는 2년, 길게는 5년 정도 일한 뒤 결혼하며 은퇴하는 것이 보통이다. 그 뒤에는 아예 아이를 다 기른 장년이 되거나 미망인이 되어서야 최측근으로서 시녀장의 자리에 오는 것이 일반적이다.

사만다 역시 자녀들이 장성한 뒤에 시녀장으로서 루크레티우스를 모셨고, 아그네스의 경우 미혼이지만 이미 사만다와 비슷한 나이이기에 큰 무리는 없었다.

결혼을 3개월 앞두었다면 객관적으로 내 시녀로 오는 것은 무리다. 결혼을 미루지 않는 한은.

물론 언니 쪽은 애초에 내가 생각한 조건에 모자랐지만, 덕분에 심기를 상하지 않게 거절할 수 있게 되었다.

언니 쪽의 얼굴이 하얗게 질렸다. 나는 함박웃음을 지으며 축하 인사를 다시 건넸다.

"다시 한 번 축하해요. 아쉽지만, 내 이기심으로 그대의 행복한 결혼 생활을 방해할 수는 없죠. 그대에게는 따로 결혼식 때 내 이름으로 선물을 보내도록 하겠어요."

"감읍합니다, 전하."

시녀가 될 수 있는 기회를 잃고 잠시 풀이 죽었던 언니 쪽은 곧 얼굴을 붉히며 감사했다. 황족이 직접 자신의 이름으로 결혼 축하 선물을 보내는 것 역시 드문 영광이다. 이 정도면 만족했겠지.

시선을 돌려, 처음부터 눈여겨보고 있던 동생 쪽을 유심히 응시했다. 조금 전 당혹한 모습은 벌써 온데간데없었다.

역시 이쪽도 보통은 아니군. 자기 이모를 꽤 닮은 모양이다.

이제야 이름을 물을 수 있게 되었다.

"이름이 어떻게 되죠?"

"율리아라고 합니다, 비 전하."

침실에 딸린 작은 화장대 앞에 앉자, 아그네스가 다가와 브러시로 직접 내 머리카락을 빗어 주기 시작했다.

바쁜 하루를 보내고 뜨거운 물에 몸을 담근 뒤, 잠옷으로 갈아입고 나니 온몸이 녹진녹진했다. 아그네스가 머리까지 빗겨 주자 온몸이 흐물흐물 녹아내릴 것만 같았다.

잠을 쫓기 위해 고개를 가볍게 흔들었다. 그리고 명령을 내렸다.

"율리아 데 막시밀리앙에 대한 정보를 알아봐 줘요."

"율리아…… 데 막시밀리앙 말씀이십니까?"

"그래요. 평판이 어떤지 좀 자세히 조사해 줘요."

"처음 듣는 이름이군요."

아그네스는 고개를 갸웃했다. 그녀는 대연회 준비로 가장 바쁜 사람 중 하나다. 덕분에 아까 내가 일랑 백작부인과 조카딸들을 만날 때 곁에 있지 않았다.

물론 내가 백작부인의 알현을 받았다는 사실은 잘 알았다. 그녀는 사만다를 돕는 부시녀장으로서 내 모든 일정을 꿰고 있으니까. 하지만 그런 그녀도 백작부인이 조카딸들을 데리고 오는 것까지 사전에 예측하기는 어려웠던 모양이다.

나는 아까 백작부인과의 티타임 때 얻은 기본적인 정보를 알려 주었다.

"모리앙 자작의 영애예요. 내일 중 시녀로서 입궁할 거예요."

"예?"

아그네스는 크게 놀란 것 같았다.

"물론 시녀를 새로 들이시겠다 하셨지만 말씀이 없으셔서, 최근에 너무 바쁘신 터라 잊고 계신 줄 알았습니다."

"……잠시 잊고 있던 건 사실이에요. 워낙 정신이 없었으니까요."

잠시 고민에 빠졌던 그녀는 곧 무언가 깨달은 듯한 표정을 했다.

"모리앙 자작. 이제 기억나는군요. 분명 일랑 백작부인의 언니가 그곳으로 시집을 갔다는 이야기를 들은 기억이 납니다."

"맞아요. 일랑 백작부인의 둘째 조카딸이죠."

아그네스는 알겠다는 듯이 고개를 끄덕였다.

"확실히…… 백작부인에게는 딸이 없어서 언니의 딸들을 아낀다는 말을 들었습니다. 언니가 원체 몸이 약하여 상당히 안 좋은 혼처로 시집을 간 데다, 두 딸을 낳고 일찍 세상을 떠났다고들 하더군요."

"그래요?"

"예, 그래서 두 조카딸 중 첫째의 혼처 역시 애써서 괜찮은 곳으로 구해 주었다 합니다. 둘째의 혼처를 고르느라 고심 중이라 하던

데, 백작부인이 기뻐했겠습니다."

나는 말없이 속으로 긍정했다.

그렇다. 내가 계산대로 된다면 백작부인은 크게 기뻐할 것이다. 황실만한 혼처가 또 어디 있겠는가.

"……."

리즈벳을 루크레티우스의 옆에 붙이는 상상을 해 봤을 때처럼 이번에도 시도해 봤다.

루크레티우스의 옆자리에 오늘 낮에 본 참한 율리아 영애를 가져다 대어 보았다. 이번에는 저번처럼 너무나도 안 어울리는 색의 천들끼리 붙인 느낌은 없었다.

어쩐지 가라앉은 기분으로 그 조합에 대해 마음속으로 평했다.

'제법 잘 어울리네.'

속으로 되뇌자, 갑자기 기분이 급격하게 바닥으로 추락했다.

대체 이유가 뭔지는 모르겠지만 분명히 기분이 나빠졌다. 왜 이러는 거지?

꼭 체한 것처럼 가슴이 답답했다. 코르셋도 다 풀었는데. 저녁을 많이 먹었나?

아니, 오히려 일랑 백작부인과 정찬을 함께하느라 많이 못 먹었다. 허투루 대할 수 없는 인물이라 내내 긴장한 채였던 것이다.

아마 그래서 그런 모양이지. 나는 결론 내렸다.

그때였다. 등 뒤에서 익숙한 목소리가 갑자기 들려왔다.

"왜 그리 풀죽은 얼굴을 하고 있지?"

뭐, 뭐야?

없던 애가 떨어질 것처럼 놀라서 뒤돌아보자, 소리도 없이 다가온 루크레티우스가 와 있었다.

"노, 놀래라……. 언제 온 거예요?"

"방금."

"왔으면 좀 왔다고 인기척을 내세요!"

"그대가 놀라는 모습을 보고 싶어 이리했지."

밖에서 황제가 왔다는 알림도 없었던 걸 보면, 일부러 알리려는 시녀들을 막은 게 틀림없다. 사실 지금까지 이런 적이 몇 번 있긴 했다.

내가 깊이 한숨을 쉬자, 그는 낮게 웃었다.

"그러고 보면 그대의 시녀 말이야."

"네?"

조금 놀랐다. 벌써 새로 시녀를 들인 소식이 전해졌단 말이야? 누가 전한 거지? 아그네스? 사만다?

놀람과 복잡함을 애써 누르며 평이하게 답했다.

"예, 새로 들이기로 했어요."

"응?"

"네?"

"……난 그 금발에 머리가 빈 에일 공작의 딸을 말한 건데?"

서로 다른 얘기를 하고 있었던 모양이다. 조금 전까지 계속 루크레티우스와 새로 시녀로 올 율리아를 연관지어 생각하고 있다 보니 그의 말뜻을 완전히 잘못 짚고 말았다.

"아……."

루크레티우스는 대수롭지 않게 넘겼다. 그보다는 아그네스가 브러쉬로 내 머리카락을 빗어 주는 것이 더 흥미로운 모양이었다. 그는 내 머리카락을 가지런히 정리해 주는 빗의 움직임을 부담스러울 정도로 뚫어져라 노려보며 물었다.

"그런데, 시녀를 새로 들인다고?"

"아, 네. 일손이 모자라서 새로 들이기로 했어요. 일랑 백작부인의 조카딸이에요."

"그렇군. 백작부인이 기뻐하겠군. ……하긴, 그대의 몇 안 되는 시녀들 중 한 명은 없는 게 나은 편이니."

그는 낮게 키들거렸다. 누구를 말하고 있는지는 이 방에 있는 세 명은 지적하지 않아도 알고 있었다.

"그러고 보니 아까 내가 말한 그대의 시녀는 바로 그 반푼이 시녀야."

"이름은 리즈벳이에요."

그는 낮게 투덜거린다.

"별로 이름을 기억할 가치가 없는 여자야. 그나저나 내가 침실로 들어오려는데 그 여자가 참 꼴사나운 짓을 하더군."

"네?"

리즈벳이 또 무슨 짓을 한 건가?

그는 꼭 칭찬해 달라는 듯이 의기양양하게 웃으며 방금 있었던 일을 설명했다.

"그 여자가 반쯤 벗은 차림새로 침실 문 앞에 서 있어서 말이야."

어째 내 질문을 기다리는 듯 뜸을 들였다. 그가 원하는 대로 물어봐 주었다. 어차피 어려울 것도 없는 일이니.

"그래서 어찌하셨는데요?"

"이렇게 말해 주었지."

잠시 목소리를 가다듬더니, 무서울 정도로 차가운 어투로 조금 전 자신이 한 대사를 재현했다. 얼음이 뚝뚝 떨어질 것 같은 목소리였다.

"눈을 버렸군."

"……."

와, 강하다.

나를 향한 게 아닌데도 순간적으로 심장이 바닥을 구르는 것처럼 느껴졌다. 그 리즈벳이 면전에서 들었다면 절대 제정신으로는 못 있을 거다.

"그, 그래서…… 리즈벳은 뭐라고 했나요?"

"별말 안 하던걸?"

"그럴 리가…….'

"그냥 울면서 뛰어갔어."

"……."

지금만은 잠시 리즈벳을 동정하기로 했다.

딱 1초만.

"참 대단하긴 하네요. 어떻게 여자애한테 그런 말을…….'

내 핀잔을 루크레티우스는 코웃음으로 넘긴다.

"해 대는 행동들이 하나같이 귀찮고 짜증나기만 해. 적당히 무시했다가는 또 시도하려 들 게 아닌가. 조금 전처럼 말이야."

"음…….'

맞는 말이다. 리즈벳은 지치지 않았다. 오늘 건 타격이 좀 크겠지만, 보나마나 며칠 안에 다시 기운을 찾아 어떻게든 다시 시도하려 들 게 뻔했다. 그런 면에서만은 리즈벳의 빨리 잊어버리는 빈약한 기억력과, 재생력 빠른 정신력이 조금 부럽기도 하다.

물론 그것들과 지금의 나를 바꾸자면 당연히 사절이지만.

어찌되었든 지금은 속일 수 없는 즐거움에 잠시 젖기로 했다. 리즈벳이 엿을 먹는 것이 즐겁지 않을 리 없으니까. 아, 역시 난 성격이 나빠.

루크레티우스는 아그네스가 내 머리를 정성들여 빗겨 주는 것을 묵묵히 관찰하더니, 곧 이제 눈으로 그 기술을 다 마스터했다는 듯이 행동했다.

아그네스에게서 빗을 빼앗아서 내 머리카락을 빗겨 주기 시작했다는 소리였다.

어이가 없어서 웃었다.

"빗질 다 끝났는데 새삼 왜 그래요?"

"내가 즐거우니 하는 거야. 진짜로 빗질을 하면 할수록 머리카락이 더욱 반짝거리는군. 그러고 보면 누구 한 명을 뺀 다른 시녀들은 그대를 꽤 잘 섬기는 모양이야."

"그렇죠. 하나 빼고."

"처음 만났을 때는 이 무슨 짚단 같은 머리카락인가 하였단 말이지. 지금은 조금 과장을 보태면 비단실이라 불러도 되겠어."

루크레티우스가 내 머리카락을 만지는 느낌에 어쩐지 온몸이 녹진녹진해지는 기분 좋은 졸음에 젖던 차였다. 산통을 다 깨 놓았다.

아무튼 이런 인간이었지. 나는 볼멘소리를 중얼거렸다.

"그 정도는 아니었거든요?"

"아니, 맞아."

그는 심술 맞게 웃었다.

"내 머리와 비교하면 충분히 짚단이었지."

"……."

아, 네. 그러시겠죠.

뭐라고 할 기운도 나지 않았다.

이제 잠자리에 들겠거니 했다.

내 사랑 침대, 내 연인 이불, 나의 사랑스러운 베개와의 랑데부를 즐기려던 찰나였다. 사랑스럽기 짝이 없는 잠자리로 뛰어들려던 나를 못된 인간이 납치했다.

그게 누구냐고? 그럴 수 있는 못된 인간이 누구밖에 더 있겠나.

명분은 웃기지도 않는 것이었다.

"춤 연습은 잘되어 가나?"

대충 받아넘겼다. 잠이 고팠다.

"물론이에요. 매일 연습하고 있다고요."

대연회에서 첫 춤은 당연히 연회의 주인인 황제와 황후가 춘다. 누누이 강조했지만, 지금 제국에 황후 자리는 비어 있다. 즉 내가 루크레티우스와 제국 내의 귀족들과 국외의 귀빈들이 열정적으로 지켜보는 가운데 가장 먼저 춤을 추어야 한다는 소리다.

그 자리에서 망신을 당할 수는 없으므로 대연회가 결정된 뒤 매일같이 연회를 위한 춤곡들을 배우고 또 연습하고 있었다. 그러므로 결코 빨리 자기 위해 대충 넘긴 게 아니다. 사실을 말한 것뿐이다!

그런데도 태클을 걸고 넘어졌다.

누가?

누가 또 있어, 이 인간 말고!

루크레티우스는 입가에 버터를 바른 것 같은 미소를 지으며 내 손을 잡아끌었다.

"신뢰가 안 가는 걸? 어디 한 번 실력을 확인해 봐야겠어."

그렇게, 나는 오밤중에 침실에서 아닌 밤중에 홍두깨가 아니라 아닌 밤중에 춤바람이 나게 된 것이다!

밤공기는 고요했다. 바람소리의 속살거림조차 없다. 나는 그의 숨소리와 발소리를 음악 삼아 그의 리드를 따라 스텝을 밟았다. 지난 한 달 가까이 매일같이 훈련해 온 덕분인지, 몸이 알아서 먼저 움직여 주었다.

솔직히 조금 걱정은 했다. 긴장하거나 졸리면 아직 스텝을 헷갈리는 참이었다. 서너 곡을 추면 그 중 한두 번은 내게 춤을 가르쳐 주는 엘자의 구두를 밟아서 미안해하곤 했으니까.

이전에 그의 대관식 때는 연회에 참석은 해도 함께 춤을 춘 적은 없었다. 덕분에 나도 그의 춤 실력을 모르고, 그도 나의 춤 실력을 몰랐다.

솔직한 감상을 말하자면, 꽤 놀랐다. 내 실력은 첫 춤이 다 끝날 때까지 그의 발을 밟지 않은 것만으로도 장족의 발전인 수준이다. 반면 그의 춤 솜씨는 나와는 차원이 달랐다. 어쩌면 그의 발을 전혀 밟지 않을 수 있는 것도, 그가 잘 리드해 주어서 가능한 일인 것 같았다.

프로 춤꾼 같았다.

그러니까 한국식으로 말한다면, '제비'같았다.

스스로의 생각에 소리 안 내고 속으로만 뽐고 있는 동안, 루크레티우스의 목소리가 주의를 끌었다.

"나쁘지 않군."

눈을 흘겨 올려다보며 되받아쳤다.

"왜 그렇게 평가가 박해요?"

그는 피식 웃으며 다시 손을 내밀었다. 짐짓 신사인 척.

"한 번 더 추시겠습니까, 레이디? 이번 평가는 후할 겁니다."

어째선지 조금 즐거웠다. 몰려오던 졸음도 춤곡 한 번에 완전히 날아가 버렸다. 그를 따라 짐짓 얌전을 떨며 손을 내밀었다.

"그러시다면야."

달빛이 부드러운 커튼처럼 창을 지나 그와 내 위로 쏟아졌다. 마치 달의 여신이 우리를 위해 옷깃을 들어 가려 준 것만 같은 느낌.

주변은 여전히 고요했고, 때문에 그와 나의 심장 뛰는 소리가 서로 겹치고 또 떨어지며 춤을 위한 음악을 대신했다.

아마도…… 지구로, 집으로 돌아가더라도 이 순간만은 잊지 못할 것 같다는 예감이 들었다.

다음날 아침, 내 단장 시간에 새로운 얼굴이 등장했다. 리즈벳을 제외한 모든 이들이 진심으로 기뻐하며 뉴페이스를 맞이했다.

율리아는 차분하게 허리를 숙여 인사를 올렸다.

"오늘부터 비 전하를 모시게 되어 영광입니다."

어쩐지 다시 속이 갑갑해졌다. 그러나 겉으로 드러내지 않을 정도의 자각은 있었다. 부드럽게 미소 지으며 그녀를 환영했다.

"잘 부탁해요, 율리아 영애."

신입 시녀가 내게 인사를 끝내자, 이제는 시녀들 사이의 인사 시간이 되었다.

내 앞에서 율리아는 시녀장인 사만다와 부시녀장인 아그네스에게도 인사하고 앞으로 많은 가르침을 달라고 의연한 자세로 부탁했다. 사만다도 아그네스도 딱 보기에도 매우 총명해 보이는 율리아를 꽤나 마음에 들어하는 것 같았다.

다음으로는 함께 일해야 할 또래 시녀들과 함께 인사를 나눴다. 루이스와 엘자 자매는 율리아를 따스하게 맞아 주었다. 그들 입장에서 율리아는 그들이 당장 짊어진 무거운 일감들을 덜어줄 매우 귀한 인재였기 때문이었다. 누구와는 달리.

서로 의례적이지만 예의바른 인사를 나누는 사람들 사이에서, 단 한 명만이 경계심 어린 눈으로 율리아를 반쯤 노려보고 있었다.

리즈벳이었다. 황제의 시선을 분산시킬 라이벌이라고 보는 듯했다.

대놓고 경계하고 있는 리즈벳에게도 마침내 율리아와의 인사 차례가 돌아왔다.

"에일 공작영애셨죠? 리즈벳이라고 불러도 될까요? 저는 율리아라고 불러 주세요."

리즈벳은 마치 물에 빠진 고양이처럼 날카롭게 반응했다.

"……모리앙 자작영애라고 했죠?"

누가 들어도 저 목소리를 결코 호의적이라고 해석할 수 없었다. 아무리 긍정적으로 해석하려 해도 불가능한 적대감만이 가득하니까.

처음으로 율리아의 얼굴이 굳었다. 하지만 곧 평소의 침착한 모습으로 돌아왔다.

"그렇습니다만?"

리즈벳은 거의 상대의 뺨에 부채를 내던지는 것과 동급의 무례한 태도로 외쳤다.

"무례하시군요!"

"……예?"

"나는 당당한 에일 공국의 공녀입니다! 게다가 황비 전하께서도 우리 부모님께 은혜를 입으셨죠. 일개 자작영애가 먼저 이름을 부르자 청하는 건 예의에 어긋나는 게 당연해요!"

"……."

―촤악!

보이지 않는 누군가가 얼음물 한 양동이를 뿌린 것처럼, 방 안 전체의 분위기가 얼어붙었다.

나도, 사만다와 아그네스도, 그리고 당연히 엘자와 루이스도 침묵했다.

누구도 먼저 입을 열지 못한 채, 싸늘한 공기 속에서 대놓고 모욕을 당한 율리아를 지켜보았다. 그녀의 반응에 따라 이후 상황은 판이하게 달라질 것이다.

"……."

"……."

얼어붙은 침묵이 어색하게 굳어 갔다.

만년설 저리가라 할 정도로 차고 굳은 공기를 깨트린 것은, 율리아의 활달하고 부드러운 미소였다.

"이런, 제가 실수를 했군요."

"……."

"제가 황궁 생활은 오늘이 처음이라 예의에도 많이 어둡답니다. 본의는 아니었어요. 앞으로도 많이 알려 주세요, 공녀."

도저히 더는 흠을 잡으려야 잡을 수가 없는, 깔끔하고 예의바른 대응이었다. 누가 보아도 무어라 할 수 없을 정도로.

졸지에 어린아이가 떼를 쓴 꼴이 된 리즈벳은 조개처럼 입을 다 물었다. 반면 율리아는 어린아이의 응석을 부드럽게 받아넘기는 어른의 모습이 되어 버렸다.

나는 속으로 감탄했다. 드러내지는 않았어도 다른 이들도 비슷한 감상을 느낀 것 같았다. 율리아는 바로 오늘부터 이 멤버에 합류한 것으로 느껴지지 않을 정도로, 빠르고 자연스럽게 시녀들 사이에 스며들었던 것이다.

그리고 리즈벳은 이미 그러했듯이 겉돌았다.

루이스가 소리를 높여 감탄했다. 꽤 오랫동안 그녀의 목소리를 들어 온 나는 어렵지 않게 눈치챌 수 있었다. 지금 루이스는 꽤나 호들갑을 떨었다. 평소의 그녀답지 않게 과장된 태도였다.

"어머! 정말로 멋져요. 이렇게 물품 목록을 완벽하게 정리하다니요. 제가 한 것보다 나은 것 같아요, 율리아."

옆에서 언니 일에는 늘 척하면 척하는 엘자가 열심히 거들었다.

"정말이에요! 저는 감히 따라가지도 못할걸요!"

율리아는 겸손하게 칭찬에 대해 감사했다.

"별말씀을요. 다 루이스 영애와 엘자 영애가 잘 가르쳐 주신 덕분이죠."

놀랍게도 루이스는 더없이 친근하게 굴었다. 그녀는 꽤 딱딱한 원리원칙 주의자라, 결코 이렇게 빠르게 사람을 허물없이 대하지는 않았다. 오늘은 정말 예외적인 경우였다.

"너무 그렇게 딱딱하게 말하지 말아요, 율리아. 그냥 루이스라고 불러 줘요."

"저도요, 율리아."

사전에 합이라도 맞춘 것이 아닌가 싶은 자매의 합동작품은 엄청났다. 비슷한 나이 또래인 셋은 곧 10년 지기 친구라도 된 듯 친근하게 일을 처리하기 시작했다.

제대로 일할 수 있는 한 명이 늘자, 일 처리 속도가 놀랍게 빨라졌다. 로벤티스 자매는 더더욱 기뻐했다.

그녀들의 태도는 명백히 과장되어 있었다. 의도적인 것이 분명했다. 누구 보란 듯이 율리아를 열정적으로 칭찬하고 그녀에게 친하게 대해 주었다.

"……."

그 셋과 애매하게 떨어진 위치에 앉은 리즈벳은 예쁜 분홍빛 입술을 깨물었다. 그녀는 루이스가 약 두 시간 전에 던져 준, 별다른 필요는 없고 난이도는 매우 낮은 일거리를 쥐고 아직도 끝내지 못하고 있는 참이었다.

결국 혼자 따돌려지는 분위기를 참지 못했는지, 마침내 큰 결심을 한 듯 분연히 떨치고 일어났다. 리즈벳은 일감을 들고 다른 셋에게 다가갔다.

"저어……."

누구도 말을 듣지 않았다.

"루, 루이스…….'

만난 이후 처음으로 자신의 이름을 불린 루이스는 눈을 세모꼴로 뜨고 리즈벳을 바라보았다.

"공녀. 저는 공녀께 이름을 허락한 적이 없는데요?"

리즈벳은 당황했다.

"하, 하지만…… 지금 오늘 만난 모리앙 자작영애에게도 이름을……!"

"그야 율리아와는 만난 기간과는 상관없이 서로 이름을 허락할 정도로 친해졌으니까요. 그리고 기억 안 나시나요?"

"네?"

루이스의 비꼼은 정말로 통렬했다.

"처음 만났을 때, 제게도 백작영애로서의 분수를 지켜 예의를 제대로 지키라고 훈계하셨죠."

방 안의 분위기는 더없이 싸늘하게 가라앉았다.

실제로 내 시녀로 들어온 첫날 리즈벳은 루이스와 엘자는 물론, 사만다에게까지 자신이 공녀의 신분임을 내세웠다. 그러니 자신을 당연히 대접해 주어야 한다는 것이었다.

하도 어이가 없는 요구였기에, 모두가 거의 무시하고 있었다. 다들 코웃음으로 넘겼다. 내 시중을 들기 위해 왔으면서, 자신을 모시라는 듯이 굴었으니 말이 안 되었다.

그 뒤로 리즈벳의 행동은 다른 이들과 친분이 생기려야 생길 수가 없게 만들었다. 일부러 그러는 게 아닐까 싶을 정도로 끔찍하게 일을 못해 시녀다운 일은 사실 거의 하지 않았으니.

하도 오래된 데다 다들 무시하고 지나간 덕분에 나조차도 한동안 리즈벳이 저렇게 말했던 사실을 잊고 있었을 정도였다.

그런데 그 발언이 지금 리즈벳에게 부메랑으로 돌아간 것이다.

루, 루이스……. 뒤끝 있었구나.

리즈벳은 무어라 변명하지 못했다.

"그, 그건……!"

루이스는 다시 비꼬았다.

"어찌 감히 공녀께 일개 백작영애인 제가 감히 말씀을 올릴까요. 그러니 하시던 일을 계속하시죠. 방해하고 싶지 않습니다."

"그런……!"

원체 딱딱한 원리원칙주의자인 루이스에게, 나의 시녀이면서 황제의 시선을 잡으려 애쓰는 리즈벳의 행동이 좋게 보였을 리 없다. 루이스는 사정을 모르는 사람이 본다면 매정하게 보일 정도로 싸늘한 태도로 고개를 돌렸다.

엘자와 율리아 역시 리즈벳에게서 시선을 거둔다.

완전히 밀려난 그녀는 어찌할 바를 모르고 주변을 둘러보았다. 그 큰 눈에 이제는 지겨울 지경이 된 눈물을 달고서. 마치 도와 달라는 듯이, 처연한 피해자인 양 그리하는 것이다.

"……."

"……."

그러나 이미 우리들은 리즈벳의 저런 태도를 지나치게 많이 봐 왔다. 지친 지는 오래다.

시녀들에게 무어라 말을 해 줄 수 있는 위치의 사람은 이 방 안에 세 명이었다. 궁의 주인인, 나. 시녀장 사만다. 부시녀장 아그네스. 그러나 그들 중 누구도 리즈벳의 역성을 들어 루이스나 다른 시녀들에게 한 마디를 해줄 사람 따위는 없었다.

다들 호소하는 시선을 묵살하고 고개를 돌렸다.

루이스에게 된통 당한 뒤 기세가 팍 꺾인 리즈벳은 몸이 좋지 못하다는 이유로 결국 저녁 시간이 채 되지 않아 자신의 거처로 돌아갔다. 누구도 그녀를 잡지 않았다.

리즈벳이 앉아 있던 자리에는 아직도 다 끝마치지 못한 일감이 그대로 남아 있었다. 오늘부터 일을 시작한 율리아조차 저 정도 일은 한두 시간이면 모두 끝냈을 것이다. 결국 능력만 없는 게 아니라, 의욕마저도 없는 게다. 루이스는 깊게 한숨을 내쉬며 그 일을 율리아에게 부탁했다.

아그네스가 나에게 낮은 목소리로 물었다.

"그러고 보면 에일 공작 부부가 대연회 참석을 위해 어제 점심 무렵 도착했다 합니다."

의외의 사실이라 놀라 고개를 들었다. 아그네스는 그 특유의 무표정한 얼굴로 나를 응시하고 있었다.

"그래요? 굉장히 빨리 도착했군요."

"예, 예정보다 너무 빨리 도착했더군요. 그리고……."

"그리고?"

어쩐지 아그네스가 조금 망설이는 느낌을 풍겼다.

나는 그녀가 왜 그러는 것인지 눈치챘다. 씩 웃어 보이며 알아들었음을 표시하고는 몸을 일으켰다.

사만다가 의아한 얼굴로 고개를 들었다.

"전하?"

나는 길게 하품을 흘렸다.

"어제 잠을 좀 설쳤더니 피곤하네요. 잠시…… 한두 시간 정도만 낮잠을 좀 자고 올게요. 그동안은 다들 좀 쉬고 계세요."

한창 일감을 쥐고 씨름 중이던 시녀들은 내 말에 기다렸다는 듯이 한숨을 흘리며 허리를 펴고 고개를 들었다.

침실을 향해 걸음을 내디디며, 매우 자연스럽게 아그네스에게 부탁했다.

"아그네스. 리히 차가 남아 있었죠? 그걸 마시면 기분 좋게 잠들 수 있어서 아주 좋더군요."

"예, 전하. 즉시 올리겠습니다."

"바로 침실로 가져다 줘요."

아그네스는 무뚝뚝한 얼굴로 고개를 숙인 뒤 물러갔다.

지친 시녀들을 뒤로하고 침실로 향하며, 나는 아그네스가 향기로운 차와 함께 가져올 정보가 대체 무엇일지 고민에 빠졌다.

아그네스가 나와 단둘이 남아 알려온 정보는 전혀 예상하지 못한 종류의 것이었다.

"그러니까……, 태후 측의 접근은 기미가 전혀 없는 건가요?"

"그렇습니다."

아그네스는 매우 송구하다는 표정으로 가볍게 고개를 숙였다. 자세한 설명이 뒤따랐다.

"리즈벳 공녀와 공녀를 모시는 오를린이라는 하녀 측의 동태는 제가 믿을 만한 심복 등을 통해 계속해서 살피고 있었습니다."

당연하다. 내가 그리 하라 명령했었으니까.

아그네스는 이에 대해 황녀 때처럼 의문이나 반발심도 전혀 가지지 않았다. 애초에 내가 왜 리즈벳을 시녀로 들였는지 알고 있다는 듯, 충실하게 그녀를 감시해 왔다.

그 결과가 바로 지금. 매우 실망스러운 상황이었다.

"하지만 아직까지 구체적으로 태후 측에서 공녀 측에 접근하는 것은 발견하지 못했습니다."

"안타깝군요."

그래도 다시 애써 달라 말하려던 나는 곧 이상한 점을 깨달았다.

아무런 성과가 없다면 가볍게 돌려서 말하면 된다. 굳이 나와 단둘이 이야기 할 타이밍을 만들어 달라 요구하는 것은 기이하다.

"무언가, 다른 일이 있는 건가요?"

아그네스는 무겁게 고개를 끄덕였다. 그녀의 두 눈에서는 분명한 분노가 일렁이고 있었다.

"최근에 기이한 소문이 황비궁 하녀들 사이에서 돌기 시작했습니다."

"소문?"

아그네스의 표정을 보아하니 절대 평범한 소문이 아닐 것은 분명했다. 내 불길한 예상은 언제나 딱 들어맞는 경우가 많았다. 이번에도 예외는 아니었다.

"그게……, 돌아가선 선황 폐하에 대한 소문입니다."

"선황?"

전혀 예상하지 못한 이름이 튀어나와서 당황했다. 이어지는 말들은 더더욱 경악할 소리들뿐이었다.

"선황 폐하를 암살한 것이 사실은 비 전하라는 소문입니다."

"뭐라고요?!"

식은땀이 죽 흘렀다. 태연함을 애써 가장했지만, 온몸을 내리누르는 긴장을 감출 수 없었다. 아그네스는 내가 불의한 모함을 받고 긴장한 것이라 생각하는 듯 안쓰러운 표정으로 위로해 왔다.

"걱정하지 마십시오. 아직 그리 널리 퍼지지는 않았습니다. 게다가 선황 폐하를 암살하는 참람한 짓을 저지른 것은 글레인 백작가이고, 그들이 이미 죗값을 치렀음을 누구나 다 알고 있습니다."

"그렇……죠."

소문은 사실 진실을 일부 포함하고 있었다. 물론 나는 선황을 직접 죽이거나 죽이라고 사주하지 않았다. 그러니 일부는 틀리다. 하나, 진범의 공범자가 바로 나이므로 일부는 맞다.

물론 드러낼 생각은 죽어도 없었다. 상대가 아그네스든 사만다든 예외는 없었다. 이 세상에 비밀을 아는 자는 나와 루크레티우스 단 둘만으로도 족했다.

잠시 충격과 긴장감에 머리가 새하얗게 되었다. 루크레티우스가 글레인 백작가에 죄를 뒤집어씌워 반역죄로서 멸문시켜 버린 뒤,

이 일은 지금까지 문제가 된 적이 없었다. 그런데 왜 갑자기 소문으로 돌기 시작한다는 걸까?

처음 생각난 것은 루크레티우스였다. 내가 퍼트린 소문이 아니니, 진실을 아는 단 두 명 중 남은 한 명이 떠오를 수밖에 없었다.

곧 고개를 저을 수밖에 없었다. 이제 와서 그가 나를 버릴 이유는 마땅히 없었다. 루크레티우스가 퍼붓는 애정공세와 상관없이 나는 그의 황비였고, 그런 나를 선황의 암살범으로 몰아서 그가 얻을 이득이 없었다. 내가 혐의를 받는다면 오히려 타격을 받을 것이 분명했다.

떨리는 목소리를 애써 가다듬으며 평했다.

"정말로 얼토당토않은 이야기로군요. 황당해요."

아그네스는 고개를 끄덕였다.

"예. 그러니 제가 최대한 빨리 처리하겠습니다. 그 말도 안 되는 소문을 퍼뜨린 이들을 찾아내어⋯⋯."

불현듯 떠오른 생각이 있었다. 그래서 아그네스의 말허리를 자르고 그녀의 말과는 전혀 다른 명령을 내렸다.

"아뇨. 그냥 놔두세요."

"예?"

나를 올려다보는 아그네스의 표정은 경악으로 가득 차 있었다. 하긴, 저런 불측한 소문을 그냥 놔두라는 것은 정상적인 대응이 아니다. 아그네스가 놀라는 것도 무리는 아니었다. 하지만 나의 생각은 확고했다.

"확인해 보고 싶은 것이 있어요. 소문 자체는 모른 체 두고, 그 근원지에 대해서 캐내 보세요."

잠시 침묵하던 아그네스는 낮은 목소리로 물어왔다.

"태후 측을 의심하시는 겁니까?"

고개를 주억거렸다.

"이런 소문이 이유 없이 돌 리 없어요. 틀림없이 배후가 있을 거고, 아마도 태후일 가능성이 가장 높겠죠. 그러니 이번 기회에 황비궁 안에서 태후의 입김이 닿은 인력들을 모조리 솎아 내도록 하죠."

"······영명하신 판단이십니다. 하나······."

"위험한 것은 나도 알아요. 하지만 원하는 것을 얻으려면 나 역시 어느 정도 위험을 감수하지 않으면 안 돼요. 태후는 모든 것을 잃을 각오를 하지 않고서는 끌어내릴 수 없는 적이에요. 안 그런가요?"

아그네스는 깊이 감명 받은 듯 보였다. 그녀는 깊이 바닥에 머리를 숙이며 복종했다.

"예, 비 전하."

아그네스가 물러간 뒤 나는 반쯤 식은 리히 차를 단숨에 마셨다.

잠자리에 누웠으나, 당연히 잠은 전혀 오지 않았다.

대연회 준비 작업은 정말로 길고도 험난했다. 덕분에 시녀들은 눈 코 뜰 새 없이 바빴다. 나 역시 바빴으나, 어찌 보면 이들은 내 시녀라는 이유 하나만으로 저리 고생하고 있었다.

마침 안 좋은 소문이 황비궁 안을 돌기 시작했다. 내부 단속을 단단하게 해 둘 필요가 있었다. 나는 작은 핑계를 들어 황비궁 안 모든 이들에게 상금과 선물을 내렸다.

이것이 태후에게 이미 매수되었을 이들을 내 편으로 만들어 주는 극적인 효과는 내지 못하리라. 그러나 나에 대한 평판을 유하게 만들기로는 나쁘지 않은 방법이 될 것이다.

이와 함께 시녀들에게는 특별한 선물을 준비했다. 내가 시녀들에게 내주라 명한 것들을 보고 다들 감격 어린 눈을 했다.

"비 전하……."

사만다와 아그네스도 감격한 듯했다.

직속 시녀들에게 내린 것은 직접 고른 내 물건들이었다. 의복류는 사이즈나 디자인 무늬가 내게 맞추어진 것들이라 다른 이들에게 주기 애매해서 제외했다. 대신 장신구라면 흘러넘치도록 있었다. 그 중 내가 한번이라도 직접 사용한 적 있는 물건들을 골라 시녀들에게 내렸다.

황족이 사용한 물건을 하사하는 것은 뜻 깊은 일이다. 일전에 일랑 백작부인과 조카딸들에게 내린 물건은 내 소유의 것들이기는 하지만 직접 쓰던 물건들은 아니었다. 주인이 사용하던 것을 내린다는 것은, 곧 자신의 몸을 그들에게 맡겨도 좋다는 신뢰의 표시였다.

각 시녀들에게 내린 보석류는 내가 쓴 적 있는 물건 중에서 그들에게 어울릴 만한 것들을 골랐다.

모두 감격스런 표정으로 하사품을 받고 있었다. 단 한 명만 제외하고.

"……."

리즈벳.

그 아이는 나를 빤히 바라보고 있었다. 평소의 아무것도 모른다는 듯한 표정이나, 제 마음대로 일이 되어가지 않을 때 보이는 떼쓰는 듯한 표정도 아니다. 그 아이는 나를 갑자기 땅에서 솟아난 괴물이라도 되는 양 치어다보고 있었다.

리즈벳의 손안에서 내가 그 아이의 푸른 눈 색과 잘 어울릴 거라 덕담하며 쥐어 준, 사파이어가 박힌 은제 머리꽂이가 어쩐지 불길하게 빛났다.

막간 4. 악의 꽃

악의 꽃

소녀의 세상은 늘 밝고 희망에 차 있었다. 당연했다. 그녀의 작
은 세상에서 세상의 중심은 늘 자신이기 때문이었다.

아무리 이름뿐인 공국이요 의미 없는 황가의 후예라 해도, 일국
을 다스리는 가문이었다. 소녀는 그 가문의 하나뿐인 딸로 태어났
다. 배곯은 적도, 비단이 아닌 옷을 걸쳐 본 적도 없었다. 소녀의
어린 시절은 조금의 부족함도 없었다.

부모는 하나뿐인 딸인 그녀를 애지중지했고, 성 안의 모든 이들
은 그녀를 마치 보물처럼 떠받들었다. 아이의 작은 성 안에서 그녀
는 그야말로 공주였다.

그 작은 행복이 부서진 것은, 소녀가 처음으로 작은 세상을 나간
뒤였다. 부모를 따라, 그들의 가문이 갈라져 나온 본가, 즉 크렌시
아 제국의 황궁에 처음 갔던 그때였다.

소녀는 그제야 자신이 살던 세상이 너무나도 작고 하찮다는 것을

깨달았다. 그녀 자신이 이리도 초라하다는 것을, 황궁에 처음 발을 들이고서 알았다.

이곳에서는 누구도 그녀를 신경 쓰지 않았다. 아니, 무엇보다 든 든한 벽이자 지붕이었던 아버지조차 황궁에서는 별 의미 없는 존 재였다. 소녀는 아비가 새파랗게 젊은 제국 귀족들의 비위를 맞추 기 위해 애쓰는 것을 보았다.

또한 성 안 모든 이들이 떠받드는 어머니 역시 황궁의 화려하게 꾸민 귀부인들에 비해 아름다움도 위엄도 감히 비교할 수 없었다. 제국의 귀부인들은 그녀의 어머니를 존중하지 않았다.

그녀가 알아 왔던 세상이 너무나도 하찮고 초라하다는 것을 깨달 은 그날, 그녀는 그를 만났다.

공작새처럼 화려하게 꾸민 귀부인들과 영애들 사이에서 소녀는 잘못 찾아온 손님처럼 겉돌았다. 어머니가 정성을 다해 마련해 준 비단 드레스는 이곳에서는 별로 눈에 띄지 않았고 유행에 뒤쳐져 있었다. 곁눈질로 보던 이들은 소녀의 신분을 알고 나자 흥미를 잃 고 다른 곳으로 눈을 돌렸다.

크고 두려운 전장에서 소녀는 마치 동화책 속의 왕자님과도 같은 그를 처음 보았다. 남자가 연회장에 나타나자 모든 이들의 시선이 그에게 쏠렸다. 누군가가 말하는 소리가 들렸다.

"황태자 전하께서는……."

황태자. 루크레티우스.

소녀는 그 이름을 알았다. 그녀의 아버지와 어머니가 소녀가 말 을 배우고 걷기 시작할 때부터 들려준 이름이었기 때문이다. 제국 황태자 루크레티우스 르 크렌시아.

그는 장차 그녀의 남편이 될 사람이라 했다. 제국과 공국의 맹약에 따라, 그녀는 저 황태자의 아내가 될 거라 하였다. 그런 사람이, 저리 멋있고 아름다운 사람인 줄은 그날 처음 알았다. 소녀는 붉어진 얼굴과 두근거리는 가슴을 안고 아비의 손에 이끌려 그에게로 다가갔다.

루크레티우스는 그녀의 첫 춤 상대가 되었다. 물론 루크레티우스가 그날의 연회에서 그녀와 처음으로 춤을 춘 것은 아니다. 그녀와만 춤을 춘 것도 아니다. 하지만 소녀의 마음에 이야기 속에서 튀어나온 듯한 왕자님이 들어오기에는 충분했다.

그렇게, 소녀는 자신이 그의 아내가 될 날 만을 기다리며 자라났다.

조금씩 나이를 먹고 교육을 받으며, 그의 어머니와 아버지가 그러하듯 세상에 단 하나뿐인 부부로 살수는 없다는 것을 알았다. 루크레티우스는 제국의 황태자이고, 지금 황제가 그러하듯 수많은 여인들이 그의 곁에 있을 수밖에 없으리라는 것을. 이 사실을 깨달은 날, 소녀는 홀로 침대에서 베갯잇을 적시며 울었다.

그래도 소녀가 가장 사랑받을 수 있을 거라며, 부모는 소녀를 달랬다.

곧 그녀는 슬픔을 이기고, 깊이 마음속에 품은 남자의 아내가 될 날을 기다리며 자신을 갈고 닦았다.

제국 예법을 비롯한 황태자의 후궁이 되기 위해 배워야 하는 지식들은 너무나도 어려웠다. 노력했지만 결과는 신통치 않았다. 그래도 그녀는 더없이 사랑스럽고 아름다우니 괜찮으리라고, 그녀의 어머니는 아이를 안고 속삭여 주었다.

그렇게 소녀가 열세 살이 되던 해, 하늘이 무너질 듯한 명령이 내려왔다. 제국에서 그녀를 황태자의 후궁이 아닌 황제의 후궁으로서 요구한 것이다. 부모는 분노했고 그녀는 겁에 질려 매일같이 울었다. 그러나 제국의 요구를 거부할 힘이 공국에는 없었다.

아직 그녀의 나이가 많이 어림을 빌미로 혼사 날짜를 미루는 것이 할 수 있는 전부였다.

그렇게 뾰족한 도리 없이 시간만 흐르고 있던 때였다. 숲으로 사냥을 나갔던 아버지가 한 검은 머리카락의 소녀를 데리고 왔다. 그녀보다 서너 살 정도 많아 보이는, 피부색과 머리색이 참으로 특이한 소녀였다.

소녀의 이름은 사비나라고 했다. 사비나는 그녀의 아버지와 매우 비슷한 머리색을 가지고 있었다. 그 점을 소녀의 어머니는 꽤 불쾌하게 여겼다. 처음에는 혹시 다른 여자에게서 낳은 아이를 숨겨 두었다가 데려온 거냐며 아버지에게 항의할 정도였다.

그러나 사비나는 이곳의 말도 하지 못했고, 외모 역시 아버지와는 머리색을 빼면 닮은 곳이 없었기에, 어머니 역시 절대 불륜을 저지르지 않았다는 아버지의 말을 수긍하고 넘어갔다.

그 뒤에도 어머니는 사비나를 그다지 마음에 들어 하지 않았다. 그녀의 아버지가 먼저 저 아이를 양녀로 들여 소녀 대신 황제의 후궁으로 보내자 말하고 나서도 그랬다. 어머니의 반응이 어떻건 소녀에게 있어서는 하늘에서 내려 준 구원이었다.

그 늙은 황제의 후궁으로 가면 마음속에 품은 왕자님의 아내가 될 수 없으리라. 때문에 내내 거의 울며 지내 왔던 것이다. 살아날 구멍이 드디어 생겼으니 기뻐할 수밖에 없었다.

사비나는 모든 것이 어설펐다. 때문에 소녀는 사비나를 잘 대해 주려 애썼다. 이곳의 말을 단 한마디도 할 줄 몰랐고, 장차 그녀를 대신해 늙은 황제의 첩으로 팔려가게 될 신세였다. 소녀의 아버지가 사비나의 목숨을 구하는 은혜를 베풀었으니 이 정도는 괜찮다고 이야기했지만, 소녀는 그래도 사비나에게 미안한 마음이 컸다.

때문에 사비나가 자신을 대신해서 떠날 때까지 최대한 친절하게 돌보아 주려 애썼다. 사비나가 빠르게 말과 교양을 익히는 것을 지켜보며, 3년이 넘도록 제국의 예법과 교양을 익히지 못한 자신을 생각하면 조금 우울해지기도 했다. 하지만 어차피 사비나는 그녀 자신보다 예쁘지도 않았고, 곧 늙은 황제의 첩으로 살다가 황제가 죽으면 뒷방으로 보내질 처지였다.

장차 황제가 될 황태자의 아내가 될 자신이, 이리 작은 일로 사비나에게 샘을 내어서는 안 되었다. 그래서 소녀는 양언니가 되어 주제넘게 자신을 챙기려 하는 사비나를 안쓰러운 기분으로 마음 넓게 대했다.

아무것도 알지 못하는 사비나가 제도로 떠난 뒤까지는 일이 생각한 대로 진행되는 듯했다. 오를린이 자청하여 사비나를 감시하겠다며 떠나 자신을 돌보아 주지 못하는 것은 조금 슬펐으나, 어차피 나중에 그녀가 황궁에 가면 만나게 되리라. 그때에는 자신이 사비나와 오를린을 돌보아 주면 된다고 생각했다.

꿈꾸던 행복한 미래가 완전히 어그러졌음을 깨닫게 되는 것은 조금 시간이 지난 뒤의 일이었다.

리즈벳은 늘 그리 생각해 왔다.

신분도 낮고, 자신보다 못생겼으며, 부모가 누구인지도 모르는 소녀. 무엇보다 그녀를 대신해 늙은 황제에게 바쳐질 제물. 그러니 긍휼히 여겨야 한다고 생각해 왔다.

그런 사람일 터였다. 언제나 자신보다 아래에 있는. 있어야 하는. 그런데……, 상황이 왜 이렇게 되어 버린 것일까?

그녀의 왕자님은 그녀를 외면했다. 도리어 저 여자에게만 밀어를 속삭이고 애정 어린 눈빛을 보냈다. 리즈벳이 아무리 아리땁게 꾸미고 나서도, 훨씬 초라하고 못생긴 저 여자에게만 관심을 보였다.

어머니와 오를린은 황제가 잠시 특이한 것에 정신이 팔렸을 뿐이라 말한다. 곧 순리대로, 당연히 그녀에게 눈길을 주고 그녀를 총애하리라고 장담했다. 그러나 루크레티우스의 차가운 눈은 그녀가 아무리 애를 써도 조금도 풀어지지 않았다.

당당히 황비로 선 그녀, 사비나가 자애로운 미소를 띤 얼굴로 그녀의 앞에 작은 상자를 내밀었다.

이것이 무엇인지 그녀는 알았다. 사비나가 몇 번 단장할 때 꽂은 적 있는 사파이어가 박힌 은제 머리꽂이였다. 유달리 보석의 색깔이 예뻐서 기억하고 있었다. 솔직히 조금 탐이 나는 마음도 가졌다. 그것을, 사비나는 아무렇지도 않게 노고에 대한 치하라며 주었다.

그녀의 앞에 머리꽂이가 든 상자를 밀어 준 사비나는, 이어 율리
아에게도 선물을 택하여 주었다. 그러고는 시녀들 모두에게 치하
의 말을 내렸다.

　"지금까지 나를 도와준 노고에 대한 작은 성의예요."

　시녀들을 쭉 둘러보는 사비나의 눈빛은 너무나도 높고 거대해 보
였다. 극히 자연스럽게 그녀를 하찮은 듯 내려다보았다.

　"부디 마음에 들기를 빌어요."

　"감읍하옵니다."

　시녀들은 입을 모아 감사의 말을 올렸다. 리즈벳 역시 고개를 숙
이며 입을 웅얼거려 그들의 의례적인 말을 따라했다. 그러나 뒤통
수를 얻어맞은 듯한 정신은 여전히 그대로였다.

　사비나가 그녀에게 이것을 주었다. '내려'주었다.

　마치 적선하듯.

　그제야 황비로서 자리 잡은 여인과 자신의 처지가 극명하게 다가
왔다. 사비나는 황제의 제일가는 총애를 받는 유일한 비였다. 반면
자신은 그녀의 시녀. 마땅히 그녀의 남편이 되었어야 할 루크레티
우스는 조금의 눈길도 주지 않았다. 주변의 모든 이들은 그녀의 미
모를 시샘하며 따돌렸다. 어디에도 그녀의 편은 없었다.

　아득한 절망감이 온몸을 에워쌌다.

　어째서지?

　왜 이렇게 된 거지?

　떠올릴 수 있는 대답은 오로지 하나였다.

저 여자 때문이다. 그녀가 나타난 후 모든 것이 망가졌다. 응당
자신의 것이었어야 할 자리에 앉아 모든 것을 가져간, 바로 저 여
자 때문이다. 다른 이유는 있을 수 없었다.

깨달음이 은제 머리꽂이의 끄트머리처럼 날카롭게 그녀의 살을
찔렀다.

12. 장미에는 가시가 있다

12. 장미에는 가시가 있다

―휘잉.

요 며칠간 날이 급격하게 추워졌다는 것을, 새삼 차가운 공기가
일깨워 주었다.

알아. 나도 안다고. 추운 거.

와들와들 떨리기 시작한 손과 발이 비명을 질렀다.

제발 들어가자! 따뜻한 방 안에서 따뜻한 스콘과 차를 마시는 거
야! 지금 이렇게 다 식어빠진 차와 얼음 같은 샌드위치 말고!

"……."

하지만 그럴 수 없다는 것이 너무나도 슬펐다.

벌써 몇 시간째인가. 이를 악물었다. 그래도 이대로 포기할 수는
없었다.

"차를 다시 데워 오겠습니다. 비 전하."

아그네스가 송구스럽다는 듯이 말했다. 생긋이 웃으며 답했다.

"미안해요, 아그네스."

"아닙니다."

아그네스는 그대로 몸을 일으켜 부러 정원으로 옮겨온 아기자기한 디자인의 티포트를 들고 테이블을 떠났다. 테이블 위도 작은 쿠션이나 인형, 리본, 동화책 등 귀엽기 짝이 없는 물건들로 가득하다. 물론 내 것이지만, 내가 좋아하는 것들은 아니었다.

나를 위한 것이라기보단 '미끼'였다.

속으로만 한숨을 한 번 내쉬고는 앞에 놓인 입만 댄 샌드위치를 다시 들어올렸다.

엘자가 파랗게 된 입술을 열어 물었다.

"저어……, 비 전하. 이러다 옥체가 상하십니다."

"난 괜찮아요."

그러나 이쪽을 걱정스런 눈으로 보는 엘자의 태도는 내 말이 실제 상태와는 다르다는 것을 강변한다. 그래도 버티고 앉았다.

차라리 이들이 자신들이 버티기 힘드니 들어가자 하였다면 거절하기 어려웠으리라. 내 몸 상태보다는 목적을 이루는 것이 더 중요했기에 물러설 수 없었다.

"조금만……, 1시간 정도만 더 기다려 보죠."

엘자의 얼굴에 그늘이 드리웠다.

지금 내가 진을 치고 앉아 차가운 바람에도 움직이지 않고 있는 곳은 황비궁의 외곽에 위치한 한 정원이었다. 이곳은 황녀들의 거처와 꽤 인접한 위치였다.

지난 일주일 간 정보를 알음알음 모으고서 계획을 짰던 것이다.

내 나름으로는 꽤나 섬세하고 완벽한 것이라 자신했지만, 그것이 얼마나 어리석은 자만이었는지는 지금 상황이 잘 보여 주었다.

야심에 찬 계획은 이랬다.

어리고 호기심 많은 소녀를 위한 티파티 자리를 준비한다.

모은 정보에 따르면 소심하고 내성적인 릴리아나 황녀는 거처에서 거의 나가지 않지만, 동생인 로젤리아는 달랐다. 외향적이고 호기심 충만한 나이인 로젤리아는 지난번 내가 직접 본 바와 같이 종종 거처 밖으로 나가서 돌아다니고는 한다고 했다.

아이가 좋아할 법한 티파티를 세팅하고 기다리는 이유는 이 때문이었다.

오늘 오전부터 세 번 이곳으로 나왔다. 그동안 내내 허탕만 쳤다. 대놓고 황녀들을 초대하는 것은 불가능하니, 우연을 가장하여 자리를 준비한 것이다.

가을바람이 싸늘해지기 시작했어도 여전히 녹음을 간직한 나무 그늘 아래, 테이블과 레이스로 짜인 테이블보. 아이가 좋아할 색깔과 디자인의 다구. 달콤한 간식들.

그러나 이 먹음직한 미끼는 물어 줄 고기를 머리카락 한 올 보지 못했다.

"비 전하. 손가락이 파래요."

걱정스런 엘자의 목소리가 울린다. 그래도 나는 의지로 버텼다. 그래, 난 의지의 한국인이야!

오늘 총 10시간 동안 밖에서 얇은 옷을 입고 앉아 로젤리아 황녀가 지나가길 기다리는 것쯤은 충분히 할 수 있어!

오전에는 동화 같은 모습으로 피크닉 자리를 꾸몄다. 로젤리아 황녀의 붉은 머리카락 한 올 볼 수 없었다.

점심 무렵은 시녀들과 함께 술래잡기 놀이를 했다. 저녁 무렵이 될 쯤에는 온몸에서 땀이 비 오듯 흐르고, 입에서는 단내가 났다. 황녀는 둘이나 되는데, 여전히 그 중 누구도 얼굴을 비치지 않았다.

마지막으로 저녁. 지금은 한가하고 즐거운 티파티를 꾸몄다.

그렇다. 즐겁다. 나는 지금, 이 티파티가 매우 즐겁다! 즐거워하고 있어야 아이가 지나가다 보고 호기심이라도 가지고 한번 이 자리에 끼고 싶다고 생각할 것 아닌가!

아직 10시간 밖에 안 됐어! 인기 게임의 후속작 한정판을 사려고 24시간 넘게 노숙하며 기다리기도 하는 것이 한국인이 아닌가! 난 충분히 할 수 있었다.

"꺅! 전하!"

"안 다치셨어요?"

루이스가 호들갑을 떤다. 내가 덜덜 떨다가 쌩하니 불어온 찬바람에 손이 곱아, 찻잔을 떨어뜨리고 만 것이다.

"나, 난…… 괜찮…… 괜찮아요."

말하는데 이가 딱딱 부딪쳤다. 시녀들과 하녀들 모두 파리한 얼굴로 나를 바라보았다. 그들의 얼굴에 떠오른 감정은 똑같았다. 나에 대한 걱정 반, 그리고 제발 이만 들어가자는 간절한 바람 반.

어째 갈수록 후자의 지분이 느는 것 같았다. 하녀 중 몇은 이미 점심부터 콧물을 훌쩍이고 있었다. 하긴 나라도 저러겠지.

이만 들어갈까, 하는 갈등이 심해지던 차였다.

하얗고 작은 손 하나가 내가 떨어뜨려 풀 위에 놓여 있던 찻잔을 집었다.

"어?"

천천히 고개를 들어올렸다. 루비를 녹인 듯 선명한 붉은 고수 머리카락 몇 올이 아이의 흰 팔 위에 감겨 있는 것을 본 순간, 환호성이라도 지르고 싶었다. 자제한 것은 초인적인 인내심이라 하겠다.

아이는 찻잔을 들고 고개를 갸웃했다.

"이거, 전하 거예요?"

잠시 놀라 표정 수습을 제대로 못 하다가 급하게 얼굴 근육을 갈무리했다. 아이가 친근감을 느낄 수 있도록 생긋이 웃으며 답해 주었다. 친절. 친절이 생명. 드디어 오늘 처음으로 물고기가 미끼를 건드렸다!

"예. 로젤리아…… 황녀 전하셨죠?"

아이는 '네.' 하고 대답하지도, 고개를 끄덕이지도 않았다. 속을 짐작하기 힘든 맑은 녹색 눈으로 빤히 보던 로젤리아는 대뜸 물었다.

"왜 여기서 차를 드시고 계세요?"

"정원의 경치가 너무 좋았거든요. 그래서 일부러 나왔답니다."

아이는 고개를 끄덕이더니 나를 말로 후려갈겼다.

"그러신가 봐요. 오늘 꽤 오래 여기서 놀고 계시니까요."

"……."

가을바람보다 더욱 싸늘한 공기가 나와 황녀를 스치고 지나갔다. 나도, 나를 따라온 시녀들 누구도 입을 열지 못했다.

뭐, 뭐라고? 알고 있어? 본 거야? 그렇지만 내 눈이 닿는 곳에는 보이지도 않았는데?

잠시 체면도 잊고 입을 딱 벌리고 있던 나는, 곧 정신을 다시 수습했다.

"그, 그렇죠. 이쪽 경치가 정말로 마음에 들었거든요."

상냥하게 보이도록 애쓰며 손을 내밀었다.

"찻잔을 돌려주지 않겠어요?"

아이는 고개를 도리도리 저었다.

"……."

입꼬리가 경련이 일 때까지 한껏 끌어올렸다. 다시 친절하기 그
지없이 말했다.

"찻잔이 마음에 들었나요? 그렇다면 드릴게요. 대신 저와 함께
맛있는 차와 과자들을 함께하지 않겠어요?"

아이의 당돌한 입이 다시 열렸다.

"차는 식어서 얼음물 같을 거 같고, 샌드위치와 스콘도 돌덩이처
럼 차갑잖아요. 먹기 싫어요."

"……."

얘, 세다. 어쩌면 태후보다 난이도가 높을 것 같다.

아득해지려는 정신 줄을 간신히 되잡고서 다시 권유했다. 열 번
찍어 안 넘어가는 나무는 없다지 않나.

"곧 다시 따뜻하게 데운 차가 올 거예요. 함께 들지 않겠어요?"

마침내 내내 인형처럼 무표정하던 아이의 얼굴에 만개하는 꽃처
럼 화사한 미소가 퍼졌다. 속으로 환호했다. 드디어! 드디어, 넘어
오는 건가?

아이는 다시금 예쁜 분홍빛 입술을 열었다.

"언니가 낯선 사람이 주는 건 먹지 말랬어요!"

"……."

그대로 몸을 돌려 쌩하니 자신의 거처 쪽으로 달려가 버렸다.

나도, 시녀들도 다들 정신이 육체를 넘어 저 멀리 어딘가로 가버리는 듯한 감각을 공유했다. 종종거리며 사라진 아이의 뒷모습을 보고 있자니 스스로가 한심해질 지경이었다.

　인정했다. 내가 너무 안일했다. 쟤네를 너무 얕봤어.

　길게 한숨을 쉰 다음, 천천히 자리에서 몸을 일으켰다.

　"……돌아가죠."

　"예."

　풀 죽은 엘자와 루이스의 목소리 속에는 목적을 이루지 못했다는 아쉬움보다는 이제 따스한 실내로 돌아갈 수 있다는 즐거움이 더 커 보였다. 하긴, 내가 뭐라고 할 처지는 아니지. 나 때문에 이들은 또 무슨 고생이냐.

　하녀들이 자리를 정리하는 것을 멍한 눈으로 보던 나는 그제야 깨달았다.

　"아, 찻잔!"

　젠장!

　미끼만 뺏기고 말았다! 얄미운 꼬마 같으니라고!

　남자는 진실로 유쾌하게 웃었다.

　"크하하핫!!"

　그렇다. 파안대소라는 것은 이런 것이라고 보여 주는 듯한 표정

과 목소리. 그의 웃음소리는 침실 안을 쩌렁쩌렁 울렸다. 평소와
달리 나는 뭐라고 항의할 힘도 정신도 없었다. 머리가 깨질 것 같
았다.

"웃지…… 말아요."

"이렇게 웃긴데 웃지 말라니, 어떻게 말이지?"

나는 복어처럼 볼을 부풀렸다.

"이게…… 다, 누구, ……때문인데!"

그는 피식 웃으며 내 얼굴 바로 앞에 자신의 얼굴을 들이대고는
짓궂게 속삭였다.

"누구 때문이긴. 그대가 바보 같은 짓을 했기 때문이지."

"……."

할 말이 없다. 사실이었으니까.

그 긴 시간동안 미끼를 뿌리고 로젤리아가 낚이길 기다린다는 멍
청한 계획을 세운 것도 나고, 실행한 것도 나였다. 그 결과 지금 이
렇게 감기로 앓아누운 것도 바보 같은 나다. 열도 나고 머리도 깨
질 것 같고, 목도 아프다.

저녁 무렵 사만다가 불러온 궁의 로우손은 내게 감기몸살 진단을
내리며 이틀 정도는 정양하라며 약을 지어 주고 갔다.

더 최악인 건, 이 무모한 계획에 끌려 나갔던 시녀들과 하녀들도
우르르 감기로 앓아누웠다는 것이다. 미안해 죽을 것 같다.

알아. 내가 바보짓 한 거 안단 말이야. 그러니까 그만해!

그가 또 얄미운 말을 하려는 듯 입을 열었다. 그러나 얄미울 것
이 분명한 말은 다시 이어지지 못했다. 사만다가 약을 들고 방 안
으로 들어왔기 때문이었다.

사만다는 시녀들과 하녀들이 모조리 감기로 쓰러지는 동안에, 강철과 같은 체력과 인내로 유일하게 멀쩡했다. 존경스러울 정도다.

사만다는 루크레티우스에게 가볍게 목례하고는, 물약이 든 병을 들고 내게로 다가왔다.

그녀가 약병을 열려고 했다. 루크레티우스의 손이 사만다의 손에서 약병을 가져갔다.

"내가 먹이지."

"예."

사만다는 불만 없이 공손히 물러났다. 그러나 이쪽은 불만이 많았다.

"내가 먹을래요."

그는 그 얄밉기 그지없는 목소리로 다시 놀렸다.

"그대에게는 선택지가 없어."

"내 약을 내가 먹겠다는 건데요?"

그는 고개를 저었다.

"아니, 허락하지 않아."

그놈의 얼어 죽을 '허락하지 않아!' 이제는 신물이 날 지경이다!

참지 못하고 빽 소리를 질렀다.

"그놈의 허락은 왜 또 나와요! 아예 아픈 것도 허락받고 아프라고 하지 그래요?!"

감기 걸린 목으로 소리를 지르기란 확실히 무리였다. 덕분에 말 끝은 콜록거리는 기침으로 채워졌다.

내가 심하게 기침하자, 사만다가 재빠르게 잔에 물을 가져와 먹여 주었다. 아, 역시 믿을 사람은 사만다 뿐이야. 누구랑은 다르게 환자를 제대로 돌봐 준다.

루크레티우스를 쏘아보았다. 그는 다시 히죽 웃었다. 불길한, 불길한 표정이었다.

"말 한번 잘했군. 누구 허락을 받고 아픈 거지?"

어이가 없었다.

"……뭐라고요?"

날카로운 반문에 그는 더욱 바짝 얼굴을 들이대고 속삭였다.

"그대의 숨 하나까지 전부 내 것인데, 어찌 내게 허락도 받지 않고 그리 아프게 했냐는 말이야."

"……."

분명히 열이 오른 상태인데, 온몸에 소름이 오소소 돋았다.

누가 저 인간 입 좀 막아 줘! 저런 느끼한 멘트는 대체 어떻게 생각해 내는 거야! 누가 매일매일 써 주는 것은 아니겠지?

입술을 삐죽였다.

"내 숨은 내 거고, 내 감기도 내 거예요!"

말을 끝내고 또 기침으로 켈록거렸다. 잠시 웃으며 내려다보던 그는 코앞으로 자신의 얼굴을 들이밀었다. 이어서, 또 당했다. 당해 버리고 말았다.

뭔 말인고 하니, 또 입술을 빼앗겼다는 말이 되시겠다.

무슨 키싱구라미도 아니고 시도 때도 없이 입술 박치기를 하는 건데!

"으읍!"

평소라면 그의 옆구리라도 꼬집어 줄 텐데, 아파서 그럴 힘이 없었다.

"……."

"……."

그래도 내가 환자라는 자각이 있기는 한 모양이다. 이 빌어먹을 웬수는 평소보다는 조금 짧게 키스를 끝마쳤다.

그는 가볍게 내 이마에 키스하고 속삭였다.

"뜨겁군."

열이 나고 있으니 당연하지!

……라고 소리칠 힘이 없었다. 내가 잠시 얌전히 있는 걸 대체 무슨 의미로 받아들인 건지, 그의 입에서 다시 헛소리가 터져 나왔다.

"그 뜨거운 그대의 숨도 모조리 내가 마셨지 않나. 이제 그대도 인정하겠지? 모두 내 것이야."

"……."

내 숨이 뜨겁다면, 저 인간의 숨은 올리브 오일에 버터를 넣은 것처럼 느끼하다. 평소하면 저 헛소리를 단어 하나하나까지 모조리 반박을 해 줬겠지만, 오늘은 힘들었다.

나는 매가리 없는 손길로 그의 어깨를 밀었다.

"적당히…… 해요……."

루크레티우스는 의외로 순순히 고개를 끄덕였다.

"그러지. 정말 안 좋은 모양이군."

그제야 장난을 그만두었다. 하지만 직접 약을 먹여 주겠다는 고집은 그대로였다. 그와 내가 실없는 행각을 벌이는 동안 고요히 벽을 바라보고 있던 사만다는 루크레티우스에게 은 스푼을 건네주었다.

그는 약병을 막은 코르크를 열고 누가 보아도 맛없어 보이는 진녹색의 끈적끈적한 액체를 은제 스푼에 따랐다. 신중한 움직임 덕

에 약이 스푼 바깥으로 넘치는 불상사는 없었다. 꽤 큰 스푼 한가
득 찐득하고 번들거리는 진녹색 약이 찰랑거렸다.

그는 그것을 내 입으로 천천히 가져다 대어 주었다. 이번에는 순
순히 입을 열 수밖에 없었다. 사만다가 먹여 주거나 내가 직접 먹
는 건 그의 말버릇대로 '허락하지 않을' 기세였기 때문이었다.

"자아……."

그가 내민 은제 숟가락 끄트머리가 입 안으로 들어왔다. 약간 싸
늘한 금속의 맛이 혀끝을 쿡 찔렀다. 연이어 들큼하면서 씁쓸한 기
묘한 맛의 액체가 입 안으로 들이부어졌다. 양이 얼마 안 되어서일
까. 그 애매한 맛은 입 안에서 곧 녹아 사라졌다.

남은 것은 금속의 서늘하고 딱딱한 감촉뿐. 그것은 천천히 내 입
안과 혀, 치열을 부드럽게 긁으며 빠져나갔다. 은색 스푼 끄트머리
에 은색 실이 가늘게 이어진 것이 보였다.

"하아……."

분명히 약을 먹은 것뿐이다. 그런데, 왜 이렇게 숨이 가쁘고 얼
굴이 뜨거운 건지 모르겠다. 너무 가까이 붙어 있어서, 역광이 짙
은 그의 얼굴 표정이 제대로 보이지 않았다.

왜일까?

—두근두근.

아마도 열 때문일 것이다. 아직 약효가 제대로 돌지 않았기 때문
이다. 심장 뛰는 소리가 밖으로 들리지는 않을까 걱정될 정도로 거
세게 뛰는 것은 지금 내 몸을 차지한 열 때문이 분명했다.

그러나 그날 밤 잠들 때까지도 심장은 거세게 뛰기를 멈추지 않

았다. 이상한 일이었다. 약효는 이미 돌고도 남을 시간이었는데.

나는 혼란스러운 두근거림과 혼곤한 열기 속에서 천천히 잠에 빠져들었다.

무모한 계획을 세운 대가로 감기를 호되게 앓았다. 무려 이틀간 침대에서 일어나지 못했을 정도였다. 웃긴 건, 내 숨이 다 자기 거니 어쩌니 하던 인간이 내게 감기를 옮았다는 사실이다.

막 자리를 털고 일어난 때였다. 어째선지 그날은 매일같이 나를 귀찮게 해대던 인간이 잘 보이지 않았다. 오전에는 덕분에 홀가분하게 시간을 보낼 수 있었다. 그런데 점심 무렵에도 코빼기 하나 보이지 않고 부르지도 않자 조금 의아해졌다.

저녁 식사 시간에도 연락이 없자 기분이 이상해졌다. 그러고 보면 아침, 점심, 저녁을 지나면서 그의 얼굴을 아예 본 적이 없는 것은 근 두 달간 하루도 없었다.

그렇게 바쁜 인간이 그간 질릴 정도로 얼굴을 잘도 내밀었다.

"……."

대체 왜 이렇게 기분이 이상하지?

어째 일도 손에 안 잡혔다.

시녀들의 시중을 받으며 나 혼자 저녁 식사를 하는 시점에 기이한 기분은 정점에 이르렀다. 입맛조차 없었다. 감기에서 회복된 지 얼마 되지 않았기 때문이리라.

나는 저녁 식사를 먹는 둥 마는 둥 해 버렸다.

사만다가 의아한 얼굴로 물었다.

"비 전하. 벌써 식사를 끝내신 겁니까?"

"네, 물려 가세요."

"……하지만 오늘 요리는 비 전하께서 좋아하시는 메뉴가 아닙니까. 아직 몸이 완전히 회복되지 않으셨습니다. 그러니 더 드시는 것이……."

이 오리 요리는 내가 참 좋아하던 것이었다. 평소라면 흡입했을 텐데, 입맛이 안 돌았다. 고개를 도리도리 저었다.

"아마 나은 지 얼마 안 되어서 그런 것 같아요. 더 먹다가는 얹힐 것 같아요."

결국 사만다는 걱정스런 얼굴로 상을 물리도록 명령 내렸다.

하녀들이 그릇과 남은 음식들을 내어 가는 것을 멍하니 지켜보다가, 결국 참지 못하고 운을 떼고 말았다. 계속 신경이 쓰이는 걸 어쩌겠나.

"저, 본궁에선…… 연락이 없나요?"

그러자 사만다의 얼굴이 잠시 굳었다. 뭔가 있구나. 그녀를 채근했다.

"말해 주세요."

사만다는 잠시 망설이다 결국 변명과 함께 입을 열었다.

"폐하께서 알리지 말라 하시어서……."

늘 하얗던 얼굴이 발갛게 달아올라 있었다. 저 얼굴이 저렇게도 빨갛게 달아올라 있을 수 있구나. 이것이 침대에 뻗은 남자를 보고 든 첫 생각이었다.

늘 우유를 굳혀 놓은 것처럼 흰 피부를 가지고 있어서, 가끔 진짜 살아 있는 사람이 맞나 싶을 정도였는데 말이다.

눈 감고 깊이 잠들어 있는 모습을 보고 있자니, 역시 기분이 묘했다.

"……."

내 표정을 걱정이라고 생각한 건지, 사만다가 등 뒤에서 아뢰었다.

"크게 걱정하실 필요는 없다고 궁의가 진단했습니다. 하루 이틀 정도면 자리를 떨치고 일어나실 거라고요."

"……."

"그리고…… 태후궁에 알려질 것을 걱정하셔서 함구령을 내리셨습니다."

그 덕분에 내가 아는 것도 좀 늦어진 모양이다. 그녀를 안심시키기 위해 웃어 보였다.

"알겠으니 이만 나가 보세요. 오늘밤은 직접 간호할 테니까요."

사만다는 잠시 무어라 말하고 싶은 듯 했지만, 결국 내 굳은 표정을 보고는 말없이 물러갔다.

탁, 문이 닫힌다.

어두운 방에 단둘만이 남았다. 물론 한쪽은 깊이 잠들어 있지만. 로우손이 지어올린 약을 먹고 저녁 식사시간 쯤에 잠들었다고 했다.

"후우……."

나는 깊이 심호흡했다.

방 안은 어두웠다. 환자의 상태를 걱정해서인지, 방 안의 등과 촛불들은 평소보다 확실히 빛이 약했기 때문이기도 했다. 나는 잠시 루크레티우스의 얼굴을 빤히 관찰했다.

빛이 어둡기 때문일까. 부연 빛이 그리는 선과 짙은 음영이 번갈아 가며 그의 얼굴 위에 드리웠다. 그래서인지 그의 얼굴은 평소와 아주 달라 보였다.

짙은 음영이 그의 얼굴을 더욱 고통스러워 보이게 했다. 어쩐지 더럭 겁이 나서 그의 얼굴 가까이로 내 얼굴을 가져갔다. 숨소리를 확인했다. 조금 거칠기는 하지만 그래도 고른 숨소리가 나를 안심하게 해 주었다.

조금 부아가 치밀었다. 정확한 이유는 모르겠다. 하지만 조금 화풀이를 하고 싶은 기분이 들어 버렸다.

그래, 괜히 걱정하게 하고 있어!

"흥."

나는 손가락을 뻗었다. 손끝으로 잘생기고 매끈한 미간을 콕콕 찔렀다. 손톱 끝에 와 닿는 감촉은 예상 외로 부드러웠다. 하긴, 아무리 인간 같지 않아 보여도 인간은 인간이다. 온몸이 강철로 이루어진 것도 아니잖나.

하긴, 입술도 꽤나 부드러웠…….

"사라져라, 헛생각!"

고개를 도리도리 흔들었다. 말도 안 되는 생각이, 막 감기가 나은 나를 다시 열 오르게 만들 뻔했다. 아, 위험했어. 위험한 생각이었다.

다시 정신을 수습하고 깊이 잠든 남자를 빼꼼 내려다보았다. 어차피 듣지 못할 테니까……, 아니, 아니다. 그가 듣지 못하니까 할 수 있는 말이 나왔다.

"그러게 누가 그렇게 함부로 굴래요?"

당연하지만 대답은 없었다. 이 당연한 사실에 깊이 안도했다. 자신감을 얻었다.

"내 숨까지 다 자기 거니 헛소리를 하더니. 그 덕에 나한테 감기까지 옮아서는 이렇게 뻗어 버리고 말이야."

여전히 그의 대답은 고요함이었다.

아, 좋아. 진짜 좋다. 나는 평소와 다르게 기고만장해서는 그를 열심히 타박했다.

"당신, 은근히 약골 아니에요? 아무리 그래도 그렇지 어떻게 이렇게 앓는데요? 어째 나보다 더 앓는 거 같은데? 나보다 약한 거 아니에요? 핫핫핫."

"……."

"……."

의미 없는 침묵만이 내려앉았다. 이게 다 무슨 뻘짓인지 모르겠다.

나는 잠시 부끄러움에 얼굴이 홧홧해지는 것을 느꼈다. 손등으로 민망함에 달아오른 뺨을 식히며 바보짓은 그만두기로 했다.

그래, 간호. 간병을 하자. 안 그래도 사만다에게 내가 간병하겠다며 내보냈잖아?

결정을 내리고는 부산스럽게 일어났다. 간병을 하려면 뭘 한다?

음, 우선…….

"그래, 약! 약을 먹여야지."

하고 혼잣말을 중얼거린 순간, 내 머릿속에서 조금 전 들은 정보가 태클을 걸었다.

아까 로우손이 준 약을 먹고 잠들었다고 했다. 내가 챙겨 줄 약은 이미 없었다.

"그럼 식사……."

……도 마찬가지. 애초에 내가 루크레티우스의 일을 물어본 것은 저녁 식사 직후였다. 이미 시간상으로 저녁 시간은 지난 지 오래다. 게다가 환자이니 아마 약을 먹이면서 알아서들 챙겨 주었으리라.

"그럼 뭘 하지?"

내가 듣기에도 어이가 없고 맹한 말이었다. 그때 눈에 들어온 것이 있었다. 깊이 잠든 루크레티우스의 이마에 송글송글 솟은 땀.

그래. 이거다.

나도 감기로 앓아누웠을 때, 온몸에서 나는 끈끈한 땀이 기분 나빴다. 사만다를 내보낸 것이 무색하게 다시 불러들여 부탁을 해야 했다.

"수건과 물을 좀 가져다주세요. 음……, 그리고 갈아입힐 셔츠도."

"예."

사만다는 고맙게도 어디 쓸 것이냐는 쓸모없는 질문은 하지 않고 내가 주문한 것들을 가져다주었다. 곧 은 대야 가득 미지근한 물과 얇은 수건, 그리고 루크레티우스를 위한 잠옷 셔츠가 내 앞에 놓였다.

이째선지 매우 긴장해 버렸다. 왜 그랬는지는 잘 모르겠지만.

어쨌든 사만다는 다시 내보냈다. 이제 방 안에 다시 둘. 간병을 다시 시작했다.

이 간병은 내가 집도한다!

……적어도 기세만은 그랬다.

수건에 물을 적셔 적당히 짜냈다. 젖은 수건으로 루크레티우스의 이마를 천천히 닦아 냈다. 기분 나쁜 땀을 닦아 주고, 열을 식혀 주었다. 기분 탓인지는 모르겠지만, 이마를 닦아 주니 어째 얼굴이 훨씬 편안해 보였다.

좋았어. 그대로 수건을 끌어내려 목을 쓸어 닦기 시작했다. 선명하게 튀어나온 목울대를 훔치고 지나, 깊이 움푹 파여 있어 비라도 맞으면 물이 고일 수 있을 것 같은 쇄골에 닿았다.

"으음……."

어째 매우 긴장하게 되었다.

그쪽까지 닦아 내리다 보니 절로 눈이 갔다. 판판한, 매우 기대기 좋아 보이는 누구누구 씨의 가슴이. 땀을 많이 흘렸는지 지금 입은 셔츠는 축축하게 젖어 있었다.

그래, 갈아입히긴 해야 할 것 같다. 마침 사만다에게 받은 새 셔츠도 있다. 이걸로 갈아입히자. 갈아입히려면?

우선 벗겨야 한다.

나는 시선으로 뚫어 버릴 듯이 그의 움푹 파인 쇄골 아래 판판한 가슴께를 훔쳐보았다.

그, 그래. 이건 간병이니까. 환자를 위해서야.

나는 그렇게 속으로 되뇌며 셔츠자락을 잡았다.

막 그의 셔츠 깃을 젖힌 순간이었다.

먹이를 물려는 뱀처럼 축 늘어져 있던 그의 손이 내 손목을 잡아 챘다. 그리고 강하게 잡아당겼다. 나는 속절없이 균형을 잃고 앞으로 고꾸라졌다.

"어어?"

축축한 맨살이 닿았다.

천천히 눈을 떴다. 눈앞에는 잠든 척 하고 있다가 나를 끌어당겨 자신의 품으로 넘어뜨린 인간의 얼굴이 있었다.

그의, 루크레티우스의 녹색 눈동자와 눈이 마주쳤다. 무표정하던 얼굴에 자신만만한 미소가 번졌다.

"꽤나 적극적이시군."

뭐라고라?!

너무 어이가 없어서 거의 비명에 가까운 소리가 튀어나왔다.

"네?!"

그는 나의 기겁 따윈 아랑곳 않고 여전히 빙글빙글 웃고 있었다. 아니, 정정. 능글능글 웃고 있다. 정말로 혈관에 피 대신 녹인 버터 가 흐르고 있는 것 같은 인간이 아닌가 말이다.

어쩜 입을 열면 매번 저런 말이 쉬지도 않고 튀어나온대?

남자의 큰 손이 내 등을 꽉 휘어감아 버렸다. 버둥거리려 해도 이미 타이밍을 놓쳤다.

지금은 밤. 조명도 어두침침하고 야릇하게 낮아져 있다. 거기에 다 다른 이유 때문이지만 축축하게 온몸이 젖은 남자의 풀어헤쳐 진 맨 가슴 위로 엎어져 있는 것이다. 설상가상으로 내 가슴으로 그의 가슴을 누르고 있기까지 했다.

이, 이거……, 이거 위험해!

지금까지 그와 단둘이 있던 시간은 정말 많았다. 그러나 이렇게까지 위험한 상황은 처음이었다.

그는 피식 웃더니 내 머리카락을 매만지며 속삭였다.

"이제 준비가 되었다는 거겠지. 내 품으로 직접 뛰어든 걸 보면."

나는 달군 소금 위에 던져진 새우처럼 펄쩍 뛰었다.

"무슨 헛소리에요! 내가 뛰어든 게 아니라 당신이 날 넘어뜨린 거지!"

"별 차이가 없어."

차이 크거든? 엄청 많거든?

"헛소리는 그만해요!"

그의 팔을 풀어내려 버둥거려 보았지만, 별다른 소득이 없었다. 결국 본인이 내켜야 풀어주겠지. 저항을 포기하고 대신 바로 내 감정을 표현하기로 했다.

팩, 하고 얼굴을 돌린 것이다.

"……."

반응이 왔다.

"이런, 삐진 건가?"

"……."

대답 대신 침묵으로 항의했다. 그는 즐겁다는 듯이 진심으로 키득댔다.

진짜 얄밉잖아!

뭐라고 더 항의를 하려는 찰나, 내 허리를 단단히 감은 손이 풀어졌다.

"그래, 그대가 원하는 대로."

“…….”

너무 순순히 풀어주니 되레 민망해졌다. 나는 비슬비슬 몸을 일으켰다.

그런데 이거……, 더 위험하다. 좀 거리가 벌어지자, 도리어 거의 반라 상태인 이 남자의 땀에 젖은 얼굴과 맨살이 드러나 상체가 더 눈에 잘 들어왔다.

더, 더 위험해!

내가 화들짝 뒤로 물러나려는 차였다. 그의 손이 뒤로 물러나려는 내 손목을 잡았다.

“놔, 놔요!”

“더 멀어지면 그대 얼굴이 안 보여. 지금 열 때문인지 평소보다 잘 안 보인단 말이야.”

왜인지 모르지만 얼굴이 다시 화끈거리기 시작했다. 뇌가, 뇌가 익을 거 같아! 위험해. 위험하다니까!

나는 도리질 쳤다.

“이제 완전히 나은 거 같으니까 이만 갈게요!”

“가지 마.”

변명하자면, 이때 난 좀 제정신이 아니었다.

그렇다. 평소의 목 아래까지 꼭꼭 다 갖춰 입은 루크레티우스도 온몸에 색기가 흐르는 남자였다. 눈매와 턱선, 정말로 얄밉게 웃는 미소까지도.

저 세상 물정 모르는 리즈벳이 춤 한번 같이 췄다고 홀랑 넘어간 것도 충분히 이해가 갈 정도다.

그런 그가, 지금 거의 반라 상태로 상체를 거의 드러낸 것이다.

게다가 열 때문인지 평소보다 더욱 젖어 붉게 달아올라 있었다. 한 마디로, 몇 배는 더 섹시해 보였다는 소리다!

그 사실을 의식한 순간 뇌가 녹진녹진 녹는 기분이 되어 버렸다. 얼굴이 너무 뜨거웠다. 다시 변명하자면, 그때 나는 제정신이 아니었다. 그러니 저런 개소리를 할 수 있었던 거다.

"위험하다고요!"

"위험? 뭐가 위험하다는 거지? 난 그대에게 위험하지 않아."

평소의 바늘 들어갈 틈도 보이지 않는 그라고는 믿어지지 않을 정도로 멍한 표정이었다. 그게 내 평소의 경계심을 완전히 무너뜨렸다.

"아니! 그러니까! 이러다간…… 내가! 당신에게! 위험할 것 같다고!!"

"……."

"……."

……방금 내가 무슨 소리를 한 거지?

정말로 껄끄럽고 민망하기 짝이 없는 침묵이 매우 난처하게 떨어졌다. 나는 제발 감기 열이 저 인간의 뇌를 곤죽으로 만들어 주었길 바랐다. 아, 물론 저건 문자 그대로의 의미는 결코 아니다.

그냥, 지금 이 상황을 기억 못할 정도면 된다! 물론 내 어이없고 멍청하고 바보 같은 조금 전의 말은 반드시 기억 못 해야 한다!

하지만 상황이 그렇게 맘대로 돌아가 줄 리 없었다. 루크레티우스는 어째 어린아이처럼 고개를 갸웃하며 물었다.

"흠? 무슨 의미인지 모르겠군. 그대가 지금 나를 독살하기라도 할 수 있다는 건가? 물론 가능성을 환기시켜 주는 것은 그대답지만, 지금 그리 했다가는 그대에게는 이득이 없어. 오히려 실이 많지."

"……."

아, 그만해. 내가 진짜로 뇌가 썩은 여자 같잖아!

"그대가 그걸 모를 정도로 멍청한 여자는 아닐 테고."

그만 하라고오!

나는 뱀처럼 몸을 비비 꼬았다. 그의 손에서 내 손목을 빼내기 위해서 말이다. 하지만 이번에도 무효로 돌아가고 말았다. 역시 힘으로는 안 된다.

그래. 일단, 일단 수습을 하자.

"그래요. 난 지금 위험한 여자니까 손 좀 놓……!"

내 말은 끝까지 이어지지 못했다. 그가 아까 전처럼, 내 손목을 다시 확 당기는 빌어먹을 짓을 벌였기 때문이다. 게다가 이번에는 원치 않는 옵션까지 덧붙어 있었다.

그 옵션이 뭐냐면, 그가 내 몸을 앞으로 확 쏠리게 함과 동시에 벌떡 일어나면서 나를 빙글 돌려 침대 바닥에 누였던 것이다. 정신을 차리니 천장을 올려다보고 있었다.

침대 위로 우아하게 드리워진 천개 자락이 시선을 가득 채웠다. 곧 그 광경은 한 남자의 얼굴로 채워졌다.

즉, 이번엔 아까 내가 이 인간 위로 엎어졌을 때의 딱 반대 구도가 된 것이다!

아마 버터가 혈관 속을 흐르고 있을 것이 분명한 인간이 다시 입을 열었다.

그만! 하지 마!

그러나 이번에도 간절한 바람은 빗겨 나갔다.

"위험한 여자에게는 위험한 남자가 필요하겠지. 그대 눈에는 내가 위험한 남자로 안 보이나?"

뭔가 맥이 탁 풀리며 생각보다 혀가 먼저 움직였다.

"이 대륙에서 제일 위험한 남자로 보이죠."

미쳤어! 대답을 말았어야 했는데!

루크레티우스가 눈매를 가늘게 휘며 웃는다.

"잘 아는군."

다시 입술이 내 입술 위로 닿기 직전, 그의 그릉거리는 웃음소리와 함께 그의 느끼하기 짝이 없는 말이 이어졌다.

"그대 역시 이 대륙에서 가장 위험한 여자야."

다시…… 길고 킨 키스가 이어졌다.

아마 정신줄을 놓은 모양이다. 나는 무의식적으로 손을 더듬어 그의 팔과 어깨를 그러안았다. 서로 뜨거운 입술이 닿고, 혀와 혀가 농밀하게 얽히는 순간이 끝났다.

간신히 숨을 쉴 수 있었다.

"하아……."

루크레티우스는 내 몸 위로 자신의 상체를 구부리고 있었다. 그는 부드럽게 웃더니 내 단단히 조여진 코르셋 위를 한번 손가락으로 덧그리며 올라가, 끈으로 여며진 내 상의 옷깃을 톡 건드렸다.

내 몸이 파득 긴장하는 것을 스스로 느낄 수 있었다. 그도 느꼈으리라.

"생각 같아서는…… 오늘 밤 태후가 매우 싫어할 내 후사를 만들고 싶지만."

아, 안 돼! 그만해!

무서운 건, 여기서 지금 그가 시도하면 분위기와 기분에 휩쓸려 나도 넘어가 버릴 것 같다는 점이었다. 한 톨 남은 이성이 감정의 멱살을 쥐고 탈탈 흔들었다.

정신 차려! 이러다가 뼈도 못 추리고 홀랑 먹힌다고!

내 걱정은 다행히 설레발로 끝났다. 그가 곧 고개를 푹 숙이며 한 말 때문이었다.

"하지만 도저히…… 내 몸이 안 되는군. 이렇게까지 힘든 건 오랜만이야. 그것도 한갓 감기 때문에……."

기이한 기분에 휩싸였다.

이건 뭐지?

나는 분명히 안도하고 있었다. 근데 안도만큼이나 큰 무언가가 같이 내 안에서 휙휙 돌았다. 지금 나…….

좀 아쉬워하고 있나?

"……."

……미쳤어! 내가 진짜 미친 게 틀림없어!

내가 혼란과 공포의 도가니 속에서 혼자 끓고 있는 동안, 그는 환자면서 무리한 행동을 한 대가를 뒤늦게 받고 있었다. 머리를 부여잡고 그대로 내 바로 옆으로 푹 쓰러진 것이다.

잠시 혼자 어이없는 설레발과 아쉬움과 혼란 속에서 세탁기 속의 빨래처럼 정신이 빙빙 돌고 있던 나도 곧 그의 상태를 눈치챘다. 벌떡 몸을 일으키며 물었다.

"괜찮아요?"

"괜찮다고 하고…… 싶지만…… 솔직히 안 괜찮군……."

"그러니까 누가 환자 주제에 그렇게 난리를 피우래요? 디 지업지

득이에요.”

그는 낮은 목소리로 투덜거린다. 목소리가 본격적으로 갈라지고 있었다.

“누가 감기를 옮긴 덕분이지. 과연 그대의 감기다워. 진짜로 독하군.”

“내가 가져가라고 부탁한 것도 아니고 당신이 가져간 거잖아요? 그러니 자업자득이죠.”

나는 수건을 다시 물에 담가서 헹군 다음 짰다. 수건의 물기가 방울방울 맺혀 떨어지는 모습을 보고 있자니 드디어 좀 정신이 드는 것 같았다.

고개를 돌린 순간, 간신히 되찾은 안정은 곧 의미가 없어졌다.

그 난리를 피운 덕분에 루크레티우스의 셔츠가 확 밀려 내려가며 진짜로 거의 반라가 되어 있었던 것이다.

게다가 발개진 얼굴로 헉헉대고 있었다.

이건…… 더 위험하잖아! 이게 뭐야!

“으윽.”

그렇다고 아픈 사람을 그냥 두고 도망가는 것도 못할 짓이고.

나는 최대한 그의 얼굴과 몸에서 시선을 떼려 노력하며 손을 움직였다. 수건으로 땀으로 축축해진 그의 얼굴과 몸을 다시 닦아 냈다. 그는 반쯤 눈을 감은 채로 미소 지었다.

“기분…… 좋아…….”

“그래요?”

“응…… 어릴 때 아프면…… 어머니가 이렇게 해 주셨지…….”

“…….”

순간적으로 할 말을 잃었다. 루크레티우스도 의식하고 한 말은 아닌 것 같았다. 조금 전 내가 헛소리 했을 때와는 달리 말이다. 그는 여전히 기분 좋다는 듯이 웃고 있었다.

나는 묵묵히 손을 놀려 그의 상반신을 닦아 주었다. 그러고 나자 크나큰 난제 하나가 내 앞에 쾅 하고 놓였다.

몸은 다 닦았다. 이제 남은 건 셔츠를 갈아입히는 거다. 바지……까지는 건들 생각도 없다. 그런데 이미 땀으로 젖어 있던 셔츠는 내가 그의 상체를 닦는 사이, 수건에 이리저리 치이면서 완전히 푹 젖어 있었다.

이건 반드시 갈아입혀야 한다. 이걸 입고 그대로 자라고 놔두는 건 환자에 대한 학대다.

"으으으."

저 옷을 갈아입힌다는 건, 곧 저 푹 젖은 셔츠를 완전히 벗겨야 한다는 소리다. 아무리 축축하게 달라붙은 상태에, 애매하게 이리저리 쓸리고 밀려서 거의 벗겨진 것과 다름이 없다고는 해도 그렇다.

아예 안 입은 것과 조금이라도 입은 건 옆에서 보는 부담감의 차원이 다르다. 여기서 그가 바지를 이미 잘 입고 있으며 내가 그걸 벗길 일도 없으니, 셔츠를 벗겨도 반라 정도에서 그친다는 걸 생각할 여유가 없었다.

천 번의 망설임 끝에 손을 뻗었다. 손끝에 살짝 젖은 옷깃이 닿았다. 그 감촉이 도저히 뭐라고 말할 수 없을 정도로 야릇했다.

완전히 기절하듯 잠든 루크레티우스를 살짝 옆으로 돌려 등에 걸친 그의 셔츠를 벗겨 냈다.

눈앞에 조금 전 니의 야릇하고 배덕한 감정을 강하게 후려치는 모습이 드러났다.

"……."

분명 잘생긴 남자의 몸이 맞았다. 가끔 이 인간은 근육이랑 뼈도 잘 생겼냐! 하고 얄미워한 적이 있다. 그때의 내 예상대로, 그의 벗은 등은 아름다운 근육으로 꽉 짜인 늘씬한 모양새였다.

"이건…?"

그리고 그 희고 멋진 근육으로 이루어진 등에는 누가 보아도 분명한 상흔이 몇 개나 이리저리 얽히어 선명하게 남아 있었다.

하루 종일 어젯밤 본 것이 눈에서 떠나지 않았다.

그의 등에 선명한 상흔들. 그것은 분명한 학대의 흔적이었다. 단순히 다쳤던 흔적이라고 보기에는 상처들이 집요할 정도로 많은 개수가 이리저리 얽혀 있었으니까.

게다가 손끝에 걸렸던 상처들은 한 상처가 아문 뒤에 그 위에 다시 덮이듯 새겨진 것들도 많았다. 상당한 기간을 두고 지속적으로 반복된 학대의 결과, 라고밖에 생각이 들지 않았다.

칼로 베인 것 같은 상처도 있었고, 찢어진 상처, 그리고 화상의 흔적으로 보이는 것들마저 있었다.

"……."

하루 종일 집중이 하나도 안 됐다. 왜인지는 모르겠는데, 머리가 계속 멍했다. 뇌내에서 고장 난 비디오가 계속 한 장면만 틀어 주는 것처럼 그 장면만 반복되었다.

"후우. 잊자. 생각하지 말자."

그래. 차라리 다른 생각을 하자. 그 인간 어제 꽤 웃겼지. 감기 하나 정도로 그렇게 앓느라 정신을 놓고 말이다. 그래. 이 생각이나 하자. 이쪽이 더 생산적이다.

그러던 중이었다. 번개가 내려치듯이 불현듯 무언가가 내 머릿속을 후려쳤다. 어젯밤 그의 목소리가 하나가 내 귓전에 라디오를 틀어 준 듯 울렸던 것이다.

"꽤나 적극적이시군."

—화악!

다시 얼굴은 물론 온몸이 화끈거려 왔다. 충격적인 장면에 밀려 구석에 처박혀 있던 기억들이 줄줄이 소시지처럼 이어졌다. 그의 판판한 가슴 위로 쓰러졌던 것. 그의 힘에 당겨져 반대로 그가 내 위로 몸을 기댔던 그 순간.

—두근두근두근…….

심장이 가슴을 부술 듯이 두방망이질 치기 시작했다. 기억은 마치 고구마덩굴 같았다. 한번 잡아당기자 마치 뿌리 한 올 한 올마다 알차고 민망한 고구마들이 주렁주렁 달린 줄기가 우르르 쏟아지는 꼴이었다.

그의 체온. 젖은 살갗의 감촉. 깊고 짙은 키스.

진짜 큰 문제는 그게 아니었다. 마지막 순간 느낀 감정이 문제였다.

아쉬움.

한순간뿐이었고, 혼란스러운 와중의 착각이었으리라. 그러나 위험했다. 정말 너무나도 위험한 상황이었다. 그가 어젯밤 감기로 호되게 앓는 중이 아니었다면, 정말 큰일이 날 수도 있었다.

"생각 같아서는…… 오늘 밤 태후가 매우 싫어할 내 후사를 만들고 싶지만."

맞아. 그런 소리 했었다. 저 인간 분명 후사를 만드니 어쩌니 했었어! 그리고 자칫 잘못하면 진짜 그렇고 그런 사태가 터졌을 지도 모른다.

물론…… 물론 나도 이제는 한국 나이로도 성인이긴 하다. 지옥 같은 고3 생활 내내, 대학 가면 녹색의 잔디 깔린 캠퍼스 라이프를 즐기면서 연애를 하겠다는 의욕에 불타 있었다.

하지만 내가 연애를 하고 싶은 장소는 대학 캠퍼스였지, 이런 이 세계 따위가 아니었다!

어제 내가 분위기에 잘못 휩쓸린 상황에서 그 인간의 몸 상태가 정상이었다면, 연애를 넘어서 바로 더 위험한 단계로 바로 뛰어들었을지도 모른다!

손에 힘을 주었다. 손톱을 깨물었다. 까득, 하고 손톱이 내 두 이 사이에서 꾸득꾸득 기분 나쁘게 씹혔다.

나는 스스로에게 말을 걸었다.

"정신 차려. 정신 차리라고, 사비나!"

대답은 없었다. 당연했다. 나 자신에게 대답 대신 되뇌었다.

"지금이 연애 기분 낼 때야?"

아니다. 절대 그런 상황이 아니다.

게다가 그 상대 또한 제대로 믿을 수가 없는 사람이다. 솔직히 자기 자신에게 물었다. 그 사람, 믿을 수 있겠어?

대답은 하나뿐이다.

아니.

믿지도 못하는 사람을 상대로 대체 지금 나는 무슨 감정놀음을 하고 있는 것인가 말이다. 한심해서 어이가 없을 지경이었다.

나 자신에게 새겨 넣듯이 반복해서 각인시켰다.

"정신 차려, 사비나. 여긴 지옥이야. 살아남는 것만 생각해."

그렇다. 지금 내게는 이곳에서 살아남아, 집으로 돌아가는 것이 가장 중요했다.

나는 길게 한숨을 풀어내며 손에 들고 있던 책을 서가 사이에 다시 꽂아 넣었다.

이곳은 후궁에 위치한 도서관이었다. 내 거처는 4명의 황비들을 위해 따로 마련된 4개의 궁 중 1황비궁이다. 그곳에도 간단한 서재는 있었다. 그러나 이렇게 본격적인 규모의 도서관은 없었다.

이런 규모의 도서관이 따로 마련된 곳은, 황제의 본궁과 황후의 궁, 그리고 황태자의 궁이다. 후궁에도 많을 때는 기백을 넘는다는 여인들과 그들 소생의 황실 자녀들을 위해 도서관이 마련되어 있었다.

지금 후궁은 온통 비어 있으므로, 후궁에 마련된 도서관 역시 인적이 드물었다. 나는 머리가 너무 복잡한 나머지 조용히 머리를 식힐 장소로 혼자 전세 내다시피 사용하는 중이었다.

따라온 시녀들을 도서관 입구에 두고 나 혼자 이 너른 도서관 전체가 내 것인 양 굴고 있었다. 열댓 권 이상 뽑고, 펼치고, 탑을 쌓아 댔지만, 한 글자도 제대로 읽지 못했다. 내가 글자를 읽지 못하는 것은 결코 아니지만.

이 세계에 온 이후 필사적으로 말을 배우면서 글을 익혔다. 그리고 반년 만에 이곳에서 태어나 자란 리즈벳보다 더 어려운 책을 읽기 시작했다. 리즈벳의 어머니인 공작부인은 그 사실도 정말로 싫어했다.

새삼 어이가 없었다. 어차피 리즈벳 대신 늙은 황제의 후궁으로 들여보낼 생각이었으면서, 잘도 그렇게 매섭게 굴었다 싶다. 그런 주제에 내가 황비가 되자 손바닥 뒤집듯 태도를 바꾸었지.

그들을 떠올리자 머리가 확 식었다. 아, 이건 의외로 쓸모가 있었다. 그들에 대한 생각은 혼란스러운 머리와 복잡하게 휘몰아치던 가슴을 서늘하고 맑게 가라앉혀 주었으니까.

그들은 내가 이곳에서 처음으로 만난 이 세계의 사람들이다. 따라서 이 세계의 인상은 그들을 통해 결정되었다 보아도 좋다.

나는 여전히 이 세계를 믿을 수 없었고, 사랑할 수도 없었다.

그렇다. 내게는 무엇보다 명백한 목표가 있다.

살아서, 돌아간다.

태어나 19년을 살아온 고향으로, 가족들 곁으로 돌아가기를 원했다. 정말로 돌아갈 수 있을지 명확하지는 않다 하더라도, 바람만은 버릴 수 없었다.

생각이 정리되자 머리가 가볍고 가뿐해졌다. 그래. 이게 나지. 나다운 거야.

조금 즐거워져서 혼자 콧노래를 부르며 손에 잡히는 대로 책을 뽑아냈다. 이곳은 대륙에서 가장 부자 동네인 제국의 황궁이다. 황제나 황후의 도서관은 아니라도, 이용자 중에는 황제의 자식들도 끼어 있었기에 장서 규모가 어마어마했다.

에일 공작이 자랑하던 성의 도서관도 이 규모에는 감히 미치지 못했다. 아니, 황비궁에 마련된 아담한 서재랑 비슷한 규모였다. 그는 그걸로도 온갖 자부심을 다 가지고 있었지. 몇 대 전 제국 황제에게 하사받은 책들이 있다며 금으로 마감한 상자에 넣어 보관하고 있던 것을 보여 준 적도 있다.

그런 책들이, 아니, 더 고급스러운 책들이 한가득이었다. 정확한 종류는 알 수 없지만, 고급 가죽으로 만들어진 것이 분명한 양장본 하나를 손으로 쓸어 보았다. 손에 닿는 가죽의 부드러운 감촉이 장갑을 만들어도 좋을 정도였다. 거기에 눈이 아플 정도로 현란한 금박 은박으로 가득 장식되어 있었다.

아마 이건 지구에서도 엄청난 앤틱 물건으로 부르는 게 값인 수준일 것이다. 지금 나는, 그걸로 피라미드 쌓기 놀이를 하고 있다.

"······."

잠시 자신이 한심해졌다. 뭐, 하려면야 이 서가 한 채의 책들을 다 뽑아서 도미노 놀이를 해도 뭐라고 할 사람은 없겠지. 하지만 책 읽겠다며 와 놓고는 머리나 쥐어뜯다가, 책으로 블록 쌓기 놀이나 하고 있다니.

"한심해."

그것밖에 할 말이 없었다.

벌떡 일어섰다. 그래, 나가자. 안 그래도 해야 할 일은 가득 쌓여 있었다. 내가 머리가 복잡하다는 이유로 전부 미루고 있었던 거지. 그래, 나가서 돌아간 다음 일을 하자!

맞아. 대연회 준비는 물론이고, 나는 할 일이 아주아주 많았다. 성녀 만날 일도 생각해야 한다. 황제 옆에 붙여 줄 괜찮은 여자는 이미 골라 뒀고, 어떻게 그에게 접근시킬지를 고민해 봐야 한다. 게다가 리즈벳에 대한 감시가 잘 되어 가고 있는지도 확인해야 하고.

바쁘다, 바빠.

막 몸을 돌린 나는 말을 잃을 수밖에 없었다.

"*여기…… 어디지?*"

변명의 여지는 매우 많았다.

첫째로, 이 도서관은 대학 도서관 수준은 될 건물 하나를 통째로 책을 채워 넣은 곳이다.

둘째로, 나는 이곳에 초행이다.

그래, 음음. 좋아. 매우 설득력 넘치는 합당한 이유다.

그러니까, 내가 도서관 안에서 길을 잃었다고 해도 이상할 것 없었다. 당연한 일이다. 특별할 것 하나 없다!

그래! 난 이상하지 않아! 그리고 쪽팔리지도…….

"아우우……."

어떻게든 자기합리화를 해 보려고 했는데 결국 실패했다. 인간이라면 자기 자신에게 관대해지는 것이 인지상정이라지만, 이건 좀 심하잖아.

안 그래도 엘자가 이곳이 워낙 넓은 데다, 구조가 비슷비슷하게 생겨서 길을 잃기 쉽다고 걱정했었다.

그런데도 괜찮다며 그들을 두고 혼자 기어들어온 것이 누구겠는가. 나 말고 더 있겠어!

과거의 내 뒤통수를 후려갈기고 싶은 기분이다. 자괴감이 온몸을 엄습했다. 어쩜 이렇게 그림으로 그린 것처럼 바보같이 행동할 수 있담.

"……."

그러나 내가 아무리 여기서 땅을 파고 있어도 상황이 바뀌지는 않았다. 자기혐오에 몸부림친다고 길이 눈앞에 '짠!' 하고 나타나 줄 리 없으니까!

결국 의미 없는 자아비판을 그만두고, 현실적이고 건설적인 행동을 하기로 했다.

즉, 길을 찾아 나섰다.

정확하지 않은 기억을 뒤져 최대한 기억과 비슷해 보이는 곳으로 갔다. 문제는 이곳이 오로지 책과 책, 그리고 책만으로 가득한 곳이라는 사실이었다. 물론 책 하나하나는 모두 색이 달랐다. 그 조합으로 뭔가 찾아내는 것도 가능할지 몰랐다.

그러나 서재에 빼곡히 꽂힌 책들은 별개의 조합이 아니라, 하나로 뭉뚱그려진 덩어리로밖에 인식되지 않았다. 여러 색을 겹치면 검은색으로 보여도 작은 점을 무수히 찍어 놓으면 회색으로 보이는 것처럼 말이다.

한마디로, 책으로 내가 온 길을 구분하는 것은 무리라는 소리였다. 내가 모든 책 배열을 한번 보고 외울 수 있는 순간기억능력자라도 되지 않는 이상! 그리고 당연히 난 순간기억능력자 같은 게 아니고.

따라서 여기서 내가 헤매는 시간은 꽤 길어질 게 분명했다. 꽤 의미 있고 신빙성이 매우 높은 예측이었다. 내가 지금까지 한 모든 예측 중 가장 가능성이 높다.

……슬프게도 말이다.

나, 저녁 먹기 전에 여기서 나갈 수는 있을까?

터덜터덜 걸었다. 별로 의미는 없겠지만 주변의 책들을 보고 내가 온 곳을 기억하려 애썼다. 별로 소득은 없었다. 이럴 줄 알았으면, 책으로 블록 놀이를 하는 것이 아니라 헨젤과 그레텔처럼 온 길에 잘 깔아 놓을 걸 그랬다.

적어도 길은 잃지 않을 수 있었을 텐데.

"하아."

벌써 몇 번째 한숨인지 모르겠다.

그때였다.

"_____."

"──!"

작은 소리가 들려왔다. 집중해서 듣지 않으면 알아듣기 힘들지만, 분명히 사람의 말소리였다. 누군가가 이곳 어딘가에서 대화를 하고 있었다.

귀를 기울였다. 조금 주의하자 어느 방향인지 가늠이 되었다. 누구인지 모르니, 섣불리 내가 여기 있는 것을 들키면 위험할지도 몰랐다. 조심조심 발끝을 떼어 소리가 들리지 않게 했다.

몇 개인가의 책장과 책장 사이를 건너고 헤맨 끝에, 나는 목소리의 진원지를 찾을 수 있었다. 모습을 확인한 순간 기겁해서 책장 뒤에 몸을 숨겼다.

두 명이었다. 남녀. 한 명은 내가 아는 사람, 다른 한 사람은 모르는 얼굴.

큰 문제는 내가 아는 얼굴 쪽이었다.

선명한 붉은 고수머리. 그리고 도저히 그 어미의 딸이라고는 믿어지지 않는 선한 붉은 눈망울.

나는 경악하여 속으로 그녀의 이름을 외쳤다.

'릴리아나 황녀!'

소리를 낮추어 조심스레 대화를 나누는 두 사람 중 한 명은 분명히 릴리아나 황녀였다. 태후 소생의 첫째 딸. 바로 그 귀하기 짝이 없는 1황녀가, 이렇게 잘 쓰이지 않는 인적 드문 장소에서 누군가를 만나고 있었다.

그것도 비밀리에.

무의식적으로 숨을 죽이고 귀를 기울였다. 어쩌면 뭔가 큰 정보를 얻을 수도 있겠다는 생각이 불현듯 들었기 때문이었다.

상당히 아이러니했다. 내가 그렇게 어떻게든 만나려고 발악을 할 때는 잘 안 되더니, 왜 이렇게 순전한 우연으로 마주치게 되는지 모르겠다. 잠깐 만났던 로젤리아는 내 잔을 들고 튀어 버렸는데 말이다.

상당히 가까이 와서일까? 이제 대화가 제법 잘 들렸다.

남자가 무거운 목소리로 물었다. 릴리아나 황녀보다 두어 살 많아 보이는 나이대의 소년이었다. 그의 목소리는 꽤나 진중하고 비통했다.

"아직도 제가 당신의 마음속에 있습니까?"

황녀는 붉은 머리카락을 흔들며 정열적으로 외쳤다.

"예, 여전해요……! 지금도, 그리고 앞으로도 제 마음속에는 단 한 명만이 있을 거예요!"

그는 조금 안도한 듯했다. 소년의 얼굴에 안도감이 스치는 것을 보고, 나는 눈치챘다. 이 둘은 분명 연인 관계였다.

"그것만으로…… 나는 충분합니다. 설사 당신이 다른 이의 아내가 된다 해도……."

소녀는 크고 선한 두 눈 가득 눈물을 매달고서 소년의 손을 잡았다. 내가 몇 번 보아온 릴리아나 황녀는 결코 적극적인 성격이 아니었다. 상당히 의외의 모습이라, 꽤 놀랐다.

"제가……, 제가 그럴 리 있겠어요? 당신은…… 제게 유일하게 상냥하게 대해 주신 분이었는걸요! 저는 당신과 혼인하여 궁을 나갈 날만을 꿈꾸며 지내 왔어요!"

잠시 그녀의 말에 기쁜 기색을 띠던 소년의 얼굴에 다시 짙은 그림자가 드리웠다.

"……당신께는 죄송한 마음뿐입니다."

황녀의 얼굴이 일그러지며 눈에서 눈물이 넘쳐흘렀다.

"왜 그런 말씀을 하세요! 당신도 알고 계시잖아요! 당신의 어머님……, 외숙모님은 태후 폐하께 희생된 것이라는 것을요!"

"……."

릴리아나 황녀는 제 어미를 어머니라 부르지 않았다. 제 딸을 딸로 여기지 않는 어미와, 어미를 어미로 생각하지 않는 딸. 그것만은 분명한 공통점이었다. 붉은 머리카락 말고도 닮은 점이 있기는 했던 모양이다.

다시 한 번, 어머니에게 차별당하며 자랐던 친구의 모습이 릴리아나 황녀에게 겹쳐졌다. 이제 확신할 수 있었다.

황녀는 눈물을 뚝뚝 흘리며 속삭였다.

"당신 앞에서 얼굴을 들 수 없는 건 저예요. 황제 폐하조차도 그 배후를 밝히지는 못했지만, 외숙모님을 죽인 게 누군지 이 궁에 모르는 사람이 있나요?"

"……전하."

"그런데 왜 그런 말씀을 하세요. 태후 폐하께서 황비 전하께 손을 쓰려 한 결과로 이리되었는데요. 게다가 당신과 당신 아우님도 계승권을 빼앗기시고……."

소년의 얼굴에 드리운 그림자가 더더욱 짙어졌다. 그는 잔뜩 어두워진 얼굴로 몇 번 망설이다 마침내 손을 들어 릴리아나의 아름다운 얼굴을 감싸 안았다. 이어 그녀의 이마에 가볍게 키스했다.

"아마도 태후께서 원하는 바를 이루고 나시면 어머님도, 그리고 저와 동생도 복권될 수 있겠죠."

소년의 목소리는 낮게 떨리고 있었다. 릴리아나는 고개를 저었다.

"하지만…… 아시잖아요! 만약 숙부님이 다시 후처를 들여 후사를 보시면요? 그러면 당신 지위는 영영 회복될 수 없어요!"

"……."

"그리고……, 당신이 지위를 되찾기 전에 태후께서 저를 다른 집안에 넘겨 버리실 수도 있어요!"

마지막은 거의 비명에 가까운 외침이었다.

"당신도 그걸 알고 계시니까…… 아까 말씀하신 거잖아요. 다른 사람의 아내라니……."

마침내 참지 못한 릴리아나는 격렬하게 흐느끼기 시작했다. 가녀린 어깨가 부들부들 떨렸다.

"저는…… 싫어요……. 당신이 아니면 누구도 싫어요……!"

"릴리……."

소년은 애칭을 부드럽게 부르며, 흐느껴 우는 소녀의 몸을 감싸 안았다.

잠시 거의 정신을 놓을 듯이 울던 릴리아나 황녀는 곧 정신을 차린 듯 고개를 번쩍 들었다. 그녀의 표정에 드러난 것은 거의 광기에 가까운 희망이었다.

"제가, 제가 태후 폐하께 애원해 보겠어요. 황제 폐하께서 원하는 바를, 태후께서 들어드리시면 당신의 복권까지는 가능할지도 몰라요! 그래요. 당신은 그분의 조카이고, 친정인 토루카 후작가의 후계자잖아요!"

소년은 무거운 얼굴로 고개를 저었다.

"당신도 아시지 않나요. 태후께서 당신의 청을 들어주실 분인가요?"

"⋯⋯."

소녀는 대답하지 못했다. 멍하니 선 소녀의 손을 소년이 잡아 올렸다. 그는 길게 드리운 황녀의 소맷자락을 걷어 올렸다.

드러난 광경은 나를 경악하게 하기에 충분했다.

옷 밖으로 잘 나오지 않아 눈에 띄지 않는 팔꿈치 부근부터 잔뜩 멍든 상처와 빗금처럼 붉은 상처가 가득했다. 마치 회초리로 반복해서 매질이라도 당한 듯한 모습. 대체 저 고귀한 신분의 소녀에게 누가 손을 댈 수 있을까.

단 한 명 외에는 불가능하다. 태후 카틀레야.

어젯밤 본 광경이 떠올랐다. 황제인 루크레티우스의 등에 새겨진, 도저히 다른 이유로 생겼다고 볼 수 없었던 학대의 흔적. 정도만 조금 덜할 뿐 같은 맥락의 흔적이었다.

어쩐지 알 것 같았다. 그의 등에 남은 선명한 상흔의 원흉이 누구인지. 물론 전적으로 태후의 짓이라 확신할 수는 없으나, 적어도 그 여자가 관여했을 것은 분명했다. 이건 굳은 확신이다.

그 순간, 머리가 어찔해질 정도의 분노가 급격하게 타오르는 불처럼 발끝에서 머리끝까지 치솟았다.

뭐지? 대체 난 왜 이렇게 화가 나는 걸까?

잠시 혼란 상태에 빠진 동안, 고통스런 상황으로 슬퍼하는 소년 소녀는 여전히 아웅다웅하고 있었다.

소년은 미간을 일그러뜨리며 황녀의 상처를 어루만졌다.

"당신이 그 부탁을 태후께 직접 하시면, 이정도 상처가 아니라 더 큰 상처를 얻게 되실 수도 있을 겁니다. 아니, 그렇게 될 겁니다."

그러니 절대 태후 앞에서 입도 벙긋하지 말라고, 소년은 몇 번이

나 당부했다. 진심이 절절히 담긴 목소리였다.

마치 인형처럼 멍하니 서 있던 소녀의 눈에서 진주알 같은 눈물이 후드득 쏟아졌다.

"그러면 대체…… 우리는 어찌해야 좋아요……."

소년은 아무런 말도 하지 못한 채, 소녀를 강하게 껴안았다. 소녀가 울 만큼 다 울고 간신히 눈물을 그칠 때까지.

소년의 정체는 알겠다. 두 사람의 대화 내용으로 충분히 유추할 수 있었다.

클로디스 데 코넬.

태후의 오라비인 현 토루카 후작의 장남. 동시에 그 후계자'였던' 소년. 그리고 황녀 릴리아나의 약혼자였던 자이기도 하다.

사만다가 해 준 설명에 따르면, 친정인 토루카 후작가의 격을 올리기 위해 태후는 자신의 첫째 딸과 오빠의 후계자인 조카의 혼사를 추진해 두었다고 했다. 그러나 그 조카가 작위 계승권을 잃으면서 현재 그 약혼은 유명무실해진 상태였다.

처음에는 사촌 간에 약혼을 시켰대서 잠시 놀랐지만 곧 정신을 차렸다. 지구에서도 한국이나 몇몇 나라를 제외하면 사촌 간의 결혼이 가능한 나라가 더 많다고 했다. 우리나라도 고려시대나 그 전에는 사촌 간에도 결혼이 있었다고 했고.

이럴 때 웃기게도 역사 시간에 배운 사실이 떠올랐다. 가까운 혈족 간의 결혼은 원래 재산과 계승권이 다른 가문으로 흘러가는 것을 막기 위한 수단이었다는 이야기 말이다. 릴리아나의 경우도 거기 해당했다.

차이점은 거기에 적어도 당사자들의 애정이 존재했다는, 매우 의외로운 사실 하나 정도.

클로디스는 루크레티우스가 조작한 내 암살 미수 사건의 주범으로 몰려 죄를 받았던 후작부인의 아들이다. 그와 동생은 이 일과 연관되어 계승권을 잃었다.

나는 양심의 가책을 느꼈다. 후작이나 후작부인이야 그렇다고 해도, 그 자식들은 무슨 죄인가. 지금까지는 의도적으로 무시하고 있었으나, 이렇게 그 일의 결과가 눈앞에 드러나자 괜히 찔렸다.

곧 고개를 저었다. 그 결정은 내가 내린 것이 아니다. 난 그저 결과를 내기 위한 수단으로 루크레티우스에게 이용당했을 뿐이다.

스스로에게 되뇌며 당당하게 고개를 들었다. 여기서 양심이 찔리는 건 진짜로 쓸데없는 짓이다.

내가 숨죽인 채로 복잡한 심경을 다시 정리하고 있는 동안, 클로디스는 릴리아나를 달래 돌려보냈다.

황녀는 계속해서 연인이 있는 곳을 돌아보며 아주 천천히 걸음을 옮겼다. 안타깝기 그지없는 이별. 조금 시간이 지나, 마침내 그녀의 작아진 그림자마저 시야에서 완전히 사라졌다.

클로디스의 입에서 격렬한 외침이 터져 나왔다.

"젠장!"

나는 놀라 클로디스의 얼굴을 훔쳐보았다. 소년은 분노를 누구에게 향해야 좋을지 알 수 없다는 듯 격렬한 눈빛으로 서가 한쪽을 노려보고 있었다. 선연한 증오와 분노.

"······."

순간 결정을 내렸다.

인정한다. 분명히 위험할 수 있다. 아니, 위험할 가능성이 더 높았다. 아무리 소년이니 어쩌니 했어도, 클로디스 데 코넬은 이미 십대 후반의 장성한 남자다. 그와 내 힘은 비교가 되지 않으리라. 게다가 이곳은 인적도 드문 텅 빈 도서관. 위험성을 굳이 설명할 필요가 없겠다.

그럼에도 나는 모험을 할 필요성을 간절하게 느꼈다. 새삼스런 깨달음도 한몫했다. 그러고 보면 내가 무언가 일을 추진할 때 각별히 계산하면 도리어 잘 안 되는 경우가 많았다.

차라리 돌발적인 상황에 맞추어 '지르는' 쪽이 결과가 좋았다. 예를 들어 선황이 암살당한 밤처럼. 지금도 그 밤과 같은 직감에 가까운 깨달음이 있었다.

머리가 무어라 태클을 걸기 전에, 몸과 입이 먼저 움직였다.

나는 몸을 숨겨 주던 커다란 서재를 빙 돌아 통로 쪽으로 나섰다. 공식적인 자리에서 사람을 대할 때 쓰던 가면을 얼굴에 썼다. 제발 내 표정이 위엄 있이 보이기를 빌며 목소리를 높였다.

"처음 뵙는군요, 클로디스 데 코넬."

클로디스는 예상 외로 놀라지 않고 침착하게 뒤를 돌아보았다. 내 쪽을 보는 그의 눈은 조금 전의 격정과 분노가 마치 처음부터 있지도 않았던 것인 양, 차분하게 가라앉아 있었다.

바로 몇 분 전, 연인 앞에서 보이던 다정함과 서글픔, 격정은 흔적조차 없다. 등줄기가 좀 서늘해지는 것을 느꼈다.

클로디스의 태도가 의미하는 것은 아마도 둘 중 하나이리라. 조금 전 릴리아나 앞에서 보인 모습이 거짓이고 지금 모습이 참이거나, 혹은 그 반대. 어느 쪽이든 충분히 내게 도움 될 수 있다고 판단했다.

잠시간의 팽팽히 긴장된 공기가 흐르고 그가 입을 열었다.

"황비 전하께 타인의 비밀스런 대화를 엿듣는 고상치 못한 취미가 있으신 줄은 몰랐습니다."

역시 내가 누구인지 아는 모양이었다.

"그건 사과하죠. 그런 취미는 없고, 일부러 들으려 한 것은 아니었으니까요."

"……그 말씀이 사실이기를 바랍니다."

잠시 짧은 침묵을 사이에 두고 한탄에 가까운 말이 이어졌다.

"그리고 어차피 오늘 들으신 일을 입 밖에 내셔도 별다른 쓸모는 없을 겁니다. 서자로 떨어진 후작가의 아들과 황위 계승 싸움과는 연이 없는 힘없는 황녀 이야기는 말입니다."

그는 바로 몸을 돌렸다. 급히 이 자리를 뜨려는 모습.

당연했다. 밀회를 남의 눈에 들킨 상황이니 최대한 빨리 여기를 피하고 싶겠지. 하지만 나는 그렇게 놔줄 생각이 전혀 없었다.

"잠시만요."

신경질적인 목소리가 낮게 흘렀다.

"무슨 볼일이라도 있으십니까? 전하께서 제게 볼일이 있으실 리 없을 텐데요."

목소리에 가시가 뾰족뾰족 날을 세우고 있었다. 하긴 그의 입장에서 나는 가문의 적이자 어머니를 죽음으로 몰아넣은 이들 중 하나일 뿐이겠지. 그 심정이야 이해가 가지만 일일이 배려해 줄 만큼 여유롭지 못했다.

지금 하늘에서 떨어진 금 동아줄을 본 기분이었으니까. 전적으로 우연이 만들어 낸 일이지만, 기회를 잡는 것은 나의 선택이다.

이미 그 밤에 그러했던 것처럼.

루크레티우스를 상대로 모험을 던졌던 바로 그날 밤처럼.

"당신의 처지는 안되었다고 생각하고 있어요."

클로디스의 미간이 강하게 일그러졌다.

"물론 당신의 어머니가 저지른 죄에 대해서는 용서할 수도, 용서할 생각도 없지만…… 적어도 그 때문에 당신과 당신의 아우까지 작위 계승권을 잃은 것은…… 안된 일이라고 생각해요."

물론 클로디스의 어머니는 그 사건에 대해서는 죄가 없지만.

내가 그걸 말해 줄 수는 없으니, 뻔뻔하게 나가기로 했다.

"지금 놀리는 겁니까?!"

"설마요."

내 표정이 제발 상대방을 약 올리기 딱 좋은 모양새이길 바랐다. 이 부분에 있어서는 좀 자신이 있었기에, 사실 크게 걱정하지는 않았다.

기대대로 그는 꽤나 도발된 듯, 감정을 얼굴에 가감 없이 드러낸다.

"지금 제게 당신이 겪으신 불행에 대신 사과라도 하라고 시위하시는 겁니까?"

아, 그건 아냐. 애초에 그 불행한 유산 자체가 날조된 일이거든.

물론 입 밖으로 내뱉지는 않았다.

"그럴 리가. 어머니의 죄를 아들에게 덮어씌울 생각은 없어요. 옳지 못하죠."

문제는 그 죄 자체가 원래는 없는 일이라는 거지만.

"……저는 당신이 왜 지금 저를 잡고 이런 말들을 하시는 건지 잘 모르겠습니다."

한 자 한 자 씹어뱉는 클로디스의 표정은 마치 시선으로 나를 산 채로 씹어 주고 싶다는 듯이 보였다.

등 뒤로 식은땀이 흐르는 것을 감추고서 빙긋이 웃어 보였다. 여유 넘쳐 보이도록. 무언가 믿는 바가 단단히 있다는 듯이.

"확실히 그냥 바로 본론으로 돌아가는 것이 낫겠네요."

여기서 강조하듯 말을 한 번 끊었다. 조금 전보다 더더욱 여유롭도록, 차라리 웃음기를 섞은 목소리로.

"단도직입적으로 말씀드리죠. 저와 거래하지 않으시겠어요?"

"……."

침묵이 깊었다. 입가에서 경련이 일 때까지 웃는 표정을 유지했다. 동시에 두 눈으로는 그를 강하게 응시하면서, 입술을 굳게 다물고 있었다. 여기서 기세 싸움에서 지면 안 된다.

잠시 침묵을 통한 밀고 당기기가 이어졌다. 내 계획대로 먼저 반응을 한 건 상대 쪽이었다. 이걸로 심리적인 주도권이 내게 약간 넘어왔다.

"지금 장난하시는 겁니까?"

"아니라고 몇 번을 말씀드렸잖아요? 저도 후작가의 별 볼 일 없는 서자를 두고 장난질을 할 만큼 한가하지는 않아요."

자기가 아까 한 말을 다시 반복해 준 것뿐인데, '별 볼 일 없는 서자'라는 부분에서 남자의 얼굴이 일그러졌다. 지금 그에게는 진지하고 가장 큰 고통인 부분일 터다. 내가 그곳을 직통으로 찌른 셈이다. 아플 만했다.

그 타격이 남은 동안에 추가타를 날렸다.

"난 당신에게 기회를 주고 싶은 거예요."

"……기회?"

되묻는 남자의 얼굴은 혼란으로 가득했다. 제대로 이해가 가지 않을 만하다. 좀 더 자세하게 설명해 주기로 했다.

"그래요. 가문에서 버려진 당신과…… 저 가련한 릴리아나 황녀에게도 말이죠."

"……"

"당신 아버지의 입장과 당신의 입장은 달라요. 당신의 아버지는 태후가 승리하면 그것으로 모든 것을 되찾겠지만, 당신은 그렇지 못하니까요."

"……그리되면 어머님을 복권시켜 주실 겁니다. 그리고 저와 동생도요. 물론 당신은 그 모습을 볼 수 없겠지만요."

그건 그렇다. 태후가 승리한 뒤라면, 나는 그대로 형장의 이슬로 스러지겠지. 혹은 그 전에 독살당하거나.

부러 밉살맞게 웃으며 미리카락 끝을 비비꼬았다.

"글쎄요. 과연 일이 그렇게 쉽게만 되려나요? 내가 듣기로 지금 후작께서는 어떻게든 빨리 후처를 맞으시려 애쓰고 계신다던데요."

"……"

"다시 처를 맞아 후사를 본다면, 당연히 당신 어머니와 당신의 복권은 영영 불가능해지겠죠. 애초에 지금 같은 상황에서 후작에게 새로 들어올 후처라면 응당 다음 후계자 문제를 확언받고 들어올 테니까요."

절대 틀린 말이 아니다. 사실이니까. 실제로 후작의 재혼 관련 혼담이 오간 측들은 다들 후계자 문제를 지적했다. 혼인이 성사되려면 당연히 새로 시집갈 후처 소생만을 인정하도록 종용했다. 또한 후작은 그 요구를 받아들였다.

그런데도 아직까지 후작의 재혼이 성사되지 못한 것은, 루크레티우스가 열심히 훼방을 놓고 있기 때문이다. 태후를 떠받치는 가장 큰 기둥 중 하나인 후작가를 안정시키지 않으려는 심사다.

때문에 지금 내 눈앞에 선 후작의 장남은 지금 입지가 매우 애매했다. 공식적으로 서자로 격하되어 후작의 작위를 잇지 못한다. 후작이 정말로 재혼에 완전히 실패하고, 뒤늦게라도 모친이 복권된다면 작위 계승권을 되찾을 수 있다.

결국 후계자에서 밀려났지만, 누구보다 후계자에 가장 가까운 기이한 상태인 셈이다. 이 무슨 슈레딩거의 후계자도 아니고.

"태후께서는 머지않아 승리하실 터이니 그런 걱정은 안 합니다."

꽤나 영리한 것 같았다. 이 점은 마음에 들었다. 조금 전 릴리아나 앞에서 드러내던 태후에 대한 증오심은 마치 있지도 않다는 듯, 내 앞에서는 얌전히 숨겼다.

그 매끈한 얼굴을 향해 부드럽게 웃어 주었다.

"글쎄요. 과연 그리 쉽게 될까요?"

"지금 저를 겁박하시는 겁니까?"

"사실을 말하는 것뿐이에요. 태후 폐하 뱃속의 아이는 아직 황자인지 황녀인지 불분명해요."

그는 반사적으로 대답했다.

"황자이실 겁니다."

나는 대수롭지 않다는 듯이 받아넘겼다.

"그렇다 해도 무리예요."

"네?"

"설사 황자가 태어난다 해도, 겨우 갓난아이. 과연 그 아이가 성인이 될 때까지 살아남을 확률은 얼마나 될까요?"

"지금 장차 태어나실 황자 전하를 해치겠다 말하시는 겁니까?!"

생긋이 웃으며 고개를 저었다. 설마. 하더라도 그건 루크레티우스겠지, 내가 아닐 거다.

"그럴 필요도 없다고 말씀드리는 것뿐이에요."

"네?"

"갓난아기인 황자와 이미 스물일곱의 장성한 황제. 과연 정말 싸움이 될까요?"

거의 부자지간이라 불러도 좋을 나이 차이다. 어른과 어린아이의 싸움. 물론 그 아이 뒤에 태후가 서 있을 테니, 내 말만큼 싸움이 되지 않을 정도로 일방적이진 않을 것이다. 하지만 당연히 그 속내는 숨겼다.

"게다가 굳이 누군가가 손을 쓰지 않아도 아이가 성인이 될 때까지는 많은 시간이 걸려요. 그사이에는 많은 일이 벌어지겠죠. 그래요, 돌도 지나지 않아 세상을 떴다는 태후 폐하 소생의 황자처럼요."

이곳의 영·소아 사망률은 내가 아는 현대의 지구와 비교도 되지 않을 정도로 높았다. 실제로 루크레티우스의 수많은 이복 형제자

매들이 성인이 되기도 전에 세상을 떴다.

"……"

"태후 폐하의 능력도 야심도 인정해요. 하지만 한계가 너무 명확하죠. 명분도 너무나도 모자라요. 알죠?"

그는 반문도 반박도 하지 못했다. 저쪽이 조금 밀렸으니, 이대로 밀어붙여야 한다.

"그 엄청나게 낮은 확률을 뚫고 태후께서 승리하신다고 쳐요. 그렇다고 당신을 그분이 얼마나 신경 써 주겠어요?"

"……"

"자신의 시녀장으로서 충실히 일한 당신의 모친마저 팽하신 분인데. 게다가…… 친딸마저 모질게 대하고 계시고 말이에요."

"그건……!"

나는 고개를 저었다.

"오해하지 말아요. 이미 태후궁에서 태후가 황녀들을 어찌 대하는지는 보아 알고 있어서 하는 말이에요."

나는 한 발 걸음을 내디뎠다. 다 자란 청년처럼 보이던 그의 어깨가 순간적으로 소년처럼 왜소해졌다.

"당신이야 그렇다 치더라도…… 그 이야기 들었나요?"

"무슨…… 말씀입니까?"

속으로 회심의 미소가 떠올랐다. 소년의 얼굴에 떠오른 초조함을 보았기 때문이었다.

"태후께서 갈리시아 후작의 후처 자리에 릴리아나 황녀를 보낼 생각을 하고 계시더군요."

"네?!"

소년의 경악한 비명과 절망적인 표정을 보며 나는 승리를 예감했다. 매우 다행히도, 구석까지 몰린 클로디스가 릴리아나 앞에서 보인 모습은 진심이었던 모양이다. 사랑에 빠진 남자의 얼굴.

아까 릴리아나 앞에서 클로디스가 짓던 눈빛은 왠지 익숙했다. 늘 많이 보아온 누군가의 녹색 눈동자를 떠올리게 한 것도 같았다.

아니, 아니다. 착각일 거야. 나는 그 쓸데없는 상념을 구석으로 치워 놓았다. 지금 문제는 그게 아니야.

클로디스가 외쳤다.

"갈리시아 후작은 올해 쉰이 넘은 사람입니다! 게다가 이미 재혼만 두 번을 했어요!"

"하지만 제국 남부의 유력한 인사죠. 제국군에도 상당한 영향력을 가지고 있고요."

"그런……!"

마지막으로 미끼 깊숙이 날을 세운 낚싯바늘을 찔러 넣어 내던졌다.

"내가 알기로…… 갈리시아 후작은 취향이 매우 독특한 사람이에요. 실제로 이혼한 전 부인 중 한 명은 변태적인 성벽을 이유로 선황께 이혼을 청했었죠."

"……!"

비극적인 사랑에 빠진 소년의 눈동자가 걷잡을 수 없이 흔들렸다. 이 정도면 이미 끝난 것이나 다름없었다.

"대체……, 제게 뭘 어쩌라는 말씀이십니까. 아버지와 고모인 태후가 반역을 저지르고 있다고 폐하께 달려가 고변이라도 하라고요?"

"아니요. 그리고 당신이 그리 말한다 해서 태후 일파가 호락호락 당할 리도 없죠. 근거도 없이 모략했다고 당신만 희생되고 끝날 거예요."

"그렇다면……."

"뱃속의 아이가 아들이든 딸이든, 그 아이가 태어난 뒤에 태후는 행동에 나서려 하겠죠. 그 시도는 무엇이든 위험한 일일 거예요. 성공할 가능성은 낮을 테고, 실패한다면 당신도 릴리아나 황녀도 위험해지겠죠."

"……."

클로디스는 입술을 깨물었다. 그의 행동이 내 예측을 긍정하는 것임은 분명했다. 나는 쐐기를 박듯이 한마디를 덧붙였다.

"그러니 그 일이 실패해서 당신들까지 죄 없이 해를 입기 전에, 스스로를 구할 방법을 찾으라는 말이에요."

충분히 밀어붙였다. 이제 슬쩍 물러날 때였다. 말과 표정을 풀고 부드럽게 웃었다.

"굳이 지금 정하라는 건 아니에요. 생각할 시간을 주죠. 그리고…… 개인적으로 릴리아나 황녀가 안타까워서 이야기해 주는 거예요."

"……."

"내가 제의한 거래를 당신이 거절하더라도, 황녀의 결혼은 막는 게 좋을 거예요. 효과가 있을지는 모르지만, 나도 황제 폐하께 부탁은 드려 보죠."

내 충고에 혼란스러운 얼굴로 잠시 침묵하던 클로디스가 물었다.

"당신에게는 아이를 잃게 한 원수의 딸이 아닙니까? 왜 신경을 쓰시는 겁니까?"

"……고향에 있는 친구를 닮았거든요. 부모의 죄를 자식에게 대물

림하는 건 내 고향에서는 없어진 일이에요. 용납하고 싶지 않아요."

이 말만은 가감 없는 진심이었다.

손을 뻗어 눈앞에 보이는 책 중 가장 두꺼운 책을 집어 들었다. 눈에 띄는 검은 색 가죽 표지를 한, 한 뼘 두께의 책이었다.

"그러니 잘 생각해 보세요. 혹시나 내가 말한 거래를 진지하게 받아들일 생각이 있다면 이 책에 승낙의 서간을 넣어 두세요. 일주일에 한 번은 이곳으로 와서 확인하죠."

"……."

꽤나 쿨한 멋진 여자처럼 보이도록 몸을 돌렸다.

그러나 다음 순간, 나는 중요한 사실 하나를 떠올리고 말았다.

갈등은 찰나였지만, 결국 묻지 않을 수는 없었다.

내 민망하고 작은 목소리가 어색하게 도서관 안을 울렸다.

"저……, 그리고…… 여기서 나가려면 어디로 가야 하죠?"

"……."

13. 태풍의 전조

13. 태풍의 전조

클로디스에게 안내받은 길로 미로나 마찬가지인 도서관에서 간신히 탈출했다. 그대로 바로 본궁으로 쳐들어갔다. 정확히는 루크레티우스의 침실로.

그러고는 의아한 눈으로 바라보는 루크레티우스에게 대뜸 요구부터 던졌다.

"태후가 추진하고 있다는 릴리아나 황녀의 혼담, 당신이 막아 주세요."

"……."

그는 잠시 물끄러미 바라보았다. 여전히 저 관찰하는 버릇은 그대로다. 그는 턱 밑을 희고 긴 손가락으로 괴며 물었다.

"이유는?"

"묻지 말고 해 줘요."

"글쎄. 내가 왜 그렇게 해야 하는지 납득을 못 하겠는걸."

내 얼굴에 함박웃음 같은 미소가 떠올랐다. 그가 절대 거절하지 못할 이유를 들어, 내가 아는 이 남자의 가장 큰 약점을 바로 찔렀다.

"당신은 내게 독이 든 잔을 주면서 상황 설명도 해 주지 않았잖아요? 내 부탁 하나 정도는 이유를 듣지 않고 들어줘도 되잖아요."

"……."

그는 머리를 얻어맞은 표정을 했다. 곧 항복의 표시로 두 손을 들어올렸다.

"좋아. 그러도록 하지. 뭐……, 아주 짐작이 가지 않는 것도 아니지만 말이야."

하긴 내가 황녀들을 통해 무언가를 꾸미기 시작했다는 것은 그도 이미 잘 안다. 그렇다면 황녀의 혼담을 방해해 달라는 부탁이 황녀에게 일종의 빚을 지우기 위한 것이라는 것도, 대략적으로는 눈치챌 것이다.

사실 별거 아닌 일이긴 했다. 자세하게 설명하고 도와 달라고 하면, 그도 선선히 내 부탁을 들어주었으리라. 그런데도 굳이 직접 말하지 않겠다 고집을 부리고 있는 것과 다름이 없었다.

그렇다. 난 아직도 조금 뿔이 나 있었다. 뭐, 그래도 예상보다 순순히 내가 원하는 바를 들어 주겠다 했다. 조금 만족스럽다.

이쯤에서 더는 나를 감시했다는 이유로 화내는 것은 그만두도록 할까.

만족감이 차오르자 그제야 상황이 눈에 들어왔다.

내가 그의 침실에 들어섰을 때, 그는 아직 침대에 누운 상태로 서류 몇 장을 뒤적이고 있었다. 아직 다 낫지도 않았으면서 바로 정무를 다시 잡은 것이다. 내가 그를 찾아온 이유도 일 때문이다.

그에게 건강 상태부터 바로 묻지 않고, 대뜸 일 관련 부탁부터 한 게 되어버렸다. 그것도 아직 침대에서 다 못 일어난 환자에게. 조금 양심이 찔렸다. 그래서 버럭 화를 내며 그의 손에서 서류를 빼앗아 들었다.

"이러고 있으니까 아직도 안 낫죠! 나 봐요! 푹 쉬니까 바로 다 나았잖아요!"

억울하다는 듯이 사그라드는 그의 목소리를 나는 완전히 무시했다.

"그야 내가 그대에게 옮아서 나중에 앓기 시작했으니 당연하지……."

그의 말은 들은 척도 안 하면서, 빼앗은 서류를 시종을 시켜 보좌관에게 가져다주게 시켰다. 루크레티우스가 다 나으면 그때 다시 가져오라는 부언까지 붙여서.

한 번 한숨을 길게 쉬고 돌아보았다. 편한 잠옷 차림으로 베드헤드에 비스듬히 몸을 기댄 루크레티우스의 상태는 확실히 어제보다 나아 보였다. 그러고 보면…… 저 셔츠, 어제 내가 갈아입혀 준 건가?

판도라의 상자를 건드려 버렸다. 깨달음이 오자, 물꼬가 트인 둑처럼 민망한 기억들이 우르르 쏟아지기 시작했다.

그의 벗은 상체라든가, 그 위로 엎어졌다가 엎치락뒤치락 했던 일들. 그리고 마지막 기억이 떠오른 순간 민망함이나 부끄러움은 곧 스러졌다.

흰 등에 선명했던 흉터들.

그건 도저히 대 제국 유일한 후계자의 몸에 남을 상처가 아니었다. 아무리 암살 시도가 잦다 해도 저런 상처가 보이지 않는 곳에 남겨져 있다는 것이 의미하는 바가 너무 선명했다.

그에게 질문을 던진 것은 순전히 충동적인 일이었다.

"어제……, 일부러 보려고 한 건 아니었는데…… 당신 옷을 갈아 입히다가…… 그…….."

잠시 우물쭈물거리자, 루크레티우스는 곧 깨달았는지 잠시 굳은 얼굴을 했다. 그러고는 쓴웃음을 입에 머금더니 내가 못 꺼낸 말을 대신 해 주었다.

"봤나 보군."

"……으음. 네."

"뭐, 어차피 이르던 늦던 나랑 계속 같이 살다 보면 알 수밖에 없는 일이니까 말이야."

……이 인간 지금 뭐라는 거야? 누가 계속 당신이랑 살아?

평소라면 여기서 강하게 태클을 걸어 줬겠지만, 지금 분위기상 그러기는 좀 미묘했다. 입을 다물기로 했다. 덕분에 말을 다시 이은 것은 그였다.

"그래서, 뭐가 궁금하지?"

"불편……하지 않아요?"

"이미 옛날 상처들이라 통증 같은 건 남아 있지 않아."

고개를 저었다.

"그 이야기가 아니에요. 그러니까……, 다른 사람에게 별로 보이고 싶지는 않을 것 같아서 그런 것뿐이에요."

의외로 루크레티우스는 환하게 미소 지었다.

"말했잖아? 그대가 알게 될 수밖에 없다고 생각은 했다고. 또 그렇게 비밀스런 일은 아냐. 태후나 선황의 나에 대한 태도는 유명했거든."

조금 의문이 들었다. 태후야 당연하다고 넘어가더라도, 선황에게 루크레티우스는 분명히 유일한 아들이었다. 성인이 될 때까지 살아남은 아들이 그 하나뿐이라지 않았나. 사랑하지는 않았다 해도 하나뿐인 후계자를 학대했다는 것은 잘 이해되지 않았다.

의문이 그대로 드러난 모양이다. 루크레티우스는 약간 어색한 미소를 짓더니 무겁게 입을 열었다.

"난 선황을 아비라 받아들이지 않아. 내게 핏줄을 물려준 정도의 의미 정도만 두고 있지. 그 덕에 이 자리에 앉을 수도 있으니, 그 정도?"

충분히 이해되는 일이다. 나라도 저런 아버지라면 제대로 받아들이기 힘들었을 것이다.

그의 목소리가 조곤조곤 이어졌다.

"알지 모르겠는데, 내 조부인 켄티우스 3세는 유명한 성군이야."

"그랬어요?"

성녀가 그런 말을 했던 것도 같다. 에오스의 신궁에 추기경이 직접 그린 초상화가 모셔져 있다고. 그 성군이라는 켄티우스 황제는 루크레티우스와 많이 닮았다고 했다. 잠시 상상해 보았다.

저 외모의 성군 황제라.

……너무 완벽해서 무서울 정도다. 이 인간 정도로 인격이 파탄되어 있어야 그나마 밸런스가 맞는 것 같다.

의미 없는 헛생각이 흘러가는 사이 그의 설명은 계속해서 이어졌다.

"근 몇 대간 황가의 남계는 혈통이 근근이 이어져 왔어. 덕분에 선황도 형제가 없지. 바로 그 사실 덕분에 선황이 황위에 오를 수 있었던 거야."

의외로 새로운 사실을 하나 알게 되었다. 선황은 그 괴멸적인 외모 말고도, 능력 또한 별 볼 일 없었던 모양이다.

"그자의 치세는 조부의 치적을 깎아먹는 기간이었다 봐도 틀리지 않아. 그나마 제국이 이 정도 버티고 있다는 건, 그렇게 갉아 먹히고도 남은 것이 있을 정도로 조부의 치적이 뛰어난 덕분이지."

대체 얼마나 엄청난 성군이었다는 거야? 세종대왕님 정도 되나?

루크레티우스는 어쩐지 굉장히 기분 나쁜 미소를 지었다. 누군가를 진심으로 깔볼 때 보이는 표정이었다.

"선황은 조부와 외모도 능력도 닮지 않았어. 덕분에 꽤 오랫동안 조부의 친자가 맞느냐는 악의적인 소문에 시달려야 했지."

"그런……."

그건 정말 너무하다. 나야 선황에게 절대 좋은 감정을 가질 수가 없었지만, 그럼에도 조금은 동정이 갈 뻔했다. 결국 진짜 동정심은 안 들었다는 말이지만.

"그래서 내가 태어났을 때, 처음에는 선황은 꽤나 기뻐했어."

"왜요?"

"자신의 아들인 내가 조부를 닮았으니, 응당 그 자신의 혈통 또한 당당한 조부의 자손이라 증명되는 셈이니까."

"아……."

손자가 조부를 닮으려면 그 아버지에게서 조부의 유전자를 물려받아야 가능하다. 결국 루크레티우스가 선선대 황제를 닮았다는 것은, 곧 선황의 혈통에 대한 가장 확실한 증명이다.

여기까지만 들으면 대체 왜 선황이 루크레티우스를 싫어하고 학대했는지 이해가 잘 되지 않았다.

"그런데 왜 선황이 당신을 미워한 거죠? 오히려 귀한 아들이 자신의 정통성까지 증명해 준 것이 아닌가요?"

루크레티우스의 얼굴에 걸린 미소가 짙어졌다.

"그야……, 그자는 제 아비에 대해 지독한 열등감에 시달리고 있었으니까."

"……."

그 말 한마디로 모든 것이 이해되었다.

"일생동안 부황을 닮지 못했다, 부황의 친자가 맞느냐, 발끝만이라도 부황을 따라가도록 해라, 그런 말만 듣고 지내 온 것이 그자야."

마침내 루크레티우스의 입에서 선황에 대한 호칭이 바닥까지 떨어졌다.

"그러니 자라면서 조부를 그대로 닮는 나를 보고 무슨 생각을 했을지, 충분히 상상이 가."

게다가 내가 보아 온 루크레티우스는, 성격은 파탄난 인간이지만 능력은 뛰어났다. 선황의 입장에서는 지독한 일일지도 모르겠다.

자신의 아들이 자라면서 점차 자신의 아버지를 닮아 간다. 게다가 아들이 닮아 가는 자신의 아버지는, 그가 일생동안 콤플렉스에 시달리게 한 거인이다. 결코 닿을 수 없는, 영원히 앞서가는 거대한 아버지.

하지만 자신의 열등감을 이유로 아들을 학대했다니 있을 수 없는 일이었다.

"그렇다고 해도, 말도 안 돼요."

루크레티우스는 부드럽게 웃었다.

"맞아, 그렇지. 게다가 그걸 옆에서 부추기고 또 손을 거드는 여자도 하나 있었거든. 어머니께서 돌아가신 뒤부터 본격적으로 시작되었지."

아들을 보호해 줄 수 있는 유일한 사람인 모친은 그 남편의 손에 참수되었다. 사연 하나하나가 어쩌면 이럴 수 있나 싶은 것들뿐이다.

"물론 십대 중반까지 얘기야. 내 몸이 자라고, 저항할 수 있겠다 싶은 나이가 되어 갈 때쯤 선황도 그만뒀거든."

"……."

"물론 태후는 더 열정적으로 암살자들을 선물해 줬지만."

그래도 아들이라고 죽이려고까진 안 한 건가?

내 생각을 읽은 것처럼 루크레티우스가 비릿하게 웃었다. 어딘지 피 냄새가 풍기는 것 같은 웃음.

"아마 내게 다른 형제가 있었다면, 내게 암살자를 선물하는 데 선황도 동참했을 거야."

지구의 역사에서 보아도 아비와 아들이 권력을 사이에 두고 쟁투를 벌이는 것은 흔한 일이었다. 피를 보는 일도 꽤 있었다. 지금 내가 듣고 있는 이야기는 다른 세계의 이야기이지만 늘 역사책에서 보던 일들을 연상시켰다.

"게다가 슬슬 위험한 상황이었거든. 오랫동안 반복된 태후의 속살거림이 꽤나 큰 영향을 준 모양인지, 태후가 낳을 아이가 정말 아들이라면 선황이 나를 어떻게든 치워 버릴 결심까지 하게 했지."

"그래서……."

"그래. 그래서 아예 태어나기 전에 미리 손을 쓴 거야. 그리고 어쩌면 그대는 나를 경멸할지 모르지만, 나는 후회하지 않아."

"……."

"나는 살아남기 위해 무엇이든 못할 것이 없어. 그래서 이 손에 아비의 피를 묻힌 인간이지. 그러고도 악어의 눈물은커녕 알량한 후회조차도 하지 않는 인간이 바로 나야."

갑자기 왜 이런 말을 하는 건지 모르겠다.

그가 손을 뻗었다. 루크레티우스의 손이 내 손목을 잡았다. 어젯밤처럼 격렬하고 강한 움직임이 아니었다. 그는 부드럽게 나를 잡아당겼다.

머리로는 안 된다고 생각하면서도, 몸은 너무나도 쉽게 그를 향해 끌려갔다.

그는 내 손 등을 감아쥐고, 손끝에 가볍게 입술을 눌렀다. 그리고 녹색 눈으로 나를 올려보며 물었다.

"그대는 이런 나를 경멸하나?"

그 말을 들은 순간, 정면에서 코끝을 그대로 세게 얻어맞은 듯한 기분이 들었다.

얼얼한 정신으로 자문해 보았다.

나는 그를 지금 경멸하고 있나?

분명히 그의 과거사는 지독했다. 지옥처럼 끔찍했다. 그래서 그는 살아남기 위해 스스로 지옥을 지배하는 악마가 되었다.

루크레티우스는 자신의 아버지를 자신의 손으로 죽였다. 또한 이를 후회하지 않는다.

단순히 사실만 놓고 보면 매우 충격적이고, 비도덕적이다. 아마 법 없이도 살 사람들이라면 듣는 것만으로도 얼굴을 찌푸리겠지. 하지만 나는 그럴 수가 없었다. 그래서는 안 되었다.

적어도 나만은.

그래서 티 없이 웃음을 보일 수 있었다.

"설마요. 내게 그럴 자격이 있을 리 없잖아요."

그의 미소가 어쩐지 쓸쓸해 보였다.

"역시 그렇게 넘기는군."

고개를 저었다.

"그런 의미가 아니에요. 잊었어요?"

잠시 심호흡을 하고 담담히 진짜 대답을 주었다.

"나는 그날 밤 당신과 함께 있었어요. 그리고 증언을 조작해서 가상의 선황 암살범을 만들어 냈죠. 그 죄는 애먼 백작이 지고 죽었고요. 난 그래도 입을 다물었어요."

"……."

"세상 모두에게 당신을 경멸할 자격이 있다 해도, 적어도 내게만은 그럴 자격이 없어요."

그의 얼굴에 떠오른 표정을 무어라 불러야 좋을지 모르겠다. 그저 내가 읽을 수 있는 감정은 얼마 되지 않았다.

후련함.

그리고 안도.

그는 자신이 쥐고 있던 내 손을 펼치더니, 손바닥에 가볍게 한 번 키스했다. 그리고 내 손아귀 안에 쏟아내듯 중얼거렸다.

"그래. 그대는 내 유일한 공범자이지. 내가 잠시 잊고 있었어."

커다란 두 팔이 내 어깨를 감싸 안았다. 이번에는 도저히 뿌리칠 수 없었다.

루크는 그대로 깊이 잠드는 순간까지 나를 가만히 끌어안고 있었다.

"비 전하."

루이스가 내가 부탁한 검은 표지의 책을 들고 다가왔다. 그녀가 내미는 책을 기쁘게 받으며 노고를 칭찬했다.

"고마워요. 무거웠죠?"

"조금요. 그런데 코로노스 전쟁사는 무슨 일로 찾으셨나요?"

물론 사실대로 말할 수는 없었다. 후궁에 딸린 도서관에서 클로디스를 만난 것도, 그에게 거래를 제의한 것도 모두 비밀이다. 그러니 이 책이 클로디스와의 연락수단이라는 사실은 당연히 말할 수 없다.

"지난번에 흥미가 생겨서 읽기 시작했는데, 아직 다 읽지 못한 것이 떠올라서요."

무난한 대답을 앞에 세우고서 두터운 책의 표지를 열었다. 책 끝을 한손으로 잡고서 그대로 페이지를 단번에 넘겼다. 책장들이 팔랑개비처럼 넘어갔다.

―틱.

중간에 한 페이지가 걸리며 멈췄다. 책장의 절반만 한 크기의 메시지 카드가 끼워져 있었다.

루이스는 고개를 끄덕였다.

"저번에 거기까지 읽으셨던 모양이네요."

나는 웃으며 고개를 주억거렸다.

"그래요. 재밌었죠. 매우 유익했고 말이에요."

손끝으로 메시지 카드를 낚아 올렸다. 평범한 디자인의 종이조각이었다. 루이스는 책갈피 대신으로 보이는 메시지 카드에 큰 주의를 기울이지 않았다. 그 때문에 이 카드가 황비궁에서 전혀 사용하지 않는 종류의 재질과 모양을 하고 있다는 것은 눈치채지 못한 듯했다.

책에 닿은 그녀의 주의는 바로 떨어져 나갔고, 때문에 릴리아나 황녀의 상징인 미려한 붉은 백합이 그려진 메시지 카드의 뒷면을 본 사람은 나 하나였다.

거기에는 간단한 단어 하나만이 적혀 있었다.

Yes.

그 바로 아래 두 개의 이니셜이 간단히 이서되어 있었다. 각기 다른 사람이 쓴 것이 분명한, 서체가 완전히 다른 두 글자는 대답의 주인이 클로디스 한 명만이 아님을 알려 주었다.

C & L

나는 보이지 않도록 홀로 미소 지었다.

그들은 나와의 거래를 받아들였다.

비밀스럽고 일시적이며, 또한 극히 이기적인 동맹이 성립되었다. 얇다 못해 가늘기 짝이 없는 연대이지만, 도리어 믿음직했다. 상황만 잘 맞아 준다면, 각자 원하는 것을 얻기 위해서라도 배반하지 않을 것이다.

사람을 믿는 것이 아니다. 나는 그저, 각자의 욕망과 이기심을 믿을 뿐. 사실 세상에 그것보다 믿음직한 것은 없다.

일단 형식적으로지만 연대가 성립되자 큰 난제가 하나 놓였다. 이제 이 일을 루크레티우스에게 보고해야 한다.

"……."

일단 잘될지조차 확신하지 못했기 때문에, 일이 어느 정도 진행이 될 때도 그에게 말을 꺼내지 못했다.

가늠이 안 된다. 그가 알고 있을까? 모르고 있을까?

안다면 여전히 나를 감시하고 있다는 소리가 될 터이니, 조금 화가 나는 한편 굳이 직접 보고할 필요가 없으니 마음 편할 것이다. 그러나 모른다면, 감시를 그만두었다는 데에는 안도하고 기분 좋겠지만, 굳이 설명해야 한다는 건 큰 부담이 된다.

내가 이렇게 고민하는 이유는 몇 가지 있었다.

우선, 그의 입장에서는 개인적으로 껄끄러울 집안의 이들이 연관되어 있었다. 태후의 친딸 릴리아나와 조카 클로디스. 게다가 내게는 태후를 몰아낸 뒤, 적어도 이들은 구명해 달라 딜을 걸어야 하는 부담마저 있었다.

이 사실들보다 몇 배는 부담되는 것은 다른 것이었다. 어찌 보면 전자의 걱정거리들과는 비교가 안 될 정도로 사소한 일이다. 그런데도 나는 이쪽이 더 걸렸다. 일을 진행하고 있을 때는 미처 신경쓰지 못한 부분이었다.

그게 무엇인고 하니, 이번엔 제대로 외간 남자와 단둘이 있었다는 사실!

의도한 바는 아니지만 나는 분명히 클로디스와 도서관에서 단둘이 만났다. 물론 객관적으로 생각하면 꿀릴 것이 하나도 없었다. 우리는 아무 일도 없었고, 전적으로 정략적인 거래만을 했다.

게다가 클로디스에게는 사랑스러운 연인이 따로 있다. 결정적으로 나와 루크레티우스는 진짜 부부 사이도 아니지 않나. 걸릴 것은 없다. 그렇다. 없어야 한다. 그런데도 마음에 걸렸다.

더 불편한 것은, 이 사실을 루크레티우스에게 내 입으로 설명해야 한다는 점이었다!

대체 왜 이렇게까지 신경이 쓰이는 거지?

"……."

자문해 봐도 답이 안 나왔다. 그저 직접 그에게 이 사실을 말한다는 것을 생각만 해도, 이상하게 긴장되고 껄끄러웠다. 마치, 마치…….

'꼭 바람 피운 여자의 불안 같잖아.'

이 생각을 떠올린 순간, 할 말은 하나뿐이었다.

"……나 진짜 미쳤나?"

"......"

"......"

달그락 달그락. 식기가 서로 부딪치는 소리만이 조용히 울렸다.

오늘은 드물게 본궁에서 정찬이 있는 날이다. 모든 황족이 함께 자리하는 대정찬. 선대 황제의 후궁들에게는 참여 권한이 없고, 현 황제의 황비 이상의 부인들과, 황제의 자식들이 참여하는 것이 대정찬이다.

황실 자체가 다섯 살만 넘으면 각자의 궁을 가지고 반쯤 독립하여 시녀와 시종들에게 둘러싸여 따로 생활하는 곳이다. 그러다 보니 가족이어도 얼굴을 자주 보기 힘들다. 얼마나 드무냐면, 이렇게 다 모여 식사하는 자리 자체에 '대정찬'이라는 지나치게 요란한 이름까지 붙어 있을 정도이니 말 다했다.

대정찬은 황제의 궁인 본궁의 내부에 자리한, 대정찬만을 위한 '마노의 홀'에서 이루어졌다. 황궁에는 엄청나게 큰 홀과 방이 헤아리기 힘을 정도로 수두룩했다. 그러다 보니 이 정도 규모의 홀은 딱히 큰 축에도 들지 않았다. 그러나 내 기준에서 보자면 일가족이 모여 밥 한 끼 먹는 용도의 홀이라기엔 지나치게 컸다.

그 거대한 공간 안에서 나는 홀로 민망해하고 있었다.

"......"

"......"

내가 이렇게까지 민망해하는 이유는 매우 간단했다. 거대한 홀. 그 안에 놓인 대정찬용 테이블은 그 위에서 런어웨이 쇼를 해도 충분할 정도로 길었다. 그 길쭉한 테이블을 단둘이서 차지하고 앉았기 때문이다.

원래대로라면 가장 상석에 황제와 황후, 태후가 앉게 되어 있었다. 그러나 태후는 당장 진통이 와도 이상하지 않은 만삭의 몸이라 불참을 통보했다. 그렇다. 대정찬에 참여할 자격이 있는 것은, 현 황제와 그의 황후, 황비들, 황자녀들. 마지막으로 태후다.

지금 황제에게는 황후가 없고, 황비는 나 하나뿐이며, 자식은 당연히 없다. 태후는 참석하지 않았다. 그러면 참석할 사람은 단 둘뿐.

황제 루크레티우스 르 크렌시아.

1황비 사비나 르 크렌시아.

그 결과가 이 민망한 상황이다. 수도 없이 본 얼굴인데, 이런 자리에서 단둘이서 마주 보자니 어째 더욱 더 민망했다.

혹시 켕기는 게 있어서 그런가? 그러나 고개를 붕붕 저었다.

그건 켕길 일도 아니고, 이 인간을 상대로 내가 켕길 이유가 없다고!

입술이 바짝 말랐다. 메인으로 나온 어린 양 갈비구이와 매우 잘 어울리는 로제 와인을 단번에 들이켰다. 한 잔을 다 마셔도 갈증이 가시지 않았다. 역시 진짜 긴장한 건가 보다, 나.

조금은 습기가 닿은 입술을 어렵게 다시 열어 속절없이 달싹였다.

으으, 어떻게 말문을 열지? 이상해. 나 평소에는 진짜 헛소리 잘 하던 인간이 아닌가 말이야. 그런데 지금은 왜 꿀 먹은 벙어리처럼 말이 안 나오지?

게다가 가슴도 이상하게 두근거렸다. 아까 무의식적으로 눈을 들었다가, 루크레티우스와 눈이 마주친 이후로 가슴이 미친 듯 뛰는 중이었다.

뭐지, 이건? 여전히 이해가 가지 않았다.

내가 다시 큰마음을 먹고 입술을 떼려고 한 때였다.

"오늘은 몸 상태가 좀 안 좋아 보이는군. 대정찬이라고 무리해서 나온 건가?"

"……!"

홀 안을 울린 루크레티우스의 목소리가 천둥소리처럼 들렸다. 놀랐다. 진짜 놀랐다. 완전히 무방비 상태에서 기습당한 것이나 마찬가지라, 심장이 그대로 바닥을 구르는 줄 알았다.

덕분에 채신머리없는 손이 그만 포크를 미끄러뜨리고 말았다.

—쨍강!

은제 포크가 요란한 소리를 울리며 바닥을 때렸다. 소음이 내 심장과 머리를 콕콕 찌르는 것 같았다.

마노의 홀 구석에 일렬로 도열하여 시중 들 준비를 하던 시종 하나가 빠른 걸음으로 다가와 주우려 했다.

그 순간 루크레티우스의 손이 올라갔다.

"되었다."

황제의 저지에 시종은 얌전히 물러났다.

뭐지? 뭐야?

나는 멍해졌다. 황족이나 귀족들은 실수로 무언가를 바닥에 떨어뜨리더라도 결코 직접 줍지 않는다. 잘 이해되지 않지만 체면과 관계

된다고 생각하는 것 같다. 때문에 팔자에도 없는 황비 생활을 하게된 나도 한동안 바닥에 무슨 물건을 떨어뜨려도 주운 적이 없었다.

방금도 시종이 주워서 치우고, 새로운 것을 가져다주기를 기다리고 있었다. 그런데 루크레티우스가 막았다.

왜지? 그가 의미 없이 이런 행동을 할 리 없다. 왜 막았을까? 나더러 직접 주우라는 소리인가? 왜?

어째 이거 괴롭히는 것 같은데?

등 뒤로 식은땀이 줄줄 흘렀다. 대체 나 왜 이러지? '그' 생각을 의식한 순간부터 괜히 찔려 계속 불안했다. 어째선지 모를 불편함과 긴장이 계속해서 내 가슴을 꽉 밀어붙였다.

직접 일어나서 포크를 주워야 하나 하는 사이, 그가 먼저 움직였다.

―삐걱.

루크레티우스가 앉아 있던 의자가 대리석 바닥에 끌리는 소리가 날카롭게 울렸다.

"어?"

긴장과 껄끄러움을 모조리 잊어버릴 정도로 놀랐다.

루크레티우스는 슥 일어서서 성큼성큼 가까이 다가왔다.

뭐, 뭐지? 내가 마주 일어나야 하나 갈등하는 사이, 그가 푹 고개를 숙였다.

"어어?"

깊이 숙인 그의 어깨와 등을 위에서 내려다보는 것은 처음 있는 일이다.

그는 나보다 키가 컸고, 내 앞에서 낮은 자세를 취할 이유가 없는 사람이었다. 덕분에 이렇게 루크레티우스를, 그것도 그의 등을 내려다보는 것은 정말로 드문 경험이었다.

"……."

당혹감으로 내 혼을 쏙 빼놓은 그는 다시 허리를 폈다. 손에 내가 방금 떨어뜨린 포크를 들고 있었다.

어?

이쪽이 바보같이 넋을 놓고 있는 동안, 그는 자랑스럽다는 태도로 포크를 제자리에 다시 놓으려 했다. 테이블 위에 막 놓기 직전 무언가를 깨달았다는 듯한 표정으로 고개를 돌렸다. 시종을 불러서 명령했다.

"새걸로 가져오도록."

"예."

시종은 깍듯한 태도로 냅킨에 싼 은제 포크를 루크레티우스에게 바쳤다. 바닥에 떨어뜨렸던 건 시종에게 주어 돌려보냈다. 그는 반짝거리는 새 포크를 들고는 만족스럽게 미소 지었다.

"나의 황비에게 바닥에 떨어뜨린 것을 쓰게 할 수는 없지."

새것에 이상이 없는지 꼼꼼히 확인하기라도 하는지 포크를 들고 이리저리 살폈다. 그러다 그는 대뜸 정말로 희한한 짓을 하나 했다. 포크 끄트머리에 한 번 가볍게 베이비 키스를 했던 것이다.

어어어?

뭐라고 반응을 해야 좋을지 몰라 멍하니 있는 사이, 그가 가볍게 키스한 포크는 그대로 제 자리에 놓였다. 내 손 바로 옆에.

뭐야? 왜 남의 포크를 못 쓰게 만들어서 주는데? 이건 신종 괴롭힘인가?

"가까이서 보니 그래도 큰 이상은 없어 보이는군. 안심이야."

그는 누구를 약 올리려는 듯 빙글 돌아 자신의 자리로 돌아갔다.

으으으. 뭐야, 저 인간? 오늘은 또 왜 저러…… 아, 아니구나.

새삼스레 깨달았다. 요즘 저 인간은 늘 저러고 있었다.

진짜 볼 때마다 신기했다. 처음 만났을 때의 인상은 어디로 다 사라지고, 지금은 버터에 꿀을 섞어서 처바른 듯한 느끼한 멘트와 행동을 매일같이 일삼고 있으니.

이러다가 진짜 저거에 완전히 익숙해질까 무섭다.

화풀이하듯이 포크로 양고기에 곁들여진 호박을 쿡 찔러서 입으로 밀어 넣었다. 아, 맛있다. 그래, 맛…….

나는 깨달았다. 이 포크! 좀 전에 저 인간이 키스한 그거잖아!

얼굴이 새빨갛게 당장에라도 터질 것처럼 화르륵 달아올랐다. 나 미쳤나?

그때 루크레티우스가 다시 선수를 쳐 왔다.

"무언가 내게 할 말이 있다는 표정인데?"

"뭐, 뭐라고요?!"

나도 모르게 입에서 새된 소리가 튀어나갔다. 삑사리도 이런 삑 사리가 또 없다. 이러면 진짜 뭔가 있다는 자백이나 마찬가지잖아!

그대로 자신의 목덜미를 잡고 탈탈 털고 싶은 기분으로, 필사적으로 얼굴을 수습했다. 아무렇지 않은 척. 아무것도 아닌 척.

통할 리가 없었다. 저 인간이 얼마나 눈치가 빠른데. 어흑.

"……."

"……."

애매하고 난처한 침묵과 침묵이 잠시 서로의 꼬리를 노리고 맴돌다가, 마침내 뱀이 이를 드러냈다.

씨익, 입꼬리가 올라갔다. 저럴 때 밀려올라간 그의 입 끝은 마치 뱀의 송곳니를 연상시켰다. 그의 미소와 달리 눈매는 조금도 웃고 있지 않았다.

"정말 뭔가 있는 모양이군?"

쉬익, 하고 날카로운 뱀의 기성을 들은 듯한 기분이었다. 식은땀이 등을 적셨다.

어떻게 하지? 아무것도 아니라고, 어떤 일도 없었다고 둘러댈까……까지 생각하다가 번쩍 정신이 들었다.

지금 내가 왜 이렇게 긴장하고 불안해하는 거지? 내가 진짜 나쁜 짓 한 것도 아니고! 다 잘 되자고 열심히 발에 땀나도록 뛴 건데! 그리고 진짜 불륜이니 간통이니 하는 것도 아니잖아!

애초에 만에 하나 진짜로 딴 남자랑 썸 좀 탔다고 하더라도, 그게 뭐? 자기가 내 애인이기를 해, 아니면 진짜 남편이기를 해?

……물론 법적인 남편……은 맞지만. 으음…….

그래도 그건 썸조차도 아니었다. 그렇다. 분명히 그랬다.

어쨌든 객관적으로 봐서 꿀릴 것 하나도 없다는 결론을 내렸다. 그보단 이 간단하고 아무것도 아닌 일에 왜 이렇게 켕겨 하고 있는 건지 의심스러웠다. 설마, 저 인간을 의식하고 있어서 그렇다는 미친 상황일 리도 없고…….

"저번에 부탁드린 일과 관련된 일이에요."

"잠시."

그는 손을 들어 말을 막았다.

"모두 나가 있도록."

명령이 떨어지자 시녀들과 시종들이 우르르 홀을 빠져나갔다. 거대한 홀에는 그와 나만이 남겨졌다.

"이제 들어 볼까."

루크레티우스는 팔짱을 끼고 기다렸다. 어쩨 심사가 좀 불편해 보였다. 무시하고 말을 이었다.

"약 사나흘 전에 우연히 토루카 후작의 장남과 릴리아나 황녀가 인적이 드문 곳에서 만나는 것을 보았어요."

"음? ……아, 맞아. 그 둘은 원래 약혼한 사이였지. 정식으로 발표하지는 않았지만."

"네, 그 덕에 클로디스와 이야기할 기회가 생겼어요. 그래서 그에게 거래를 제안했어요."

"거래?"

팔짱을 끼고 끄덕거리던 루크레티우스의 고개가 팍 올라왔다. 이쪽을 날카롭게 바라보는 시선이 자세한 설명을 요구하고 있었다.

어차피 말하려고 했으니까 재촉하지 말라고!

매우 당당하고 당연한 일을 했다는 듯한 태도를 유지하며 설명을 계속했다.

"별건 아니에요. 두 사람을 좀 회유했어요. 지금 태후가 얼마나 불리한 상황인지 설명해 주고, 태후가 무리한 일을 벌이려 하면 차라리 직접 고변을 하라고요."

"흠……."

"그 대가로 전 토루카 후작부인의 복권, 즉 클로디스 데 코넬의 복권 및 릴리아나 황녀와의 혼담을 그대로 추진해 주겠다고 약조했어요."

루크레티우스의 미간에 파인 주름이 더욱 깊어졌다. 그가 무어라 한소리 하기 전에 선수를 쳤다.

"미리 말하지 않은 건 미안해요. 하지만 좀 더 구체화된 뒤에 이야기하고 싶었어요. 당신이 판단하기에 내키지 않는다면 약조는 파기하는 걸로 하죠."

"……그래서 릴리아나의 다른 혼담을 훼방 놓아 달라 한 거였군."

"그래요. 적어도 그들에게 내가 그들이 원하는 것을 들어줄 힘이 있다고 생각하게 할 필요가 있었으니까요."

"확실히, 맞는 이야기야."

그는 잠시 골똘히 생각에 빠졌다. 조금, 아니, 많이 긴장됐다.

루크레티우스는 되물음으로 대답했다.

"그들을 믿을 수 있다고 확신하나?"

생각할 필요도 없었다. 가만히 고개를 저었다.

"아니요."

그는 재미있다는 듯이 물었다.

"그대의 제안은 토루카 후작의 아들과 릴리아나를 믿지 않으면 성립하지 않아. 저들이 태후의 약점이노라 가져온 일이 거짓이라면 일이 안 좋아질 가능성도 높고."

명백한 사실 지적이었다. 이미 예상하고 있던 부분이라, 나는 순순히 인정했다.

"그렇죠."

"그런데 왜 일을 추진하는 거지?"

그 이유를 루크레티우스 앞에서까지 설명하려니, 뭔가 내 인성의 바닥까지 한꺼번에 드러내는 기분이었다. 누구든 백주대낮에 사람 눈이 있는 데서 맨 몸으로 걷는 것은 꺼려지지 않나.

승부를 벌인다는 긴장감 때문에 클로디스와 담판 때는 느끼지 못
했던 기분이었다. 자괴감이 더해졌다.

애써 뭉글뭉글 부풀려는 부정적인 감상들을 꾹꾹 누르고 대답했다.

"내가 믿는 건 그들이 아니라, 그들의 욕망과 이기심이에요."

"호오?"

루크레티우스의 얼굴에 이채가 번졌다. 그의 예상을 뛰어넘는 대
답을 내놓으면 종종 보이는 반응이었다. 꼭 내 계획을 검사하고 시
험하는 시험관이라도 되는 듯한 태도다.

……음. 생각해 보면 별로 다르지 않은 것 같긴 하다. 말하자면
내 고용주에 가까우니까. 그래서 지금 이렇게 계획에 대해서도 컨
펌을 받고 있는 것이고 말이다. 그래. 갑님을 상대하는 일이 쉬울
리 없다.

"그들에게 폐하의 정통성을 따르라든가, 태후의 악랄함을 강조
해서 가족들을 배반하라 해도 제대로 될 리 없죠. 그런 허울을 옳
다고 따르는 이들을 믿는 건 더 말이 안 되고요."

"……."

"그래서 태후가 몰락할 것이 확실한 경우에 한해서, 그 열쇠가
될 일을 도우라 요구했어요."

루크레티우스는 고개를 모로 꼬더니 확인했다.

"대답은?"

"받아들였으니 이렇게 당신에게 설명하고 결정을 해 달라 하는
거예요."

"하긴, 그렇겠군."

그리고 루크레티우스는 입을 닫았다.

침묵이 길어질수록 내 초조함은 더욱 커졌다. 초조하기가 마치 집중 호우 주의보가 발효된 작은 저수지 같았다. 수위가 미친 듯이 올라갔다.

곧 긴장감과 초조함이 턱 끝까지 차올랐다. 이대로 입을 열면 그대로 입 밖으로 흘러나올 것만 같았다.

건드리기만 해도 둑이 툭 터져 버릴 것 같았다.

정말로 맥없이 터져 버리기 직전, 루크레티우스의 얼굴에 커피 속에 떨어뜨린 크림처럼 부드러운 미소가 번졌다.

"좋아."

어이없을 정도로 순순한 허락이었다. 맥이 탁 풀려 버렸다.

"정말요?"

"확실히 나쁘지는 않은 계획이야. 물론 그들을 완전히 신뢰하지 않는다는 건 기본적인 전제로 해야겠지만 말이야."

"그건 당연하죠."

"그렇지. 그렇게 본다면 태후 가까운 곳에, 그것도 신경이 잘 닿지 않는 그늘에 연을 하나 만들어 두는 건 분명히 좋은 생각이야. 게다가 그들에게는 동기도 충분하군. 릴리아나라면 다를지 모르겠지만, 토루카 후작의 아들은 태후와 제 아비에게 안 좋은 감정을 가질 만해. 정말 그리해 준다면 그 둘 정도는 그냥 넘겨줄 수도 있겠지."

"릴리아나 황녀도 태후에게 학대당하고 있어요. 게다가 늙은이에게 정략으로 팔려갈 뻔했죠. 충분히 태후에게 반기를 들……."

의외로 그는 고개를 저었다.

"그건 아냐."

"아니라고요?"

"감정만이라면 가질 수 있겠지. 적어도 내가 보아온 릴리아나라면 슬퍼하고 고통스러워하긴 해도, 제 어미에게 대항할 엄두는 못내. 지나치게 유순한 아이니까. 그래……. 그 아이를 볼 때면 외모는 제 어미 그대로인데, 성정이 차라리 돌아가신 모후가 떠올라서 기분이 안 좋았어."

"……"

잊고 있었다. 루크레티우스는 상당히 오래 릴리아나 황녀를 보아 왔다. 적어도 겨우 두세 번 본 것이 다인 나보다는 더 제대로 파악하고 있을 가능성이 컸다.

"그래서 조금 의외야."

"무엇이요?"

"아무리 상황이 나빠졌을 경우에 한정해서라고는 해도, 어떻게 릴리아나에게 제 어미를 배반할 마음을 먹게 한 건지 궁금해."

"제가 아니에요. 클로디스가 설득한 거죠. 자기 자신을 위해서는 못 해도, 연인을 위해서는 가능한 모양이에요."

루크레티우스는 김이 빠진다는 듯이 평했다.

"하긴 사랑받지 못하고 자랐으니, 겉모습만 멀끔한 녀석이 사탕발림 조금만 해 줘도 바로 넘어가겠지."

"너무 그렇게 비꼬지 말아요. 클로디스는 릴리아나 황녀에게 진심이었다고요."

내 말이 대체 그의 심기 어디를 건드린 것인지 모르겠다. 그는 마치 버튼을 누르자 저 표정이 바로 툭 튀어나오도록 프로그래밍 되기라도 한 것 같았다. 조금 전의 진지한 루크레티우스가 없었던 것처럼 심술이 순식간에 튀어나왔다.

"그런데 왜 그대가 토루카 후작의 아들을 친근하게 이름으로 부르지?"

"네? 친근하게요? 내가 언제……."

"분명히 그랬어."

어이가 없었다. 등 뒤에서 식은땀이 쭈르륵 달렸다.

"릴리아나 황녀도 이름을 불렀잖아요."

"릴리아나라고는 안 했지."

"……."

루크레티우스의 매끈한 미간에 진심으로 불쾌할 때면 더해지는 세 줄의 주름이 생겼다. 저러다 나이 들면 저기에 늘 주름이 붙어서 떨어지지 않을 거다. 죽을 때까지 저 주름을 달고 살라고 저주를 퍼부어 주고 싶었다.

저 억지를 뭐라고 논파해 주나 고민하는 차였다. 상대 쪽에서 폭탄을 던졌다.

"그러고 보니…… 아까 '그놈'에게 말을 했다고 했지? '그들'이 아니라."

호칭이 바뀌었다. 여기서 발뺌을 할 생각은 없었다. 난 당당하니까. 실제로 클로디스를 만나서 한 일이라고는 지금 루크레티우스에게 설명한 계획에 대해 논의한 것뿐.

그렇다. 난 당당해! 떳떳하다고!

"그래요. 그들이 만나는 것을 처음 봤을 때, 릴리아나 황녀가 먼저 자리를 떴거든요."

루크레티우스의 양 눈썹 끝이 살아 있는 생물인 것처럼 팍 튕겨 올라간다.

"장소가 어디였지?"

"후궁의 도서관이요. 그게 왜요?"

이제 상대의 눈썹 시작부터 끝까지 이루어진 경사가 점점 더 급격해지고 있었다. 명백하게 화가 난 모습.

뭐, 뭐지? 진짜 화났어?

루크레티우스는 조금 난폭한 태도로 손에 든 잔의 물을 한 모금 마시고서 날카로운 목소리로 말했다.

"그렇게 인적이 드물고 으슥한 곳에서 단둘이 이야기를 했단 말이지?"

"잠시 이야기만 한 것뿐이에요."

그는 말꼬리를 바로 잡아챘다.

"릴리아나가 간 뒤에는 둘만 있었다는 소리잖아."

"……."

아, 정말!

나는 참지 못하고 소리를 빽 질렀다.

"대체 무슨 상상을 하는 거예요! 아무 일도 없었어요! 그럴 여유도 없었고요! 난 그 사람 믿지도 않고 경계도 충분히 했어요!"

내가 팍 화를 내자 그는 전혀 예상하지 못한 대답을 내주었다.

"알아. 그대라면 그렇겠지."

"……네?"

"그대 말을 믿는다는 뜻이야."

"그럼 대체 왜 그렇게 말한 건데요?!"

어이가 없다 못해 화가 날 지경이다. 제대로 대답 안 하면 가만

안 놔둘 거야!

그가 내준 대답은 분노마저 멀리 날려 보낼 정도로 어이가 없는 것이었다.

"그냥 질투한 거야."

"……."

뭐, 뭐라고?

얼굴이 당장이라도 폭발할 것처럼 화끈하게 달아올랐다.

그대로 황급히 고개를 돌렸다. 잘 익은 딸기처럼 시뻘게진 얼굴을 보여 주고 싶지 않았기 때문이었다.

뭐라 생각할 틈도 없이 입이 먼저 움직였다.

"흰소리는 그만해요! 지금 중요한 건 그게 아니잖아요."

다행히 그는 더는 장난을 치지 않고 순순히 따라 주었다.

"그건 그렇군."

속으로 안도의 한숨을 삼켰다. 여전히 뜨끈한 두 뺨을 손등으로 식히는 동안, 그는 말을 이어 갔다.

"어찌되었든 그대가 토루카 후작의 아들과 릴리아나를 회유한 건 잘한 일이야. 역시 내 눈은 틀리지 않았던 모양이로군."

눈? 저건 또 뭔 소리래?

그러나 내가 물어보기 전에 대화의 흐름이 넘어가 버렸다.

"오늘 들은 소식을 생각하면 더욱 그렇지."

"소식이요?"

루크레티우스는 고개를 끄덕였다. 빙긋이 웃으며 덧붙이는 말을 듣고, 이쪽도 진짜로 놀랐다. 너무 예상외의 내용이었기 때문이다.

"태후가 대연회 기간 동안 태후궁을 비우겠다 하더군."

"네?!"

"대연회 준비로 황궁이 지나치게 번다한 것이 마음에 안 든다는 거야. 게다가 몸도 무겁고 하니 더 힘들다는 거지"

"그래서 어디로 간다는 거죠? 로네스 별궁?"

"아니. 그 여자는 거기를 싫어해."

내가 궁금해 죽겠다는 표정을 하는 걸 잠시 즐긴 뒤에야 그는 입을 열었다. 아무튼 뭐든 바로바로 쉽게 해 주는 법이 없는 인간이다.

"선황도 죽고 없는 상황이고 하니 마음이 안정되는 곳으로 가서 잠시 쉬고 싶다더군."

"설마……."

그는 미묘한 얼굴로 고개를 저었다.

"친정은 아니고, 로네스 별궁과 짝을 이루는 기랑드 별궁에서 쉬겠다고 했어. 보통 로네스 별궁과 기랑드 별궁은 임신 중인 후비들이 해산하거나 산후에 조리를 하러 가기도 해. 그렇다고 눈이 닿지 않는 곳으로 보내기 불안했는데……, 이제 마음 편히 그러라 할 수 있겠군."

고개를 마주 끄덕였다.

"발아래 칼을 묻어 두는 데 성공했으니, 이쪽에선 더 잘된 일이군요."

"그렇지. 제일 좋은 건 다시 황녀가 태어나는 거겠지만, 차라리 황자가 태어나서 제대로 움직여 확실한 빌미를 얻는 것도 좋을 것 같아. 물론 황녀라 해도 그냥 포기하고 얌전히 있을 여자가 아니지만."

확실히 그랬다. 태후는 절대 포기할 사람이 아니었다. 그 정도

끈기도 없다면, 결코 지금의 자리까지 올라가지도 못했으리라.

루크레티우스는 아무렇지도 않게 덧붙였다.

"일단 계승법상 내게 자식이 없는 동안은 이복누이들에게도 계승권이 남아 있으니까 말이야. 황녀가 직접 황제의 자리에 오른 전례는 없지만, 결혼을 통해 황녀의 남편이나 아들에게 황위가 갈 가능성 자체는 있어."

진심으로 놀라 버렸다. 들은 적 없는 내용이었다.

"황녀에게도 계승권이 있는 건가요?"

"원래는 없었어. 그런데 최근 약 6대 동안 황족 내에 남자가 너무 적었거든. 특히 나까지 3대에 걸친 황제들에게는 전부, 성인이 될 때까지 살아남은 남자 형제가 전무해."

"……심하네요."

이정도면 꽤나 심각한 수준이다.

"실제로 4대 전에는 10년 정도 아예 황자 없이 황녀만 있던 시기가 있었지. 그때 일부 계승법이 바뀌었어. 직계 황자가 없다면 직계 황녀가 결혼을 통해 황위 계승이 가능하도록."

"그렇다면……."

"그래. 내가 자식을 보지 못하는 동안 황위에 가장 가까운 자는 바로 릴리아나의 남편이 될 사람이야. 그렇게 본다면…… 토루카 후작의 아들 녀석, 의외로 야심이 강한 놈일지도 모르겠어."

등줄기가 섬짓해졌다. 나는 클로디스가 릴리아나를 바라보는 시선이 순수하게 가련한 사촌이자 사랑스러운 약혼녀에 대한 애정이라고만 생각했다. 그런데 어쩌면 그것만이 아닐 수도 있다는 생각이 들기 시작했다.

"……."

루크레티우스가 토루카 후작부인의 일을 굳이 릴리아나의 약혼녀인 클로디스까지 소급하여 걸고넘어진 것도 기이했다. 거기에 내가 부탁했다지만 이유도 듣지 않고 갈리시아 후작과 릴리아나 황녀와의 혼담을 깨 준 것도 의미심장했다.

그는 애초에 릴리아나 황녀가 유력한 인사와 결혼하는 것을 처음부터 두고 볼 생각이 없었던 것은 아닐까?

아직 그에게 황자든 황녀든 전혀 없는 상황에서 다음 황위에 가장 가까운 자는 릴리아나 황녀다. 그러니 견제하는 것은 당연했다.

"……."

내 부탁을 이유도 안 듣고 바로 들어줬다고 조금 다르게 봤던 거 취소다! 다 자기한테 이득이 되니까 순순히 그래주마 한 거잖아! 흥!

내가 속으로 뭔 생각을 하고 있든, 그는 보물을 주워온 멍멍이를 칭찬하는 듯한 태도로 말을 이었다.

"그러니 토루카 후작의 아들과 릴리아나를 회유해 둔 건 양쪽으로 소득이 있는 셈이야. 태후의 동태를 살필 수도 있는 것이 첫 번째로 좋은 점이고."

아아, 얄미워! 진짜 얄미워, 이 인간! 뭐 하나 좀 좋게 보면 꼭 그 다음에 뒤통수를 쳐 준다니까!

이게 사실 황제로서는 유능한 거긴 한데, 계속 당하면 농락당하는 기분이라 짜증난단 말이다!

"또 릴리아나야 계승권만 빼면 별 위협이 아니지만, 옆에 토루카 후작의 아들 같은 놈이 붙으면 위험도가 올라가. 그 후작의 아들에게 빚을 지우면서 동시에 그놈의 약점을 쥘 가능성도 생겼으니, 일

거양득인 셈이지."

너무 만족스럽고 기세등등해 보이는 것이 아니꼬웠다. 덕분에 내 입에서 튀어나간 말도 꽤나 비비비 꼬여 버렸다.

"뭐, 내보낸 사냥개가 새 두 마리를 물어 오면 주인은 두 배로 기쁘겠죠."

그는 은근한 미소를 지으며 입꼬리를 끌어올렸다.

뭐지? 저 버터 농도가 급격하게 올라간 웃음은.

"두 마리가 아니라 세 마리를 잡을 방법도 있지."

약간 불안감을 느끼며 되물었다.

"뭔데요, 그건?"

안 묻는 게 백 배 나았다.

"그대가 내게 황자든 황녀든 하나 낳아 주는 거야. 그러면 많은 부분이 해결되지."

"……."

이 인간을 그냥!

어찌되었건 큰 고비를 하나 넘긴 기분이었다. 태후는 루크레티우스에게 소식을 전한 즉시 발 빠르게 짐을 챙겨, 다음날 바로 별궁으로 향했다. 두 딸 역시 함께 데리고 말이다.

어쨌든 태후는 루크레티우스의 시선이 직접 닿지 않는 곳으로 갔지만, 이쪽에서는 또 다른 감시망을 확보했다. 나쁘지 않은 상황.

태후는 황궁 바로 옆에 붙은 별궁으로 갔지만, 어쨌건 조금이라도 멀리 가니 부담을 덜었다.

게다가 리즈벳도 요즘은 조금 조용했다. 가끔 나를 노려보는 불손한 시선이 느껴지지만, 근래에는 이상하리만치 고분고분하고 조용했다. 그 아이답지 않은 일이었다. 대연회에 참석하기 위해 일찍 도착했다는 에일 공작 부부도 나를 찾아와서 난리를 치지 않을까 했는데, 신기하게 조용했다.

대연회 준비 역시 순조로워 약간의 시간을 낼 수 있었다. 취미 생활을 위해.

"비 전하. 준비되었습니다."

말구종이 공손히 고삐를 넘겨주었다. 그의 인도를 따라온 말은 루크레티우스가 내게 선물해 준 순한 암말 '벨라'였다.

첫 승마 이후 내 소유가 된 벨라를 제대로 타고 싶었는데 미처 짬이 없었다. 이제야 겨우 시도해 볼 여유가 났다.

"워워—."

어르며 하얀 말의 갈기를 슥슥 쓸어 주었다. 루크레티우스가 특별히 골랐다고 장담한 대로, 벨라는 정말로 순한 아이였다. 몇 번 본 적 없는데도 이리 착하게 반응하다니.

말구종에게서 덩어리 설탕을 받아 벨라의 입 앞에 대어 줬다. 벨라는 반갑게 혀를 내밀어 설탕을 핥아먹었다. 말의 축축한 혀가 손가락 끝에 닿았다.

"*간지러워……*."

작게 키들대며 벨라를 쓰다듬어 주다가 시중을 받아 잔등에 올랐다. 눈처럼 하얀 털에 맞추어 제작된 안장에 짙은 금술과 금실로 놓은 수가 선명했다. 벨라와 꼭 어울렸다.

손을 뻗어 벨라의 이마부터 목까지 천천히 쓸었다. 말은 더없이 얌전했다. 이대로 출발만 시키면 착하게 내 명령을 따라 움직이리라.

주변의 시중들이 살짝 소란스러워졌다. 시선을 돌리니 이유를 알 수 있었다. 익숙한 인영이 다가오는 것이 보였다.

"비나."

루크레티우스. 내게 이 예쁜 말을 선물한 그가 다가오고 있었다. 조금 반가워서 말을 몰아 그에게로 다가가려 했다.

등자를 살짝 찼다. 원래대로라면 내 신호를 따라 벨라가 천천히 걷기 시작해야 했다.

그런데 무언가가 이상했다. 갑자기 하늘과 땅이 서로 반쯤 뒤섞였다.

"어?!"

―푸르릉!

극히 순하던 말이 날뛰기 시작했다.

"꺄아악!"

나는 너무 놀라 고삐를 단단히 쥔 채 말 위로 엎드렸다. 두 손에 갈기와 고삐를 쥐고 꼭 매달렸다. 말은 더 놀라 미친 듯이 널뛰기 시작했다.

혈통 좋은 말임을 증명이라도 하는 듯 다리 힘이 엄청났다. 한 번씩 펄쩍 뛸 때마다 엉덩이가 들썩거리며 하늘로 떠올랐다. 하마터면 고삐를 놓치고 떨어질 뻔했다. 절로 비명이 튀었다.

"꺄악!"

"비 전하!"

시녀들이 지르는 비명소리가 어지러이 울렸다. 몰려든 이들의 소란과 갑작스레 미쳐 날뛰는 말의 울부짖음. 그 안에서 하나의 목소리가 날카롭게 내 의식을 찔러 왔다.

"비나!"

그는 위험할 정도로 날뛰는 말 가까이 다가와 있었다. 내게로.

주변 모든 광경과 사람들이 일시에 지워졌다. 흐려지고 사라진 세계에 그만이 오롯했다.

루크레티우스는 두 팔을 벌리고 외쳤다.

"뛰어내려!"

그 말을 들은 순간, 손이 움츠러들며 도리어 말의 잔등에 달라붙게 되었다. 승마는 그럭저럭 무리 없이 할 수 있다고 하지만, 나는 말에 익숙한 사람이 아니었다. 말이 흥분하여 날뛰는 것도 처음 보았고, 그런 말 위에 올라탄 적은 더더욱 없었다.

그런데 그 말에서 뛰어내리라고?

내가 생명줄처럼 잡고 매달린 고삐를 놓고 허공으로 몸을 던지라는 소리다. 두렵지 않을 수 없었다.

그는 다시 외쳤다.

"비나!"

그의 입에서 나온 내 이름이 마치 색의 파편처럼 머릿속으로 파고들었다. 짙은 푸른색.

모든 것이 사라진 회색 시야 안에서, 그의 금빛 머리카락과 녹색 눈동자가 기이하리만치 선명했다.

나는 그 색에 홀린 듯 손을 놓았다. 그리고 온 힘을 다해 허공으로 몸을 내던졌다.

아니, 그에게로 나를 내던졌다.

"──!"

땅과 하늘이 서로 뒤범벅되어 엉켰다. 바닥으로 떨어지는 내 머리를 무언가가 후려치는 강한 충격이 내가 기억하는 전부였다.

주변 모든 것들이 진탕이 된 끝에 의식이 암흑 속으로 떨어져 내렸다.

시녀들이 찢어질 듯한 비명을 울렸다.

"비 전하!!"

황제는 분명히 안전하게 황비를 받아냈다. 그러나 황비가 황제 품에 안착하기 전, 미쳐 날뛰는 말의 발길질이 황비의 몸을 때렸다. 그 때문에 아예 밖으로 튕겨 나가려는 황비를 황제가 재빠르게 몸을 던져 받아 그 이상의 불상사를 막았다.

"폐하! 무사하십니까?!"

기사들과 시종, 시녀들이 우르르 몰려들었다.

루크레티우스는 비나를 안은 채 뒤로 굴러 난동을 부리는 말의 사정범위에서 벗어났다. 안전한 곳에 도착했음을 확인한 뒤, 품 안의 비나를 확인했다.

"비나······."

그의 목소리는 망연했다. 비나는 의식을 잃고 있었다. 창백한 얼굴색이 심장을 찌르는 듯했다. 그는 이를 악물고 외쳤다.

"궁의를, 로우손을 불러 와!"

함부로 비나를 옮길 수가 없었다. 말에서 떨어지면서 정확히 어디를 부딪쳤는지 불분명했다. 머리나 허리 같은 곳을 다쳤다면, 의사가 보기 전에 함부로 들어 옮기면 정말로 목숨이 위험해질 수도 있었다.

―히이잉!

말이 날카롭게 울었다. 루크레티우스는 망토를 벗어 바닥에 깐 뒤 조심스레 비나를 뉘였다. 시녀들이 우르르 달려와 황비의 상태를 살피며 울상을 지었다. 단 한 명, 그가 매우 짜증나 하는 금발의 시녀만이 애매한 거리에서 애매한 표정으로 상황을 방관했다. 신경에 거슬리지만 당장 중요한 것은 그 따위가 아니었다.

루크레티우스는 몸을 일으켰다. 시종들과 황실 마구간을 관리하는 이들이 달려들어 그가 비나에게 내린 말을 진정시키려 하고 있었다. 사내 여럿이 고삐를 잡고 있는데도, 말은 푸륵거리며 날뛰었다. 늘 얌전하던 파란 눈이 이상하게 풀려 있었다. 입가에는 거품을 문 채. 누가 보아도 비정상적인 상태임은 분명했다.

지금 벌어진 난동은 분명 이상 사태였다. 벨라는 성격이 유순했고, 철저하게 훈련받았다. 루크레티우스 자신이 확인한 바였다. 정상적인 상태라면 절대 이런 사고를 일으킬 말이 아니었다. 그러니 이 상황을 저 말의 잘못이라 할 수는 없었다.

그러나 저것은 비나를 다치게 했다.

주변 시종들과 시녀들의 얼굴에서 핏기가 가셨다. 그들은 황제가 총희를 다치게 한 말에게 살기를 뿜어 내고 있음을 느꼈던 것이다.

"폐, 폐하……."

궁내부장이 무어라 말을 꺼내려다 기세에 밀려 입을 다물었다.

황제는 친히 검을 빼어들었다. 이어 건장한 사내 네다섯이 달려들어 어떻게든 안정시키려 애쓰는 말에게로 다가갔다.

황제가 뽑아든 보검이 은색 호선을 그리며 공기를 내갈랐다.

—푸르릉!

말의 단말마가 승마장 안을 울렸다. 곱게 빗질된 흰 털 위로 새빨간 핏줄기가 쏟아졌다. 루크레티우스는 말의 목에서 쏟아진 피가 제 예복의 오른팔을 온통 붉게 물들이는 데 조금도 신경쓰지 않았다. 목을 잃은 말의 다리가 애처롭게 몇 번 경련을 일으키다 곧 잦아들었다.

차가운 눈으로 일별한 루크레티우스는 시선을 돌렸다. 얼음으로 벼린 칼날과도 같은 시선이 닿자 모두가 감히 고개를 들지 못했다.

마치 영원처럼 긴 침묵이 깨져나간 것은, 소식을 듣고 그야말로 바람처럼 달려온 궁의 로우손이 도착하면서였다.

"폐하! 여기 대령했나이다!"

루크레티우스는 낮은 목소리로 명했다.

"황비가 낙마하는 과정에서 말에 채여 다쳤다. 치료하라."

"예!"

"만에 하나 살리지 못한다면 네 목숨으로도 그 죄를 다 갚지 못할 게다."

"소신의 목숨과 맞바꿔서라도!"

로우손은 의식을 잃은 황비에게 달려가 왕진 가방을 열었다.

"그래, 살려야 할 거다. 황비가 정말 잘못된다면 여기 있는 자들 중 목숨을 건질 수 있는 자는 없을 테니."

모든 이들의 안색이 창백해졌다. 그들은 잘 알고 있었다. 그들의 주인인 이 사내가 얼마나 냉혹하고 또 잔인해질 수 있는 자인지.

의식을 잃은 저 이국적인 황비가 온 뒤로 믿어지지 않을 만큼 부드러운 면모를 보이게 되었으나, 기실 황제는 결코 자애로운 자가 아니었다.

어떤 면에서는 선황이나 태후보다 더욱 잔인해질 수 있는 남자다.

무능함과 질투로 친아들을 학대한 아비와, 악독함으로 의붓아들을 죽이려 한 계모는, 그를 죽이지 못하고 도리어 더더욱 지독한 인간으로 키워 낸 것이다.

모두가 직감했다. 황비가 눈뜨지 못한다면 이 장소에 있는 이들 중 살아남을 수 있는 자는 없으리라.

불안이라기보다는 가능성이 극히 높은 예측에 가까웠다.

시중들이 사시나무 떨 듯 떨고 있던 차였다. 피 냄새와 두려움 속에 가라앉은 침묵을 깬 것은 이번에도 로우손이었다.

"폐하! 응급처치는 끝났습니다. 이제 비 전하를 침실로 옮겨야 합니다."

말이 떨어지자마자 루크레티우스는 쥐고 있던 칼을 내던지고 비나에게로 바람처럼 다가갔다. 로우손의 주의를 따라 비나의 머리가 흔들리지 않도록 애쓰며, 아직 의식을 잃은 그대로인 그녀를 안아 올렸다.

품 안에 안긴 비나의 얼굴이 마치 시체처럼 하얗다.

그 사실을 확인하자, 심장이 뻥 뚫린 것 같았다.

루크레티우스는 새삼 온몸을 휘감는 두려움을 애써 누르며 황비궁을 향해 걷기 시작했다. 로우손이 기민하게 뒤따랐다.

막 걸음을 내디디려던 그는 자신이 잊은 명령을 떠올렸다.

"말과 마구의 상태를 면밀하게 살피도록. 조금이라도 이상한 부분이 있으면 바로 보고하라. 짐이 직접 관련자들을 심문하겠다."

"예!"

입을 모아 명을 받드는 이들은 직감했다. 피바람이 불 것이다.

이마가 얼어붙은 느낌.

아니, 아니다. 누군가가 내 두개골을 송곳을 세워 콱콱 내리 찍는 듯 머리가 꾹꾹 쑤셨다. 보이지 않는 뾰족한 송곳 끝이 뇌를 가르고 들어올 때마다 나는 소리 없이 비명을 지르고 몸을 떨었다.

아파. 아파. 아파! 아프다고! 너무 아파!

더는 견뎌 내지 못하고 눈물이 흘렀다.

"싫어!"

이성의 거름망을 거치지 않고 쏟아지는 감정들이 마치 어린아이와 같았다. 가슴속에서 날뛰는 불이 입을 타고 튕겨나가는 것 같았다. 깨질 듯한 머리 때문에 생각이 도저히 이어지지 않았다.

나는 다만 울고, 아파하고, 발버둥쳤다.

"아파!"

아기처럼 울고, 짐승처럼 몸부림쳤다. 누군가가 나를 안아 주고 따스하게 달래 주기를 바랐다.

"엄마……!"

가장 익숙한 존재를 찾았다. 누구든 태어난 이들이라면 저 이름을, 그 품의 다스함을 그리워하지 않을 수 없으리라.

나는 아이가 되어, 엄마를 찾으며 울었다.

"엄마!"

'비나야.'

익숙한 목소리가 귓전을 감돌았다.

사실은 알고 있다. 지금 내가 이곳에서 들을 수 있는 목소리가 아니라는 걸. 알면서도 기억에서 끄집어내 억지로 만들어 낸 환청은 나의 바람을 충실하게 따랐다.

'괜찮아. 비나야. 이제 아프지 않아.'

"아냐, 엄마. 나 아파. 하나도 괜찮지 않아."

투정도 울부짖음도 진짜 대상에게 닿을 수 없었다. 내 환상이 만든 꼭두각시는 진짜 엄마가 할 법한 말이 아닌, 내가 간절히 바라고 또 바라는 말만을 반복한다. 고장 나서 한 구간만 반복해서 들려주는 라디오처럼.

'걱정하지 마렴. 그건 다 나쁜 꿈이었단다.'

엄마라면 저런 말을 결코 했을 리 없다. 차라리 어떻게든 엉덩이를 털고 일어나 상황을 바꾸기 위해 한 발자국이라도 움직이라며 채근하실 분이다.

아마 지금 나는 상당히 지친 모양이다.

일부러 눈을 뜨지 않았다. 지금 눈뜨면 뭐가 보일지 예측이 갔기 때문이었다. 환상처럼 아름답고 그리운 엄마가 미소 짓고 있겠지.

머리를 심하게 다치긴 한 모양이다. 너무나도 유혹적이라 도리어 기분 나쁜 환상과 환청이 나를 괴롭히는 걸 보면.

머리가 망치 아래서 으깨지는 듯했다. 감정은 미쳐서 나를 떨어뜨린 말처럼 조금도 제어가 되지 않고 날뛰었다. 고삐가 잡히지 않았다.

어둠 속에서 흐느끼며, 단 한 가지 의문에 사로잡혀 있었다.

왜?

대체 왜 내가 여기서 이러고 있어야 하지?

왜 늙은이의 첩으로 팔려 오고, 첫날밤에 살해당할 뻔하고, 독을 먹고, 가지지도 않은 아이를 유산했다고 거짓말을 하고…… 또 왜 지금 여기서 이렇게 아파하고 있어야 하는 거지?

왜 엄마도 아빠도 언니도 만날 수 없는 거야? 난 그냥 수능 보러 지하철을 타려고 한 게 전부였다고! 잠깐 졸았다는 것 때문에 이런 일을 겪어야 해? 가족들은 내가 살아 있는지도 모를 텐데!

시체조차도 발견되지 않았을 거다. 수능 보겠다며 나간 딸이 아예 증발해 버렸다. 어쩌면 계속 찾아다니고 계실지도 모른다. TV에서 본 미아들의 부모님처럼, 사진을 넣은 전단지를 만들어서 들고 돌아다니며 나누어주고 계실지도 모른다.

이대로 영영 만나지 못하게 될까?

같은 지구에서 있어도, 다른 나라에서만 살아도 만나기 쉽지 않다. 그런데 지금 나는 아예 다른 세계에 와 있다.

왜, 하필 내가 이런 일을 겪어야 해?

내가 그렇게 뭘 잘못했어? 설령 잘못을 했어도, 그게 그렇게 큰 잘못이었어? 이렇게 다른 세계에 떨어져서 어쩌면 가족들은 영영 만나지도 못한 채, 매일을 살얼음판 위를 걷듯이 살아야 할 정도로?

"*싫어!*"

격한 감정이 끓는 용암처럼 터져 나왔다. 이제 나는 울부짖고 있었다.

"*집으로 보내 줘!*"

아파. 싫어. 슬퍼. 힘들어. 돌려보내 줘. 보고 싶어.

온갖 부정적인 감정이 사고의 충격으로 약해진 몸을 점령하고 쏟아져 나왔다. 금이 간 유리 속에 담긴 끓는 물처럼, 부정적인 감정의 격류가 방 안으로 내뻗어졌다.

입만이 아니었다. 몸 역시 갓 태어난 아이처럼 버르적거리며 제 감정을 토해 내려 발버둥쳤다.

의미 없이 허공을 긁는 내 손가락을 무언가 강한 힘이 부여잡았다.

"———!"

누군가가 부르고 있었다. 익숙한 목소리.

"———나!"

나는 이 저음의 목소리를, 그리고 이 소리에 담긴 이름을 알았다.

"비나!"

힘겹게 눈꺼풀을 들어올렸다.

부연 막을 씌운 듯 흐린 시야에 한 남자가 있었다. 그는 내 팔을 부여잡고, 나를 품어 안고 있었다.

남자의 흰 턱부터 목 언저리까지 길게 붉은 선이 그어져 있었다. 곧 깨달았다. 내가 고통에 발버둥치는 동안 알지도 못한 채 그에게 생채기를 낸 모양이다.

그, 루크레티우스는 나를 안아 올려 자신의 가슴에 기대게 했다.

"괜찮아, 비나."

비나. 익숙한 발음.

그렇다. 나의 이름이다.

이제 이곳에서는 그 외에는 알지 못하는 내 진짜 이름.

알 수 없는 안정감이 고통과 슬픔, 고독으로 혼곤해진 정신을 감싸 안았다.

"이제 괜찮아. 또 그런 일은 없어. 안심해도 돼."

신기했다. 그는 알지도 못하면서, 조금 전 환상 속에서 엄마의 환영이 내게 들려주었던 말을 반복했다. 내가 듣고 싶어 한 그 말을.

"괜찮아."

정신은 지쳐 있었고, 그릇인 몸은 많이 다쳐 있었다. 누군가가, 곁에서 나를 그러안아 줄 누군가가 너무나도 절실했다.

나는 부지불식간에 남자의 품속으로 파고들었다.

그는 내 움직임에 답하듯이 속삭여 왔다.

"이제 안심해도 돼. 나의 비나."

다시금 까마득한 안도감이 내 눈꺼풀을 내리눌렀다.

눈을 떴다.

마치 늪에서 버둥거리며 기어 나오는 기분이 들었다. 눈을 떠도 시야가 온통 흐려 몇 번이나 깜빡여야 했다.

이런 일이 전에도 있었던 것 같다.

그때는 나를 함정에 빠뜨려 며칠이나 의식을 잃게 만든 주모자가 지금은 걱정스런 눈으로 곁에서 나를 보고 있었다.

혼란스러운 기억들이 천천히 되살아난다.

갑작스레 날뛰는 말. 그리고 내게로 다가오던 루크레티우스. 잘 움직이지 않는 혀와 입술을 애써 움직여 물었다.

"며칠…… 지났어요?"

한마디를 내뱉었을 뿐인데 목이 까끌거리고 아팠다. 마치 내가 내놓은 단어들이 목구멍과 입 안을 긋고 지나가는 가시 덩어리들이라도 되는 것처럼.

루크레티우스는 식은땀으로 가득한 내 이마를 쓰다듬으며 다정히 웃었다.

"그대는 이런 상황에서 시간이 얼마나 지났는지 묻는 게 버릇인 모양이야. ……이번에는 하루가 좀 지났어."

나는 작게 한숨을 쉬었다.

"그래도, 많이 안 지나서……, 다행이네요."

루크레티우스는 조금 격렬한 목소리로 내 대답을 물고 늘어졌다.

"지금 그런 말이 태평하게 나오나?"

"……."

"로우손의 말로는 사흘 내에 의식을 차리지 못하면 영영 눈뜨지 못할 수도 있다 하였어! 낙마를 무엇이라고 생각하는 건가?!"

그는 진심으로 화내고 있었다. 아직 충격이 남아서일까. 머리가 조금 멍했다. 달리 할 말이 떠오르지 않았다.

"……미안해요."

루크레티우스의 얼굴에 그늘이 졌다. 그는 고개를 푹 숙였다.

이제야 알았는데 그는 내 오른손을 꼭 잡고 있었다. 마치 이대로 손을 놓으면 영영 어머니를 잃을까 무서워하는 아이처럼.

잠시 그는 정말로 울 듯한 눈을 했다.

"아니, 아니…… 그게 아니야. 내가 그대에게 미안해야 할 일이지."

그는 그리 말하며 내 손등에 몇 번이고 키스했다.

"이 말을 먼저 하고 싶었는데 늦었어. 눈떠 줘서…… 고마워."

내가 무어라 대답했는지는 모르겠다.

그리 말하는 루크레티우스의 눈이 너무 슬프고 또 외로워 보여서 손을 뻗어 그의 뺨을 쓸어 주고 싶다고 생각했다. 그러나 그리할 힘이 없었다.

나는 다시 까무룩 잠으로 빠져들며 속삭이는 목소리를 들었다. 말에서 떨어지며 든 두려움과 달리, 이번에는 조금 안도하며 잠들 수 있었다.

황궁이 발칵 뒤집혔다. 황비가 말을 타다가 낙마하는 사고가 벌어졌다. 그나마 황제가 황비를 받아 내어 그녀가 목숨을 잃는 불상사는 벌어지지 않았지만, 황비는 하루를 꼬박 정신 차리지 못했다.

이것만으로도 끔찍한 사고였다. 순수한 사고였다 해도 관련자들이 황제의 처벌을 피할 수 없으리라는 인식이 팽배했다.

거기에 한술 더 떠, 단순히 '불행한 사고'라고 하고 넘어갈 수 없다는 사실이 곧 밝혀졌다. 황제의 명령을 받은 궁내부장이 직접 말과 마구의 상태를 점검하고, 거기 가까이 간 자들을 하나하나 심문한 결과였다.

혈통 좋고 잘 훈련된 순한 말이 급작스레 날뛴 원인은 곧 드러났다.

루크레티우스는 황비의 침실에서 흉흉한 눈으로 궁내부장이 가져온 말의 등자를 내려다보았다.

"이것에 누군가가 장난을 쳐 두었다고?"

궁내부장은 고개를 끄덕이며 등자를 들어 바닥에 살짝 내리친 다음, 말에 직접 닿는 쪽을 들어 보여 주었다.

무쇠로 뼈대를 만들고 주인의 고귀함을 드러내기 위해 금으로 테를 둘러 장식해 둔 부분에서 금빛 작은 침이 살짝 드러났다가, 곧 다시 안쪽으로 들어가 버렸다. 침이 원상태로 돌아가자 알고 보지 않는 한 그런 장치가 되어 있다는 것을 누구도 눈치채지 못할 만큼 감쪽같다. 적당한 압력이나 충격을 주면 침이 빠져나오도록 설계된 정교한 기구였다.

루크레티우스는 나직이 물었다.

"침에도 무언가 장치를 해 두었겠지?"

"예. 흥분제가 발라져 있었습니다. 비 전하께서 말의 등자를 차면 바로 말이 흥분하여 날뛰도록 꾸민 것 같습니다."

루크레티우스는 손끝으로 침이 숨겨진 등자 안쪽을 매만졌다. 직접 맨손으로 건드려 보아도 그런 흉한 것이 숨겨져 있다는 사실을 알기 힘들 정도였다. 절대 예사 솜씨가 아니다. 이 일을 실행한 것이 누구이든, 그 뒤에 누가 있을지는 충분히 짐작이 갔다.

태후, 카틀레야.

참으로 끈질기고 증오스런 적이다.

이미 그에게서 많은 것을 앗아간 적이었다. 그리고 그의 모든 것을 앗아가려 애쓰는 적이기도 했다. 그 여자가 이번에는 정말로 그의 가장 소중한 여인을 앗아갈 뻔했다.

로우손의 말에 따르면 비나는 정말로 목숨을 잃을 뻔했다. 말에서 떨어지면서 머리가 크게 충격을 받았는데, 이대로 의식을 되찾지 못하면 영영 깨어나지 못할 수도 있다는 말까지 했다.

다행히 하루 만에 의식을 되찾아 주어서 그녀를 잃을지도 모른다는 두려움에서는 벗어났으나, 그것으로 끝이 아니었다. 결국 이 위협의 근본은 그대로 남아 있었으니까.

루크레티우스는 제 입술에서 피 맛을 느꼈다. 자신의 피와 살을 씹어 삼키며, 그는 낮은 목소리로 명했다.

"황비궁 전체를 뒤져라. 이곳에 태후의 끄나풀 하나라도 남겨 두지 않을 것이다!"

이곳은 그녀를 위한 둥지였다.

그는 진심이었다. 필요하다면 황비궁 전체를 피로 씻어 내는 한이 있더라도, 그리할 작정이었다.

황제는 직접 입에 담은 말을 지켰다.

황비가 의식을 잃었다가 천만다행으로 눈을 뜬 뒤, 이 불행한 사고와 관련된 자들을 심문하는 자리가 열렸다.

약식이기는 하나 사실상의 황제의 친견 심문 재판. 반역에 준하는 행위가 아니면 거의 열릴 일 없는 자리다. 친견 재판이 열렸다 함은 곧 죽어 나갈 자들이 필요하다는 의미였다.

평소 국정을 논하는 공정의 홀에 임시 재판정이 설치되었다. 황제가 재판장으로서 가장 상석 보좌에 앉았다. 제국법에 따라 황제는 최상위 재판관이기도 했다.

좌우에 관련자들이 도열하고 그 주변을 로열가드의 기사들이 에워쌌다. 그 사람의 장벽 바깥에 직접적인 관계는 없으나 연관된 지인을 가진 이들이 몰려들어 있었다. 그 중에는 황비궁에서 일하는 가족을 가진 이들도 있었다. 이들은 신분에 상관없이 전전긍긍하며 재판이 벌어지는 것을 지켜보았다.

황제 루크레티우스는 검은 예복을 입고 홀에 들어섰다. 그는 머리를 조아린 이들이 날숨과 함께 토해 낸 불안감을 가차 없이 즈려 밟으며 앞으로 나아갔다. 조금의 망설임도 없이.

그가 걸친 검은색이 마치 사건을 일으킨 원흉의 상복처럼 보이는 건 아마도 착각은 아니리라.

밀랍처럼 딱딱하게 굳은 황제의 얼굴을 본 이들은, 그의 눈에 어린 살기에 황급히 고개를 숙였다.

루크레티우스는 자신이 가장 아끼는 총희가 다친 일에 벼락처럼 분노하고 있었다. 그는 보좌 위에 앉아 명했다.

"모두 몸을 편히 하도록."

도열한 이들이 몸을 일으키며 감사의 예를 표했다.

"감읍하옵니다, 폐하."

공식적인 재판 자리였으므로 절차가 몇 단계는 남아 있었지만,

황제의 한마디에 모두 생략되었다.

"번다하군. 바로 본론으로 들어가지."

이에 사건 조사를 맡은 책임자인 궁내부장이 나섰다.

"어제 폐하의 명령대로 황비 전하께 생긴 불측한 사고에 대해 조사하였습니다. 몇 가지 의심스러운 부분이 있어 말씀 올리고자 합니다."

모두가 긴장한 채로 궁내부장의 입에 시선을 모았다. 저 입에서 나오는 내용에 따라 사람 몇의 목숨 정도는 우습게 날아가리라.

"비 전하께서 타셨던 말의 마구 중 이 등자에 이러한 장치가 되어 있었습니다."

그는 증거품으로서 시종 중 하나가 쟁반에 받쳐 들고 있는 등자를 들어올렸다. 이어 황비가 사고를 당할 때 밟고 있던 등자에 숨겨진 장치를 보여 주었다. 궁내부장이 등자에 약간의 충격을 주자 숨겨진 금침이 드러났다.

사람들 사이에 술렁임이 번져 갔다.

"누군가 비 전하를 노리고 흉측한 물건을 장치했다고밖에 볼 수 없습니다."

"옳다."

황제는 간단한 한마디로 궁내부장의 단언을 공언했다. 이로써 저 일에 대해서 누구든 책임을 지지 않을 수 없었다. 사람 한둘 정도의 목숨으로는 어림도 없으리라. 긴장감과 공포가 파문처럼 홀 안에 번졌다.

궁내부장은 빠르게 아뢰었다.

"이와 관련하여 의미 있는 증언을 한 자가 있습니다."

궁내부장이 손을 흔들자, 덩치가 큰 시종들이 나서서 두 손이 뒤로 묶인 한 사내를 끌어 황제의 앞에 대령했다.

"비 전하의 말을 직접 돌본 말구종입니다."

말구종 사내는 창백한 얼굴로 외쳤다.

"소, 소인은 결코 비 전하께 해를 끼치지 않았습니다!"

궁내부장은 이맛살을 찌푸리고 엄정하게 질책했다.

"어전이다. 어찌 감히 먼저 입을 여느냐!"

"……."

사내는 제 실수를 깨닫고 그대로 바닥에 납작 엎디어 사죄를 청했다. 감히 입을 열지도 못했다. 그러나 루크레티우스는 조금도 신경 쓰지 않고 궁내부장을 채근했다.

"되었다. 본론으로 들어가라 하지 않았나?"

"송구합니다. 이자의 증언에 기이한 점이 있었습니다. 이제 말씀을 올리도록."

말구종은 고개를 들고 곁눈질로 황제와 궁내부장의 눈치를 살피며 제가 알고 있는 일을 아뢰기 시작했다.

"황비 전하의 시녀 분 중 한 분이 두어 번 문제가 된 백마와 마구의 점검 상태를 보고 갔습니다. 황비 전하께서 폐하와 승마를 하러 오셨을 때 함께 호종하여 온 시녀 분께서 비 전하의 명을 받아 말의 상태를 보러 왔다 말하셨습니다."

그때, 부상으로 병상에 누운 황비 대신 시녀장 사만다가 나서서 증언의 일부를 부정했다.

"저자의 말에는 이상한 점이 있습니다. 폐하, 비 전하께서는 단한 번도, 저희 중 누구에게도 말의 상태를 확인하라 명하신 적이 없습니다.”

황제도 궁내부장도 시녀장의 무례를 책하지 않았다.

의혹의 시선이 말구종 사내에게 향했다. 사내는 흙빛이 된 얼굴로 고개를 저었다. 이대로는 자신이 모두 뒤집어쓸 판이라, 그는 필사적으로 항변했다.

“저는 거짓을 말하지 않았습니다! 그러니까…… 예! 금발의 아름다운 시녀분이셨습니다! 비 전하께서 친히 명령하시어 오셨다고……!”

그 증언이 나온 순간, 심문 자리에 있던 이들의 시선이 한곳으로 모였다. 황비 사비나를 모시는 시녀들 중 금발은 단 한 명뿐이었다.

따가운 시선이 바로 그 유일한 금발의 소유자를 향했다. 당사자는 창백한 얼굴로 도리질 쳤다.

“저, 전 아니에요!”

그녀의 강력한 주장은, 내내 고개를 숙인 채 증언하던 비천한 말구종이 고개를 들어 외침의 주인을 확인할 수 있게 했다. 말구종 사내는 여인의 얼굴을 확인하더니 격렬하게 고개를 끄덕이며 자신의 목숨을 구하기 위해 애썼다.

“저분이십니다! 저분께서 며칠 전 두 번, 밤중에 마구간에 다녀가셨습니다! 비 전하께서 비밀리에 내린 명령이라 하시면서요!”

그러자 누구도 예상하지 못한 사람이 튀어나와 의외의 사실을 폭로했다. 아그네스가 불을 뿜을 듯이 분노하며 나선 것이다.

“이 무슨 또 무도한 짓을 한 겁니까? 리즈벳 공녀!”

상석에 앉아 고개를 모로 꼰 채, 돌아가는 상황을 무심한 눈으로 내려다보던 황제의 미간이 구겨졌다. 그는 혀끝으로 입천장을 긁는 어투로 되물었다.

"또, 라고?"

"예, 폐하."

루크레티우스는 낮은 목소리로 명했다.

"자세히 고하라."

황제의 명령에 따라, 아그네스는 당당히 걸어 나와 어전에 무릎을 꿇고 외쳤다.

"폐하! 저는 에일 공작이 공녀 리즈벳을 지금 감히 고발합니다!"

"또, 또 나를 괴롭히려는 건가요?!"

리즈벳의 외침은 마치 비명소리 같았다. 그러나 누구도 그녀의 말을 무게감 있게 듣는 이는 없었다. 루크레티우스는 낮은 목소리로 명했다.

"계속 말하게, 아그네스."

에일 공녀, 리즈벳이 창백한 얼굴로 튀어나와 무릎을 꿇고 눈물어린 얼굴로 호소했다.

"모함입니다, 폐하!"

반응은 싸늘하기 그지없었다.

"네게 발언을 허락한 바 없다.

"그런……!"

리즈벳은 무어라 더 항변하려다 루크레티우스의 살기 어린 시선을 받고 그대로 굳어 버렸다. 어린 계집아이가 버텨 낼 기세가 아니었다.

아그네스는 침착하게 황제의 명령에 따랐다.

"예, 폐하. 감히 말씀 올리겠나이다."

아그네스의 고변은 마치 물 흐르는 듯이 이어졌다. 그녀가 벼르고 별러 왔음을, 사정을 전혀 알지 못하는 이들도 대번에 눈치챌 수 있을 정도였다.

"상관없는 이야기라 생각하실 수도 있사오나, 들어 주시옵소서. 사실 얼마 전부터, 비 전하에 대한 참람한 소문이 황비궁 안에 돌기 시작했습니다. 바로…… 비 전하께서 선황 폐하를 암살했다는 소문이 말입니다."

홀 안에 놀라움의 웅성거림이 파도처럼 번졌다. 루크레티우스는 입꼬리를 끌어올리며 고개를 반대로 꼬았다.

"재미있군. 계속하라."

"비 전하께서는 그 일을 파헤치면 무고한 이들이 다칠까 저어된다 하셨습니다. 스스로 무결하시니 그런 것은 신경 쓸 필요 없다 말씀하셨습니다만……, 제 좁은 소견으로는 지나치게 더러운 소문이라 그냥 넘길 수 없다 판단했습니다. 해서 독단으로 뒤를 캐 보았습니다."

아그네스는 이 일에 있어서 제 주인인 비나가 완전한 피해자로 남아야 한다고 판단했다. 때문에 비나가 자비를 베풀려 하였다가 도리어 피해를 받은 것으로 상황을 꾸몄다.

루크레티우스가 아그네스의 말을 대신 받았다.

"그 소문이 저 공녀와 연관 있다는 말인가?"

상반된 대답이 동시에 터져 나왔다.

"예. 그러합니다."

"아니에요! 모함이에요!"

황제는 다시금 미간을 찌푸렸다.

"짐은 에일 공녀에게 발언을 허락한 바 없다. 계속하도록, 데임 도트리야."

리즈벳은 황제의 질책에 다시 겁먹은 표정으로 고개를 숙였다. 주변에 눈물 어린 눈으로 도움을 요청했으나, 누구에게서도 부드러운 눈빛이 나오지 않았다.

아그네스는 말을 이었다.

"그 더러운 소문은 황비궁에서 일하는 하녀들 사이에 알음알음 돌기 시작하였고, 조금씩 퍼지고 있었습니다. 근원을 더듬어 거슬러가니, 바로 리즈벳 공녀의 하녀인 오를린이 이리 추악한 말을 지어내어 퍼뜨리고 다녔다는 사실을 알 수 있었습니다."

"아닙니다!"

"모함입니다!"

이번에 비명처럼 내지른 것은 리즈벳이 아니었다. 직접 황비에 대한 소문을 퍼뜨렸다 지적받은 오를린과, 딸을 대신해 바락 나선 에일 공작부인이었다. 대연회에 참석하기 위해 황궁에 도착해 있던 에일 공작 부부 역시 이 자리에 있었던 것이다.

공작부인은 인파를 헤치고 나아와 딸에게로 다가가 보호하려는 듯이 끌어안았다. 공작 역시 아내의 뒤를 따라와 처자 뒤에 옹호하듯 섰다.

"폐하! 이는 모함입니다!"

─탕!

금속 보좌와 그의 손에 있는 반지가 부딪치며 날카로운 소음이 울렸다. 황제의 진노는 금속음 이상으로 강렬했다.

"짐이 언제 너희들에게 말을 해도 좋다 허락했지?"

싸늘한 침묵이 내려앉았다. 리즈벳을 끌어안은 에일 공작부인과 그 뒤의 오를린을 찌를 듯이 노려보던 루크레티우스는 다시 명했다.

"계속하라, 데임 도트리야."

아그네스는 고개를 숙여 청했다.

"폐하. 이 자리에 와 있는 하녀 롤리야와 돌로레스가 제 말이 옳음을 증언할 것입니다."

루크레티우스는 고개를 끄덕였다.

"허락하겠다."

궁내부장의 명령을 따라 시종들이 아그네스가 거명한 하녀들을 황제의 앞으로 데려왔다. 그들은 두려움에 부들부들 떨며 머리를 조아렸다.

하녀들의 입이 열렸다.

"부시녀장님의 말씀이 맞습니다. 오를린이 자신이 모시는 시녀인 리즈벳 아가씨께서 황비 전하께 직접 들은 말이라며 저희에게 그런 말을 하였습니다."

"저희들은 당연히 믿지 않았습니다! 황비 전하께서 그리하실 분이 아니시라는 건 모두가 알고 있습니다!"

아그네스가 덧붙였다.

"이들에게 소문의 출처가 리즈벳 공녀의 측근들이라는 증거가 있습니다. 올리거라."

불려 온 두 하녀들은 주섬주섬 떨리는 손으로 품에서 금붙이 몇 개를 꺼내 내놓았다. 롤리야라는 더 나이가 많은 하녀가 금붙이들에 대해 부연했다.

"들은 대로 주변에 퍼트려 달라 말하면서, 오를린이 저희에게 준 것들입니다."

주름지고 거친 하녀들의 손 위에 올려져 있는 것은 누가 보아도 허드렛일 하는 이들이 가질 물건이 아니었다. 위험스레 반짝이는 물건들 중 하나가 루크레티우스의 시선을 끌었다.

"저건…… 황비의 물건이 아닌가?"

황제의 말에 궁내부장이 직접 증거물이라며 하녀들이 내놓은 귀금속을 가져다 바쳤다. 몇 개의 금화와 은화 사이에, 기이한 금속과 보석 파편이 섞여 있었다.

루크레티우스는 일그러지고 깨진 금속 파편과 박살 난 파란 보석을 골라내었다. 섬세한 문양이 새겨진 은 조각은 이어지는 부분을 찾아 맞추자 곧 퍼즐처럼 하나의 형상을 이루었다.

백합 문양이 새겨진 은제 머리꽂이였다. 부서진 사파이어를 모아 붙이면 머리꽂이의 빈 둥근 부분에 딱 맞는 크기가 되리라.

"내 분명히 황비의 머리에서 이 장식을 본 바가 있다."

과정을 곁에서 지켜보던 사만다가 희게 질린 얼굴로 부언했다.

"예, 폐하. 이건 비 전하께서 직접 쓰시던 물건으로, 얼마 전에 리즈벳 공녀에게 하사하신 머리꽂이입니다."

침묵이 짙게 내리깔렸다.

"……."

"…….'

루크레티우스는 하녀들의 품에서 나온 금속과 보석 파편을 한 손으로 쥐었다. 그것을 리즈벳과 에일 공작부인이 있는 방향으로 뿌렸다.

—투두둑. 파편들이 보란 듯 바닥을 굴러 리즈벳의 발치를 때렸다. 은 조각에 새겨진 섬세한 문양이 홀 안의 조명을 받아 잘게 반짝였다.

"자, 설명해 보도록. 황비가 너에게 내린 하사품이 어째서 이리 조각조각이 나서 하녀들의 손에서 나온 건가? 열심히 밟고 내던지지 않는 한 이리 부서지기도 힘들 텐데 말이야. 그것도 네 하녀가 황비에 대한 얼토당토않은 소문을 퍼뜨리려 하면서 내주었다는데? 변명할 말이 있나?"

이제야 발언할 것을 허락받은 소녀는 바들바들 떨면서 외쳤다. 필사적으로 젓는 고개가 꽤나 안쓰러워 보일 법도 하건만, 누구도 그녀의 애처로운 몸짓에서 동정심을 느끼지 않았다.

"아, 아니요! 아닙니다! 전 그리한 적 없어요!"

에일 공작부인이 딸을 더욱 강하게 끌어안으며 새된 목소리로 거들었다.

"저 천것들이 훔친 겁니다! 훔쳐가 놓고는 제 딸을 모함하는 것이 틀림없습니다!"

루크레티우스는 코웃음 치며 평했다.

"거기에 저 말구종이 말과 마구에 손을 댄 이가 그대의 딸이라 하는 것도 모함이라고?"

황제의 대놓은 비꼼에도, 공작부인은 당당했다.

"예!"

그녀는 눈을 치뜨고 날카롭게 외쳤다

"황비궁의 모두가 제 딸이 사……, 아니, 황비 전하보다 곱다 하여 미워하고 모함하려 든다는 것은 저도 잘 압니다! 모두 한통속인 겁니다! 영명하신 폐하께서는 알아주시겠지요!"

대답 대신 나온 것은 파안대소였다. 홀 안의 공기를 커다란 웃음소리가 쩌렁쩌렁 울렸다.

"크하하핫!"

황제의 웃음소리는 점점 더 커졌다. 그는 너무나도 우스워 견딜수가 없다는 듯, 소리를 조금도 참거나 누르지 않고 풀어놓았다.

이 웃음이 결코 유쾌함으로 나온 결과물이 아님을 홀에 모인 자들 중 느끼지 못하는 이는 없었다. 웃음소리 끝에 묻어나는 날카로운 살기에 살갗이 베일 듯 두려워했다. 다들 숨소리라도 황제의 귀를 거슬릴 세라 숨죽였다.

황제는 새삼 확인하려는 듯 물었다.

"그러니까……, 이게 다 모함이다? 그대의 딸을 시샘한 자들의?"

"그, 그렇습니다!"

질문은 계속되었다. 말이 거듭 쌓일수록 대답하는 자의 논리는 점점 흐리고 지리멸렬해졌고, 황제는 가일층하는 비웃음을 굳이 숨길 필요를 느끼지 않았다.

"누가 네 딸을 시샘하여 이리 일을 꾸몄다는 거지?"

"누구겠습니까?! 저들의 주인이 누구인가요? 애초에 사비……, 아니, 황비께서는 우리 리즈벳을 미워하고 질투하였어요! 에일 공국에서부터 말입니다! 이 아이를 노리고 모두 황비께서 꾸민 일입니다!"

"하!"

마침내 노호성이 터져 나왔다. 공작부인은 자신이 눈이 멀어 마구잡이로 헤매다 수풀 속에 잠자는 가장 위험한 뱀의 등을 밟았음을 알지 못했다. 알지 못하고 밟았다 해도, 행위가 사라지는 것은 아니니 그로 인한 재해를 피할 수는 없었다.

"황비가? 지금 낙마하여 죽을 뻔한 것이 황비임을 알고서 하는 헛소리인가, 그건?! 궁의는 자칫 잘못하면 영영 눈을 뜨지 못할 지도 모른다는 말까지 했어!"

"그, 그건……!"

"황비가 자신이 죽을지도 모르는 일을 벌이고, 자신에 대한 더러운 소문을 퍼트려서 네 딸을 모함하려 했다고? 그게 말이 된다고 생각하나?"

루크레티우스는 신경질적인 웃음을 한 번 더 터뜨리고는 궁내부장에게 지시했다.

"찾아냈나?"

"예."

그와 궁내부장의 대화 내용을 주변에 선 이들은 이해할 수 없었다. 다들 어리둥절하고 있는 와중에, 홀의 문이 열리며 시종들과 로열가드의 수석기사가 함께 들어섰다.

철걱철걱. 기사들의 금속 부츠가 대리석 바닥을 누르는 소리가 불길함이 땅을 밟아 걸어오는 듯이 들렸다. 기사들의 뒤를 따르는 시종들은 검은 상자 하나를 들고 따라오고 있었다.

상자는 정중히 황제 앞에 놓였다. 아그네스와 리즈벳 일행이 서로를 노려보며 황제의 앞에 무릎 꿇고 고변하고 부정하는 바로 그

자리에.

길이가 약 1키나 정도 되는 상자였다. 검게 칠해진 고급스럽지만 평범한 디자인의 상자로, 도금된 황동으로 덧댄 장식이 검은 몸체와 대비되었다. 딱히 특이한 것은 아니었는데, 귀부인들이라면 저런 상자에 옷가지를 보관하는 것이 일반적이었기 때문이었다. 황궁에도 비슷한 상자를 가진 이들은 너무나도 많았다.

그것을 들고 온 로열가드의 기사가 황제의 앞에 무릎을 꿇고 아뢰었다.

"폐하의 명을 받잡아, 심문이 시작됨과 동시에 에일 공녀와 그 하녀들의 거처를 수색했습니다."

"그런……!"

리즈벳과 오를린의 얼굴이 흙빛이 되었다. 그들이 무어라 변명을 시작할 기회는 주어지지 않았다.

기사가 손을 내밀자 시종들이 가지고 온 검은 상자를 열었다. 그 안에는 평범한 귀부인의 옷가지들이 들어 있었다. 비단 치맛자락과 네글리제가 파헤쳐지는 순간 리즈벳은 잠시 수치심에 얼굴을 붉혔으나, 그것이 문제가 아니었다.

천 자락 사이에서 금색과 은색의 금속성 광택이 드러났다. 기사 일행의 우두머리인 듯한 수석기사가 손을 뻗어 그 물체를 집어 들어올렸다.

자세한 모양이 드러나자 주변에 선 이들이 다들 숨을 집어삼켰다.

"저건……!"

"아까 그 등자와 똑같이 생겼잖아!"

소란이 물결처럼 번져 나갔다. 황제의 명을 받아 수색을 주도한 기사는 루크레티우스에게로 다가가 바쳤다.

"폐하께서 명하신 대로 증거를 가져왔습니다."

황제는 기사에게서 등자를 받아 들었다. 궁내부장이 증거로 이미 제출된 다른 등자를 가져왔다. 황비가 탄 말을 미치게 한 바로 그 물건이었다.

리즈벳의 거처에서 발견된 등자와 문제를 일으킨 등자는 누가 보아도 구분이 안 될 정도로 똑같은 모양을 하고 있었다.

그것들을 번갈아 가며 담담한 시선으로 내려다보던 황제가 짧게 물었다.

"궁내부장."

"예, 폐하."

"황실에서 사용하는 등자가 모두 이리 같은 모양인가?"

"아닙니다. 그 주인이 되시는 분들마다 모두 다른 문양을 사용합니다. 특히 황비 전하를 위한 마구는 모두 황비 전하의 책봉 이후 폐하의 명으로 새로 제작된 것이라 같은 것이 두 개 존재할 리 없습니다."

황제의 기름한 손가락 끝이 금침이 튀어나온 등자의 모서리를 쓸어내렸다.

"결국 이건 누군가가 일부러 원래 것을 모사하여 만들었다는 소리겠군."

"그렇게 볼 수밖에 없습니다."

황제의 입꼬리가 끌려 올라갔다. 그러나 곁에 선 이들은 그의 눈이 전혀 웃고 있지 않음을 쉬이 알 수 있었다.

"이리 눈에 띄는 것을 함부로 버릴 수도 없고, 버리더라도 발견

될 테니 숨겨 놓았나 보군. 그렇다 해도 바로 제 거처에 두다니 어리석어도 이 정도로 어리석을 줄은 몰랐어."

언뜻 듣기에 루크레티우스의 목소리는 평소와 조금도 변함이 없었다. 평이한 어조.

"이건 황실에서 공인들이 만든 물건이야. 이걸 이리 비슷하게 모사할 수 있는 장인은 흔치 않아. 에일 공국 따위에서 이런 물건을 마련할 능력이 있을 리 없지."

아내와 딸이 몰리는 것을 멍하니 바라보던 공작이 희색을 띠며 외쳤다. 빠져나갈 구멍이라도 보인 듯.

"허, 허니 저희와는 관련이 없는 일입니다!"

"아니. 이것을 너희가 직접 만든 것이 아니라 해도, 네 딸이 이것을 바꿔치기한 것도, 또한 황비에 대한 소문을 퍼뜨리려 한 것은 부정할 수 없는 사실이다. 모든 증거가 그리 말하고 있다."

공작 일가는 필사적으로 아우성쳤다.

"폐하!"

"아닙니다!"

"모함이에요!"

증거는 분명하고, 그에 대한 반론은 극히 빈약했다. '모함이다.' '음모다.' '도둑맞았다.'는 객관적인 증좌는 전혀 없는 일방적인 주장뿐.

이 뒤에 이어질 황제의 판결을 예상하지 못하는 이는 없었다. 혐의를 받은 이들을 제외하고는.

"이 정도면 조사와 증거는 충분한 듯하군. 짐이 직접 판결을 내리겠노라."

선전관이 바삐 펜을 들었다.

황제의 억누른 목소리에서 감출 수 없는 분노가 그대로 묻어났다.

"황비의 시녀 리즈벳 데 보네피트와 그 하녀인 오를린 클로인의 죄상은 명명백백하다. 황족 살해 미수와 황비에게 선황 살해의 죄를 씌우려 한 죄는 응당 반역죄를 물어 마땅하다. 그러니……."

"말도 안 됩니다, 폐하!"

공작이 황급히 황제에게 다가가려 하자, 보단 아래서 증거품을 바친 로열가드의 수석기사가 검을 칼집째 에일 공작의 목에 들이밀었다. 어전이라 칼날이 뽑혀 나오지 않았으나, 그 기세는 결코 진검의 날 못지않았다. 그는 감히 움직이지 못했다.

로열가드는 어전에서 검을 들 자격을 갖춘 기사다. 스스로 책임질 수 있다면 어전에서 칼을 뽑는 것도 가능하다. 공작은 자신이 조금만 더 나선다면 이 기사의 검이 칼집에서 뽑혀 나오리라고 직감했다.

그가 식은땀을 흘리며 멈칫하는 사이, 황제의 입에서 판결의 말이 떨어졌다.

"감히 황비에게 선황 암살의 죄를 씌우려 한 오를린 클로인에게는 참수를, 황족 살해 미수의 죄를 저지른 에일 공작의 공녀에게는 그 신분을 감안하여 마지막 자비로써 자결을 명한다."

선전관의 손에 판결문이 작성되고 황제의 인장이 바로 찍혔다. 약식이기는 하나, 절차에 따른 합법한 재판이었다.

"이로써 폐정한다."

로열가드의 기사들이 공작과 공작부인으로부터 딸을 빼앗아 끌어냈다. 오를린은 숫제 머리카락이 잡혀 질질 끌려 나왔다. 형 집행을 위해서였다.

끌어안은 딸을 빼앗긴 공작부인의 비통한 신음이 울렸다.

"아, 안 됩니다! 이건 말도 안 됩니다! 리즈는 죄가 없어요! 모함이에요!"

그녀의 발악에 귀 기울이는 이가 없었다.

사고 이후 내가 제대로 정신을 차린 것은 이틀 뒤였다.

하루 뒤에 조금 정신을 차렸다고는 하지만 잠시간이었고, 많이 혼란스런 상태였다고 했다. 결국 제정신으로 눈을 뜬 건 이틀이나 지난 뒤였다. 대연회가 열흘밖에 남지 않은 시점이었다.

내가 다시 눈을 떴을 때, 가장 먼저 눈앞에 보인 사람은 루크레티우스였다.

순간 정체를 알 수 없는 감정이 울컥거리며 솟아오르려고 해서, 필사적으로 누르며 몸을 일으켰다. 그는 말없이 부축하여 베드헤드에 기댈 수 있도록 도왔다.

"고마워요……."

"그보다 괜찮아? 머리는."

어쩐지 루크레티우스의 늘 하얀 얼굴에 그늘이 드리운 듯했다. 눈빛이 조금 검어 보였다. 나는 눈을 돌리며 주억거렸다.

"네. 이제…… 괜찮아요."

서늘한 손이 어깨에 닿았다. 식은땀으로 축축한 살갗에 적당히 건조하고 서늘한 남자의 맨살은 꽤나 기분이 좋았다.

"아직 식은땀을 흘리고 있군."

왜 이러지?

나는 당황했다. 미친 듯이 심장이 날뛰려 했다.

뭐지? 나 심장병이라도 걸린 건가? 이런 적 없었는데.

쿵쿵거리는 소리가 귓전을 울리고, 피가 빠르게 돌아 현기증이 날 지경이었다.

이건, 이 인간의 음모야!

……스스로 생각하기에도 좀 아니었다. 나는 빠르게 결론을 내리기로 했다.

다쳐서 심장이 많이 약해져서 이러는 거야! 틀림없어!

낙마하면서 다친 건 머리이고 심장 쪽은 이상이 없으리라는 이성적인 판단은 필사적으로 무시했다. 심혈관에 이상이 있는 게 아니면 저 인간을 보고 심장이 들뛸 리가 없다.

……이미 저 인간을 보고 심장이 뛰었던 전적이 있는 것도 같지만, 생각하지 않기로 하겠다.

"아, 아뇨! 정말 괜찮아요. 그보다는 지금 상황에 대해서 알려 줘요."

그때 루크레티우스의 얼굴이 불쑥 다가왔다. 연이어 내 이마에 제 이마를 톡 댔다. 얼굴에 피가 화악 몰렸다.

"힉!"

"이제는 얼굴이 새빨개. 이마가 뜨거운데, 열이 있는 게 아닌가? 역시 궁의를……"

나는 그의 손목을 부여잡고 외쳤다.

"괜찮다니까요! 그보다 상황에 대해서 먼저 설명해 줘요!"

미친 말처럼 날뛰어서 또 날 기절하게 만들 것만 같은 심장을 잠 잠하게 하려면, 머리 아픈 일에 집중하는 편이 나았다. 심장에 몰 린 피를 뇌로 좀 돌려야지!

그는 미심쩍은 얼굴로 잠시 바라보았으나, 곧 고개를 끄덕이며 원하는 대답을 들려주기 시작했다.

등자에 대한 자세한 이야기는 처음 듣지만, 이를 제외하면 충분 히 예상할 수 있는 이야기들이었다.

"그냥 사고가 아니었어. 직접 조사해서 마구를 바꿔치기 한 자와 그대에 대한 악의적인 소문을 퍼뜨린 자들을 찾아내고 판결을 내 렸지."

모든 상황이 눈앞에 그림으로 그린 듯 분명해졌다. 나는 이미 아 그네스를 통해 소문의 출처에 대해 대강 듣고 있었다. 물론 그 증 거로 발견되었다는, 내가 리즈벳에게 하사한 머리꽂이에 대한 건 조금 충격이었다.

"단순히 분해해서 팔도록 나눠 주려 했다기엔 상태가 이상하더 군. 마치 분에 못 이겨 내던지고 자근자근 밟아서 짓이겨 놓은 듯 했어."

"……그럴 거면 그냥 나한테 돌려주지."

그거 진짜 사파이어랑 은으로 만든 거였는데. 세공도 섬세해서 내심 주면서도 조금 아쉬워했다.

애초에 생색내기 용으로 준 것이지만, 막상 험한 꼴을 당했다고 하니 기분이 안 좋을 수밖에 없었다.

"그래서 형은 결정되었나요?"

"그 하녀는 처형, 공작의 딸에게는 자결을 명했어. 응하지 않는다면 강제적인 자결을 하도록 만들어야겠지."

"……."

이 남자의 말투에서, 그가 아직 리즈벳의 이름도 모르고 있다는 것을 확신할 수 있었다. 그렇게 자신에게 치대는 여자애의 이름도 모를 수 있다는 건 좀 신기했다.

그리고 왜인지 모르겠지만, 조금 기분이 좋아지는 것 같았다. 루크레티우스가 이 정도로 그 아이에게 관심이 없다는 사실이.

누군가를 처형하고 자결을 명했다는 소식을 듣고 하기에는 어울리지 않는 생각이지만.

나는 바로 또 제멋대로 날뛰려는 감정을 꾹 누르고 고개를 들었다.

"형은 집행되었나요?"

"아직이야. 어제 형을 결정했고, 대연회가 얼마 남지 않았으니 그 뒤에 진행하는 것이 낫다고 생각하고 있었지."

한숨이 절로 나왔다. 나는 이미 예상하고 있는 것을 하나 더 확인했다.

"벨라……는 어떻게 되었나요?"

루크레티우스의 얼굴에 다시 그림자가 졌다.

"……날뛰다가 다리를 다쳤어. 다리를 다친 말은 쉽게 해 주는 게 나아."

"그렇군요."

예상하고 있던 부분이었다. 그런데도 가슴이 덜컹했다.

가축이 사람을 다치게 하면 살려 두지 않는 것이 보통이다. 특히나 황족이 다치는 일이 벌어졌다면, 설사 그 동물 자체가 문제가 아니라 해도 살려 둘 가능성은 낮았다. 벨라는 이미 죽은 거다.

하얗고 우아하던 말의 모습이 새삼 떠올랐다. 많이 예뻐해 주지도 못했는데. 내 말이 아니었다면 그런 일에 휘말릴 일도, 죽을 일도 없었겠지.

생각해 보면 조금 우습고 또 섬뜩했다. 그도 나도 리즈벳 일파의 처형 문제에 대해서는 낯빛 하나 바꾸지 않고 말을 나누었으면서, 말 한 마리의 죽음에는 안타까워하고 있었다. 새삼 스스로도 이해되지 않을 지경이었다.

이런 감상에 오래 젖어 있을 여유도 없었다.

"형 집행 전에 그 아이를 만나 보고 싶어요."

루크레티우스의 미간이 찌푸려졌다.

"그 계집을 왜 만나려고?"

나는 피식 웃어 보였다.

"그 애를 시녀로 둔 원래 목적을 이루기 위해서죠. 만나서 증언을 들어낼 생각이에요. 살고 싶으면 태후가 시킨 일이라고 주장하라고 해야죠."

"비나……."

그의 얼굴에 숨기지 못하는 걱정이 드러났다. 나는 자신만만한 얼굴로 그를 안심시키려 했다.

"걱정 마세요. 혼자 보러 갈 생각은 없어요. 믿을 만한 기사를 한둘 붙여 주세요. 데리고 가서 리즈벳이나 그 애가 말을 못 알아먹는다면 공작이나 공작부인에게 협박이라도 해야죠. 딸 살리고 싶으면 태후를 엮으라고."

루크레티우스는 바로 대답하지 않았다. 나는 씩 웃으며 씩씩해 보이도록 덧붙였다.

"불쌍한 벨라의 핏값 이상은 받아내야 하잖아요?"

리즈벳과 오를린이 갇힌 곳은 본궁에 가까운 한 탑이었다. 원래대로라면 지하감옥에 가두어야 하지만, 이미 지하감옥에 갇혔던 죄인이 암살당한 전적이 있어 특별히 이곳으로 결정되었다고 한다.

이걸 보면 루크레티우스 역시 이들에게서 증언을 쥐어짜 내어 태후를 엮을 의욕이 충분했던 것 같다.

나는 루크레티우스가 믿어도 좋다며 붙여 준 로열가드 기사 둘을 대동하고 아그네스와 사만다의 부축을 받아 가며 리즈벳이 갇힌 탑 안에 들어섰다.

탑 안의 작은 방 안에는 꽤 여러 사람이 모여 있었다. 죄인으로서 갇힌 리즈벳과 오를린 외에도 바락바락 우겨서 따라 들어왔다는 공작부인과, 부인의 기세에 끌려 들어왔다는 공작까지.

—쾅. 탑의 문이 닫혔다.

이곳을 지키고 있던 간수들이 깨끗한 의자를 가져다 놓고 쿠션까지 깔아 내가 앉을 수 있도록 배려해 주었다. 내가 부상당한 사실이 꽤 널리 알려진 덕분인 모양이다. 고마운 일이다.

실제로 서 있자니 어질어질해서 사양하지 않고 앉았다. 내가 자리에 앉아 그들을 바라볼 때까지, 탑 안에 갇혀 있던 이들 중 누구도 입을 열지 않았다. 다만 시선을 통해 나를 찢어 죽이고 싶다는 살의만은 선명하게 느껴졌다.

메마른 목소리가 툭 튀어나왔다.

"내 꼴을 보고 비웃으러 오셨나요?"

기이하게도 리즈벳은 울고 있지 않았다. 다만 원망 가득한 파란 눈으로 노려볼 뿐.

그리 눈물 많던 아이가 지금은 딱히 울 생각이 없어 보였다. 아마도 눈물로 회유하거나 동정을 살 대상이 여기 없어서겠지.

절로 바람 새는 웃음소리가 흘렀다.

"아니, 나는 그 정도로 한가하지 않단다."

공작부인이 부르짖었다.

"배은망덕한 것!"

평소라면 일일이 비꼬아 주며 저들의 화를 돋구어 줬겠지만, 지금은 그럴 여유가 없었다. 정신적으로든 육체적으로든. 깨질 듯한 두통과 현기증이 아직 가시지 않았다.

"내가 일부러 여기까지 발걸음 한 이유는 간단해요. 난 당신들에게 제안을 하나 하려고 왔어요."

"……제안?"

공작의 긴장한 목소리가 탑 안을 울렸다. 나는 고개를 끄덕이며 말을 이어 나갔다.

"네, 제안이요. 당신들에게는 마지막 기회라도 봐도 좋을 거예요."

"무슨 마지막 기회라는 거죠?"

리즈벳의 독 오른 목소리가 울렸다. 그 쨍쨍거리는 소리가 갈고 리처럼 내 머리를 긁었다.

"네가 살 기회."

리즈벳의 파란 눈이 동그래졌다.

"날……, 살려 주겠다고요?"

공작 일가의 얼굴에 약간 상기된 희망이 떠올랐다. 절로 짜증이
확 치미는 장면이었다.

공작부인의 말이 화룡점정이었다.

"그, 그래. 너도 염치가 있고 은혜를 안다면…….

더는 참을 이유를 느끼지 못했다.

"닥쳐."

내 입에서 이런 불손한 말이 나온 일은 이번이 처음이었다. 특히
나 이들은 내가 이리 막나가는 태도도 말투도 본 적 없었다. 공작
이 얼떨떨하니 되물었다.

"뭐, 뭐라고……?"

다시 관자놀이에 누가 바늘로 찌르는 듯한 아픔이 휘돌았다.

이게 다 누구 때문인데? 게다가 불쌍한 벨라는 괜히 휘말려서 죽
었다고. 말이 곱게 나갈 수가 없었다.

"닥치라고 했어요. 생각이라는 걸 좀 하고 말을 하든가, 아니면
얌전히 닥쳐."

"이 무슨 무례를……!"

"사람 죽이려고 한 주제에 닥치라고 한마디 했다고 그런 반응이
라니 참 대단하네요."

리즈벳은 소리를 빽 질렀다. 맥락도 근거도 없이 그저 제 결백만
을 주장하는 부르짖음.

"나, 난 아니에요!"

또 머리가 아파지려고 해서 고개를 흔들었다. 쟤 목소리를 들어야 하는 상황 자체가 스트레스다.

"아, 진짜. 당신들이 날 죽이고 싶어 하는 것도 알고, 죽이려고 한 것도 알아요. 그런데도 당신들이 살 구멍을 알려 주겠다고 온 거잖아? *내가 생각해도 나 호구같네.*"

마지막 말은 무의식적으로 한국어가 나가 버렸다. 주변인들은 제대로 알아듣지 못한 듯 어리둥절 한다.

나는 고개를 들고 단도직입적으로 물었다.

"그 등자, 당신들이 직접 만든 거일 리 없으니까. 어디서 난 거예요?"

"......"

누군가 찬물을 탑 안에 끼얹은 듯이 공기가 얼어붙었다. 역시 정곡을 찌른 모양이었다.

"어차피 누가 그걸 준 건지는 분명해요. 루……, 아니, 폐하께서도 그 등자 모조품을 만든 자를 찾고 있으니까. 어차피 이르든 늦든 밝혀지게 되어 있어요. 그러니 당신들이 먼저 밝히는 게 목숨이라도 구할 수 있는 마지막 기회가 될 거예요."

"......"

"자, 말해 봐요. 누가 그걸 준 거죠? 누가 주고, 나를 죽이라고 했어요?"

대답하지 못하는 공작 일가의 얼굴은 공포감에 희게 질려 있었다. 나는 이를 악물었다.

"어차피 누가 사주했는지 몰라서 묻고 있는 거 아니에요. 알고 있으니까 묻는 거지. 그리고 당신들 얼굴 보고 있는 것만으로도 이가 갈리는데도 직접 말하면 살려 주겠다고 친절하게 얘기해 주고 있잖아요? 고마워하라고요."

　새하얀 얼굴로 서로를 바라보는 공작 일가는 누가 보아도 흔들리고 있었다. 저들의 증언을 막는 건 아마도 태후에 대한 공포심. 멀리 있는 여자에 대한 두려움보다 가까이 선 나의 위협을 더 절실하게 느끼게 할 필요가 있었다.

　내 뒤에 선 기사들에게 검을 뽑도록 시켰다. 진짜 내 눈앞에서 베게 할 생각은 없지만 시위는 될 것이다.

　선득한 칼날이 드러나자, 공작부인은 리즈벳을 제 등 뒤로 숨겼다.

　"우, 우리를 여기서 죽일 생각은 아니겠지?"

　나는 서늘하게 답했다.

　"쓸모가 없다면 굳이 살려 둘 필요도 없겠죠."

　"잔악한 것!"

　공작부인은 입에서 피를 토할 기세로 나를 비난했다.

　두통이 마치 드릴이 되어 내 관자놀이를 득득득 갈아 버리는 듯했다. 체력적으로 시간을 길게 끌 여유가 없었다. 본론을 꺼냈다.

　"태후 카틀레야. 어차피 그 여자겠죠."

　"……."

　대답은 없으나 이미 확신하고 있다.

　"아니, 아니라고 해도 상관없어요. 진짜든, 아니든. 리즈벳이든 오를린이든 공작부인이든 추밀원 회의에서 증언하면 돼요. 태후가 시켰다고."

　추밀원 회의는 황제의 주제 하에 열리는 국가적인 정책을 논하는 자리다. 반역과 연관된 일이 터지면, 이에 대한 판결과 논의 역시 벌어진다. 이 일이 단순히 황비인 나에 대한 개인적인 원한에서 벌어진 일이라면 거기까지 갈 수 없지만, 태후가 그 배후라고 하면 이야기가 달라진다.

공식적으로 태후가 얽히면 추밀원 회의까지 일을 끌어갈 수 있게 된다. 거기서 이들에게 태후가 나만이 아니라 황제까지 노렸다는 증언을 하게 한다면, 황제에 대한 반역 혐의로 태후를 즉석에서 고발할 수 있게 된다.

"태후가 그 등자를 만들어서 주며 황비를 죽이라 시켰다고 말해요. 그리고 황제 폐하 역시 살해하라고 시켰다고."

내 등 뒤에 있는 이들은 내 사람이거나 그 의심 많은 루크레티우스가 믿어도 좋다고 보증한 이들이다. 내 말이 밖으로 샐 염려는 하지 않아도 좋았다.

설사 저들이 외부에 발설한다 해도 믿는 이는 없으리라. 양녀인 나를 팔아넘기고 그것도 모자라 죽이려 한 자들이다. 나를 또 터무니없이 모함하려 한다고 생각하겠지.

공작은 새파랗게 질린 얼굴로 외쳤다.

"그렇게 말하면, 태후가 우리를 살려 두지 않을 거다!"

"어차피 말 안 해도 당신들은 죽어요."

위협으로 하는 말이 아니었다. 사실이었다.

"이대로 가만히 있다간 오를린은 처형될 거고, 리즈벳은 자결'당' 하겠죠. 당신들은 죄인의 부모로서 쫓겨날 거고요. 하지만 그러기 전에 일가 전체가 죽을 거예요."

"뭐, 뭐라고?"

나는 빙긋이 웃으며 표정과 전혀 어울리지 않는 말을 이었다.

"태후는 자신의 올케인 후작부인까지 암살한 여자예요. 당신들에게 그 등자를 준 건 틀림없이 태후일 테니, 이제 당신들 입에서 증언이 나오기 전에 살인멸구를 하려 들겠죠."

충분히 가능성 높은 사실이었다. 차라리 예측에 가깝다.

"나나 황제 폐하가 따로 보호해 주지 않는다면 당신들은 살아남을 수 없어요. 그리고 태후에 대한 증언을 해 줄 생각이 없는 당신들은 우리에게 가치가 없죠."

나는 칼을 내려치듯이 말을 잘랐다.

"잘 생각해서 선택하는 것이 좋을 거예요. 살고 싶다면."

슬슬 체력의 한계가 왔다. 아니, 이미 한계를 넘어선 느낌이다. 제대로 의식을 되찾자마자 루크레티우스의 반대를 무릅쓰고 무리해서 여기까지 직접 왔다. 이미 등은 식은땀으로 축 젖어 있었다. 할 말은 다 했으니 일단은 일어나서 방으로 돌아가는 게 낫겠다.

빨리 쉬고 회복해야 한다. 대연회가 얼마 남지 않았다. 잘못해서 대연회 일정에 지장이 생겨 버리면 큰일이다.

아그네스의 부축을 받아 몸을 일으키려던 참이었다. 리즈벳의 목소리가 탑 안을 울린 것은.

"……원하는 증언을 해 드리면, 뭘 주실 건가요?"

고개를 돌리자, 리즈벳의 새파란 시선이 찌르듯이 와 닿았다.

"살려 주겠다고 했잖니?"

리즈벳은 제 어미의 품에서 억지로 빠져나와 내게로 다가섰다. 그것을 아그네스가 막았다. 당연했다. 이미 나를 한 번 해치려 한 자였다. 가까이 다가오는 것을 용납할 수는 없으리라.

리즈벳은 거의 광기마저 느껴지는 새파란 눈으로 나를 응시하며 중얼거렸다.

"당신이 원하는 건 다 얻어 가고 목숨만 살려 주겠다고요? 어떻게 그런 말을 할 수 있죠?"

공작이 질린 듯 딸을 끌어당기려 했다. 그러나 리즈벳은 제 아버지의 손길마저 뿌리치고, 내게 달려들 기세로 외쳤다.

"어떻게 그렇게 이기적일 수 있죠? 당신은 내 것들을 빼앗았잖아요?!"

"빼앗아?"

리즈벳은 열렬히 고개를 끄덕였다.

"그래요! 당신만 없으면 지금 그 자리엔 내가 있었을 거예요! 그때, 그때 황궁에 후궁으로 온 게 나였다면, 지금 그 자리에서 폐하께 사랑받고 있는 건 나였을 거예요!"

나는 냉정히 잘랐다. 애초에 그때 후궁으로 온 게 리즈벳이었다면, 아마 지금쯤 저 아이는 땅 속에 묻혀 있을 거다. 그 사실을 굳이 지적할 마음은 들지 않았다.

"날 대신 보낸 건 네 선택이야. 그리고 네 가족의 선택이었고. 지금 이 상황도 그 선택의 결과고. 자기들 좋자고 날 속여서 보내 놓고 이제는 네 것이니 내놓으라고?"

"내 모든 것을 빼앗아 가 놓고, 겨우 살려만 주겠다고요? 날 더 비참하게 만들려고 그러는 거죠?"

이제는 질릴 지경이었다. 말이 통하지 않는다. 이런 애를 상대로 대화해 보겠다며 온 나 자신이 믿어지지 않을 만큼 어리석게 느껴졌다.

"날 그렇게 이용할 셈이면, 당신도 그 대가를 내놔야죠!"

"대가?"

"그분의 마음을 내게 줘요. 애초에 내가 받았어야 하는 마음이에요. 그렇지 않나요?"

"……."

기가 막혀 말이 나오지 않았다. 조금 전까지 이들의 태도에 대해 내가 느낀 감정이 짜증이라면, 지금 타오르는 건 진심어린 분노였다.

지금 이 계집애가 뭐라고 헛소리를 지껄이고 있는 거지? 누구의 마음?

머릿속을 온통 지배한 단어는 하나였다.

'네가 감히?!'

생각보다 입이 먼저 움직였다. 계속 가슴에서 끓던 것이 절로 토해 내진 것에 가까웠다.

"내가 폐하의 마음을 받지 않는다 해서, 그 마음이 네게로 향하리라 믿니?"

"……그건……!"

리즈벳이 무어라 답하기 전에 내가 먼저 그녀의 말허리를 자르고 들어갔다.

"선황의 후궁으로 온 것이 내가 아니라 너였더라도 네가 그분의 마음을 가지는 일은 없단다. 네가 몇 번을 다시 죽었다 태어난다 해도, 그리 될 일은 없을 거야."

절로 입꼬리가 밀려 올라갔다. 내 말과 표정을 보고 멍하니 서 있던 리즈벳은 곧 짐승처럼 울부짖기 시작했다.

"아니야! 아니야아!"

리즈벳의 작은 두 손이 짐승의 갈고리처럼 나를 휘어잡고 매달리려 하는 것을, 기사들이 강제로 떼어 부모에게로 던지듯이 밀어 버렸다.

"리즈!"

"리즈벳, 애야!"

"아가씨!"

거의 짐짝처럼 집어던져지는 리즈벳을 그 부모와 오를린이 받아 냈다. 그 와중에도 리즈벳은 짐승처럼 울부짖으며 발버둥쳤다.

나는 싸늘한 시선으로 일별하며 결론을 한마디로 정리하고 거북 스런 공간을 나섰다.

"잘 생각해 보세요. 당신들이 살 수 있는 길이 뭔지를."

루크레티우스는 불쾌한 기분으로 기랑드 별궁에 들어섰다.

태후로부터 방문해 달라는 청이 도착한 것은, 비나가 직접 에일 공작 일가와 대화를 해 보겠다며 움직인 직후의 일이었다. 역시 이 일에 태후가 무관할 리 없다는 것을 새삼 확신하게 된다.

비나의 목숨을 노렸지만 실패했고, 그 일을 위해 이용한 도구들 은 황제의 손에 떨어졌다. 태후로서는 조급해질 만도 했다.

무시할 수도 있지만 공식적으로는 어머니인 여자다. 물론 그도 태후 자신도 서로를 가족이라 생각할 리 없지만, 일단 표면상으로 는 그랬다.

루크레티우스는 적진을 정찰한다는 기분으로, 그리고 직접 경고 를 할 요량으로 굳이 발걸음을 했다. 아마 이 사실을 알면 비나는 꽤나 걱정하고 화를 낼 게다. 그녀가 에일 공작 일가를 만나려 하겠다고 했을 때 그 자신이 그랬듯이.

그 상상을 하며 루크레티우스는 진심으로 즐거이 웃었다.

그러나 미소는 곧 흔적도 없이 지워졌다. 태후궁의 시녀들이 문을 열자, 거처 안쪽 장의자에 몸을 반쯤 누인 만삭의 여인이 눈에 들어왔다. 새빨간 머리카락 색이 눈을 찔렀다.

카틀레야의 새빨간 입매가 부드럽게 휘었다.

"어서 오세요, 폐하. 이 어미가 몸이 좋지 않아 바쁜 분을 굳이 발걸음 하시게 하여 부끄럽군요."

매끄러운 말이었다. 루크레티우스 역시 갸륵한 아들인 양, 매끄럽게 답했다.

"천만의 말씀입니다. 일이 번다하여 굳이 찾으실 때까지 문안을 드리지 못하여 송구합니다."

태후는 꾀꼬리처럼 웃으며 앉으라 청했다. 태후의 시녀장이 차를 가져다 올렸다. 잔 안쪽이 전부 은으로 도금되어서, 이 차에 독을 넣는 하수를 쓰지는 않는다고 외치는 듯한 잔이었다. 루크레티우스 역시 픽 웃으며 거리낌 없이 잔을 들이켰다.

"역시 어마마마의 차 맛은 각별합니다."

"바뀐 시녀장이 차 우리는 솜씨가 뛰어난 덕이지요."

시녀장을 바꾸게 만든 루크레티우스는 가볍게 웃어넘겼다.

"그러시다니 다행입니다."

태후 역시 자애로이 마주 웃었다.

"그나저나, 큰일이 있었다지요?"

루크레티우스의 얼굴이 처음으로 조금 굳었다.

"······예."

"안타까운 일입니다. 황궁에 든 지 얼마 되지도 않은 황비에게 불행한 일이 어찌도 이리 자주 벌어지는지."

루크레티우스는 다시 여유 넘치는 미소로 얼굴을 가장하고 받아 넘겼다.

"어마마마께서 걱정하실 건 없습니다. 사특한 범인은 이미 잡혔으니까요. 게다가 증거품으로 확보된 등자를 보면, 그리 정교한 모사품을 만들 수 있는 곳은 거의 없습니다. 에일 공가 따위가 이를 제작할 수 없을테니, 배후가 있는 건 확실하지요."

"그렇······겠구료."

태후의 얼굴에 걸린 미소는 조금도 흔들림이 없었다.

"걱정 마십시오. 곧 자복할 겁니다. 지난번 토루카 후작 부인처럼 제대로 증언하기도 전에 자결하는 불상사는 또 벌어지지 않을 겁니다."

"당연히 그렇겠지요."

태후는 붉게 칠한 손끝으로 제 앞에 놓인 찻잔을 슥 훑어 내렸다. 키릭. 손톱 끝이 사기잔을 긁는 작은 소리가 귓가에 거슬렸다.

"어마마마께서 무탈하신 모습을 확인하니 기쁩니다. 말씀드린 대로 일이 번다하니 이만 물러가 보겠습니다. 부디 몸을 보중하시길."

발언의 말미가 반드시 보중하게 두지 않으리라 으르는 듯이 들리는 것은 아마도 착각은 아니니라. 그럼에도 카틀레야는 눈썹 하나 까딱하지 않고 웃음으로 의붓아들을 전송했다.

"살펴 가세요."

루크레티우스의 뒷모습이 문이 닫히며 사라졌다. 카틀레야는 찻잔의 끄트머리를 긁던 손톱을 들어 튕겼다. 맑은 소리가 울리며 찻물에 파문이 번졌다. 붉은 찻물에 비친 그녀의 얼굴이 파문을 따라 일그러졌다.

"철통같이 지키고 있다지. 또 증인을 죽일 자가 숨어들까 저어하면서."

카틀레야는 킥킥대며 웃었다.

"광에 숨은 쥐새끼를 죽일 방법이 고양이를 들여보내는 것만일 리 없는 것을."

이미 손은 써 두었다. 굳이 저어할 필요는 없으리라.

지금 그녀가 확신하고 확인한 것은 다른 부분이었다.

"의외로구나. 정말 진심인 모양이니."

불과 물에 다져진 무쇠처럼 자란 아이라 생각했다. 그러하여 자신만큼이나 주변 모든 것을 장기 말로 삼아 싸울, 최악의 적이라고. 그런데 조금 '다른 것'이 생긴 모양이다.

잠시지만 루크레티우스는 분노를 감추지 못했다. 다른 누구도 아닌 그녀의 앞에서 제 감정을 제대로 주체하지 못하리만치, 마음에 품은 이가 생긴 모양이다.

카틀레야는 나직이 웃으며 찻잔을 쥔 손가락에 힘을 주었다. 힘없이 미끄러진 찻잔이 그대로 바닥으로 떨어져 내렸다.

─쨍강!

"제 심장을 저리 쉬이 드러내다니, 아직 어리구나."

바닥에 번진 붉은 찻물이 마치 핏물 같았다.

그날 밤, 나는 창밖에 어른거리는 붉은 그림자에 악몽에서 깨어났다. 불안한 웅성거림이 창밖에서 함께 술렁였다.

침대 밖으로 나와 창문을 열자, 눈앞에 펼쳐진 광경에 할 말을 잊었다.

매캐한 냄새가 코를 찔렀다. 다리에 힘이 풀려 주저앉을 뻔했다.

"아아!"

황궁의 일곽을 시뻘건 불꽃이 살라 삼키고 있었다. 시간을 되돌려 다시 밤에 떠오른 황혼처럼, 붉은 그림자가 하늘 절반을 물들였다.

대화재였다. 지금은 비어 있는 황후궁의 한쪽에서 시작된 불은 본궁 근처까지 와서야 간신히 진압되었다.

궁인 중 추산된 사상자만 수십에 이르렀다. 그 안에는 탑 안에 갇혀 있었기에 탈출하지 못하고 사망한 에일 공작 일가 역시 포함되어 있었다.

화재의 진원지로 추정되는 황후궁은 절반이 전소되었다.

어찌하여 이러한 사고가 벌어졌는지는 밝혀지지 못했다.

차가운 얼음 같은 불꽃이 등줄기를 핥는 것만 같았다.

어디선가 이와 너무나도 유사한, 이상하고도 갑작스럽게 종료된 상황을 이미 본 바 있었다.

마주 앉은 루크레티우스의 입에서 같은 생각이 흘러나왔다. 여전히 내 속을 읽기라도 하는 태도였다.

"어디서 많이 본 방법이군."

나도 고개를 끄덕였다.

"그렇죠."

그는 부드럽게 웃어 보이며 물었다.

"누구일 것 같아? 그대와 내 생각이 일치하는지 비교해 보고 싶군."

순순히 입을 열었다. 어차피 지금 침실 안에는 우리 단둘뿐이었다. 게다가 사안이 사안이다. 쓸데없는 신경전을 벌이고 있을 이유는 없었다.

"역시 태후밖에 더 있겠어요. 지난번에 토루카 후작부인이 비슷하게 세상을 떠났죠. 옆에 자신이 자살하는 이유를 일일이 적어 놓은 유서를 남기고요."

잠시 침묵을 점처럼 찍고, 강조하듯 말을 이었다.

"너무, 부자연스러워요."

루크레티우스도 평소처럼 장난이나 빙빙 돌리는 일 없이 바로 긍정해 왔다.

"그렇지. 에일 공작 일가에 대한 본격적인 심문이 시작되려는 시기에 저런 대화재가 벌어졌고, 그 여파로 죽은 희생자들 안에 태후에 대해 증언할 수 있는 이들이 포함되어 있다……. 잘 짜인 결말 같군."

절로 불쾌감이 치밀었다. 미간을 찌푸리며 고개를 주억거렸다.

루크레티우스는 피비린내 나는 미소를 지었다.

"매번 느끼는 거지만, 참으로 머리가 안 좋은 쪽으로만 좋은 여자야."

나도 동의했다. 무서울 정도로 영리하다. 게다가 수단과 방법을 가리지 않는 사람이다. 한 술 더 떠서 잔인하기까지 하므로, 결국적으로서는 최악이라 불러도 좋을 상대다.

"게다가, 한층 더 독이 오른 게 분명한 것 같군."

등줄기가 스산했다. 확실히 토루카 후작부인 때에 비해 훨씬 행동이 과격해졌다. 그만큼 그녀가 몰려 있다는 의미겠지. 여기서 더 몰리면 무슨 짓을 벌일지 감도 오지 않았다.

정말로……, 그런 여자를 상대로 이길 수 있을까?

내가 원하는 건 집으로 돌아가는 것. 그리고 집으로 돌아가는 데 우선하는 것이 살아남는 것.

태후 카틀레야를 상대로는 이것조차 버거웠다.

불안감에 손톱을 물어뜯는 참이었다. 반대편에서 빤히 바라보던 루크레티우스가 재빠르게 내 손을 잡아챘다.

의아해하며 물었다.

"왜요?"

그는 혀를 차며 울퉁불퉁해져 버린 내 손톱 끝을 손끝으로 더듬었다.

"쯧. 손이 다 상했군."

"아……."

사만다를 비롯한 시녀들이 최선을 다해 가꿔 준 예쁜 손톱이 완전히 엉망이 되어 버렸다. 이 버릇을 좀 고쳐야 하는데 말이다.

한 번 혀를 차고는, 한숨처럼 중얼거렸다. 나름대로 진심이 섞인 안타까움이었다.

"시녀들에게 미안하게 됐네요."

뭐가 또 심기를 거스른 건지 루크레티우스의 미간이 구겨졌다. 그는 내 손끝을 쥔 손가락에 힘을 주며 물었다.

"시녀들에게만 미안한가?"

"네? ……그 사람들 아니면 또 누구에게 미안해해요?"

루크레티우스는 삐졌다는 티를 팍팍 내며 입을 삐죽였다.

뭐, 뭐야, 이 인간? 애야?!

"이렇게 상해 버린 손톱은 결국 그대의 몸이야. 그대 자신에게 미안하지 않나 보군? 나의 황비님은."

도대체 또 무슨 헛소리를 하려고 저러나 모르겠다. 나는 이제 좀 기대가 되려 했다. 그래서 장단을 맞추어 주었다.

"듣고 보니 그렇네요. 나 자신에게 먼저 미안해해야겠는걸요?"

순순히 긍정해 주었건만, 그는 또 입을 오리처럼 내밀고 삐죽댔다.

"그게 다야?"

나는 짐짓 모르겠다는 듯이 답했다. 무슨 대답을 바라는지 이제 알 것 같지만, 순순히 응해 줄 생각은 없었다.

"내 몸의 일부가 나 때문에 다쳤으니 나 자신에게 미안하고, 또 애써 가꿔 준 손이 망가졌으니 힘써 준 시녀들에게 미안하죠. 그 이상 뭔가가 더 필요한가요?"

루크레티우스는 입꼬리를 비죽이 끌어올리고는, 내 손끝에 제 입술을 가져다 댔다.

촉, 하고 가벼운 키스가 다섯 손가락 끝에 각각 한 번씩 총 다섯 번을 닿았다. 모두 끝나고 나서야 그는 입을 열었다. 예상하고 있었지만 육성으로 들으니 그 느끼함이 예상보다 더더욱 큰 대사가 날아들었다.

"그대가 다치면 마음을 다치는 내게 미안하지 않나?"

"……."

도저히 참을 수가 없었다.

김치, 긴치가 필요해!

나는 대답 대신 그대로 손을 쭉 밀었다. 힘을 주자 그는 예상 못한 상황에 당황하며 그대로 밀렸다. 덕분에 루크레티우스는 내 손을 쥔 그 자신의 손등에 키스하는 꼴이 되고 말았다.

자신의 손으로 제 입을 막은 듯한 구도로 당혹한 듯 녹색 눈이 깜빡거리는 것을 보고 있자니, 조금 귀여워 보였다.

그렇다. 어울리지 않게 귀여워 보였다.

아마 순간적으로 내가 미쳤던 것이 틀림없다. 그게 아니면 내가 충동에 이끌려 벌인 일의 이유가 설명되지 않는다.

이성이 판단을 내리기 전에 몸이 먼저 움직였다. 내가 쭉 밀어버린 그와 내 손 쪽으로 내 얼굴이 먼저 움직였다.

겹쳐진 두 사람의 손 중 그의 손등에는 그의 입술이 닿아 있었다. 그리고 내 손등 쪽에 나의 입술이 닿았다. 서로의 손 너머로 마치 거울 위에 서로 입을 맞댄 듯한 키스.

촉 하고 가볍게 입술을 손등에 눌렀다 뗀다. 살갗이 떨어지고 나서야, 내가 무슨 짓을 했는지 자각이 들었다. 순식간에 목 아래부터 머리끝까지 온통 열이 올랐다.

왜, 왜 이래?

키스도 아니고, 그냥 서로 손이 마주친 상태에서 그냥 내 손등에 키스한 것뿐인데. 나는 폭발할 듯한 민망함을 태연함으로 누르려 애썼다.

"흠, 음흠. 이걸로 이제 안 미안해요."

잠시 진짜 놀랐는지 굳어 있던 그는 곧 정신을 차리고 입을 열려 했다. 그 전에 빠져나가야 한다. 나는 재빠르게 겹친 손을 풀고 뒤로 빙글 돌았다.

도망치려 했다. 그러나 나는 곧 깨닫고 말았다.

여기는 내 침실이다!

결국 뛰어봤자 독 안이었다는 소리다.

그는 몇 걸음 안 되어 나를 사로잡았다. 그의 긴 팔이 나를 감싸 안았다.

"잡았다!"

"꺄악!"

나는 그대로 그에게 잡혀 침대로 엎어지고 말았다.

잠시 침묵 뒤에, 천장 위로 웃음소리가 잘게 퍼져 갔다.

"하지만…… 역시 아쉬워요. 태후를 쳐낼 기회였는데."

그는 나를 다정하게 달랬다. 정말 몇 달 전의 루크레티우스만 알던 내게 누군가 이 인간이 이런 면모도 보일 수 있는 사람이라는 것을 알려 주었다면, 아마도 미쳤다며 믿지 않았으리라.

"너무 심하게 안타까워하지는 마. 태후까지 엮어 넣을 수 있었다면 최고였겠지만, 설사 성공했다 하더라도 절대 호락호락 당할 여자가 아니야."

"그건…… 그렇네요."

이건 나도 동의할 수밖에 없었다. 적어도 내가 본 태후라는 인간은 그 자신에게 황제와 황비 암살 미수 혐의가 걸리더라도 순순히 파멸해 줄 사람이 아니었다.

"어차피 나도 그렇게까지 다 쉽게 풀려 주리라 기대한 건 아니야."

"그래도……."

나는 말끝을 흐렸다. 루크레티우스는 내 애매한 말꼬리 속에 숨겨진 것을 눈치채고 물어 왔다.

"그 여자가 무섭나?"

"……."

도저히 아니라고 못 하겠다. 허세로라도 무섭지 않다고 하고 싶었지만, 어차피 거짓말인 걸 그도 알고 나도 알았다.

그는 내 이마에 가볍게 버드키스를 날리며 나를 안심시키려 했다.

"걱정하지 마. 그 여자가 20년 가까이 죽이려고 했지만 안 죽어 준 나야. 그대 하나 정도는 얼마든지 지킬 수 있어."

"……."

어쩐지 진짜로 감동해 버렸다.

목숨을 위협받고 죽을 뻔한 위기를 겪어서인가. 꽤 약해진 모양이다. 말 한마디에 뭉클한 기분을 느끼다니.

나는 한숨처럼 덧붙였다.

"태후가 황자를 낳을지 황녀를 낳을지도 걱정이에요."

루크레티우스의 얼굴에 약간의 의문이 떠올랐다.

"그러고 보니 예정일이 다 되었군."

"그래요?"

"내가 기억하기로 대연회 초반쯤에 태어날 예정이었어. 정말로 오늘내일 하고 있겠군."

그는 나직이 악담을 덧붙인다.

"차라리 죽어서 태어나는 편이 나을 텐데 말이야."

"……."

자기 이복동생에게 하는 것이라고는 믿어지지 않을 정도로 악의 넘치는 말이었다. 그의 입장에서는 매우 지당하므로 뭐라고 하지도 못하겠다. 내 입장에서도 마찬가지였으니까.

리즈벳과 에일 공작가의 죽음에 대해 느낀 가벼운 씁쓸함은 벌써 휘발되어 가고 있었다.

하룻밤도 가지 못할 감상. 한 사람의 죽음에 대해 가지기엔 너무 얄팍하다.

게다가 태어나지도 않은 아이에 대한 악담은 어떠한가.

입장상 어쩔 수 없다는 것이, 내 궁색한 변명이다.

여러 모로 한국에 있을 때의 '정상적인' 사고방식에서 멀어져 가고 있다고 새삼 깨달았다.

에일 공작 일가의 시신은 화재가 진압된 뒤 탑 안에서 재가 되어 발견되었다고 한다. 굳이 직접 가서 확인할 만한 엄두는 나지 않았다. 그럴 여유도 없었다.

대연회를 불과 열흘 앞두고 흉흉한 사건사고들이 황궁에서 벌어진 것은 제국의 수치다. 최소한 국내외의 귀빈들 앞에 화재의 여파가 남은 모습 그대로 연회를 시작할 수는 없었다.

적어도 황궁 각 건물의 외관은 정상적으로 보이도록 해 놓을 필요가 있었다.

모든 인력이 총동원되어 화재의 흔적을 지워 냈다. 건물 외벽의 그을음을 긁어냈다. 불탄 정원수가 뽑혀 나가고 새로운 꽃과 나무가 심어졌다. 대연회 즈음에 이르러서는 적어도 겉으로 보기에는 화재가 일어난 적 없었던 것처럼 보였다.

물론 알고 자세히 살핀다면 티가 안 날 수 없으나, 적어도 아닌 척은 할 수 있는 정도는 되었다. 솔직히 이것만으로도 대단했다.

그 일에 파묻혀서, 나는 잠시 우울함과 두려움을 잊을 수 있었다. 탑 안에서 내가 대면한 것이 에일 공작 일가의 생전 마지막 모습이었다. 유감은 많지만, 적어도 그들이 불타 죽기를 바란 적은 없었다.

그들을 만날 때 느꼈던 내 가슴에서 일렁이던 악의를 생각하면, 저들의 비참한 죽음이 내 바람이 만들어낸 결과인 듯 느껴져서 입맛이 썼다.

객관적으로 나의 감상은 틀렸다. 그들을 죽인 것이 누구인지는 분명했다. 다른 사람이 있을 수 없다.

태후 카틀레야.

이미 토루카 후작부인을 잘라 낸 바 있는 그 여자는, 에일 공작 일가 역시 같은 맥락에서 잘라 낸 거다. 그들이 자신에게 해가 되지 않도록.

이를 위해 황궁에 불을 지른 게다. 목표인 그들 외에 수십의 목숨을 희생시킨 건 조금도 개의치 않겠지. 그리고서는 자신은 아이를 낳겠다며 별궁에서 준비를 하고 있었다.

소름이 끼쳤다. 정말로, 저 여자를 이길 수 있을까? 아니, 살아남을 수 있을까?

나의 불안감과는 상관없이 정해진 일은 눈앞으로 다가왔다.

대연회가 시작된 것이다.

❧

새벽부터 일정이 시작되었다. 아침 해가 뜨기도 전에 침대에서 일어나 시녀들의 시중을 받으며 목욕했다. 아침 이슬을 막 받은 흰 장미꽃잎이 마치 융단처럼 뿌려진 목욕물이었다.

나는 물 자체가 향수가 된 듯 장미꽃 향이 진동하는 목욕물 속으로 몸을 들이며 조금 놀랐다. 시녀들도 내가 황실의 안주인으로서 처음 참여하는 공식적인 자리를 맞아, 한껏 어깨에 힘이 들어가 있었던 모양이다. 또 화재 이후 우울해 하는 내 기분을 풀어주고 싶은 배려도 엿보였다.

목욕을 마치고 나자 온몸에서 은은한 장미향이 감돌았다. 거기에 시녀들은 꿀과 버터, 몇몇 향유들을 섞어 만든 피부 미용제를 넉넉히 발라 주었다. 허니버터를 온 몸에 바른 꼴이라, 조금 웃었다.

꿀이랑 버터를 바른 상태인 걸 생각하면 허니버터 맛 사비나가 되는 건가?

한국에 있을 때 광풍이 불었던 특정 과자를 떠올리며 잠시 작게 키득거렸다. 원체 유명한데, 다들 없어서 못 먹던 거라 나도 딱 한 번 먹어 봤을 뿐이다. 그것도 언니가 어렵게 구했다면서 과자 하나씩 작은 비닐에 소포장 된 것을 몇 개 주었던 것이 전부였다.

만약 한국으로 돌아갈 수 있으면, 시간이 꽤 지났으니 좀 편하게 사먹을 수 있게 되려나?

무리해서 그런 생각까지 떠올린 보람이 있는지 조금 기분이 좋아졌다.

잠시 허니버터 맛이 되는 단계를 거쳐, 시녀들이 뜨거운 물에 적신 수건을 가져와 내 몸에 발랐던 팩을 깔끔하게 닦아 주었다.

미끌미끌하고 끈적거릴 거라 생각했는데, 의외로 팩을 다 닦아 내자 온몸이 반질거리고 피부가 부드러워진 느낌이었다.

지구에서도 고대에는 버터를 피부 보호용이나 화장품처럼 썼다는 얘기도 책에서 읽은 기억이 난다. 그 사실을 내 몸으로 실험해 보게 될 줄은 몰랐다. 신기한 일이었다.

"좀 더 숨을 참아 주세요, 전하."

"조금만 더……."

"으윽!"

내 코르셋을 매 주는 사만다와 아그네스의 기세 역시 평소의 두 배쯤 기합이 들어가 있었다. 잘못하다간 진짜로 코르셋 때문에 갈비뼈가 부러지지 않을까 싶은 불안감이 들 타이밍에, 사만다가 손을 놓았다.

"이제 되었습니다."

내가 거칠게 숨을 헉헉대자, 율리아가 부드러운 말투로 달랬다.

"비 전하의 가는 허리가 오늘 연회장에서는 더더욱 돋보일 겁니다."

엘자가 변죽을 울렸다.

"그렇죠. 오늘따라 피부도 머리카락도 정말 윤기가 돌 지경이에요. 모두가 비 전하의 아름다움을 우러러볼 게 틀림없어요."

"……."

이렇게 비행기를 태워 주면, 정말 민망하고…… 그래도 기분은 좋다. 아, 나도 어쩔 수 없는 여자는 여자다. 일단 예쁘게 꾸미는 건 확실히 싫지 않다.

이어서 루이스가 대연회 첫날을 위해 새로 가봉한 드레스를 가져왔다. 모두가 그 아름다움과 우아함, 위엄에 감탄했다.

"어머! 정말 아름다워요!"

"빨리 입어 보세요!"

루이스의 지휘를 받는 하녀들이 거의 머리 위로 받들 기세로 '모시고' 온 드레스는 짙은 보랏빛이 더없이 우아한 드레스였다.

내가 알기로 지구에서 저런 보라색은 무슨 벌레로 만든다고 하던데. 여기도 설마 그러려나?

저 색을 내기 위해 스러진 수많은 벌레들에게 약간의 죄책감을 던지고, 일단 저 드레스의 아름다움에 취하기로 했다.

대륙 전체에 제국의 위엄을 보여 줄 수 있는 드레스를 만들라는 것이, 루크레티우스의 명령이었다고 한다. 그 결과 황제와 황후만이 입을 수 있는 선명한 자색紫色이 오늘 나를 위해 선택된 것이다.

상의는 그러데이션이 들어갔다. 목과 어깨, 가슴 부근은 은빛 광택이 도는 흰 비단이었다. 잔뜩 부풀린 소매에는 진주가 달려 반짝거리고 있었다. 보랏빛으로 곱게 염색된 얇은 비단 치맛자락이 몇 겹이나 겹쳐지며, 언뜻 보면 검은색처럼 보일 정도로 짙은 보랏빛을 완성했다.

무엇보다 다들 감탄하게 만드는 것은, 역시 풍성하기 그지없는 스커트였다.

겹겹의 천 사이사이로 금사와 은사, 진주와 다이아몬드가 아낌없이 사용된 자수가 화려하면서도 우아한 무늬를 그리고 있었다.

넓게 펼쳐지는 치맛자락 위로는 사계절의 여러 성좌들이, 그리고 가슴 부근과 양 어깨에는 모든 별에게 옹위 받는 아름다우면서도 위엄 넘치는 밤의 여왕, 차가운 달의 문양이 새겨져 있다.

누가 보아도 알 수 있었다. 이것은 오직 한 사람, 황후를 위한 드레스였다.

"……."

그 사실을 깨닫자 머리를 얻어맞은 것처럼 정신이 들었다.

분명히 이런 드레스는 황후가 아니면 입을 수 없을 것이다. 그런데 이것은 루크레티우스의 명령으로 나를 위해 새로 마련되었다.

죽은 베아트리체 황후의 유품 중 하나인 드레스라면 이해할 수 있었다. 그런데 오직 나를 위해 만든 드레스가 이런 모습이라니?

물론 지금 내가 황후의 대리를 맡고 있기는 하다. 그러나 대리와 진짜 황후에게 주어지는 것은 분명히 격의 차이가 있었다.

실제로 루크레티우스의 대관식 때 입었던 드레스 역시 분명히 이런 노골적인 색과 디자인은 조금씩 피해 만들었다. 지금 이걸 입고 공식적인 자리에 나선다면 모두가 둘 중 하나로 해석할 것이다.

첫 번째는, 내가 이미 황후 자리에 내정되어 있다고 판단하리라.

두 번째는, 전자가 아니라면, 내가 황후 자리에 야심을 가지고 있다고 생각할 것이 분명했다.

어느 쪽이라 해도 내키지 않는 일이었다. 드레스를 만들기 전 치수를 잴 때와 바탕이 되는 기본적인 가봉 때만 장인을 만났기 때문에 이런 결과물이 나오리라고는 전혀 예상하지 못했다. 이 재질과 디자인을 선택하고 허락한 것은 전적으로 루크레티우스일 거다.

잠시 갈등했다. 이성적으로 생각한다면 입지 않는 것이 낫다. 하지만 지금 저 옷을 물리고 다른 드레스를 준비하라기에는 시간이 너무 촉박했다.

어쩔 수 없다. 다른 도리가 없어, 몰리듯 결정을 내렸다.

"정말 아름답군요. 잠시 넋을 잃고 바라보고 말았어요. 남은 시간이 얼마 안 되는군요. 도와주겠어요?"

시녀들은 기쁜 참새처럼 지저귀며 내게로 우르르 다가왔다.

속옷 위에 오늘을 위해 마련된 짙은 보랏빛 드레스를 걸쳤다. 치맛자락이 거울 같은 대리석 바닥 위로 폭포처럼 쏟아졌다. 모두가 경탄하는 시선으로 바라보았다.

"……."

인정하지 않을 수 없었다. 이 옷은 누가 입더라도 그 주인을 제국의 안주인으로 보이게 만들어 주는 옷이다.

옷이 날개니 어쩌니 하는 말이 진짜라는 것을, 가끔은 날개 수준을 뛰어넘는 옷이 있긴 하다는 것을 새삼 깨달았다.

거울 속에 선 누가 보아도 이 제국의 황후로 보이는 여자를 멍하니 바라보다가, 나는 견디지 못하고 고개를 돌렸다.

저건 대체 누구지? 거울에 비치는 내 모습이 정말로 맞는 건가?

비나, 내가 맞아?

머릿속이 태풍이 이는 것처럼 어지러웠다. 그러나 밖으로 드러낼 수는 없었다. 침착함을 애써 가장하며 화장대 앞으로 가 앉았다. 이제 남은 것은 화장과 머리 준비였다.

진주가루를 넣은 백분으로 이마부터 가슴팍까지 빼곡하게 칠하고, 목탄을 향유에 개어 만든 것으로 눈썹을 그린다. 아직 여기에는 마스카라 같은 것은 없는지, 눈썹을 정리하고 그리는 정도와 지구에서의 아이섀도에 해당하는 정도의 화장만이 있었다.

오늘 루이스가 추천해 준 것은 보랏빛 색분으로 눈가를 가볍게 칠한 뒤, 그 위에 우아하게 금분을 살짝 뿌려 주는 것이었다. 그렇게 하자 율리아는 내 눈매가 매우 매혹적으로 보인다며 감탄했다.

왜 이렇게 다들 비행기를 많이 태워 주는 거람. 아, 민망하다.

입술에 꿀과 꽃가루를 섞어 만든 연지를 바르는 것으로 긴 화장이 끝났다.

머리에 장식할 것은 지나치게 화려하지 않은 것을 골랐다. 드레스가 너무 화려하게 느껴졌기 때문이었다. 꽃 모양으로 커팅한 다이아몬드 수십 개와 백금을 엮어 만든 화관 같은 티아라를 선택했다.

"끝났습니다, 전하."

사만다는 내 머리를 우아하게 정리하고 티아라를 씌워 주었다. 이것으로 모든 준비가 끝났다. 어느덧 창밖으로 벌써 해가 떠오르려 하고 있었다.

이제 남은 것은 하나뿐. 연회장으로 데려가 줄 파트너였다.

그도 양반은 못 된다. 무슨 호랑이 같다니까.

내가 생각을 떠올리자마자, 문 밖에서 아뢰는 소리가 들려왔다.

"비 전하! 폐하께서 오셨습니다!"

방문이 열리자, 순간적으로 빛이 쏟아지는 듯한 착각에 빠졌다. 완벽한 성장을 한 루크레티우스는 스스로 빛나는 것처럼 보일 지경이었다.

이, 이게 자체발광이라는 건가?

내 복장과 짝을 맞춘 것이 분명해 보이는 짙은 보라색과 검은색이 뒤섞인 그의 예복은 더없이 우아하게 그의 미모를 더욱 빛나 보이도록 해 주고 있었다. 그 위에 두른 길고 두터운 비단 망토는 마치 피처럼 붉은 색깔이었다.

눈을 찌를 듯한 강렬한 색깔이건만, 전혀 어색해 보이지 않았다.

하긴 그는 지독히도 강렬하게 주변에 자신의 존재감을 뿜어내는 사람이긴 했다. 그러니 저리도 강렬한 빛깔이, 마치 맞춘 것처럼 잘 어울리는 거겠지.

잠시 루크레티우스의 존재감에 압도되는 기분이 들었다.

내가 멍하니 그를 바라보며 앉아 있는 동안, 루크레티우스는 구름 위를 걷는 걸음걸이로 가까이 다가왔다. 흰 조각 같은 입가가 꼬리 끝을 말아 올렸다. 만족스럽다는 미소.

"오늘도 나의 비는 아름답군."

'저기, 객관적으로 당신이 나보다 예쁜 거 같은데요?'라는 말은 입 밖으로 내지는 않았다. 그 정도 정신은 남아 있었던 탓이다.

나를 위아래로 훑어본 그는 손뼉을 한 번 쳤다.

—짝!

멍하니 루크레티우스를 바라보던 방 안의 사람들이 정신을 차렸다. 마치 마법에 억눌려 방 안의 모든 이들이 멈춰 있다가 다시 시간이 흐르기라도 한 것 같았다.

그러나 주변인들을 정신 차리게 하려는 목적은 아니었던 모양이었다. 왜냐하면 그의 신호와 함께, 아직 열린 문 사이로 두터운 검은 비로드를 덧댄 고급 나무상자를 든 시종 하나가 잰걸음으로 들어왔기 때문이었다.

시종은 그 상자를 루크레티우스에게 바쳤다.

루크레티우스는 직접 상자를 열어 내게 보여 주었다. 검은 상자 안에 들어 있는 반짝이는 물건들 몇 가지가 조명을 받아 찬연하게 빛났다. 순수하게 감탄할 수밖에 없었다.

"이, 이건……."

"좋은 날을 맞아 나의 비에게 주는 짐의 선물이야. 어떠한가? 마음에 드나?"

속마음 그대로 말하라면, 왜 이렇게 부담스럽게 구냐고 한소리를 했을 것이다. 특히 지금 이 무겁디무거운 드레스까지 포함해서 말이다.

그러나 지금 우리 주변을 둘러싼 이들의 눈이 몇 개인가. 여기서 저런 말을 할 수는 없다. 사실 그의 질문은 이미 대답을 정해 두고 기다리는 것에 가까웠다. 이 인간의 이런 성향은 정말 마음에 안 들지만, 대놓고 타박하기에는 주변에 보는 눈이 너무 많았다.

루크레티우스가 직접 열어 내게 보여 준 상자 속 물건은 눈이 부실 정도로 호화로웠다.

검은색 비로드 위에 곱게 놓인 것은 두 가지 물건이었다.

하나는 마치 요정의 날개처럼 보이는 이어커프ear cuff. 얇게 깎은 짙은 빛깔의 오팔을 새나 나비의 날개처럼 이어 붙였다. 오팔을 썼기 때문일까, 각도에 따라 조명을 받아 빛나는 색깔이 더할 나위 없이 다채로웠다.

다른 하나는 은으로 만들어진 자그마한 머리꽂이 5개로 이루어진 장식 세트였다. 중지 손가락 정도 사이즈의 머리 꽂이가 하나와, 새끼손가락 정도의 길이인 머리꽂이 4개로 이루어진 세트로, 유백색의 담수진주와 사파이어로 장식되어 있었다.

사파이어가 박힌 은제 머리꽂이.

그게 눈에 들어온 순간 사고가 멎었다. 천천히 고개를 들자, 루크레티우스의 부드럽게 미소 짓는 얼굴이 시야를 채웠다. 굳이 이걸 왜 내게 선물로 주는 건지는 이해가 갔다.

사파이어가 박힌 은제 머리꽂이는 내가 리즈벳에게 하사했던 물건을 떠올리게 했다. 그는 마치 내게 그 물건을 내린 적 없는 것으로 생각하라고 말하는 듯했다.

그 나름의 배려임은 분명했지만, 솔직히 말하자면 그 사고방식자체가 껄끄러웠다. 처음부터 그런 아이 따윈 있지도 않았다고 말하는 듯해서였다. 때문에 하사품에 대해 고맙다는 반응을 하는 데약간의 평정을 가장하기 위한 심력이 필요했다.

"감사합니다, 폐하. 언제나 제게 분에 넘치는 것들만을 하사하시는군요. 저는 몸 둘 바를 모르겠나이다."

루크레티우스는 더없이 느끼한 미소와 멘트로 나를 마구 공격하기 시작했다. 우울해 하거나 껄끄러워하고 있을 틈을 주지 않았다.

"나름대로 재료도 세공도 괜찮은 것들을 골랐는데 말이야……."

그는 직접 손을 뻗어 자신이 가져온 이어커프를 내 얼굴 곁에 가져다 댔다.

"그런데 그대의 곁에 두면…… 어떤 것이든 빛을 잃고 마는군."

"……."

아, 좀 적당히 해 주면 안 될까?

쓰나미처럼 몰려드는 느끼함에 정신적으로 커다란 타격을 입어 버렸다.

최대한 티내지 않기 위해 애쓰는 동안, 그는 한술 더 떴다. 제 손에 끼고 있던 흰 장갑을 벗으며 물은 것이다.

"자아, 내가 직접 이것을 그대의 아름다운 귀에 달아 주고 싶군. 그 영광을 허락해 주겠나?"

아득해지려는 정신을 가까스로 다잡은 다음, 간신히 장단을 맞추어 주었다. 어쨌건 지금 주변에는 보는 눈이 많았다.

정신을 차려라, 사비나! 느끼함에 지면 안 돼!

못내 수줍다는 듯이 얼굴을 붉혔다.

"기꺼이, 폐하."

그는 키득거리며 내 귀에 선물이라는 이어커프를 달아 주었다.

찰랑. 날개 모양의 장식 아래로 늘어진 오팔 구슬이 뺨을 건드렸다. 그 서늘한 보석의 감촉이 낯설었다.

루크레티우스의 얼굴이 매우 자연스럽게 다가왔다.

또 쪽쪽거리려는 건 아니겠지? 지금 보는 눈이 얼마나 많은데!

티내지 않으려 애썼지만, 속으로는 기겁했다.

이번에 그의 행동은 예상을 빗나갔다. 직접 달아준 이어커프 아래 드러난 귓불에 가볍게 입을 맞추어 왔다.

"아!"

그는 다시 한 번 느끼한 멘트를 더해 내 정신을 공격했다.

"역시, 그대의 아름다움 앞에서 이 정도 보석은 빛이 바랜단 말이야. 제노아의 '여신의 푸른 눈물' 정도 되는 보석이 아니라면 의미가 없을 것 같아."

소름이 오소소 돋았다.

'여신의 푸른 눈물'이라니! 분명히 들어본 적 있는 이름이었다. 대륙 남부에 위치한 대국 제노아 왕국의 국보. 대대로 그 나라 국왕의 보관을 장식한다는, 대륙에서 가장 유명한 푸른 다이아몬드.

황제 입에서 저 보석 이름이 나온다는 것은 굉장히……, 정말로 위험했다.

내가 여기서 농담으로라도 그 보석을 갖고 싶다거나 보고 싶다는 제스처를 취하면, 진짜로 상황이 위험해질 가능성이 높았다.

설마 진짜 전쟁 하고 싶어서 보석 핑계를 대려는 건 아니겠지?

식은땀을 줄줄 흘리며 말을 골랐다.

"저를 어찌 감히 그런 귀한 보석에 비교할 수 있겠습니까? 폐하께선 늘 저를 과대평가하십니다."

그러자 루크레티우스는 미간을 찌푸리더니 손을 뻗어 내 허리를 휘감아 끌어당겼다.

"내 눈에 보이는 나의 비는 이리도 아름다운데 어찌 그리 말을 하시는지 모르겠군. 이리 되면 그대가 나의 안목을 의심하는 게 되지 않나."

나는 한껏 소리를 낮추어 속삭였다.

"난 전쟁의 불씨 같은 거 하고 싶지 않아요. 그러니까 당신이 그냥 눈이 삔 남자가 되라고요."

루크레티우스는 쿡쿡거리며 웃었더니, 결국 한 발 물러섰다.

"그래, 나는 언제나 그대에게 약하지."

내 허리를 놓아주고 일어나는 루크레티우스를 살짝 흘겨보았다. 그는 시종에게 받은 장갑을 다시 끼고 손을 내밀었다.

"그럼 이제 가도록 하지. 더 지체했다가는 정말로 늦어 버리겠어."

"예."

이번에는 얌전히 그의 손을 맞잡았다. 그의 에스코트를 받아 드레스룸을 나섰다.

이제 드디어, 대연회가 시작되는 것이다.

대연회가 열리는 곳은 본궁과 외궁 중간에 위치한 장엄의 홀이었다. 공교롭게도 지난 사고 때 내가 의식을 잃은 동안 리즈벳에 대한 재판이 벌어진 장소였다.

그곳까지 루크레티우스의 에스코트를 받아 함께 향하는 사이, 평소라면 수많은 사람들이 드나드는 황궁의 통로들이 휑할 정도로 텅 비어 있었다.

늘 루크레티우스의 집무실에 드나드는 고위 관리들이나, 나나 태후에게 알현을 청하는 귀부인들이 그림자도 없었다. 늘 공기처럼 그곳에 위치하는 시종들이나 시녀들, 하녀나 일꾼들마저도 전혀 보이지 않았다.

모두 대연회를 위해 장엄의 홀에 모여 있다. 지금쯤 국내외의 모든 귀빈들의 입장은 모두 끝났으리라.

남은 것은 이 연회의 주최자, 즉 황제의 등장뿐.

원래 주인공은 가장 마지막에 입장하는 법이라는 상식을 이런 식으로 확인하게 되니 감회가 새로웠다. 특히 그 주인공으로 등장하는 처지라 더욱 그랬다.

거대한 흰 문 앞에서 그의 손을 잡고 입장을 기다리고 있자니, 가슴이 두방망이질 쳤다.

긴장된다. 물론 나는 루크레티우스의 대관식 때에도 참석했었다. 그때는 그저 상황에 휩쓸려 가는 입장에 불과했다.

그러나 지금은…….

그렇다. 많이 달랐다.

성녀. 태후. 리즈벳. 율리아. 수많은 사람들이 관련된 일들을 내가 직접 주도해서 벌였고, 또 벌이고 있었다.

살아남아 집으로 돌아가기 위해서는 어쩔 수 없는 일이라고만 생각했다.

루크레티우스에게 이용당하기만 하는 처지에서는 아무것도 제대로 얻을 수 없다고 생각했던 탓이다. 지금도 그것이 틀렸다고 생각하지는 않았다. 그렇지만, 새삼 불안해져 버렸다.

단순히 휘말려 쓸려가던 수동적인 위치에서, 스스로 생각하고 행동하는 적극적인 위치로 돌아섰다. 하지만 결국 더욱 깊이 늪 속으로 발을 들인 것과 같지 않은가.

양 어깨를 짓누르는 드레스의 무게에 강한 압박감을 느꼈다.

무겁디무거운 짙은 보랏빛. 고귀한 색이 지극히 불길하게 느껴졌다. 루크레티우스가 내게 던져 놓은, 온몸을 옭아맬 그물이 아닌가 하는 불안감.

모든 감상들이 기분 나쁜 벌레처럼 스멀스멀 다리를 타고 올라와 목을 조르려는 것 같았다.

게다가 조금 전 그가 내게 선물이라며 내민 은제 머리꽂이가 떠올랐다.

이제 와서 리즈벳이나 그 일가에 대해 정이 남은 것은 결코 아니다. 그러나 루크레티우스는 그들의 존재 자체가 아예 없었다는 듯이 행동하려는 것처럼 보였다.

새삼 깨달았다. 이 남자는 원래 그런 사람이었다. 주변의 모든 사람을 인간이라기보다는 도구나 장기 말로 생각하는.

나 역시 예외는 아니었고, 지금도 아니리라.

그런 남자의 차가운 사랑을, 정말 믿을 수 있는 것일까?

아니, 내가 생각하는 사랑이라는 게 저 사람이 말하는 달콤한 말과 정말 같은 의미일까?

버럭 두려움이 앞섰다.

그런 내 기분을 눈치라도 챈 것일까? 루크레티우스의 손이 내 손을 강하게 쥐어 왔다.

놀라서 고개를 돌리자, 더없이 부드러운 미소로 바라보고 있는 그의 얼굴이 시야를 가득 채웠다.

"안심해도 돼. 내가 곁에 있으니까."

내가 큰 자리 앞에서 불안해하는 정도로 이해한 모양이다. 속으로 안도하며 가볍게 던졌다.

"그게 제일 불안하다고요."

"그건 그렇군. 쿡쿡."

그의 언제 들어도 얄미운 키득거림은, 문 안에서 울린 커다란 나팔 소리에 묻혀 버렸다.

—빠아앙!

금속성의 소음이 홀 안을 파도처럼 쓸고 지나가자, 곧 쥐죽은 듯 지극한 고요함이 나와 그를 짓누르려 했다.

저 안에는 엄청나게 많은 숫자의 사람들이 우글거리고 있을 것이 분명했다. 실제로 문 앞에 서서 잠시 대기하는 동안, 안쪽에서 사람들이 떠드는 소리들이 마치 우박이 떨어지는 소리처럼 우수수 들려오고 있었다.

그런데 나팔소리 한 번에 모든 소음이 지우개로 지워 낸 것처럼 깨끗이 사라졌다.

완벽한 공백. 그 고요함의 정도만큼이나 거대한 시선과 주의가 모조리 이쪽을 향하고 있었다. 그리고 그것은 곧 문 너머의 우리에게로 쏟아지리라.

긴장감이 한도를 넘어 버리자, 기적처럼 떨림이 멎었다.

마침내 안쪽에서 시종의 목소리가 들렸다.

"황제 폐하, 황비 전하 드십니다!"

이제야말로 진짜 시작이다. 혼란스러워하고 있을 여유는 없었다.

나는 숨을 깊이 들이쉬고 허리를 곧게 폈다.

14. 산 하나를 넘으면 다른 산이

14. 산 하나를 넘으면 다른 산이

"폐하를 뵙습니다!"

"황비 전하를 뵙습니다."

"부디 만세를 누리소서!"

수백 명의 목소리가 마치 한 입으로 외치는 것만 같은 축원이었다.

붉은 융단이 깔린 길이 그대로 장엄의 홀 가장 안쪽 옥좌까지 이어져 있었다. 오로지 황제만을 위한 길.

황족조차도 황제의 뒤를 따를 때만 걸을 수 있는, 그야말로 로열 로드Royal road다. 원칙대로라면 황비인 나는 황제와 황후의 뒤를 따라 걸어야 하리라. 그러나 원칙과 달리, 루크레티우스의 곁에서 붉은 길을 밟고 있었다.

발을 빨아들일 것만 같이 푹신한 융단이 왜 이리도 부담스럽게 느껴지는 걸까. 긴장감이 지나치게 강해지자 도리어 휘발된 것만 같았다. 아니, 뇌 자체가 끓어오르다 못해 어딘가로 사라져 버린 기분이었다.

그의 속삭임이 내 정신을 잡아 주었다.

"자, 더 내게 기대. 많이 긴장한 것 같군."

"알았……어요."

내 손을 아래에서 받쳐 주는 그의 손이 유달리 크고 단단하게 느껴졌다. 한껏 그에게 매달렸다. 지금 내가 유일하게 기댈 수 있는 대상은 그뿐이었다.

이 옆에는 오로지 단 한 사람만이 존재할 수 있었으므로.

거의 정신이 사라져 버릴 듯한 아찔함 속에서, 절실하게 그의 팔에만 의지하여 앞으로 나아갔다. 앞을 향해 걷지 않으면 그대로 푹 고꾸라져 버릴 것만 같았다.

루크레티우스는 마치 기둥처럼 나를 단단히 받치고서, 머리 위 찬란한 왕관이나 두터운 붉은 망토의 무게 따윈 아무렇지도 않다는 듯 발을 내디뎠다.

나로서는 도저히 이해할 수 없는 단단하고 강인한 모습.

그 모습이 멀고 두렵게 느껴졌다. 바로 옆에서, 그것도 이렇게 매달리다시피 붙어 있는데도.

차라리 뒤를 따라가라면 갈 수 있겠지만, 지금처럼 그 옆에 서서 함께 걷는 것은 도리어 고통이었다.

그대로 압살당할 것만 같은 압박감과 두려움이 점점 더 엄습했다. 그것이 절정에 달한 것은 루크레티우스의 반 발자국 뒤에서 그를 따라 옥좌의 보단을 오르면서였다.

사실 난 이 보단에 오른 적이 있다.

처음으로 이 백색의 궁에 발을 들였던 그날.

내 운명이 이리 흐를 줄은 전혀 알지 못한 채 도망칠 방법만을 궁리했던 바로 그날.

이 계단을 중간까지 올라가 내 위에 선 이들에게 무릎을 꿇었다.

오늘은 그때와는 달랐다. 바로 이 황금의 보단 가장 위쪽에 자리한 두 개의 의자가 나를 기다리고 있었다. 그것도 그 중 한 자리는 내가 앉을 자리로서.

"후……."

내 심호흡이 스스로 듣기에도 거칠었다.

본래 황후의 자리는 황제의 자리와 같은 높이에 놓인다. 이번에는 내가 황후의 역할을 대신하나 정식 황후가 아니므로 좀 애매하게 처리되어 있었다.

원칙대로는 가장 위쪽에 황제와 황후의 옥좌가 놓이게 되어 있다. 넓이도 높이도 거기 맞추어 설계되었다 한다. 이번만 더 낮은 쪽으로 황후의 보좌를 옮길 수는 없었다. 그럴 공간이 존재하지 않기 때문이다.

결국 이 자리를 세팅했을 이들은 머리를 짜내어 난감함을 타개했다. 황후의 보좌를 내릴 수 없으니, 임시 계단을 한 단 더 만들어 황제의 보좌를 올렸다 했다.

그냥 나를 황후 보좌에 앉히지 않으면 끝날 일을 말이다!

복잡한 머릿속과 달리 몸은 루크레티우스가 이끄는 대로 알아서 움직이고 있었다. 보좌 앞에 서서 한 바퀴 빙 돌자, 눈앞이 아득해질 광경이 드러났다.

장엄의 홀은 이름 그대로 위엄을 뛰어넘어 장엄함이 가득한 장소였다.

아마도 각국에서는 최고위급 귀족이거나 왕족일 사람들만 수백명이 한껏 치장한 채로 우글우글 몰려 있었다.

모두 나와 루크레티우스의 행진 때는 무릎을 꿇고 있다가, 우리가 지나가는 순간 몸을 일으킨 것 같았다. 그 결과 지금은 그 수백의 귀빈들이 모조리 일어서서 나와 루크레티우스를 바라보고 있는 모양새가 됐다.

수백 개의 시선이 마치 나를 해체할 기세로 온몸을 찌르는 것 같았다.

'부, 부담스러워!'

루크레티우스가 손을 들고 외쳤다.

"즉위 이후 무사히 첫 대연회를 열 수 있게 되어, 짐은 기쁘기 한량없도다."

무슨 조화인지 모르지만 딱히 큰 소리는 아닌데도 홀 전체에 쩌렁쩌렁 울렸다. 확성기 같은 건 없으니, 아마 홀이 교묘하게 소리를 울리도록 설계되어 있는 것 같았다.

우레와 같은 박수소리가 쏟아졌다. 그와 동시에 나는 루크레티우스의 손에 이끌려 얼결에 보좌에 앉고 말았다.

털썩.

마치 주저앉듯이.

시종장의 알림이 계속해서 이어졌다. 벌써 몇 번째인지 모르겠다.

옥좌의 보단을 올라 차례차례, 나와 루크레티우스 앞에 사절들이 도달했다.

"제노아 왕국의 2왕자이신 코로넬 전하와 2왕녀이신 루디아 전하이십니다."

남쪽 출신이라는 것이 티 나는, 잘 그을린 갈색 피부를 가진 서로 닮은 남매였다.

그들은 루크레티우스의 앞으로 다가와 고개를 숙였다. 루크레티우스는 살짝 고개를 끄덕였고, 나는 그것보다는 조금 더 고개를 숙여 인사를 받았다.

제노아라. 그러고 보니까 아까 루크레티우스가 언급한 '여신의 푸른 눈물'을 가진 바로 그 나라다. 대륙 남부에서 첫손에 꼽히는 대국으로, 제국으로서도 가볍게 여기지 못하는 몇 안 되는 국가 중 하나였다.

사절단의 대표인 듯한 코로넬 왕자가 활달하게 말을 시작했다.

"이로써 폐하의 치세가 영원하시기를 빕니다. 과연 제국의 대연회는 대단하군요. 감탄했습니다."

루크레티우스는 웃는 것도 아니고 찌푸린 것도 아닌 애매한 태도로 왕자의 입바른 말을 받았다.

"그러고 보면 그대는 올해 크렌시아의 대연회에 처음 참석했겠군."

"예, 작년까지는 아직 왕자이셨던 부왕께서 오셨죠. 저도 따르고 싶었지만, 당시 왕위 계승 전쟁이 한창이라 저까지 자리를 비울 수 없었답니다. 부왕의 저택을 지켜야 했으니까요."

"루멜 4세는 반년 전 마지막으로 남은 형제의 목을 직접 쳤다지. 축하할 일이야."

"감사합니다. 부왕께서 들으시면 기뻐하실 겁니다."

엄청난 이야기들이 오가고 있었다. 감히 한마디 끼기도 어려웠다.

"······."

들은 기억이 있었다. 제노아는 전사들의 나라라, 자신이 국왕에 가장 어울린다는 것을 증명하는 수단이 매우 간단하다 한다.

강함을 증명하는 것.

이를 위해 다른 나라에서는 유례를 찾아볼 수 없는, 모든 왕자들이 참여하는 대대적인 왕위 계승 전쟁이 공개적으로 벌어졌다.

내전으로 번지는 것을 막기 위해, 수도 내에서 왕자들의 저택과 사병만으로 이루어지는 작은 전쟁. 그 승자가 제노아의 새로운 왕으로 등극하는 것이다. 규모는 작지만 공성까지 벌어진다고 한다.

대략 1년에 걸친 그 피비린내 나는 전쟁의 승자가 바로, 루크레티우스의 즉위보다 몇 달 먼저 제노아의 왕위에 오른 루멜 4세라 했다.

지금 이 자리에 코로넬 왕자가 와 있다는 것은, 현재 루멜 4세의 아들들 중 그의 세력이 가장 강하다는 의미였다. 작년까지 제국에 사절로 참석한 루멜이 국왕의 자리에 오를 정도로 강력한 세력을 가진 이였던 것과 같은 의미다.

코로넬은 자잘한 소재로도 신기할 정도로 파안대소하며 대화를 이어갔다. 그러다 거의 끝나 가는 개인 알현시간 말미에 진짜 목적을 드러냈다.

"아, 그러고 보니 누이를 소개하는 것을 깜빡했군요. 크렌시아의 황제께 인사 올리거라, 루디아. 제노아 왕국의 진주라 불리는 아이입니다."

루디아 왕녀는 다소곳이 허리를 숙여 루크레티우스에게 인사했다. 오라비가 장담한 대로, 육감적인 몸매를 가진 뛰어난 미녀였다.

그렇다. 명백히 나를 제하고서 루크레티우스를 목적으로 하고 있는 것이다.

코로넬 왕자의 태도도 마찬가지였다. 의도적으로 나를 둘 사이의 대화에 끼우지 않으려는 듯이 굴었다. 그리고는 자신의 누이를 루크레티우스에게 칭찬하며 소개했다.

의도가 참 명백했다.

기실 당연한 일이었다. 루크레티우스는 현재 대륙 전체에서 가장 유망한 신랑감이었다. 젊고, 아직 자식도 없으며, 아내 역시 나 하나뿐. 결정적으로, 정실인 황후 자리가 비어 있었다.

어쩐지 속이 거북했다.

내 속내가 어찌 돌아가든, 외교 사절을 무시할 수는 없다. 루크레티우스는 코로넬 왕자의 소개를 따라 루디아 왕녀의 인사를 받았다.

"만나게 되어 반갑소, 루디아 왕녀. 작년에 보았던 루멜 4세가 자신의 둘째 딸을 입이 마르도록 칭찬했지. 과연 그럴 만하오."

루디아는 수줍게 두 뺨을 붉혔다.

"감사합니다."

코로넬은 흡족한 표정으로 말을 이었다. 루디아를 어떻게든 확실하게 루크레티우스 옆에 붙이고 싶은 듯했다.

"폐하, 하면 루디아와 첫 춤······."

그의 말은 루크레티우스의 행동에 막혀 버렸다. 그가 내 손을 잡아 끌어당겼던 것이다. 나는 졸지에 두 남매 앞으로 나선 꼴이 되어 버렸다.

무, 무슨 짓이야?!

경악하여 올려다보자, 루크레티우스는 정말로 느끼한 눈빛으로 나를 내려다보고 있었다. 그의 전매특허인 녹은 버터가 뚝뚝 떨어질 것만 같은 눈빛.

"그러고 보면 나의 황비를 소개하지 못하였군. 두 분 모두 인사를 하시는 것이 순서겠지. 나의 유일한 비, 제국 제일의 보석이라오."

그의 팔이 내 어깨를 감싸 왔다.

뭐, 뭐라는 거야, 지금 이 인간이?!

줄줄이 소시지처럼 이어지는 외교 사절들의 알현은 하나하나가 고문이었다. 특히나 내게는 더욱 그랬다. 이게 전부 대륙 제일의 신랑감을 남편으로 둔 탓이다.

사절들은 일부러 짜기라도 한 것처럼 귀한 신분의 여인들을 우르르 데리고 왔다. 이 연회는 루크레티우스의 신부를 간택하기 위한 자리가 아니었다. 그럼에도 몰려든 왕녀나 공녀들 때문에 꼭 황후 간택 자리로 보였다.

아직 비어 있는 황후 자리와 남아 있는 황비 자리 셋을 노리고, 기백은 넘을 것이 분명한 소녀들과 여인들이 내 옆에 선 남자를 바라보고 있었다.

사절들은 개인 알현 때마다 자신이 데려온 후보들을 선보이며 이들의 장점을 강조하려 애썼다. 코로넬 왕자처럼.

그러면 빌어먹을 루크레티우스는 나를 교묘하게 앞세워서 그들의 시도를 막았다.

꼭 인간 방패가 된 기분이다!

당연히 사절들은 물론, 황후 자리를 꿈꾸며 왔을 왕녀들과 공녀들의 따가운 시선이 내게로 꽂혔다. 그냥 서서 웃고만 있는데도, 저 시선들이 내 체력과 정신력을 모조리 깎아먹고 있었다.

아아, 이대로 다 때려치우고 방으로 돌아가서 자고 싶다.

나는 황후는커녕 황비 자리도 부담스럽고 싫으니까 가져가고 싶으면 가져가라고요.

외치고 싶은 마음은 굴뚝같으나, 당연히 그럴 수는 없었다. 하지만 점점 그렇게 외치며 도망가고 싶은 생각이 진지함을 더하기 시작했다.

정말 진심이 되기 시작해서, 스스로도 위험하다고 판단할 즈음이었다. 루크레티우스가 나를 데리고 홀의 중앙으로 나섰다.

크렌시아 제국 신년 대연회의 진짜 시작을 장식하는 것은 황제의 첫 춤이다.

그 파트너는 당연히 황후로 고정되어 있다. 황후의 자리가 비어 있을 경우 대리자가 첫 춤의 파트너가 되는 것이 관례다. 때로 그 대리자는 태후일 때도 있고, 황녀일 때도 있었다.

가장 많은 황후의 대리자는 물론, 1황비들이었다.

지금 이 순간, 비어 있는 황후의 대리인으로서 그의 손을 잡고 장엄의 홀 가운데로 나아가는 것 역시, 현재 1황비인 나의 역할이었다.

"후우……."

내가 작게 심호흡하자, 그가 낮은 소리로 물어 왔다. 작게 웃음 기가 감도는 목소리로.

"긴장한 모양이군."

별수 없이 고개를 끄덕였다. 아니라고 해 봤자 이미 전부 티가 날 테니.

"조금요."

입가를 끌어올려 억지로 웃어 보였다.

입장 전에 온몸이 떨리던 감각은 임계점을 돌파한 순간 휘발된 알코올처럼 흩어졌다. 지금 내 상태는 좀 기묘했다. 아예 꿈속인 것처럼 현실감이 느껴지지 않았다.

떨림마저 사라진 것 역시 이 때문인 것 같다. 지나친 긴장감이 현실감을 없애 버린 느낌.

그런 기색을 눈치챈 듯, 루크레티우스는 계속해서 이쪽을 유심히 관찰하고 있었다.

집요한 시선이 너무 길어져 의아해하려는 찰나, 음악 연주가 시작되었다. 춤의 시작이다.

스텝을 따라 발을 움직이기 위해 첫 걸음을 내디뎠다. 그런데 내 발의 움직임에 맞추어 루크레티우스의 발이 스텝 경로로 끼어들었다.

"앗!"

그대로 그의 발에 걸려 몸의 중심이 무너졌다.

큰일이다! 안 돼! 이런 공식적인 자리에서 추태를 부릴 수는 없어! 아찔함이 머리끝부터 발끝까지 내달렸다.

그러나 꼴사납게 앞으로 고꾸라져 버릴 거라는 예상은 빗나갔다.

균형을 잃고 앞으로 쓰러지는 내 몸을 루크레티우스가 잡아당겼다. 그 자신의 팔로 내 허리를 감아 당겨 올리고, 빙 돌렸다. 순간적으로 중력의 느낌이 흐려졌다. 발끝이 붕 뜨며 허공을 밟았다.

"헉……!"

무의식적으로 앞으로 뻗은 내 손을 그가 자연스럽게 맞잡았다.

막 시작된 음악은 리듬이 강하고 음색이 분명한 곡이었다. 이에 맞춘 듯 루크레티우스는 내 허리를 잡고 들다시피 하여 한 바퀴를 빙글 돌았다.

히, 힘이 얼마나 센 거야?

구두 끝이 종이 한 장 차이로 아슬아슬하게 허공에 뜰 지경이었다. 발이 바닥에 닿지 않는 상태. 사실상 지금 그는 내 체중을 그자신의 두 팔로 전부 지탱하고 있다 보아야 했다.

루크레티우스는 음악에 맞추어 계속해서 빙글빙글 돌았다. 정해진 리듬을 따라 총 여섯 바퀴를 돈 뒤에야 내 몸을 마침내 바닥에 내려놓았다. 원래대로라면 그와 내가 발을 맞추어 빙글빙글 돌았어야 하는 여섯 바퀴를.

탁. 회전이 끝남과 동시에, 구두 밑창이 대리석 바닥을 때리는 작은 소리가 울렸다. 그 순간 나는 오기로 발끝에 힘을 주었다.

방금 이 인간, 일부러 내 발을 걸어서 균형을 무너뜨린 다음 달랑 들고서 빙빙빙 돌렸어!

사람 가지고 장난 치냐? 내가 인형인 줄 알아?

그를 한껏 매섭게 노려보는 한편 곁눈질로 주변의 반응을 살폈다.

루크레티우스가 내 체중 전체를 두 팔로 다 지탱했디는 사실보다 더 놀라운 것은, 방금 그가 한 짓을 주변에서는 거의 눈치채지 못했다는 사실이다.

그는 이 희한한 짓을 완벽하게 음악의 박자에 맞춰, 특이하게 해석한 춤의 동작 일부로 보이게 했다. 긴 치맛자락에 살짝 뜬 발이 보이지 않은 덕도 컸지만 말이다.

이렇게 돌발적으로 움직여 놓고 외부에는 극히 자연스럽게 보이기는 정말로 어려운 일이다.

특히 제국인들이 유달리 사랑하는 전통 춤, 롤카는 어지러울 정도로 복잡한 스텝과 엇박을 자랑했다. 외국인들이 배울 때 욕을 하는 수준이란다. 실제로 나도 그랬다. 그런 춤을 이렇게 완벽하게 응용까지 해가며 추는 것은 보통 춤 솜씨로는 어림도 없겠다.

과연 한국에 태어났다면 사모님깨나 울렸을 인간답다. 황제가 아니라 제비를 하는 게 더 잘 어울릴 게 틀림없다! 얼굴도 그렇고 말이야.

나는 이를 갈아 붙였다. 발가락 끝까지 힘을 주어 바닥을 박차며, 그의 귓전에 날카롭게 속삭였다.

"적당히 해요!"

손끝부터 발끝까지 완벽하게 힘이 들어갔다. 이제 더는 대리석 바닥이 뭉클뭉클하게 느껴지지 않았다. 제대로 바닥을 밟고 서서 몸에 스며든 스텝과 리듬을 따라 움직였다.

루크레티우스가 낮게 속삭였다.

"이제야 제대로 정신이 들었군."

"으윽."

역시 내가 긴장감으로 정신 줄 놓은 걸 눈치채고 있었어.

그래도 그렇지, 정신 좀 차리게 하겠다고 이런 짓을 하는 인간이 어디 있어?! 그것도 이렇게 중요한 공식석상에서 말이다! 역시 미쳤어!

손톱을 드릉드릉 갈면서 마지막 스텝에 맞추어 바닥을 내딛었다. 동시에 그의 품속으로 빙글 돌아 안겨 들었다. 이것이 마지막 동작이다.

춤의 시작 때와 같은 모습을 만든 순간, 음악이 끝을 맺었다.

우레와 같은 박수소리가 홀을 지진처럼 울렸다.

"멋집니다!"

"완벽합니다!"

"오오오!"

"과연……!"

격렬하게 움직인 결과, 헉헉거리는 숨소리가 머릿속을 울렸다. 덕분에 정신은 완벽하게 들었다. 눈을 들어 나를 폭 감싸 안은 상태인 루크레티우스를 올려보았다.

그는 우리에게만 들릴 정도로 낮게 키득거렸다.

"이제야 평소의 그대답군."

마찬가지로 그에게만 들리도록 나직하게 핀잔을 던져 주었다.

"좀 평범하게 도와줄 수는 없어요?"

"재미가 없잖나."

"어련하실까."

잠시 그와 투닥거리며 말을 주고받는 사이, 조금 전의 활달하고 강렬한 음악과 달리 달콤하게까지 느껴지는 현악기의 선율이 홀 안의 공기를 울렸다.

"어, 벌써?"

첫 곡이 끝난 지 얼마나 되었다고 바로 두 번째야?

더군다나 두 번째 곡은 연인들이 끈적하게 들러붙어 추는 느낌의 춤곡이다. 물론 그만큼 움직임은 많지 않으니, 격렬한 곡 뒤에 추기에는 부담스럽지 않기는 하다.

루크레티우스는 이번에도 내가 반응하기 직전에 마치 납치하듯 스텝을 밟았다. 내 손을 잡은 그대로 말이다. 덕분에 팔을 시작으로 온몸이 딸려 갔다. 불시에 두 번째 춤을 시작하게 되어 버렸다!

"꺅!"

내 작은 비명은 곧 사람들 사이에 묻혀 버렸다.

대연회의 첫 춤은 호스트인 황제와 그 파트너 둘이서만 춘다. 실제로 조금 전의 춤은 그와 나만이 홀 가운데에서 부담스러울 정도의 시선에 둘러싸여 스텝을 밟았다.

그러나 두 번째 곡부터는 이제 본격적인 댄스 타임. 남녀가 부드럽게 밀착하여 출 수 있는 미노트는 그래서 인기가 많았다. 지금 홀 전체를 울리는 곡의 이름이 바로 미노트였다.

며칠 전 밤에 내 춤 실력을 확인하겠다며 루크레티우스가 나와 함께 밤이 새도록 추었던 춤도 미노트였다.

그때의 기억이 새록새록 돋아 오르자, 어쩐지 약간 감상적인 기분이 되었다.

그날 달빛은 유달리 아름다웠다.

아련함을 더듬던 중이었다. 섬뜩하게 나를 노려보는 시선과 눈이 마주쳤다.

처음 보는 얼굴……인 줄 알았는데 아니었다.

내가 온 첫날 선황이 소개한 황비들 중 한명이었다. 짙은 갈색 피부가 특이해서 기억하고 있었다. 아마도 같은 나라 출신인 듯, 아까 루크레티우스에게 인사한 코로넬과 루디아가 그녀의 곁에 다정하게 서 있었다.

그 시선이 너무나도 적의 넘치는 것이라, 나는 피하듯 고개를 돌렸다. 다행히 시선의 움직임은 자연스러웠다. 루크레티우스와 함께 춤 동작으로 한 바퀴를 돈 참이었다.

이번에 내 눈에 들어온 것은 익숙한 시녀들의 모습이었다. 그들은 눈을 반짝이며 루크레티우스와 춤추는 나를 바라보았다. 자신들이 만든 완벽한 작품을 감상하듯 뿌듯해 보였다.

다시 한 바퀴를 돌았다. 이번에 눈에 들어온 것은, 얼마 전에 안면을 익힌 일랑 백작부인이 사람들 사이에서 주목받으며 서 있는 모습이었다. 그 옆에서 백작부인의 첫째 조카딸, 즉 율리아의 언니가 약혼자인 듯한 남자에게 춤 신청을 받고 있었다. 잠시 스치며 본 것뿐이지만, 그녀의 행복한 얼굴이 인상적이었다.

아까 옥좌의 보단 위에서 차례로 인사했던 얼굴들이 내가 루크레티우스와 한 바퀴 한 바퀴씩 돌 때마다 스쳐지나갔다.

그들은 춤추고 있는 우리와 멀리 떨어져 무리를 이뤄 지켜보고 있었으나, 곧 점점 짝을 이루어 옆으로 다가왔다.

춤의 중심을 이룬 나와 루크레티우스처럼 쌍쌍이 짝을 이루어 음악을 타기 시작했다. 천장에서 내려다본다면 아마 작은 원 수십 개가 빙빙 돌며 모여 만든, 거대한 춤의 꽃송이처럼 보이리라.

비로소 오늘 밤을 지새울 본격적인 무도회가 시작되었다.

한편 내가 대연회를 기다리고 기대하게 한 이의 모습이 보이지 않았다.

바로, 성녀.

루크레티우스의 즉위와 나의 황비 책봉이 약식으로 이루어졌던 그때, 나는 성녀를 만났다.

긴 은발을 베일처럼 드리우고, 두 눈을 보석을 엮은 장신구로 가린 여인.

현재 이 대륙에 신자와 교단이 남은 신은 얼마 되지 않는다. 그중 가장 유력한 권위을 유지하고 있는 것이 바로 지혜와 지식의 신이자, 역사의 수호신 에오스를 섬기는 교단이다.

그 신앙의 중심에서 대륙 전체의 존경과 경애를 받는 이가 바로 성녀다. 이 대륙에 아직 신들의 관심과 사랑이 남아 있음을 증거하는 유일한 사람.

신의 딸.

지상에 남은 마지막 권능의 소유자.

마법과 신이 사라진 시대에 유일하게 남은 기적 그 자체. 그녀가 내가 온 세계에 대해 알지 못한다면, 아마 이 세계 누구도 알 수 없으리라.

사실 정말 그녀가 내가 집으로 돌아갈 방법을 알고 있을지는 불확실했다. 아니, 이성적으로 판단한다면 아닐 가능성이 더 높으리라. 하지만 나는 희망을 가지지 않을 수가 없었다. 정확히는 놓을 수 없다는 게 정확한 표현이었다.

이대로 영영 집으로 돌아갈 수도 없고 가족들의 얼굴을 볼 수도 없다고 인정하고 받아들이면 현실이 결정되어 버릴 것 같았다. 그렇기에 더 희망을 포기할 수 없었다.

다른 차원으로, 그것도 내가 온 곳으로 돌아갈 방법을 찾는다는 건 불가능한 일일지도 모른다. 루크레티우스는 은연중에 그리 생각하고 있다는 티를 냈다. 사실 저것이 정상적인 사고방식일지도 모르겠다.

그러나 내가 이 세계에 떨어진 것 자체가 있을 수 없는 일이다. 그 불가능한 일이 한번 일어났다면, 두 번 일어날 수 있을지도 모른다.

나는 포기할 수가 없었다.

그녀는 내게 남은 마지막 희망이었다.

루크레티우스와 함께 천천히 팽이처럼 돌면서 홀 전체를 돌아보았다. 그런데 그 눈에 띄는 외모의 성녀가 전혀 보이지 않았다.

분명히 대연회의 초대장이 갔을 텐데. 루크레티우스가 대연회 때 성녀를 만날 수 있으리라 말하기도 했었고, 내 이름으로 초대장이 나가는 것을 직접 확인하기도 했다. 결정적으로 참석하겠노라는 답장까지도 분명히 왔다.

당혹감과 초조함이 차올랐다. 고개를 돌려 루크레티우스에게 약간은 따지듯이 물었다.

"분명히 성녀도 참석한다고 하지 않았나요?"

"그렇지. 오겠다고 답장을 받았다고, 그대기 내게 말했잖아?"

"그런데 여기 안 보이잖아요!"

그는 검지를 세워 맵시 있는 선을 그리는 자신의 얇은 입술 위를 살짝 눌렀다. 분명한 경고.

"쉬이. 목소리가 커."

"아······."

본의 아니게 불안감이 커지면서 절로 목소리가 올라갔던 모양이다. 다행히 다들 음악소리와 파트너와의 환담에 정신이 팔렸는지, 눈치챈 사람은 없어 보였다.

나답지 않게 너무 흥분했다. 조금 계면쩍었다.

"미, 미안해요······."

"별말씀을. 황궁에 도착한 건 확실해. 아마도 대연회 자체에는 참석하지 않을 모양이지."

조금 이상한 말이다. 대연회에 초대받고 왔으면서, 막상 연회 자리에는 모습을 보이지 않는 것은 어째서일까?

"황궁에 와 있으면서 왜 연회에는 참석을 안 하는 거죠?"

그는 피식 웃었다. 어쩐지 조금 비웃는 듯한 반응.

"신의 사도이자 기적의 현현이라 불리는 여자가 이 자리에 설 수는 없지."

"네?"

루크레티우스는 잠시 정신이 흐트러져 스텝이 무너진 나를 자연스럽게 리드하여 이끌면서 말을 이었다.

"현재 그 여자의 존재는 곧 모든 교단의 권위 그 자체나 마찬가지야."

나도 알고 있었다. 신의 딸. 살아 있는 기적의 증거자. 그 권위는 아마 지구에서 중세시대의 교황 정도에 비견할 수 있을까.

그런데 그게 어떻다는 거지?

루크레티우스의 설명이 이어졌다.

"그런데 이 대연회 첫날은 대륙 내에 있는 모든 왕국과 공국 등에서 제국의 황제에게 사절을 보내어 하례의 인사를 해. 사실상 제국의 권위 앞에 모두 무릎을 꿇는 거지. 그런 자리이니만큼, 성녀는 나올 수 없어."

"아……!"

한 하늘에 해가 둘일 수는 없다.

대연회는 기본적으로 제국 황제의 권위를 가장 위에 세우는 자리다. 거기에 성녀가 등장한다면, 과연 어느 쪽의 권위가 높은지를 두고 필연적으로 충돌이 일 수밖에 없다. 그러니 아예 그런 상황 자체를 피하는 거다.

대연회 초대는 거절하지 않고 황궁을 방문한다. 이것으로 황제의 권위와 정면으로 싸우는 것은 피한다. 단, 공식적인 자리에서 직접 황제와 대면하여 어느 쪽이 먼저 예를 표하는가로 권위를 서로 다투는 일은 하지 않는다. 위험한 일이니까.

루크레티우스의 대관식 때 성녀는 참석하지 않았다. 그의 즉위를 인정하고 나와 루크레티우스의 성혼을 약식으로 승인해 주었던 것은, 분명히 사적인 자리에서였다.

"그러면……."

루크레티우스는 부드럽게 미소 지었다.

"그렇게 안달하지 않아도 돼. 아마 늦어도 내일이나 모래쯤에는 성녀 쪽에서 그대를 만나고 싶어할 거야."

"그래요?"

"나를 직접 만나는 것보다는 그대를 통해 의사를 교환하는 게 더 부드럽고 부담도 적다고 생각할 테니까."

"다행이에요."

내가 너무 기뻐한 모양이다. 루크레티우스의 목소리가 대놓고 불퉁거렸다.

"그렇게 기쁜가?"

나는 솔직히 고개를 끄덕였다.

"네. 기뻐요. 당연하잖아요."

잠시 침묵하던 그가 불쑥 물어 왔다.

"……만약 가능하다면…… 아직도 그대는 돌아갈 생각인 건가?"

가늘게 이어지던 음악이 멎었다.

춤이 끝났다. 그와 나는 잠시 말이 없었다.

연이어 세 번째 곡이 시작되자 루크레티우스는 다시 홀의 중앙으로 함께 나아가려 했다. 그러나 나는 한 마디로 거부했다.

"피곤해요."

"……."

그는 입을 열지 않았다. 그저 물음 대신 나를 지그시 바라볼 뿐.

질문한 것은 그다. 나는 그에 대한 대답을 해야 한다. 그래야 제대로 대화가 이어질 수가 있다.

뭐라고 대답해야 할지 알 수 없었다. 단지 조용히 웃는 얼굴로, 대연회 자리에 걸맞은 안주인의 모습만을 유지하려 애썼다.

정말 다행히도, 루크레티우스는 재촉하지 않았다.

황제가 두 번의 춤을 끝내고 연회석 가장자리로 물러나자, 주변에서 다들 눈치를 보며 천천히 다가왔다. 그 모양새가 떨어질 먹잇감을 기대하며 사자의 눈치를 보는 하이에나 떼를 연상시켰다.

사실 매우 정확한 표현이었다. 이 하이에나들은 황후의 자리라는 매우 먹음직한 고깃덩이를 노리고 있었으니까.

가장 큰 하이에나 무리를 이끄는 것은 아까 꽤나 나대던 제노아에서 온 남매였다. 코로넬 왕자는 대륙 남부인들의 유명한 끈기를 그대로 활용하여, 루크레티우스에게 끈덕지게 달라붙었다.

"하하! 멋진 춤이었습니다, 폐하!"

"그런가."

루크레티우스의 목소리는 매우 시큰둥했다. 누가 들어도 대충 상대해 주고 있다는 것이 티가 났다. 그래도 의지의 제노아인 코로넬 왕자는 지치지 않았다.

누가 잘못 보면 좀 오해도 할 수 있을 것 같다. 벌어진 어깨에 다부진 몸, 짙게 그을린 피부를 가진 호남형 코로넬 왕자가, 헌칠하고 우아한 외모의 루크레티우스에게 계속 들러붙고 있는 장면이니 말이다.

사실 큰 오해는 아니긴 했다. 실제로 그의 목표는 루크레티우스였으니까. 단 루크레티우스를 낚으려는 그물이 바로 저 육감적인 루디아 공주라는 점이 진부했다. 비슷한 방법으로 기회를 노리는 하이에나들이 이 연회장을 가득 채우고도 넘칠 지경이니까.

차라리 코로넬 왕자를 옆에서 좀 도와줄까 하는 생각도 들었다. 어차피 루크레티우스 옆에 여자를 붙이려는 게 내 목적이니. 그게 율리아가 되든 루디아 왕녀가 되든 큰 차이는 없으리라.

제노아의 왕녀 출신이라면 황후 자리도 노릴 수 있겠지. 실제로 선황의 3황비가 같은 출신이었다. 아까 나를 노려보던 그 여자. 그러고 보면 지금은 자리를 피한 건지 보이지 않았다.

그녀는 좀 늦게 선황의 후궁으로 들어왔고, 태후의 견제가 어마어마했음에도 어렵지 않게 3황비까지 올라갈 수 있었다고 했다. 전적으로 그녀의 친정이 대국 제노아 왕국이었기 때문이다.

그러나 바로 그 제노아의 왕자가 자기 혀로, 도와주려는 내 마음을 박살 내기 시작했다.

"저도 방금 두 번째 곡을 동생과 함께 추었답니다. 루디아의 춤 솜씨는 제노아에서 정말로 유명하지요."

"그렇군."

옆에서 듣는 내가 민망해질 정도로 대충대충 하는 대답이었다. 그러나 코로넬 왕자의 의지를 꺾지는 못했다.

"감히 말씀드리건대 이 아이의 미모도 춤도, 그리고 몸매도 황비 전하께 뒤떨어지지 않을 겁니다."

"……."

아니. 뭐, 그래.

루디아 왕녀는 같은 여자인 내가 보기에도 매우 부러운 몸매였다. 저런 걸 한국에선 콜라병 몸매라고 하지, 아마?

나올 곳은 누가 보아도 풍만하게 나온 반면, 허리는 잘록하게 들어가 있었다. 어지간한 체구의 남자라면 한 팔로 저 허리를 단번에 휘감아도 품에 여유가 남을 정도로 가늘었다.

그건 그래. 멋진 몸매다.

내가 그렇게 혼자 시무룩해 하고 있던 참이었다. 코로넬 왕자가 한술을 더 떴다.

"또한 루디아는 혈통 또한 확실하지요. 부왕과 그 두 번째 정비인 어마마마 사이의 소생이니까 말입니다."

나는 속으로 움찔했다. 지금 저 왕자는 단순히 나와 루디아의 외모만 비교한 것이 아니었다. 나의 신분이 불확실한 것을 대놓고 공격해 들어왔다.

루크레티우스가 나를 먼 곳의 공녀라 말해 놓기는 했지만, 사실 믿는 이들은 거의 없었다. 다들 에일 공작이 적당히 데려온 평민이거나 혹은 사생아일거라고들 말한다 했다.

에일 공국의 공녀라는 신분이었어도 제노아 왕국의 왕녀와는 비할 바가 못 된다. 코로넬 왕자는 나를 잘해 봐야 에일 공작의 버려진 사생아 정도로 생각하고 있음을 숨김없이 드러내고 있었다.

왕자는 기분 나쁜 시선으로 나를 위에서 아래로 슥 훑어 내렸다. 분명히 깔아보는 시선.

'어디서 감히 너 따위가.'

내게는 이렇게 말하는 것처럼 보였다.

그는 자신감에 차 있었다. 제노아의 국력과 누이의 미모, 그리고 자신의 화술과 외교력에 자신감이 매우 충만해 보인다.

다른 건 그러려니 하는데, 마지막은 좀 아닌 것 같다.

나는 대놓고 그를 비웃어 주며 손을 뻗었다. 루크레티우스의 팔짱을 끼고서 보란 듯 그에게 속삭였다.

"한 번 더 출까요?"

마침 세 번째 곡이 끝나 가고 있었다. 루크레티우스의 녹색 눈이 반짝 빛났다. 그는 작게 키득거리며 나를 홀의 가운데로 인도하며 제노아 남매에게 한마디만 던지고 갔다.

"제노아의 춤 사랑은 유명하지. 그러나 제국의 무도회 예법은 제대로 배우지 못한 것 같더군. 그대나, 그대 누이나."

"……폐하!"

코로넬의 항의 섞인 외침은 막 새로 시작되는 음악소리에 묻혀 버렸다.

나는 루크레티우스에게 매달리며 그와 그의 누이를 향해 눈웃음 쳤다. 고개를 돌리기 직전 대놓고 비웃어 주는 걸 잊지 않고서.

네 번째 무곡은 아주 스탠다드한 무도회 용 춤곡이었다.

이름이 뭐였더라?

아, 그거다. 휠디타. 지구와 비교한다면 대충 왈츠와 비슷한 것이다.

부드럽지만 절도 있는 리듬을 따라 스텝을 밟았다.

나는 새삼 감탄했다. 역시 이 남자, 진짜 잘 춘단 말이야.

상대방이 움직이기 편하게 길을 만들어 주듯이 추려면 어지간한 실력으로는 안 될 것이다.

웃음기 어린 목소리로 그에게 물었다.

"그래도 제노아면 무시하기 힘든 나라잖아요. 저렇게 홀대해도 돼요?"

"별로 상관없어. 저 정도로 발끈해서 문제를 일으키려 든다면 저 녀석 그릇도 알 만하지."

"……."

어째 말투가 문제를 일으켜 줬으면 하는 듯한 느낌이었다. 기분 탓인 건지, 루크레티우스는 조금 기분이 안 좋아 보였다. 좀 노골적으로 표현한다면 심술이 가득했다.

종로에서 뺨 맞고 한강에서 화풀이하고 싶어 하는 사람처럼 보인달까. 이 경우 한강은 아마도 저 불쌍한 제노아의 코로넬 왕자가 되겠지. 그리고 종로는…….

"……."

왜 그러지는지, 사실 알 것 같긴 했다. 모르고 싶지만 말이다. 나는 아직 아까 그의 질문에 대한 대답을 하지 않았다.

"……만약 가능하다면…… 아직도 그대는 돌아갈 생각인 건가?"

질문에 대답하지 않았다. 그렇다. 하지 '못한' 것이 아니라, 하지 '않은' 것이다.

머릿속이 복잡했다.

사실 내 대답은 이미 정해져 있었다.

당연하지 않나. 내가 태어나서 자란 곳으로, 집으로, 가족들의 곁으로 돌아가고 싶다.

기회만 된다면 가능하기만 하다면, 당연히 돌아갈 것이다.

이곳은 나의 세계가 아니다. 본의 아니게 떨어지게 된 다른 세상. 내가 살아갈 곳이라 생각할 수 없었다.

아예 돌아갈 수 없다고 결정이라도 난 뒤라면 다를지도 모르겠다. 그렇다면 이곳에 정착하기 싫어도 정착할 수밖에 없으니, 태도를 바꿀 수밖에 없겠지. 하지만 아직 내가 돌아갈 수 없다고 확정된 것은 아니다.

도리어 그 가능성에 대해 알고 있을 사람과 만나 곧 이야기를 하게 될 참이다. 성녀가 나를 도와줄지는 모르지만, 할 일은 모두 해볼 작정이었다.

루크레티우스는 내가 이렇게 생각하는 것에 대해서는 무어라 비난할 수 없다. 이 사실만은 그도 부정하지 못할 것이다. 그가 나와 같은 처지였다면, 그도 전혀 다른 세계, 그러니까 현대의 한국에 뚝 떨어졌다면 어떤 선택을 할까?

당연히 이곳으로 돌아오기 위해 수단과 방법을 가리지 않겠지.

나 역시 마찬가지였다.

"……."

"……."

불편한 침묵이 어지럽게 손발 사이를 휘감아 돌았다. 지금 이 침묵 속에 숨겨진 진짜 대화의 내용을 그도 나도 모를 수 없었다.

우리는 사이좋게 침묵을 내세우며 손을 맞잡고서 스텝을 밟았다. 정말로 어색하고 무거운 시간이었지만, 헛웃음이 날 정도로 춤추는 손발이 잘 맞았다. 이 남자랑은 이런 식으로 따로 상의하지 않아도 손발이 척척 잘 맞아떨어지는 경우가 꽤 많았다.

침묵 속에서 춤의 마지막 동작이 맺어졌다.

그와 나의 손이 천천히 떨어졌다.

음악이 끝나고 자연스럽게 다시 가장자리 쪽으로 향했다. 이번에는 제노아의 하이에나 남매가 오기 전에 다른 익숙한 이들이 다가왔다.

"오랜만에 뵙습니다, 폐하. 그리고 비 전하."

울림이 그윽한 목소리.

백발과 흰 수염이 성성한 노인이 다가왔다. 아마 아들일 듯한 중년 남자와 나와는 구면인 그의 며느리, 그리고 백작부인이 뒤따랐다.

루크레티우스가 옅은 미소를 띤 채 인사를 받았다. 조금 전 코로넬 왕자를 대할 때와는 아예 다른 태도다.

"그렇군요, 코르넬리우스."

일랑 백작 부부가 다음으로 인사를 해 왔다.

"황제 폐하를 뵙습니다. 황비 전하를 뵙습니다."

루크레티우스의 의례적인 답례가 있은 뒤, 나도 최대한 호의적인 미소를 띤 채 일랑 백작부부를 맞았다.

"안녕하세요. 백작은 오늘 처음 뵙는 것 같군요."

호인으로 보이는 백작은 허허 웃으며 내 인사말을 이어 주었다.

"이제야 비 전하의 아름다움을 뵙는 영광을 누리게 되었습니다. 얼마 전에 제 아내가 비 전하께 큰 선물을 받았다지요?"

주변의 시선이 백작부인이 걸고 나온 목걸이를 향했다. 작은 사이즈의 검은 다이아몬드가 빼곡히 박힌 목걸이는 내가 제법 심혈을 기울여 고른 것이었다.

백작부인은 수줍다는 듯이 웃으면서도, 펴고 있던 부채를 접어 자신의 목걸이가 제대로 드러나도록 하는 것을 잊지 않았다.

"비 전하의 안목이 너무나도 뛰어나셔서 정말 감탄했답니다."

백작부인의 상찬에 나는 가증스럽게 웃으며 답했다. 아, 나도 진짜 이런 일에 많이 익숙해진 것 같다. 숨 쉬듯이 멘트가 튀어나와. 꼭 누구를 닮아 가는 것 같지 않냐는 말이야.

"별말씀을. 이렇게 보니 목걸이가 백작부인의 미모에 가린 느낌이군요. 좀 더 멋진 것을 고를 것을 그랬어요."

우리는 백작부부와 재상을 상대로 기분 좋게 웃으며 대화를 이어 갔다. 긴장감이야 적당히 있지만 적어도 에일 공작부부니까 제노아의 왕자, 왕녀를 대할 때보다는 더 편하다.

이곳이 공식적인 자리라는 점과 그들이 무시할 수 없는 세력가라는 사실만 제외하면 꽤 즐거운 대화였다. 말이 통하는 상대의 귀중함은 리즈벳과 조금만 대화하면 절절히 깨닫게 된다. ……물론 이제는 그 아이와 대화할 일은 없지만.

그때 내 입장에서는 매우 고맙게도, 일랑 백작부인이 먼저 율리아 이야기를 꺼내 주었다. 마치 내가 잠시 잊고 있던 목적을 일깨워 주는 느낌이었다.

"그런데 율리아 그 아이는 잘하고 있는지요? 시간이 촉박하여 미처 필요한 교육을 해 보내지 못했답니다. 그래서 계속 걱정하고 있었지요."

"무슨 그런 겸양의 말씀을. 율리아는 정말 잘해 주고 있답니다. 시녀장인 사만다도, 또 먼저 시녀로 와서 일하고 있는 로벤티스 백작의 영애들도 율리아를 칭찬하고 있어요."

일부러 목소리를 높였다. 약간은 과장된 하이톤. 굳이 이렇게 오버한 것은 내가 율리아를 시녀로 들인 목적을 스스로 잊고 있었음을 깨달았기 때문이었다.

그래. 목적대로 하는 것이 낫다.

곁눈질로 다른 시녀들이 어디 있는지 찾았다. 다행히 그리 멀지 않은 곳에 있었다. 충분히 대화를 들을 수 있고, 상황이 눈에 들어올 만한 자리에 아까 나를 짜증나게 해 준 제노아의 왕자와 왕녀도 보였다. 딱 좋은 위치였다.

"그리 말씀해 주시니 감사합니다."

백작부인은 안심한 듯했다.

막상 시작하려니 가슴이 답답했다. 무언가가 계속 신경을 긁었다. 그러나 내게는 시간이 없었다. 무사히 집으로 돌아가기 위해 반드시 필요한 일이다.

객관적으로도 율리아는 매우 좋은 인재다. 미모, 인성, 능력. 그리고 적당한 위치의 친정은 덤이다.

확실히 아까 루디아 왕녀의 경우 루크레티우스가 그 친정인 제노아 왕국을 마음에 들어 하지 않을 것이 분명했다. 황제의 입장에서 황후의 친정이 과하게 큰 세력을 가진 것은 저어할 수밖에 없다.

반면 율리아는 본가가 별다른 것이 없는 자작가에, 상황을 보니 부친과도 사이가 별로 좋지 않은 듯했다.

이모가 공작부인이 될 예정이라지만, 친부모가 아니라 적당히 거리가 있는 관계이리라. 아무리 친척과 사이가 가까워도 결국 친부모와는 다를 수밖에 없다.

무엇보다 율리아는 영리한 사람이니 필요에 따라 선을 그을 줄도 알 것이다. 여러모로 루크레티우스에게 딱 맞는 조건이다.

그런데 하나하나 맞아떨어지는 사실들을 떠올릴수록 가슴이 더더욱 뻐근해졌다.

아침은 먹지도 않았는데 체할 것 같다.

애써 무시했다. 나는 더더욱 해사하게 미소 지으며 율리아를 이쪽으로 불렀다. 여주인의 부름에 다른 시녀들과 환담을 나누다 끌려 온 율리아는 어리둥절한 표정이었다.

아무것도 모르는 그녀의 표정을 보고 있자니, 더더욱 가슴이 조여 오는 것 같았다.

나는 고향으로 돌아가기를 바란다. 설사 돌아갈 수 없다 해도, 황궁에서 살 생각은 없었다. 이곳은 숨 쉬는 공기마저도 조심해야 하는 두려운 곳이다.

게다가 나는 루크레티우스를 믿을 수가 없었다. 그는 사람을 사람으로 보지 않는다. 리즈벳에 대한 태도가 새삼 떠올라 이를 강조해 주었다.

설사 지금 그가 강변하는 대로 그가 내게 가진 감정이 진실이라 한들, 얼마나 지속될 수 있을까. 그의 감정이 식으면 나 역시 리즈벳이든, 그의 죽은 아내나 약혼녀처럼 전락하겠지.

그것이 두려웠다.

너무나도 두려워서, 나는 마치 숨을 굴을 찾는 짐승처럼 다급하게 행동했다.

다른 선택의 여지는 없었다.

알 수 없는 씁쓸함이 목구멍을 거꾸로 타고 오르는 것을 억지로 씹어 누르며, 최대한 밝고 다정한 어조로 목소리를 높였다.

"아까 폐하께서 제게 말씀하셨답니다."

잠시 메마른 입술에 혀가 걸리는 것 같은 기분이 들었다. 그러나 이 껄끄러움을 애써 밀어내며 말을 이었다.

"다음 춤은 바로 제 시녀 율리아와 추고 싶으시다고 말이에요."

일대 파란이 주변을 엄습했다. 주변 공기가 일시에 쨍하니 얼어붙는다.

나도 방금 내 입에서 나온 말의 파괴력을 알았다. 내 발언이 사실이라면, 그건 즉 루크레티우스가 율리아에게 관심이 있다는 의미가 된다. 매우 유력한 후궁 후보가 하나 새로 생기는 셈이다.

실제로 말이 떨어지기가 무섭게 주변 사람의 표정에서 희비가 엇갈렸다. 대표적으로 율리아의 이모인 일랑 백작부인은 얼굴에 화색이 돌았고, 제노아 남매를 비롯해 루크레티우스를 노리던 이들의 얼굴은 흙빛이 되었다. 곧 그들은 나를 시선만으로 태워 죽일 만큼 이글거리는 눈빛을 쏘아 냈다.

주변 상황을 살피느라 고개를 돌리려다 예상외의 광경을 보고 말았다. 율리아의 모습이었다.

나는 일반적인 이 세계의 귀족 영애들의 상식에 비추어 율리아의 태도를 예상했다. 특히나 율리아는 매우 눈치가 빠르고 영리하므

로 내 의도를 어느 정도는 눈치챘으리라 생각했다. 내가 등을 밀어
주면 고마워하며 알아서 진행을 할 거라 예상했다.

그런데 지금 율리아의 안색은 백짓장처럼 창백했다. 신분 상승의
기회를 잡아 행복해 하는 소녀의 얼굴이 결코 아니었다.

그리고 루크레티우스는……, 이쪽에서 의도적으로 시선을 피하
고 있으므로 알 수 없었다. 그리고 지금은 별로…… 보고 싶지 않
았다.

긍정적인 표정이든 부정적인 표정이든 무서워서 보기 싫었다.

빨리 두 사람이 같이 춤을 추게 만들고 나는 뒤로 빠져야겠다.
율리아의 반응이 예상 외이긴 하지만, 어쨌든 결심한 것은 그대로
밀고 나가는 것이 낫다.

상황을 완전히 확정 지으려는 순간이었다.

내 입술이 벌어지기 직전, 한발 먼저 커다란 손이 내 어깨를 쥐
었다. 루크레티우스의 무섭게 가라앉은 목소리가 조금 전 발언보
다 더욱 크게 연회장의 공기를 울렸다.

"……황비가 몸이 안 좋은 것 같군."

'이건 또 무슨 헛소리야?'

나는 목소리를 높였다.

"아니……!"

그와 눈이 마주친 순간 혀가 절로 움직임을 멈췄다.

말하려던 것도 잊고 굳어 버렸다.

순간적이지만 나를 내려다보는 그의 눈빛이 몸속에 돌던 따스한
피가 얼어 버릴 정도로 차가운 분노로 타오르고 있었던 것이다.

분노.

그리고, 실망.

너무 놀라 멈칫한 사이, 루크레티우스는 내 손을 잡아채어 끌어당겼다.

"아!"

그는 주변을 둘러보더니 곧 재상에게 시선을 고정했다. 우리 주변 이들 중 가장 신분이 높고 지위도 분명한 재상 코르넬리우스에게 부탁하려는 의도였다.

"황비의 몸 상태가 안 좋은 듯하니 잠시 데리고 나가 쉬도록 하겠소."

재상은 의아한 얼굴을 하면서도 말을 맞춰 주었다.

"그렇군요. 편히 휴식을 취하시고 돌아오시기를."

마음이 급해졌다. 공을 들여 세운 야심만만한 계획이 박살나게 생겼다.

루크레티우스의 곁에 어울리는 여자를 붙여 주고, 나는 고향으로 돌아갈 방법을 찾는다. 완벽한 구도가 아닌가 말이다.

자기합리화에 대항해서, 내 머릿속에서 마구 떠오르는 반박들은 스스로 무시하고 묻어 버렸다. 그러기 위해 루크레티우스에게 분노를 돌렸다.

내가 이렇게 밀어붙이면, 적어도 공식적인 자리에서 내게 창피를 주지 않기 위해서라도 어울려 주는 척은 해야 하는 거 아냐!

부아가 치밀었다. 이대로 끌려가서 일이 물거품이 되게 할 수는 없어!

"자, 잠시만요……!"

하마터면 자제력을 잃고 둘만 있을 때처럼 '당신!'하고 외칠 뻔했다. 가까스로 남은 이성이 지금 자리가 대연회 공식석상이라는 것을 상기시켰다. 남들 귀가 있는데 스스럼없이 외쳤다간 경을 치는 정도로도 안 끝난다.

다시 정신을 차리고 막무가내로 잡아끌려는 루크레티우스를 불렀다.

"그, 저기, 폐하……!"

나의 부름에 루크레티우스가 다시 돌아보았다.

그 눈과 마주친 순간, 머릿속을 지나던 수많은 생각과 계획이 휘발되어 버렸다. 그만큼 녹색 눈에 불타는 분노가 지극히 선명했다.

그는 다시 강하게 나를 잡아당기려 했다. 그래도 내가 순순히 따라갈 것 같지 않다는 판단이 선 모양이다. 그는 내 손을 놓았다. 그리고 성큼성큼 다가와 두 팔을 한 아름 벌려 그대로 나를 안아 올렸다.

"꺄악!"

보랏빛 풍성한 치맛자락이 휘날렸다. 루크레티우스는 간단하게 선언했다.

"잠시 황비가 현기증이 인다 하는군. 정말 상태가 안 좋은 듯해. 그 덕에 헛소리까지 해 버렸으니 말이야. 잠시 내가 휴게실로 데려다주고 오겠소. 그 동안 마음껏 연회를 즐기기를."

"이게 무슨 짓이에요!"

그의 품에 폭 들어 안긴 꼴이었다. 나는 장엄의 홀에 딸린 가장 큰 귀부인용 휴게실로 들어서자마자 외쳤다.

"……."

그는 묵묵부답으로 나를 안은 채 휴게실 가장 안쪽으로 성큼성큼 걸어 들어갔다.

연회장에서 나오고도 우리를 뒤따라 들어오던 시녀들도 휴게실 내부의 문 두 개를 거치자 더 이상 보이지 않았다.

율리아는 연회장에서 따라 나오지 못했다. 어차피 내 계획은 온통 엉망이 되어 버렸으므로, 이제는 의미가 없다.

분노가 치밀었다. 아니, 내 말대로 그냥 율리아랑 춤 한 번 추면 끝나는 일이다. 그거 하나가 얼마나 어려워서 이 난리인 거야?!

이 인간, 대체 왜 이래?

나는 견디지 못하고 소리를 빽 질렀다.

"그만해요!"

여전히 대답이 없다. 결국 참지 못하고 그를 직접 불렀다.

"루크레티우스!"

"……."

여전히 대답 없다. 나를 안은 채 걷는 움직임 역시 그대로.

—쾅!

세 번째 문이 열렸다. 그가 발로 걸어차서 연 모양이었다. 문 소리가 얼마나 컸는지 순간적으로 움찔했다. 그 사실에 짜증과 화가 더 치밀어서, 거의 뇌를 거치지 않고 소리가 입에서 튀어나갔다.

"루크!"

그러자 처음으로 대답이 있었다.

"왜."

"……."

무서울 정도로 차갑게 가라앉은 목소리. 얼어붙은 기름과도 같은 느낌. 서늘하게 요동치는 분노가 단 한마디 안에 압축되어 있었다.

나는 이제야 깨달았다. 지금 이 사람은 진짜로 화를 내고 있었다.

그것도 '나'에게.

홀에는 길고 길게 이어지는 연회 중간 중간 귀부인들이 휴식을 취할 전용 공간이 따로 마련되어 있었다. 휴게실은 또 하나의 사교 장이기도 했다. 귀부인들은 모여서 화장을 고치거나, 옷을 갈아입기도 하고, 친한 친구들끼리 모여 수다를 떨었다.

그러다 보니 보통 친한 귀부인들이 휴게실을 공유했다. 친척 간에도 함께 쓰는 경우가 많았다. 대부분 대여섯 명 이상이고, 두세 명이 함께 휴게실을 쓰는 건 상당한 신분을 가졌다는 증거였다. 신분 높은 이들일수록 더 넓은 공간을 적은 숫자의 사람들이 사용하는 것이다.

그리고 황족쯤 되면 혼자서 남들 열 명은 쓸 공간을 독차지하게 된다. 원래 황후나 태후가 쓰는, 황궁에서 가장 큰 휴게실은 거의 황궁 외곽의 손님용 침실 규모였다.

그러니까 지금 나와 루크레티우스가 함께 있는 이곳 말이다.

루크레티우스는 연회장 한가운데서 나를 달랑 안아 올려, 그대로 무소의 뿔처럼 걸어 휴게실 안쪽까지 데려왔다.

황후를 위한 휴게실은 가장 안쪽에 그대로 잠들어도 괜찮을 정도로 그럴듯한 침실까지 붙어 있다. 바로 그 침실로 나를 데려온 그는 천천히 내 몸을 침대 시트 위로 내려놓았다. 그의 손가락 마디 끝까지 힘이 들어가 있는 것은 분명히 느낄 수 있었다.

그는 최대한의 자제력을 발휘한 듯, 정말로 느리게 침대 위로 내 엉덩이가 닿았다. 던지듯이 내려놓았어도 아프지 않을 정도로 푹신한 침대 위였다. 그런데도 잘 깨지는 유리병을 다루듯이 조심스러웠다.

그를 상대로는 꽤 오랜만에 느끼는 두려움과 긴장감에 휩싸여 고개를 들었다. 그의 눈이 바로 내 앞에 있었다.

"……."

"……."

정말로 오랜만에, 그를 처음 만났을 때의 감상을 느꼈다. 아, 구체적으로는 두 번째 만남 때 말이다.

상냥함을 가면처럼 쓰고 나를 부축해 주었던 황태자가 아니라, 자신의 아버지를 죽인 루크레티우스라는 인간을 만난 그 밤.

선황의 시체를 사이에 두고서, 목격자와 암살자라는 입장에서 마주했던 그때의 느낌을.

그 두려움을, 노려보는 뱀 앞에 선 생쥐의 기분을 오랜만에 곱씹었다.

그는 낮게 으르렁거리듯이 물어 왔다.

"대체 무슨 생각이시지? 나의 황비 전하께서는."

차갑게 비꼬는 목소리 안에는 잔뜩 억누른 분노의 흔적이 선명했다. 뭐라고 대답해야 할지 말을 고르는 사이, 그의 비비 꼬인 목소리가 이어졌다.

"난 그대가 무슨 생각을 하는지 조금도 모르겠어."

"……."

이제 거의 따지고 있었다.

"그대는 내 말을 제대로 듣기는 했나?"

"무슨…… 말을 말이에요?"

"하!"

루크레티우스는 기가 막힌다는 듯이 한 번 허공을 향해 한탄하고 고개를 돌렸다. 다음으로 나온 말은 내가 전혀 예상하지 못한 종류의 단어들로 이루어져 있었다.

"그대는 정말로 잔인해. 나를 어디까지 비참하게 만들려는 것인지 모르겠어."

"네?!"

말문이 턱 막혔다.

무슨 소리야?

잔인? 비참?

절대 당신이 내게 할 말이 아닌 것 같은데?

경악한 눈으로 올려다보았지만 그는 계속 고개를 돌린 채였다. 돌아보지 않았다.

목소리를 높여 그를 채근했다.

"대체 무슨 말이에요?!"

"……."

천천히, 아주 천천히 그가 내 쪽을 돌아보았다.

그는 도저히 이해할 수 없는 것을 관찰하듯 나를 뚫어져라 바라보았다.

"그대는 머리는 좋은데 기억력이 나쁜 것 같아. 아니면 기억하기 싫은 건가?"

이건 또 무슨 소리야?

이번에는 내가 무어라 항의할 시간조차 없었다. 그는 안에 든 것을 모조리 토해 내듯 내게로 말을 쏟아 부었다.

"내가 그대에게 그리 노골적으로 말하고 행동하고 표현했는데, 무슨 말이냐고?"

어?

순간, 심장이 내려앉는 것 같았다.

"그대가 계속 무시하고 모른 척하고 싶어 한다는 것은 나도 알아."

"그, 그만……."

"아니! 오늘은 그대가 듣지 않으려 해도 들어야 할 거야!"

그는 뒷걸음질 치려는 내 손을 거칠게 잡아당겼다. 나는 그대로 쑥 루크레티우스의 코앞으로 끌려갔다.

당장에라도 닿을락 말락한 거리까지 다가서자, 그는 내 눈을 똑바로 찌를 듯 내려다보며 한 자 한 자 이로 씹듯이 새겨 주었다.

"그대는 반한 여자가 다른 여자를 내게 들이밀 때, 내 기분이 얼마나 더러울지 모르겠나?"

'이, 이건……! 이건 반칙이야!'

그걸 그렇게 대놓고 말하면 어떡해!

조금 전 간신히 주웠던 내 심장이 그의 말에 얻어맞고 다시 속절없이 바닥을 데굴데굴 굴렀다. 얼굴에 피가 몰렸다.

나는 마지막 저항의 힘을 짜내어 외쳤다.

"왜, 왜요?! 어차피 당신은 황후도 들여야 하고, 후궁도 여럿 들여야 하잖아요!"

안 돼. 위험해. 이대로 끌려 들어갔다간, 진짜로 위험해.

나는 집으로 돌아가야 해. 여기서 연애 놀음 하고 있을 여유가 없단 말이야!

그는 날카롭게 외쳤다.

"필요 없어!"

"왜 없어요?!"

이 인간은 왜 말도 안 되는 소리를 하고 있는 거야?

황제라는 입장상, 선황 정도로 후궁을 꽉꽉 채우진 않아도 정략적인 이유에서라도 황후와 황비 네 명은 다 들여야 할 거 아냐? 내가 솔선수범해서 도와주겠다는데, 왜 난리냐고?!

고개를 도리도리 저으면서 외쳤다.

"정치적인 이유에서라도 황후든 황비든 더 들어야 하잖아요! 그러니까 나는 돌아가게 내버려 두고, 다른 여자들을 들이라고요!"

"……!"

"그리고 율리아는 내가 고르고 고른 좋은 여자니까……!"

정신없이 외치다가 올려다 본 루크레티우스의 눈빛은 내가 본 적 없는 모습을 하고 있었다.

"어?"

순간적으로 눈을 의심했다.

당연하다. 저 남자가, 세상에 저 루크레티우스가, 순간적이지만 상처받은 눈빛을 했다니. 의심해 마땅하지 않은가 말이다.

너무 놀라서 굳어 버린 사이 그는 자조하듯이 물었다.

"그게 아까 내 질문에 대한 그대의 대답인가?"

턱 하고, 목구멍에 아교를 붙여 놓은 것처럼 말문이 콱 막혀 버렸다.

머리가 새하얗게 비었다. 무어라고 대답을 해야 할 텐데, 단어들이 산산이 부서져서 머릿속을 맴돌 뿐이었다. 빙글빙글. 마치 스노우볼 속을 하릴없이 휘도는 눈송이 모양의 파편처럼.

속절없이 벌어진 입술은 위에 올릴 언어를 찾지 못해 가쁘게 달싹였다. 그러나 여전히 그에게 주어야 할 답을 알 수 없었다.

"……."

"……."

잠시 말문이 막힌 나를 내려다보던 루크레티우스는 눈에 띄게 쓴 웃음을 지었다. 그리고 한마디만 남기고 몸을 돌렸다.

"그래. 결국 이것이 그대의 답이로군."

"아!"

루크레티우스가 돌아서는 모습이 마치 슬로모션처럼 보였다. 그가 내디디는 발끝에 내 심장이 채여 데굴데굴 구르는 것 같은 기분이 들었다.

머리보다, 입보다, 몸이 먼저 움직였다. 손이 마치 자석처럼 이끌려 뻗어 나갔고, 다리는 손에 딸리듯이 일어섰다.

"어엇?"

정신을 차리니 벌떡 일어서서 막 돌아서려는 그를 두 손으로 꽉 잡아 버렸다. 내 두 손아귀 안에는 그의 빨간색 망토 자락이 한 움큼 잡혀 있었다.

걸어서 떨어지려던 루크레티우스는 갑자기 달려들다시피 한 나때문에 졸지에 몸의 균형을 잃었다. 나는 그에게 매달리다시피 한상황.

그의 몸은 그대로 장난하듯이 깔끔하게 뒤로 넘어가 버렸다. 이것은 곧 그에게 매달린 나도 딸려 앞으로 고꾸라졌다는 뜻이기도하다.

내가 그를 잡고 있었지만, 여자인 내가 남자인 루크레티우스의체격과 체중 차이를 힘으로 이길 수는 없었다. 결국, 둘 다 침대 옆바닥에 꼴사납게 나동그라져 버렸다.

"꺅!"

"윽!"

아이고. 이게 무슨 일이람.

머리가 빙빙 돌았다. 아까부터 왜 이렇게 정신없는 일만 계속 있나 모르겠다. 그나마 바닥에 푹신한 카펫이 깔려 있는 상태에서 넘어져서 천만다행이다. 크게 다치진 않은 것 같았다.

팔에 힘을 주자, 손바닥에 단단한 면이 닿았다.

응? 카펫이니까 푹신해야 하지 않나?

황궁의 침실 바닥에 깔리는 양탄자들은 멀리 북쪽의 유목국가 로라드 산의 최고급 양모로 직접 짠 최고급품들이라, 한국에서 덮던우리 집 이불보다 여기 카펫이 훨씬 푹신했다.

그런데 왜 이렇게 딱딱하지? 아니, 완전히 바닥처럼 딱딱하진 않다. 조금 말랑말랑한 것 같기도 하다.

나는 빙글빙글 도는 머리를 손으로 짚으며 몸을 일으켰다. 완전히 산발이 되어 버린 머리카락 사이로 그제야 지금 광경이 눈에 들어왔다. 그리고 나는 어째서 손 아래 감촉이 푹신하지 않고 딱딱했는지 알 수 있었다.

"……."

내가 넘어진 곳이 카펫이 아니라 사람 몸 위였으니까.

직접 하는 광경을 본 적은 없지만 늘 검과 체술로 체력을 단련한다는 루크레티우스의 몸은 정말로 단단했다. 그건 잘 안다. 직접 만져보거나 안겨본 적이 많으니까.

지금처럼 위에 엎어진 적도……, 있긴 있다. 이렇게 아예 깔고 앉은 적은 처음이지만.

"……."

어, 어떡하지?

얼굴에 피가 화악 몰렸다.

손끝에 닿는 남자의 골격과 근육은 유달리 쫀쫀하고 딱딱했다. 그러나 따스하고 탄력 있다. 옷 위로 닿는데도 이렇게 느껴지다니.

멍하니 벌건 얼굴로 내려다보고 있자니, 그가 어쩐지 허탈한 표정으로 말했다.

"대답을 하려면 입으로 하도록 해. 몸으로 이러지 말고."

"모, 몸?!"

이미 얼굴이 폭발할 거 같은데, 그가 던진 단어 한 마디에 더더욱 피가 몰렸다.

으, 으아! 얼굴이 터질 거 같아!!

그는 피식 웃었다.

"무슨 생각을 하기에 그렇게 딸기 같은 얼굴로 소리를 지르는 거지? 난 그대가 나를 잡은 걸 두고 한 소리야."

"……."

미, 민망해! 민망해서 죽을 거 같아!

황급히 몸을 일으켰다. 손이 그의 몸에서 떨어지는 순간까지도 그 감촉과 체온이 머릿속을 휘저었다.

매우 엉거주춤한 자세로 그의 위에서 대충 내려와 카펫 위에 앉아 있자니, 그가 천천히 몸을 일으켰다.

루크레티우스는 잠시 허탈하게 웃었다.

"참 창의적인 대답이야. 어이가 없어서 화난 걸 잊어버리게 해 주는군."

"그…… 아…… 그게."

다시 말문이 막혔다. 잠시 어버버 하다가 간신히 말 같은 것을 내뱉는 데 성공했다.

"그, 으……. 미안해요."

나는 마치 큰 잘못을 저지른 어린아이 마냥 그의 눈치를 보았다.

루크레티우스의 얼굴을 채웠던 작은 웃음기가 곧 허무하게 스러졌다. 조금 전 보였던 차가움만이 그대로 남았다.

그는 다시 물었다.

"무엇이 미안하다는 거지?"

"어, 아니, 그게……."

"그대는 지금 왜 나를 잡은 거지?"

다시 머리가 하얗게 비어 버렸다.

그는 내게 물었다. 정말 고향으로 돌아가려 하냐고. 나는 그에 대답하지 않았다. 그는 침묵을 대답으로 알고 돌아가려 했다.

그런 그를, 나는 붙잡았다.

이건 대체 무슨 의미인 걸까? 난 어쩌고 싶은 걸까?

그렇다. 나는 돌아갈 생각이었다.

지금도 이건 변함없다. 그곳은 내가 살던 곳이다. 19년간 태어나 자란 곳이다. 하나하나가 모조리 사무치도록 그립다.

또 나는 그를 믿을 수가 없었다. 그가 내게 보이는 태도가 언젠가는 사라질 일시적인 것이고, 결국 나중에는 나 역시 그에게 아무것도 아닌 자들 중 하나가 될지도 모른다는 불안.

그래서 루크레티우스에게 율리아를 붙여 주려 시도했다. 그가 내게 가진 감정을 믿을 수도 없고, 당장은 저것이 도리어 방해라 여겼다. 해서 그의 감정을 다른 사람에게로 방향을 돌리려 한 것이다.

그러면 내 행동은 모순되어 있었다. 당연히 루크레티우스가 내게 물었을 때 제대로 답을 해야 맞았다. 고향으로 돌아가 버리려 하냐는 질문에, 당연히 '그렇다'고 당당히 답해야 한다. 그러나 그러지 못했다.

머릿속이 진창이 된 것처럼 혼란스러웠다.

루크레티우스는 멍하니 앉은 내게로 손을 뻗었다. 혼란 때문에 그의 손을 미처 눈치채지 못했다.

그는 완전히 엉망으로 헝클어진 내 머리카락을 가볍게 쓸어 뒤로 넘겨 정리해 주었다.

무의식적으로 눈을 들어 그를 보았다. 루크레티우스의 녹색 눈동자는 평소와 조금도 다르지 않았다. 무섭도록 깊은 바다처럼 차게 가라앉은 눈. 거기에 비교하면 나는 폭풍 속에서 흔들리는 종이배 같았다.

새삼 깨달았다. 그는 거대한 바다처럼 깊은 남자였다. 변화무쌍하고 또한 잔인하고 냉혹하여, 속을 알 수 없다. 그 어마어마한 파도를 휘몰아쳐 온통 혼란스럽게 해 놓고는 변덕스레 빠져나가 버린다. 마치 대지를 희롱하고 빠져나가는 썰물처럼.

그렇기에 나는 속절없이 흔들릴 뿐. 그는 그저 고요히, 자신의 위치 그 자리에서 나를 가만히 응시하고 있을 뿐이다. 그런데도, 그것만으로도 미칠 듯이 두려웠다.

그렇다. 그는 이미 나를 온통 뒤흔들어 놓고 있었던 것이다.

루크레티우스는 설핏 웃음을 머금었다. 내 머리카락을 넘겨준 그의 손끝이 안타깝게 내 입술을 가만히 스치고 지났다. 그 감촉에 어깨가 떨렸다.

"이미 몇 번이나 말하지 않았나. 나는 그대를 원해."

"……."

필사적으로 머리를 굴렸다. 그리고 입을 열었다. 어떻게든 도망칠 길을 찾았다.

"당신에겐 아내가 필요해요. 제국을 함께 다스릴 황후가. 그리고 곧 속국에서 보내는 공녀들로 후궁 전체가 가득 차겠죠. 난 그 중 하나가 되고 싶지 않아요."

그는 혀를 낮게 찼다.

"나는 그대 외에 여자는 필요 없어."

나는 바락 외쳤다.

"난 황후가 될 수 없어요! 그럴 자격도 능력도 없다고요!"

그가 다시 퇴로를 끊었다.

"내가 대체 왜 그대에게 무리해서 황실의 성을 내렸다고 생각하지, 사비나 르 크렌시아? 설마 그 의미를 몰랐다 할 생각은 아니겠지. 영민한 그대가 말이야."

"……그렇다고 받아들인 건 아니에요. 그렇다 해도……, 난 다른 황비나 후궁들 못 견뎌요. 우리 고향에서는 한 남자를 여러 여자가 남편으로 공유하는 건 몇 백 년 전 옛날 일이에요!"

루크레티우스는 부드럽게 웃으며 내가 필사적으로 찾아 던지는 무기들을 방패로 가볍게 막아 냈다.

"말하지 않았나. 내겐 그대 하나로 족해. 다른 여자들은 필요 없어."

"정치적으로 필요하잖아요! 내겐 당신을 도울 친정이 없어요!"

그는 내가 매우 싫어하는 자신만만한 미소를 보였다.

"내 능력만으로도 국정은 충분히 감당할 수 있어. 그리고 그대에게는 그럴 만한 가치가 있지."

어이가 없었다. 가치? 무슨 가치?

"나는 그대를, 그대의 능력을 믿어. 황후 자리는 결코 그대에게 버겁지 않을 터. 그리고 권력을 가진 친정? 그런 것을 가진 황후는 도리어 내게 짐이라고 말했을 텐데. 태후를 보고도 모르겠나?"

"……."

그는 차례차례, 내가 구차하게 뒤져 찾아낸 퇴로를 모조리 끊어 놓고 있었다.

실제로 그는 이미 한 번 말한 바 있다. 든든한 친정을 둔 아내는 결국 태후를 쳐낸 다음 그의 등 뒤에 둔 칼이 되리라고. 아마도 그런 때가 오면, 루크레티우스는 선황이 그 자신의 친모인 베아트리체 황후에게 한 것보다 더한 짓을 할 수도 있다고 말했다.

내가 아는 그는 능히 그럴 수 있는 남자였다. 모든 것을 감안한다면, 친정을 걱정할 필요가 전혀 없는 나는 그가 원하는 조건에 부합했다.

게다가 그는…… 내가 친정이나 어떤 다른 조건이나 필요 없이, 나 혼자서 황후라는 무거운 책무를 충분히 감당할 수 있다고 믿고 있었다.

그때 다시 치명적인 공격이 날아들었다.

"내 입장에서 그대는 기적과 같아. 처음에는 조건과 능력이 마치 나를 위해 누군가가 내려준 것 같다 생각했지."

"그럼 지금은요?"

"내 감정과 필요, 양쪽을 모두 충족시켜 줄 수 있는 유일한 이가 그대야. 다시 한 번 말하지. 그대는 내게 내린 기적과도 같아."

"……아니에요."

심장이 떨린다. 아까부터 미친 듯이 뛰는 심장 녀석이 그대로 내 가슴을 뚫고 나갈 것 같았다. 하지만 인정하고 싶지 않다.

그는 분명히 스스로 말한 그대로 판단하고 느끼고 있었다. 그러나 무엇보다…….

"……."

아니, 생각하지 말자. 더는 생각하지 않는 것이 도리어 낫다.

더 깊이 고민하다가는 그가 판 함정에 걸려 버린다. 이 일은 나의 문제가 아니다. 이곳은 나의 세계가 아니다. 내게는 돌아가야 할 곳이 있었다.

절로 고개가 좌우로 움직이고 있었다. 아마도 목이 졸린 듯한 표정을 하고 그를 바라보고 있었던 모양이다. 그러니 그가 저런 얼굴로 나를 걱정하는 거겠지.

루크레티우스는 씁쓸하게 중얼거렸다.

"그대는 매번 도망치려 하는군. 그러나 오늘은 도망칠 수 없어. 내가 분명히 말할 테니까."

"루크!"

정신이 번쩍 들었다.

더는 듣고 싶지 않았다. 이미 내 입장에서, 조금 전 그가 한 말들만으로도 선을 넘은 말들이다. 듣고 싶지 않다. 말하게 두어서는 안 된다.

이미 예감하고 있었다. 그렇게 직간접적으로, 그의 행동과 말을 통해 이미 '그' 감정을 인식하고 있었다. 그러나 정작 명확한 '단어'로 그의 감정이 내 앞에서 표현된 적은 없었다. 그 알량한 사실에 기대어, 지금껏 나는 최대한 그에게서 고개를 돌리고 있었다.

그렇다. 그것이 확고한 모습으로 내 눈앞에 들이밀어지기 이전임에도, 사실은 이미 흔들리고 있었던 것이다.

생각해 보면 당연했다. 그동안 의도적으로 생각하지 않으려 한 부분이나, 집으로 돌아갈 수 있는 방법은 정말 있을지 알 수 없다.

성녀가 과연 다른 세계로 돌아갈 방법 이전에 다른 세계의 존재조차 제대로 받아들여 줄까?

과거 한국에서의 내게 이런 별세계가 있다 하면 코웃음으로 넘겼을 것이다. 이곳 사람들에게 지구는 상상 속에서나 존재할 수 있는 곳이리라.

내가 미치도록 그리워하는 고향은 너무나도 멀었다. 반면 그는 내 곁에서 지속적으로 마치 젖어들 듯이 다가왔다.

이미 사비나라는 인간은 숨 쉬듯 루크레티우스의 존재에 익숙해져 있었다.

그런데 '저것'마저 실체를 가지게 되면 얼마나 흔들릴지, 나는 정말 진심으로 무서웠던 것이다.

그래. 정말로, 진심으로, '저것'이 두려웠다. 어찌 본다면 세상에서 가장 두려운 것이 바로 이것이 아닌가 말이다.

누군가가 그렇게 말한 바 있었다. '저것'은 세상을 구할 수도 망하게 할 수도 있는 유일한 감정이라고.

나는 그것이 너무나도 두려웠다.

필사적으로 외쳤다. 거의 절규에 가까웠다.

"그만! 그만해요, 루크!"

그러나 이번만은 그는 나를 용서해 주지 않았다. 보아 넘겨주지도 않았다.

절절이 의식했다. 루크레티우스와 비나라는 두 사람의 관계는, 전적으로 그가 나에게 일방적으로 '베풀어 주는' 배려와 아량에 의존하고 있는 불균형한 관계임을.

칼자루는 늘 그의 손에 있었다.

내가 필사적으로 고개를 젓는 것을, 그의 두 손이 막았다. 흰 뱀처럼 느껴지는 손가락들이 턱을 부드럽게, 그러나 단호하게 감아 쥐었다. 두 눈에서 눈물이 흐를 것 같았다.

시선이 도망칠 길을 막았다. 두 귀 역시 속절없이 열려 있었다. 나의 시선과 귓속으로, 그는 용서 없이 내가 부정하려 한 단어들을 부어 넣었다.

"나는 그대를 사랑해."

결국 세상에서 가장 두렵고, 또한 무엇보다 다정한 한 단어가 내 앞에 들이밀어지고야 말았다.

'사랑.'

"……."

사랑?

도저히 믿어지지 않는 울림이다. 그러나 동시에 사실 새삼스러운 말이기는 했다.

루크레티우스는 이미 상당히 구체적인 언어로, 또한 행동으로 저것을 계속해서 표현해 왔다. 나는 그것을 알면서도 외면하고 싶어 했고, 믿고 싶어하지 않았다.

그런데도 그가 나를 믿지 않았다 생각해서 화를 냈다. 나 자신도 그의 감정을 믿지 못하면서. 그러면서도 그의 감정이 내가 집으로 돌아가는 데 방해된다 여겨서 다른 여자를 붙여 주려 했다. 정말 하나같이 말이 안 되는 행동뿐이다.

스스로 생각하기에도 너무한 것 같다. 아니, 확실히 너무하다. 나라도 진짜로 사랑하는 사람에게 그런 짓을 당하면 당연히 화가 날 것이다.

그는 내 깨달음을 눈치채기라도 한 것처럼 귓가에 대고 속삭여 왔다.

"그대가 지금 자신을 사랑하는 사람에게 지나치게 잔인한 짓을 하고 있다는 생각은 안 드나?"

"그건……, 나는……."

가슴께가 콱 막혀서 제대로 대답이 나오지 않았다.

루크레티우스는 이해한다는 듯 다정한 태도로 내 양쪽 눈꺼풀 위로 가볍게 베이비 키스를 한 번씩 해 주었다.

"맹세하지. 그대가 나의 감정을 받아 주든 받아 주지 않든, 내 감정이 변할 일은 없어."

루크레티우스는 마치 내 불신과 불안감을 알고 있다는 듯 말했다. 그의 속삭임은 이제 달래는 듯이 조용하고 상냥했다. 너무 다정해서, 내가 아는 루크레티우스라는 사람이 맞나 싶을 정도로.

"그대에게 바로 결정하라는 것이 아냐."

"······."

"이미 말하지 않았나? 나는 그대가 나를 진심으로 원하여 직접 선택하기를 바라. 내가 그대를 선택한 것처럼, 그대에게 선택받고 싶은 거다."

그는 잠시 심호흡을 하다가, 힘을 주어 말했다.

"사비나라는 한 여자에게."

"난······."

그는 이어지는 한마디로 나를 완전히 무너지게 만들어 버렸다.

"그러니 너무 무리하지 마. 이미 그대는 충분하다 못해 넘칠 정도로 무리하고 있어. 처음 만났을 때를 생각하면 당연한 일이겠지만, 이제는 좀 더 나를 믿어 줄 수는 없나?"

눈물이 넘쳐흐를 것만 같았다.

안다. 알고 있다. 이미 눈치채고 있었다.

그것이 너무나도 두려웠다. 솔직히 그의 감정을 인정하고 믿으면, 거기에 의지하고 매달리지 않을 자신이 없었다.

그렇다. 나는 정말로 온 힘을 다해 이곳에서 버티고 있었다.

오로지 나 홀로.

나 외에 누구도 자신을 지켜줄 수 없었으므로.

처음으로 믿었던 에일 공작 일가는 친딸 대신 나를 팔아넘겼고, 죽이려 했다. 궁에서 살아남기 위해 적이 된 태후 일파는 지독히도 잔인한 자들이다. 그런 이들을 적으로 두고 단 한순간도 안심하거나 방심할 수는 없었다. 하루하루가 살얼음 위를 걷는 것과 같다.

어찌 본다면 나는 차라리 이 모든 것을 꿈이라 생각하고 있었던 걸지도 몰랐다. 잠들었다 깨어나면, 길고 또 지독한 꿈을 꾸었다고 웃을 수 있는 그런 상황을 원하고 있었던 거다.

오히려 꿈속에서 가족들과 친구들을 만나면, 드디어 현실로 돌아왔다 안도하며 기뻐하기를 지난 1년 반 가까이 반복해 왔다. 꿈은 꿈일 뿐. 언제나 아침을 맞으면, 지독한 상실감 속에서 이 잔혹한 현실을 마주해야 했다. 종래에는 꿈에서조차 잠시라도 고향으로 돌아왔다 착각조차도 할 수 없는 지경까지 왔다.

정말로 돌아갈 수 있을까?

아니, 어쩌면 이 모든 것조차도 꿈은 아닐까?

내가 정말 한국에서 살던 사비나라는 사람이 맞긴 한 걸까?

그런 세계 따윈 존재하지도 않는데, 내가 미쳐서 그렇다 믿는 것은 아닐까…….

이 모든 의문과 나약함, 불안감은 가슴 속에 꼭꼭 숨겼다. 그리고 가장 강한 부분들을 따로 떼어 내어 겉을 무장했다. 강한 부분이 없어도 만들어 내어서라도 채웠다.

고슴도치처럼, 거북이처럼. 그렇게 해서 강하게 보이지 않으면, 어떻게 될 지 알 수 없는 생활이었다.

누구도 믿을 수 없고, 진심으로 대할 수 없다. 애초에 내 세계가 아니라 생각했기에 정을 주고 싶지 않았다. 누구를 믿고 또 누구를 믿지 않아야 할지 모르겠다는 점도 컸다.

그렇게 단 한순간도 긴장의 끈을 놓지 못한 채, 나 자신의 아픔이나 두려움마저도 모조리 묻어 두고 여기까지 왔다.

그게 이미 한계에 달해 있었다는 것을, 오히려 나보다 그가 더 먼저 알고 있었던 거다. 내가 정말로 사무치도록 외롭고, 끔찍이 지쳐있었다는 것을.

결국, 그는 어찌 본다면 내가 가장 두려워하고 있던 행동을 해 버렸다. 내가 안간힘을 써서 유지하고 있던 긴장된 외줄타기를 완전히 흔들어 버린 것이다.

똑똑하고 강인한 여자.

유능한 황비.

내가 애써 만들어 유지하고 있던 강철 가면이 사정없이 깨져 나갔다.

남은 것은 다른 세계에 외따로 떨어져 두렵고 또 무서워 떨고 있는 스무 살짜리 계집아이였다.

나는 결국 그의 품 안에서 완전히 무너져 버렸다.

"난, 나는……! 난……!"

마지막 단어는 말이 아니라 거의 울음이 되어 터져 나왔다.

내가 이 세계에 떨어진 이후 처음으로 터진 울음은 그날 밤을 꼬박 새울 때까지 그치지 않았다.

그리고 루크레티우스는 내내 곁에서 나를 끌어안고 지켜 주었다.

하룻밤을 목 놓아 울고 또 울었다. 그 결과 다음날, 그러니까 연회 둘째 날에 그대로 앓아누워 버렸다.

　루크레티우스가 연회 자리에서 한 말이 씨가 되기라도 한 것 같다. 덕분에 둘째 날 루크레티우스는 혼자서 연회에 나가야 했다.

　아마 그 빈자리를 노리고 각국의 사절들과 왕녀, 공녀들이 눈에 불을 켜고 달려들겠지. 잠시 그에 시달려야 할 루크레티우스에게 심심한 위로를 보냈다.

　이렇게 뻗은 덕분에 좋은 점도 하나 있기는 했다.

　황궁 안에 기이한 소문이 하나 돈다고 했다. 내가 무리하다가 연회 자리에서 쓰러졌고, 황제가 직접 안아서 옮겨 주었다는 소문. 사실 내가 큰 사고를 당한 것이 얼마 지나지 않은 일이라, 회복되기도 전에 과로로 쓰러진 것이라고들 이야기하고 있었다.

　다음날 내가 앓아누워 연회에 나가지 못하자, 그 소문은 아예 기정사실이 되어 버렸다.

　여러모로 다행인 게, 덕분에 연회 자리에서 내가 율리아를 루크레티우스의 파트너로 해 주려던 행동은 아예 묻혀 버렸다. 그 말을 들은 이들 자체가 적었고, 어떻게 한 건지는 모르겠지만 그가 입막음을 잘해 놓은 모양이었다.

　대연회는 무려 일주일 연달아 이어진다. 그런데 둘째 날에 내가 빠지게 되었다. 바보짓을 한 끝에 일을 이상하게 꼬아 버렸다며 미안해하자, 루크레티우스는 하루이틀쯤 빠지는 건 상관없다며 아무 렇지도 않게 답해 주었다.

옆에 애먼 여자를 붙여 주려고 하다가 고백을 듣고 엉엉 우는 온 갖 쪽팔린 짓을 하룻밤 만에 다 해 버렸다. 그 뒤로 루크레티우스 얼굴 보기가 껄끄러웠다.

물론 그를 보기 민망한 가장 큰 이유는 이거다.

"왜 눈이 부은 게 안 가라앉지?"

내가 거울을 보며 한탄하자, 사만다가 엄하게 타일렀다. 열은 내 렸는데 부은 얼굴은 쉽사리 원상복귀 되지 않았던 것이다.

"자아, 여기 얼음찜질을 좀 더 하시지요."

나는 응석부리듯 소리 질렀다.

"아까 한 시간이나 했잖아요! 눈이 차가워서 아프다고요!"

사만다는 한숨을 쉬더니 철없는 딸을 대하듯이 다시 타일렀다.

"얼굴의 붓기는 냉기로 빼는 것이 제일입니다! 그러니 누가 이렇 게 중요한 때에 그리 엉망으로 울라고 시키기라도 했답니까?"

"……."

할 말이 없다. 결국 다시 얌전히 얼음이 든 주머니를 눈에 올리 고 누웠다.

으으. 눈 차가워. 눈꺼풀이 얼어붙을 거 같아!

뒤처리로 지금 이렇게 고생중이긴 하지만, 그날 미친 듯이 운 건 별로 후회하지는 않는다. 한 번 울고 났더니, 눈에서 투명한 비늘 이 하나 떨어진 것처럼 조금 개운해졌다.

그 덕분인지, 루크레티우스는 물론이고 계속 벽을 두고 대했던 주변 사람들에게도 조금은 친근하게 대할 수 있게 되었다.

그런 내 태도 변화에 이들은 기뻐하며 더더욱 따스하게 대해 주었다. 특히 사만다와 아그네스는 나를 거의 천방지축 딸을 대하듯이 행동하기 시작했다.

새삼 저들도 내가 세운 마음의 벽을 알고 있었구나 싶어서, 조금 미안해졌다. 앞으로는 좀 다르게 대해야겠다고 마음먹었다.

갑자기 문이 열리며 익숙한 얼굴이, 그러나 보고 있자니 죄책감이 드는 얼굴이 하나 들어왔다. 딱딱한 목소리.

"비 전하를 뵙습니다."

율리아였다. 왠지는 모르겠지만 의식할수록 어색한 기분으로 그녀의 인사를 받았다.

율리아는 궁의가 보낸 약을 사만다에게 전해 주었다. 사만다는 정성 들여 내게 약을 먹이고는, 난처한 신음을 흘렸다.

"으음."

나는 여전히 두 눈 위에 얼음주머니를 올리고 그 차가움을 견디고 있었다. 거의 반년 가까이 사만다와 함께 지낸 덕분일까. 그녀가 흘린 한마디 신음에 담긴 의미를 대충은 이해할 수 있었다.

하긴, 지금은 일이 엄청날 것이다. 대연회는 황궁 내부의 모든 고용인들이 총출동해서 과로사하기 직전까지 일을 해야만 하는 대대적인 행사다. 대연회 전에 사고가 몇 개나 이어지며, 그 뒤처리도 아직 완전히 끝나지 못한 상태라 일이 더 많을 수밖에 없다. 현재 황궁의 안주인 역할을 하고 있는 내 시녀장인 사만다는 몸이 두 개라도 모자랄 지경이리라. 그 덕분에 실제로 아그네스와 루이스, 엘자 모두 눈코 뜰 새 없이 바쁘게 일하고 있었다.

때문에 현재 내 침실 안에 있는 시녀들이 사만다와 율리아 뿐이다. 율리아도 조금 전까지 밖에서 바삐 일하다 들어왔을 것이다. 사만다는 다른 시녀들을 다 합친 만큼 바쁠 것이 틀림없다. 그래서 내가 먼저 말했다.

"일 있으면 나가서 돌보도록 해요."

"비 전하······."

사만다는 내켜하지 않았다.

어차피 율리아와 단둘이 이야기하고 싶었다. 내 입장에서는 기회다. 웃으며 사만다의 등을 떠밀었다.

"걱정 말아요. 율리아가 왔잖아요? 곁에서 돌봐 줄 거예요. 옆방에는 하녀들도 대기하고 있고요."

율리아 역시 옆에서 내 말을 도왔다.

"시녀장님, 비 전하는 제가 잘 모시고 있겠습니다. 걱정 마시고 다녀오셔도 됩니다."

사만다는 잠시 고민하는 듯한 표정을 하더니, 곧 한숨을 쉬며 율리아에게 다짐 받았다.

"혹여라도 무슨 일이 있으면 바로 제게 사람을 보내세요."

율리아는 고개를 끄덕인다.

"예, 걱정 마세요. 시녀장님."

걱정 많은 사만다는 율리아에게 몇 가지를 더 신신당부하고는, 그래도 불안하다는 표정으로 마지못해 침실을 나섰다.

이제야 둘만이 남았다.

"……."

"……."

난처한 침묵이 무겁게 가라앉았다.

음. 원한 대로 둘만 남았는데, 뭐부터 말을 꺼내야 좋을지 모르겠다. 내가 눈 위에 얼음주머니를 얹고 누워있는 상황이라는 것도 어색함 형성에 한몫했다.

일단…… 이것부터 치우는 게 낫겠다.

나는 그렇게 판단하고 얼음주머니를 눈 위에서 들어올리며, 최대한 자연스러워 보이기를 바라고 몸을 일으켰다. 그리고 정말 당연히 해야 할 일을 하는 것처럼 보이기를 빌며 고개를 돌렸다.

그러나 끼릭끼릭 양철 소리가 날 것 같은 어색한 움직임이었다는 것을, 내가 가장 잘 알았다.

젠장!

여하튼 몸을 일으켰고, 율리아 쪽으로 고개를 돌렸다. 제대로 진지하게 대화할 만한 상황이 되었다 보아도 좋으리라.

"……."

"……."

그런데 이 여전한 어색함은 뭐냔 말이다!

으으. 일단 말문이 열려야 이 어색함이 사라질 것 같았다. 그러려면 일단 대화를 해야 할 것이다.

어떤 말을 하지? 뭐라고 하면 좋지? 난감했다.

'그냥 오늘 하늘이 참 맑군요. 하하.' 이런 헛소리라도 지껄여 볼까 고민하던 중이었다. 율리아도 어색한 침묵이 불편했는지 자연스럽게 먼저 말문을 열어 주었다. 다행히도.

그녀가 꺼낸 말이 내가 전혀 예상하지 못한 내용이라는 것은 놀라웠지만.

"죄송합니다, 비 전하."

"……네?"

그래서 이렇게 바보 같은 되물음이 머리도 거치지 않고 먼저 나와 버렸다.

'응? 뭐가 미안하다는 건데?'

내 얼떨떨한 질문에 율리아는 잠시 당혹했다. 그리고 잠시 고뇌하는 듯 보인다. 주저주저하던 그녀는 곧 크게 마음을 먹은 듯이 눈을 바로 뜨고 다시 말을 이었다.

"저는 비 전하께서 제게 내리려 하시는 그 영광된 의무를……, 감히 따를 수가 없습니다."

"네?"

이건 또 무슨 소리야? 내가 얼이 빠진 얼굴을 하고 있자, 율리아도 잠시 놀랐는지 말문이 막힌 듯한 표정이다가 결국 조심스럽게 설명하기 시작했다.

"어제 대연회 석상에서, 제게 폐하의 춤 상대를 하라 하셨던 그 말씀에 대해 올리고 있는 것입니다."

"아……!"

그 이야기였나? 그런데 그게 왜 내가 내린 의무라는 거지? 도저히 이해가 가지 않았다.

아마 의문이 얼굴에 그대로 떠오른 것 같았다. 꽤나 멍청한 표정을 하고 있었겠지.

율리아는 정말로 큰 결심을 한 듯이, 내게 더없이 비장한 말투로 그 이유라는 것을 구체적으로 풀어서 설명하기 시작했다. 나로서는 전혀 예상하지 못한 내용이었다.

"전하. 저는……, 누군가의 아내나 어머니로 살 수가 없습니다."

"네?"

전혀 예상하지 못한 말이었다.

멍한 얼굴로 바라보고 있자니, 율리아는 천천히 내 앞에 무릎을 굽힌 채 앉아 진지한 표정으로 올려다보았다.

"저는 어머니의 불행한 결혼 생활을 바로 곁에서 지켜봤습니다."

"……."

"제 어머니는 어릴 때부터 몸이 약하셨다고 합니다. 열여섯 이전에는 스물까지 살지 못할 거라 들었고, 스물을 넘기자 시집가도 아이를 제대로 낳지 못할 거라는 말을 듣고는 하셨다고 합니다. 그 소문은…… 결혼 적령기 귀족 영애에게는 치명적이죠. 그래서 결국 제대로 된 혼처가 아닌 제 아버지에게 시집을 오게 되셨습니다."

자신의 아버지를 두고, '제대로 된 혼처'가 아니라니. 과격한 표현에 나는 조금 놀랐다.

아그네스가 전해준 이야기가 기억났다. 율리아가 고백하듯 말하고 있는 것은 바로 그 내용이었다. 율리아의 아버지인 모리앙 자작은, 율리아 모친의 환경과 비교하면 상당히 안 좋은 혼처였다고 했다.

"아버지는 어머니의 지참금에만 관심이 있으셨습니다. 그래서 어머니를 냉대하셨죠. 어머니는 어떻게든 아버지의 마음을 돌리려 갖은 애를 쓰셨고, 무리해서 저와 언니를 낳으셨습니다."

후계자를 낳아 남편의 마음을 돌려 보려 애썼다는 말이다. 그러나 딸 둘만을 낳았다면 그 결과가 좋았을 리 없다.

사실 정도만 좀 덜할 뿐, 한국에서도 종종 비슷한 이야기를 들어 보았다. 어렵게 딸들 아래로 아들을 낳아 남편에게 드디어 큰 소리를 칠 수 있게 되었다거나, 혹은 남편의 애인이 아들을 낳아 이혼당한 사례들.

굳이 인터넷 게시판이나 TV의 암담한 사례들이 아니라 해도 알음알음 들을 수 있는 이야기였다.

"당연히 아버지는 후계자가 될 수 없는 저와 언니를 좋아하지 않으셨습니다. 어머니는 약한 몸으로 무리한 출산을 한 끝에 결국은 일찍 돌아가시고 말았죠. 그리고 어머니가 돌아가신 바로 다음달, 아버지는 후처를 들이셨습니다."

부인이 죽은 지 한 달만에 재혼했다고?

절로 미간이 찌푸려졌다. 마치 기다렸다는 듯한 태도가 아닌가. 이어진 율리아의 설명은 내 감상이 개인적인 감상이 아니라 정확한 예측이었다는 것을 증명해 주었다.

"그리고 계모는 반년 뒤, 그토록 원하던 후계자를 낳아 주어 아버지를 기쁘게 했습니다. ……계모는 어머니가 살아 계실 때부터 이미 저희 집을 드나들던 아버지의 정부였죠."

"……."

시집온 지 반년만에 아이를 낳았다면, 당연히 결혼 전에 임신했다는 말이 된다. 특히 재혼 상대가 율리아의 친모가 살아 있던 때 이미 부친과 내연 관계였다면 더더욱.

율리아는 깊이 한숨을 쉬며 말을 이었다.

"그래도 최악까지는 아니었습니다. 적어도 아버지도 계모도 저나 언니를 학대할 정도로 나쁜 사람들은 아니었으니까요."

적어도 태후 카틀레야 수준은 아니었다는 말인 모양이다. 그렇다 해도 율리아가 이렇게 나올 정도면, 제대로 된 아버지는 아니었다는 말이기도 할 터다.

"다만, 문제는 저희들이 혼인을 생각할 나이가 된 뒤였습니다. 계모와 아버지는 저와 언니에게 시집갈 때 지참금을 줄 수 없다고 말했습니다."

"뭐라고요?!"

나도 모르게 목소리가 커졌다.

내가 알기로 이곳에서 딸에게 주는 결혼 지참금은 곧 집안 재산을 미리 분배해 주는 것에 가깝다. 때문에 지참금을 제대로 가지고 오지 못하는 신부는 제대로 된 신랑감을 찾지 못하게 되는 것이 일반적이다.

율리아의 아버지는 율리아와 언니의 인생을 망쳐 놓겠다 선언한 것이나 다름없었다.

한 가지 의문이 들었다. 율리아의 언니는 분명히 결혼을 약속한 약혼자가 있다고 했는데?

"그런데…… 분명히 율리아의 언니에게 약혼자가 있었던 것을 보았는데요? 대연회에도 함께 참석했던 걸로 기억해요."

행복한 얼굴로 약혼자의 춤 신청을 받던 율리아의 언니를 기억한다. 제대로 된 지참금 없이 좋은 남편을 만나기는 어려운 걸로 알고 있다.

율리아는 고개를 끄덕였다.

"저와 언니에게는 천만다행히도 이모님이 계셨으니까요. 사촌이자 이모님의 딸이 되는 아이는 태어난 지 얼마 되지 않아 세상을 떠났다고 합니다. 어머니가 돌아가신 해와 같은 해였죠."

그렇다면 일랑 백작부인은 같은 해에 언니와 딸을 모두 잃은 것이 된다. 아그네스는 배자부인이 두 조카딸을 친딸처럼 아낀다 했다. 이해가 되는 사정이었다.

"그래서인지 이모님은 저와 언니를 사촌을 대신하듯 아껴 주셨습니다. 언니의 약혼자는 정말 좋은 사람입니다. 이모님이 눈여겨 보다가 언니에게 소개해 주셨고, 정말 다행히도 두 사람은 정말로 사랑에 빠졌죠."

이곳에서는 드문 이야기였다. 순수한 호의만으로 조카딸의 혼인을 신경 써주는 이모나, 애정을 기반으로 결혼을 준비하는 중이라는 두 사람의 이야기나.

율리아는 살짝 미소 지으며 말했다.

"그 결혼이 가능한 것도 이모님이 직접 손을 써서, 따로 언니를 위해 최소한도의 지참금을 마련해 주셨기 때문이랍니다."

"그런……."

"아버지는 어머께서 결혼할 때 가져오셨던 그 많은 지참금 중 단 한 푼도 저희를 위해서는 주지 않겠다 하셨으니까요."

정말로 지독한 이야기였다.

그런데 다시 의문이 생겼다. 이 과거사와, 어째서 누군가와 결혼할 수 없다는 말이 무슨 연관이 있다는 걸까?

율리아는 마치 내 생각을 읽어 내기라도 한 듯, 약간 자조하며 말을 이었다.

"저는 여자로 태어나 겪을 수 있는 안 좋은 예를 이미 뼈저리게 봤습니다. 어머니의 눈물을, 고통을요."

"……."

"저는 그렇게 살고 싶지 않습니다."

"그건…… 당연하다고 생각해요."

나는 어색하게 그녀를 위로하려 애썼다. 이런 순간 늘 제대로 된 위로의 단어를 찾지 못해서 헤매고는 한다. 나름 말을 잘한다고 생각하지만, 정작 진짜 능숙한 말솜씨가 필요한 이런 순간에는 도리어 혀가 굳었다.

율리아는 흐리게 웃었다.

"비 전하께서는 참으로 상냥하신 분입니다."

"네? 그럴 리가……."

무슨 소리야? 나만큼 다정이니, 상냥이니 하는 말이 어울리지 않는 여자는 없다. 가끔은 스스로 놀랄 정도로 차가운 자기 자신을 느낄 정도니까.

그러나 율리아는 부정했다.

"아뇨, 드러내지는 않으시지만 속정이 많은 분이십니다. 그래서……, 아마 제게 그런 은혜를 베풀어 주려 하신 거겠지요."

"으, 은혜?"

식은땀이 주르륵 흘렀다. 말이 무엇을 의미하는 말인지 나도 안다. 아까 의무라 말했던 그거겠지. 그러나 그녀의 말투는 은혜라 표현하면서도, 그것을 조금도 즐겁거나 영광이라 받아들이지 않고 있다는 것이 명백했다. 저렇게 반어적으로 은혜라는 표현을 쓰는 걸 듣자 내가 무슨 짓을 하려고 했는지 통감했다.

나, 소개해 줄 사람들이 서로 마음이 있는지 없는지도 확인 안 하고 뚜쟁이 짓을 하려고 했어!

아니, 마음 이전에 서로 이름이나 제대로 외울까 싶은 상태인데!

중매는 잘되면 술이 석잔, 안 되면 뺨이 석대라던데. 이건 얄짤 없이 뺨이 석대잖아!

율리아는 침착하게 내 행동을 엄청나게 미화해서 받아들이고는 그것을 내 앞에서 설명하는 행위를 했다. 덕분에 나는 낯 뜨거워서 죽을 것 같은 기분이었다.

"저를 불쌍히 여기셔서, 그리고 손이 귀하신 황실의 혈통을 위해 비 전하께서 나서신 것은 이해하고, 그 마음만은…… 감사히 여기고 있습니다."

"그, 그래요……."

도저히 내가 왜 그랬는지 사실대로 말 못하겠다.

율리아는 굳게 결심한 듯 비장한 목소리로 고했다.

"폐하의 곁에 설 기회를 제게 주시려 한 것은, 그 은혜만은 감사드리지만……, 감히 받잡을 수가 없습니다."

"……."

나는 지금 깨달았다.

지금 내 가슴을 들뜨게 하는 것은 분명한 기쁨이었다.

잠시 상상해 보았다. 율리아가 어제 내 어이없는 시도에, 기꺼이 루크레티우스의 곁에 서려 했다면 내 기분이 어땠을까? 생각만 해도 기분이 바닥으로 떨어졌다.

지금 돌이켜 보면, 율리아가 진지하게 내 앞에서 말을 꺼내려 했을 때 나는 분명 두려워하고 있었다. 그녀가 어제 내 시도를 기뻐하고 받아들이려 하면 어떻게 해야 할지 모르겠다는, 불안감.

율리아가 기뻐하고 그렇게 하고 싶어 하면, 이제 와서 내 실수였다고 말하며 그렇게는 못 해 주겠다고 할 수도 없는 노릇 아닌가.

등 뒤로 식은땀이 주르륵 흘렀다. 마음 깊이 안도했지만 한편으로는 또 궁금했다.

대연회가 졸지에 루크레티우스를 노린 각국의 왕녀와 공녀들의 전쟁터가 된 것을 보면 알 수 있듯이, 루크레티우스는 현재 대륙 제일가는 신랑감이다. 그런 남자 옆에 붙여 주겠다는 내 시도를, 그녀는 왜 이리 극구 거부하는 걸까?

부모의 불행한 결혼생활이 이유라기엔, 그녀의 언니는 정상적인 결혼을 준비하고 있었다. 언니의 예에서 보듯, 조카딸들을 아끼는 이모 일랑 백작부인이 둘째 조카딸인 율리아 역시 도와주리라.

그런데도 왜 저렇게 거부하는 것일까?

떠오른 의문을 그대로 입으로 옮겼다.

"그대의 과거 이야기는 잘 들었지만, 아직 나로서는 잘 이해가 되지 않네요. 그리고 폐하의 후궁이 되는 건 내가 알기로 귀족 영애들에게는 상당히 좋은 기회로 알아요. 특히 지금처럼 다른 후궁이나 황손이 거의 없는 상태에선 더욱 더 그렇죠."

"……."

"그런데 왜 그 객관적으로 좋은 기회를 거부하는 거죠?"

율리아는 잠시 고개를 바닥으로 떨어뜨렸다. 무언가를 곱씹듯이 무겁게 숙인 그녀의 머리가 곧 천천히 들려 올라왔다. 이번에 드러난 율리아의 두 눈은 이곳에 와서 내가 본 누구의 눈빛보다 생생하고 형형히 빛나고 있었다.

"제국에서 여인들은 단 한 번도 자기 자신으로 살지 못합니다."

"……."

"어려서는 아비의 딸로, 혼기가 차면 남편의 아내로, 그리고 아이를 낳으면 누군가의 어머니로 살지요. 거기에 저, 율리아라는 개인의 자리는 없습니다."

나는 비로소 이해했다.

아마 이 세계에서 나고 자란 사람들은 저 말 자체를 제대로 받아들이지 못할 것이다. 21세기 한국에서조차 여자들은 결혼하면 아내와 어머니로서 먼저 살기를 강요받는다. 이곳에서는 더 말할 것도 없으리라.

"어머니처럼 그 인생 아래서 불행할 수도 있고, 이모님처럼 번듯하고 행복할 수도 있겠죠. 불행이냐 행복이냐만의 문제는 아닙니다."

율리아는 잠시 단어를 신중하게 고르는 듯했다.

"그렇게…… 타인의 부속에 불과한 존재로 살고 싶지 않습니다."

율리아의 의식과 말은 내가 살던 한국에서조차 널리 받아들여지지 못할 정도로 급진적이다. 드러내 놓고 저런 생각을 실천하려 했다면, 아마도 미친 사람 취급받을 가능성이 높았다.

"율리아……."

율리아는 씁쓸하게 중얼거린다.

"비 전하께선 모르실 겁니다. 시녀로 와달라는 비 전하의 말씀이 제게 얼마나 컸는지요."

이 세계에서 어느 남편의 아내로서 사는 것 외에, 여자가 직업을 가지는 것은 거의 불가능에 가까웠다. 평민들이라면 이야기가 다를 것이나, 귀족 영애들이나 부인들에게는 제한이 크다.

정말 특수한 사례로서 작위를 계승하게 된 여성이 아니라면 직접적인 재산이나 직업을 가질 수 없다. 과부가 되어 남편의 작위를 잇는 경우나, 혹은 집안에 후계자가 전무하여 작위와 재산을 이어받게 되는 정도. 이조차도 곧 재혼하거나, 결혼을 통해 작위와 재산의 주체는 곧 남성에게 넘어가는 것이 '자연스럽게' 여겨졌다.

내가 율리아에게 제의한 시녀 자리는 합법적으로 보장된 몇 안되는 귀족 영애들을 위한 '일자리'인 셈이었다. 일반적으로 좋은 혼처를 얻기 위한 신부수업 정도로들 여기는 시녀 자리가, 율리아에게는 더없이 소중한 '직업'이었던 것이다.

나는 이번만은 진심으로 답을 해 줄 수밖에 없었다. 율리아의 손을 잡고 고백하듯이 말을 받았다.

"미안해요, 율리아."

"네?"

율리아가 눈을 동그랗게 뜬다.

"왜 제게 사과하시는 건가요, 비 전하?"

"그대의 의사는 물어보지도 않고 일을 진행해 버렸어요. 당신이 무엇을 원하는지 확인도 고려도 않고, 당연히 그대에게도 좋은 일이라고 멋대로 판단해 버렸네요. 당신을 무시한 것과 같아요. 미안해요."

율리아는 황공하다는 듯이 웃었다.

"역시 비 전하께서는 마음이 따스하신 분이십니다. 그런 사과는 하실 필요가 없습니다."

나는 고개를 저었다.

"아뇨. 당신이 받아 주든 받아 주지 않든, 나는 사과를 해야 마땅해요. 사실 나는 당신이 사람으로서 생각하고 판단할 수 있다는 걸 고려하지 않은 것이나 마찬가지예요."

다시 진심을 다해 율리아에게 사과했다. 어째 어제 일 하나로 여기저기 사과할 일만 생긴다. 하지만 어쩔 수 없다. 이것은 분명한 내 잘못이었으므로.

"미안해요. 율리아."

율리아는 감동한 표정으로 내 손을 마주잡아 주었다.

"……비 전하께선 제가 어떤 삶을 살고 싶은 것인지, 어떤 인생을 원하는 것인지 정말로 이해해 주셨군요."

고개를 끄덕였다. 적어도 나만은 모를 수 없었다.

"정말로 이해해 주는 사람이 있을 줄은…… 몰랐습니다. 언니도 이모님도…… 모두, 제가 말도 안 되는 생각을 한다 여겼으니까요. 제가 아직 어리고 결혼하지 않아서 여자의 행복을 모르기에 하는 말이라고요."

"누군가의 아내로, 어머니로 살아야만 행복한 여자가 되는 건 아니잖아요."

율리아의 두 눈에 눈물이 글썽거렸다.

"그렇게 말씀해 주신 분은 전하가 처음이십니다……."

그녀의 목소리는 감격으로 떨리고 있었다.

이날, 우리는 정말 진심에서 우러난 우정을 처음으로 나눌 수 있었다.

이곳에서 처음으로 친구가 생긴 기분이었다. 나는 조금 기쁘고 들떴다. 우리는 사만다가 오기 전까지 꽤나 길게 이야기를 나눌 수 있었다.

율리아는 영리하고 신중하면서도 매우 특이한 사고방식을 가진 사람이다. 그 특성은 이 세계에서는 이질적이라 주변과 잘 맞지 않으리라. 그러나 내게는 매우 친근했다.

역사에 대해 배우다 보면 가끔 시대나 장소를 잘못 타고 태어난 것 같은 사람들을 알게 된다. 차라리 몇 백 년 뒤에 태어났더라면, 혹은 다른 나라에서 태어났더라면 자신의 능력을 제대로 펼칠 수 있지 않을까 싶은 사람들 말이다.

율리아가 바로 그런 사람이었다. 그런 면에서는 도리어 루크레티우스보다도 나와 더 비슷했다. 성별과 타고난 신분의 차이가 만들어 낸 차이일 수도 있겠지만. 어쨌건 이 두 사람은 내가 이 세계에서 본 사람 중 가장 이질적인 이들이었다.

루크레티우스의 경우 전형적으로 위에서 사람을 지배하고 억누르는 데 특화된 유형이라고 보기 쉽다. 실제로 나도 처음에는 그렇게 판단했지만, 실제로 곁에서 보고 겪은 그는 내 어설픈 예상과는 전혀 다른 유형의 사람이었다.

내가 그를 믿지 못하고 있을 때에도, 적어도 이것 하나만은 알 수 있었던 것이다.

이 남자는 나를 '나'로서 보고 있었다.

인간 사비나로서.

그렇게 보면서도 제멋대로 이용하려 들었던 건……, 그냥 그 사람이 자기 자신을 포함한 모든 인간을 그렇게 대하고 있다는 사실에 기인한다. ……이렇게 말하자니, 뭔가 칭찬이라기보다는 욕 같지만. 나름대로 그의 얼굴 다음으로 내 마음에 드는 부분이다. 그러니 칭찬이 맞다.

지금 그가 내게 보이는 표현들이 바뀐 것은 역시 그 자신이 가진 감정이 달라졌기 때문이겠지. 나를 인정하고 이용할 대상으로 보는 것을 넘어서, 정말로……. 음…….

이 이상은 속으로 떠올리는 거라고 해도 직접 언급히자니 민밍하다.

어제 그가 내 귓가에 속삭인 고백이 아직도 귓전을 맴돌았다. 뺨이 괜히 뜨끈해졌다.

내가 혼자 속으로 그런 생각을 떠올리는 동안 얼굴에 어떤 표정이 지나갔는지는 모르겠다. 꽤나 이상했던 것만은 틀림없었다. 왜냐면 율리아가 굉장히 미묘한 웃음을 지은 채 보고 있었기 때문이다.

"왜, 왜 그래요?"

율리아는 사붓이 웃었다.

"보기 좋아서 그런답니다."

"뭐, 뭐가요?"

율리아의 얼굴에 짓궂은 표정이 스친다. 저런 표정을 하는 건 처음 봤어!

"방금 폐하를 생각하셨죠?"

"네, 뭐라고요? 아, 아니에요! 그런 거 아니에요!"

나는 황급히 부정하며 고개를 저었다. 그러나 율리아에게 내 어설픈 변명은 전혀 먹혀들지 않는 것 같았다.

"의식하시는지는 모르겠지만, 비 전하께서 폐하를 뵐 때는 표정이 정말로 자연스럽게 풀어지십니다."

"……."

그, 그렇단 말이야?!

순간적으로 접시 물 맛은 어떨까 하는 생각이 들었다. 쪽팔려 죽을 거 같아! 접시 물에 코 박고 싶어!

"조금 전도 아마 폐하를 떠올리셔서 그렇게 기쁘고 상기된 미소를 띠신 거겠죠."

……거짓말. 거짓말이라고 해 줘!

나는 들을 사람 없는 절규를 마음속으로만 외쳤다. 아아. 부끄러워 죽을 것 같다.

심하게 타격을 받은 내 정신에 율리아는 한 점 악의 없는, 아니, 도리어 호의 넘치는 2차 타격을 퍼부었다. 그녀는 애잔한 미소로 내 손을 마주잡고 이렇게 말했던 것이다.

"그러니 그리 무리하지 마세요."

"응?"

뭔가 비슷한 말을 다른 사람에게 어제 들은 것 같은 기분이 드는데?

율리아의 말은 계속 이어졌다. 막았어야 했다.

"비 전하께도 고통스러운 일이 아닌가요. 그러니 어제도 그리 힘든 얼굴로 그 이야기를 하셨고, 또 앓아누우신 거겠죠."

"뭐, 뭐라고?!"

지금 무슨 소리를 하는 거야?!

내가 잠시 패닉에 빠진 사이, 율리아의 파이널 히트가 날아들었다.

"아무리 황비로서 의무라 해도, 사모하는 분 곁에 다른 여자를 자청해서 들이는 건, 당연히 고통스러운 일이 아닐 수 없겠지요."

"······."

아아. 그냥 이대로 죽으면 좋겠다. 아니, 어제의 나를 죽이자. 그러면 이렇게 쪽팔리지는 않을 거야.

홀로 소리 없이 절규했다.

-3권으로 계속-

외전

빛과 그림자

언젠가 어머니가 어딘지 슬픈 얼굴로 물은 적 있다.

"루크. 너는 이 아이가 남동생이면 좋겠니, 여동생이면 좋겠니?"

그리 말하는 어머니는 이제 눈에 띄게 불러 오는 배를 쓰다듬고 있었다. 평소 그를 바라보던 한없이 다정하고 상냥한, 애정만으로 가득한 얼굴이 아니었다.

당시에도 그는 자신이 꽤나 조숙하다는 것을 잘 이해하고 있었다.

황제의 단 하나뿐인 적통 황자. 황태자. 누구나 그를 보면 성군이었다는 조부 켄티우스를 그대로 빼어 닮았노라 칭찬한다. 어린 눈으로도, 거울에 비친 자신의 얼굴이 마치 그림 속의 소년처럼 사랑스럽다는 것은 잘 알 수 있었다.

세 살에 스스로 글을 떼어 주변의 찬탄을 한 몸에 받았고, 다섯 살에는 제왕학을 수학하기 시작했다. 그를 가르치는 선생들은 하나같이 입을 모아 그의 고귀한 혈통과 어린 나이에도 주머니 속의 송곳처럼 도드라지는 영특함, 아름다운 외모를 찬양했다. 그러한 환경에서, 아이의 드높은 자존심과 오만함은 차라리 칭찬받을 만하며 당연한 것이라 여겨졌다.

그리 성장한 열 살의 루크레티우스 르 크렌시아란, 그야말로 오만을 형상화한 듯한 아이였다.

지금 그 자신의 입장에서 보면 어이가 없고 하찮아서 헛웃음이 나올 지경이지만, 어린 시절의 자신은 그것을 알 리 만무했다.

아이는 타고난 영특함과 날카로운 눈치로, 주변의 모든 이들을 가늠하여 가차 없이 대했다. 이는 자신을 낳아 주고 사랑해 준 어머니라고 해서 예외는 아니었다.

남에게 하듯 야멸차게 굴지는 않았지만, 그래도 소년은 지나친 유순함 때문에 권리를 제대로 챙기지 못하고 허수아비처럼 지내는 어머니를 희미하게 경멸하고 있었다.

그렇다고 해서 어머니를 사랑하지 않은 것은 아니라, 나름대로 제 감정을 다 드러내지 않을 정도의 깜냥은 있었다. 그때는 그렇게 생각했다. 실제로 그러했는가 하면 이제는 회의적일 수밖에 없었다.

아마도 어머니는 어린 아들의 눈 아래 깔린 희미한 경멸을 모르지 않았으리라.

그 사실을 생각하면 무어라 표현할 수 없는 감정이 온 가슴을 가득 채우고는 했다.

그럼에도, 어머니는 당장에라도 사라져 버릴 듯 말간 미소를 가득 채운 얼굴로 아들에게 물었다.

"여기, 네 동생이 있단다."

아이는 퉁명스레 답하며 자신의 작은 손을 감싸 배에 올려 주는 어머니의 손을 쳐냈다. 그것을 안타까이 바라보던 어머니의 눈빛이 무엇을 의미하는지 아이는 아직 제대로 알지 못했다.

때문에 아이는 어머니의 질문에 이렇게 대답했다.

"여자아이면 좋겠어요. 남동생이든 여동생이든 상관없지만, 남동생이라면 아마 그 아이와 황위를 두고 경쟁해야 할 테니까요."

"……."

어머니는 당돌한 대답에 씁쓸하게 미소 지으며 아들의 뺨을 안타까이 쓸어내렸다.

"그래. 나도 여자아이였으면 좋겠구나."

소년은 그 대답에 속으로 홀로 조소했다. 자신의 입장에서야 경쟁자가 늘기를 원치 않으니 여동생이 낫다 여기겠지만, 응당 어머니의 입장에서는 황자를 원해야 마땅하다고 생각했던 것이다. 입지가 불안한 황후의 입장에선 황자를 하나 더 낳아 궁 안에서의 권위를 공고히 하는 편이 더 나은 선택이었다.

소년은 티 내지 않았으나 어머니의 지나친 선량함과 순진함에 약간의 조소를 보냈다.

그러나 이것이 얼마나 아이다운 오만함에서 나온 감상이었는지. 후일 이 순간을 떠올리면, 그는 늘 어린 날 자신의 어리석음과 오만함에 쓴웃음을 짓게 된다.

그렇다고 시간을 되돌릴 수 있다 해도, 그날 어머니 앞에서 했던 말을 되풀이하지 않겠다는 다짐은 하지 않았다. 그는 차가운 사내였던 탓이다.

당시 소년은 어머니의 필사적인 노력으로 황궁 안에서 벌어지고 있는 그 치열한 암투의 모든 면을 다 알지 못했다. 그가 여리고 어리석다 비웃으며 경멸한 어머니가, 아무리 미약하다 한들, 그의 위로 드리워 준 그늘로 그의 아이다움을 보호하고 있었다는 것도.

　그렇기에 황궁 안에 떠돌던 소문을 나중에서야 알았다. 황제가 어머니의 뱃속 아이를 자신의 자식이라 인정하지 않고 있다는 것을.

　어머니가 뱃속 아이가 차라리 어아이기를 바란 것은, 아들의 치기 어린 바람을 들어주고파서가 아니었다는 것을.

　설사 그녀가 황후 자리에서 밀려난다 하더라도, 잘못된다 하더라도, 황위 계승에서 한발 물러나 있는 황녀라면 위험이 덜 하리라고 바란 것이었다.

　여아라면 황족으로 인정받지는 못해도 죽임은 당하지 않기를.

　위태로운 상황에서 어머니가 가진 최대한의 모성이었다는 것을, 그때의 소년은 미처 알지 못했다.

　황후 베아트리체가 제 아들 앞에서 처형당하기 약 한 달 전 어느 날의 일이었다.

　—땡그랑!

　여인의 가는 손에서 작은 단검이 속절없이 떨어져 바닥으로 내리굴렀다.

루크레티우스는 칼을 발로 걷어차 침실 구석으로 걷어차 보냈다. 과하게 흥분한 사람의 곁에 칼날을 두어 좋을 것은 없던 탓이다.

그리고 제 손으로 휘어잡아 꺾은 손목을 놓아주며, 동시에 자작나무 가지처럼 마른 여인의 몸을 침대로 거세게 밀었다.

원래대로라면 무력한 여인에게 이리 대하지는 않을 것이나, 오늘은 달랐다. 침실에서 아내에게 칼날로 습격당한 처지이니 이 정도는 어찌 보면 관대한 반응이었다.

여인은 그대로 무력하게 침대 위로 쓰러졌다. 물기 없이 바짝 마른 어깨가 격렬하게 위 아래로 오르내렸다. 루크레티우스는 큰 감흥 없이 여인이 다시 평소처럼 흐느끼기를 기다렸다.

"……."

그러나 그의 예상과 달리 상당히 시간이 흐르도록, 여인에게서는 처절한 울음소리가 흘러나오지 않았다. 그는 의아해했다.

막 루크레티우스가 아내에게 다가가려던 찰나였다. 여자의 얼굴이 번쩍 들렸다.

2년여 간의 결혼 생활 끝에, 분홍빛 장미처럼 수줍게 빛나던 여인의 얼굴은 해골처럼 상해 버렸다. 나뭇가지처럼 바짝 마른 몸과 푸석푸석한 얼굴. 그럼에도 두 눈은 형형하다.

살아 있는 사람의 몰골이 아니었다. 그 사실에 그는 놀랄 만큼 무감했다. 하긴, 그에게는 아내에 대한 애정도 무엇도 없었다.

애초에 아내 역시 마찬가지였다. 처음부터 황후 카틀레야가 더는 장성한 황태자의 성혼을 미룰 수 없자, 대놓고 루크레티우스를 노리기 위해 추진한 혼사였다.

황태자비 옥타비아의 친정은 황후 카틀레야에게 완전히 매수당한 상태였다. 그 가문에 의해 완전히 세뇌당하다시피 하여 입궁한 옥타비아는 정작 결혼식에서 남편인 루크레티우스를 만나고서 첫눈에 그에게 마음을 빼앗겨 버렸다.

처음에 루크레티우스는 차라리 잘되었다고 생각했다. 친정 가문이 문제이긴 하지만, 그에게 빠져 버린 옥타비아는 온 마음을 다해 친정을 설득해 가며 애를 썼다.

루크레티우스도 나름대로 그런 그녀에게 최선을 다했다. 아내로서 존중했다. 그러나 루크레티우스를 진심으로 사랑한 옥타비아가 바란 것은 그것이 아니었다. 맹목적으로, 온 힘을 다해 남편의 사랑을 갈구하며 매달리는 옥타비아의 감정은, 루크레티우스로서는 도저히 이해할 수 없는 것이었다.

그의 첫 약혼녀 이자벨라는 그에게 그런 것을 바라지 않았다. 다만 일생동안 일종의 동업을 하게 될 파트너로서 존중과 신뢰를 원했다. 이에 대해서는 루크레티우스 역시 이견이 없었다. 물론 서로의 이해관계가 일치하는 기간에 한하는 것이었지만, 이는 그 현명했던 이자벨라도 마찬가지로 이해하고 있었으리라.

때문에 그는 이자벨라가 결혼을 앞두고 암살당했을 때 진심으로 안타까워했다. 약혼녀를 잃은 남자의 슬픔이라기보다는 정치적 파트너를 잃은 유감에 가까웠지만 말이다.

그러나 그러한 상황에서도 얻은 것은 있었다. 코르넬리우스가 손녀의 시신 앞에서 노성을 터뜨리며 카틀레야에 대한 복수를 맹세하는 것을 보며 만족감을 느꼈던 그였다.

돌아가신 어머니를 제외하면, 그에게 정치적인 이해관계와 관계없이 순수한 인간 루크레티우스로서의 감정을 요구하거나 애정을 퍼부어 준 사람은 거의 없었다. 그가 신뢰하는 측근이나 신하들조차 군신관계에서 서로 충의를 주고받는다는, 일종의 계약관계에 가까운 유대감을 기반에 깔고 있다.

철저한 '개인적'인 부딪침은 아마도 옥타비아가 처음이리라. 그리고 이는 루크레티우스에게는 상당한 수준의 스트레스를 주었다.

그는 나름대로 아내를 존중하고, 그녀를 위해 주었다. 공적인 자리에서 극진히 대하고, 자주 찾아 시간을 보내고, 선물을 보냈다. 객관적으로 그는 자신의 의무를 다했다 생각했다.

문제는 상대가 원하는 것이 그로서는 도저히 이해가지 않았다는 사실이었다.

이것이 그의 아내를, 옥타비아를 미치게 만들었다. 천천히, 그러나 분명하게 행복감과 애정으로 가득했던 새 신부는 조금씩 변화했다. 여인은 남편의 사랑을 확신하지 못했다. 의심하고, 매달리고, 끝내는 집착했다.

남편의 곁에서 시중 드는 시녀들이나 하녀들조차 견뎌 내지 못했다. 옷시중을 들었다는 이유로 한 하녀의 손목을 자르는 지경에 이르러서는, 루크레티우스 역시 도저히 그냥 넘길 수가 없었다.

그러나 아내를 설득하려 하자 역으로 또 다른 의심을 낳는 씨앗이 되었다.

'그 천한 계집이 그리도 중하신가요?!'

남편의 애정을 얻지 못하여 전전긍긍하는 황태자비에게 카틀레야가 간교하게 풀어놓은 소문들이 대체 어떻게 흘러들고 있는 것인지 알 수 없었다. 분명한 것은, 옥타비아는 제 연정과 의심만이 아니라 남편의 무심함과 카틀레야의 악의까지 한 몸에 싸안은 채로 미쳐 갔다는 것이다.

    그리고 그 결과가 지금이다.

    옥타비아의 형형한 눈이 남편을 향했다. 여인은 잔뜩 쉰 목소리로 중얼거리듯 외쳤다. 제대로 알아듣기 힘든 발음이었으나, 간신히 의미가 통했다.

    "당신은 내게 왜 이러냐고 한마디 묻지도 않으시는군요?"

    "……."

    무어라 답을 해야 할지 알 수 없었다.

    그의 침묵에 여인은 그럴 줄 알았다는 듯이 허탈하게 웃었다. 진심으로 우습다는 듯, 모든 것이 희극적이라는 듯 텅 빈 소리였다. 허공 속을 깨진 손톱을 세워 긁어내리는 듯한, 그런 소리였다.

    거의 끅끅대며 웃던 여인은 곧 힘이 다했는지 침대 위로 푹 쓰러졌다. 루크레티우스는 그래도 아내에게 다가가지 않았다.

    옥타비아는 이불에 얼굴은 묻고서도 두 눈으로 여전히 남편의 일거수일투족을 뚫어져라 바라보았다.

    그런 그녀가, 그녀의 집착이 그는 이제 지긋지긋했다. 도저히 이해할 수도 없는 감정 때문에 상황을 망쳐 가면서 저 여인은 대체 무엇을 어찌하려는 것인가.

    이해도 가지 않고 용납도 할 수 없었다.

    여인은 불씨처럼 형형한 눈을 들어 노려보았다. 남편에게 낙인이라도 찍으려는 기세로.

    루크레티우스는 낮은 목소리로 여인을 불렀다.

    "옥타비아."

여자는 깨진 유리조각을 내던지듯 날카로운 목소리로 대꾸했다.

"당신, 내 애칭을 알기는 해요?"

"……."

"대단하신 황태자 전하. 사람의 감정 따윈 알지도 못하고 필요도 없으신……, 대단하신 우리 전하."

여인은 다시 키득대며 웃었다. 누가 듣기에도 제정신이 아니었다.

루크레티우스는 진절머리를 내며 고개를 흔들었다. 자신을 연모하는 것이 차라리 다행이라 생각한 판단이 얼마나 안이했던가.

카틀레야의 권력욕이나, 아비라 부르기도 싫은 황제가 제 아들에게 가진 일그러진 열등감 쪽이 차라리 이해하기 쉬웠다.

사람의 감정이라는 것만큼 이해하기 힘든 것도, 또 그렇기에 위험한 것도 없다는 사실을 루크레티우스는 뒤늦게 깨달았다.

강렬한 애정은 그만큼 큰 위협이 될 수 있다는 것을.

결국 양날의 검이었다. 그로서는 쥐고 싶다는 생각도 들지 않는.

그러나 이미 칼은 그의 손에 들려 있었고, 날은 그를 향하고 있었다.

여인은 마치 한탄처럼 중얼거렸다.

"당신이 정말로 누구를 사랑은 할 수 있을까……. 그런 꼴은 절대 보고 싶지 않은데, 또 궁금하긴 해요. 누군가를 사랑하고 그에 집착하다가, 매달리면 대체 당신은 어떤 얼굴을 할까."

"……."

남자는 아무런 대답 없이 여인을 내려다보았다. 그의 미간에는 잔뜩 일그러진 주름이 가득했다. 여인은 그런 남자의 꼴이 진심으로 즐겁다는 듯이 비웃었다.

"아아…… 대체 어떤 꼴일까. 하지만…… 그 상대는 절대로 내가 아니겠지…….”

"옥타비아!"

루크레티우스는 참지 못하고 외쳤다. 그러나 여인은 멈추지 않았다.

"제발 당신이 사랑하게 된 상대에게 버려지기를 바랄게요. 그러면 내 기분을 천분의 일이라도 이해할 수 있을까.”

"……."

"아니, 아니야. 역시 싫어. 차라리 영영 누구도 사랑하지 않는 것이 더 나아.”

여자는 혼자서 들어 주는 이 없는 저주인지 절규인지 모를 말들을 끊임없이 쏟아 냈다. 더는 참을 필요성을 느끼지 못한 루크레티우스는 거칠게 몸을 돌렸다.

막 침실을 나서려던 그의 눈에 한 가지 물건이 걸렸다. 침실 테이블에 놓인 주석 물병이었다.

가슴이 답답하다. 찬물이라도 한잔 들이켜야겠다는 생각으로 물병을 손에 들었다.

물을 따르기 전 그는 정해진 습관대로 행동했다. 손에 끼워진 반지에는 은으로 입사 문양이 들어가 있었다. ‘이런’ 용도로 늘 가지고 다니는 것 중 하나였다.

물병에서 떨어진 몇 방울의 물은 반지의 은 문양을 검게 물들였다.

"……."

카틀레야의 손님이 또 다녀간 모양이다. 아랫것들을 족쳐 보아도 마땅히 꼬리가 잡히지 않으리라. 수도 없이 같은 상황을 겪어

보았다.

그는 나직이 혀를 차며 병에 든 물을 바닥에 쏟아 버리려 했다.

"……."

그때였다. 여인이 마치 유령처럼 일어나 그의 곁으로 다가온 것은.

그녀는 두 손을 내밀며, 조금 전 저주와 절규를 반복하던 이와는 다른 사람이라도 되는 듯이 말을 걸었다.

"루크."

"……."

섬뜩한 변화였다. 여인은 다시 결혼식 첫날의 신부로 돌아간 것처럼 수줍게 웃으며 부탁했다.

"제게도 주시겠어요? 목이 타요. 루크."

"……."

그는 그 순간 자신이 무슨 생각을 하였는지 정확히 이해하지도 기억하지도 못했다. 분명한 것은 결과였다.

그는 잔에 물을 따라 아내의 부탁대로 잔을 쥐어 주었다. 여자는 당장에라도 흐려져 사라져 버릴 듯한 미소를 띤 채 잔을 받았다. 그리고 단숨에 모두 마셔 버린 뒤 침대로 돌아가 누웠다.

루크레티우스는 뒤돌아보지 않은 채 침실을 나와 자신의 궁으로 돌아갔다.

독살당한 황태자비의 시신이 발견된 것은 다음날 오전이었다. 그 독의 출처가 출처였기에, 황태자비의 사망 원인은 흐지부지되어 넘어갔다.

"그래, 나도 여자아이였으면 좋겠구나."
"당신, 내 애칭을 알기는 해요?"

그는 밤을 혼자 보낸 적이 없었다. 늘 죽은 여인들이 곁을 찾아온 탓이다. 그들은 어둠 속에 숨어 차디찬 손을 뻗어 그의 무심함과 냉정함을 비난한다. 때문에 그의 잠은 늘 얕고 혼란스럽고는 했다.

딱히 불편하다거나 고통스럽다 여겨 본 바 없었다. 이조차 그의 신경을 예리하게 갈아 주는 숫돌이나 마찬가지였기 때문이다. 날카롭게 갈린 신경은 그의 곁에 늘 그림자처럼 따라오는 위협을 대하기에 좋은 동반자였다.

그리 살아왔다. 어머니의 죽음과 함께 짧은 유년기가 끝난 뒤 이는 변함없는 그의 일상이었다. 그러니 이상하다거나 벗어나고 싶다고 생각해 본 적 없었다. 너무도 당연한 일이었으니.

때문에 그는 로네스 별궁에서 잠에서 깨어났을 때 진심으로 놀라고 말았다.

창밖에 태양이 중천에 떠 있다.

그는 어이가 없어서 중얼거렸다.

"지금 몇 시지?"

그러자 침대 옆에 놓인 테이블 앞에 앉아 책을 읽고 있던 검은 머리의 여인이 고개를 돌렸다. 긴 까만 머리카락이 파르륵 흔들린다. 영리한 빛이 반짝이는 까만 눈동자가 그를 향했다.

무슨 그런 멍청한 질문이 다 있냐는 듯한 투였다.

"창문 보면 알잖아요? 아까 조금만 있으면 점심시간이라고 사만다가 알려 주고 갔어요."

"……사만다까지 다녀갔다고?"

어이가 없었다. 옆에서 사비나가 일어나고, 사만다와 그녀가 대화를 나누는 동안 기절한 것처럼 잤다고? 그가?

실제로 아무리 피곤해도, 비나가 잠결에 움찔거리는 움직임에도 바로 깨어나곤 한 것이 그다.

상황 파악이 제대로 안 되어서 엉거주춤 상체를 일으킨 채 멍하니 있는 그의 위로 그림자가 드리워졌다. 비나가 가까이 다가온 것이다. 그녀의 목소리가 울렸다.

"혹시 어디 아파요? 표정이 이상한데."

루크레티우스는 고개를 들었다. 잘 아는 여인의 얼굴이 시야를 한가득 채웠다. 그녀의 등 뒤에서 마치 몸 안에서 새어나오는 듯이 정오의 햇살이 빛나고 있었다.

몸에 붙은 그림자처럼 늘 그의 곁에 있어 왔던 어둠 따위는 일시에 사라지게 만들 것만 같이, 눈부신 빛이었다.

BLACK LABEL CLUB 019
이세계의 황비 2

1판 1쇄 발행 2015년 9월 30일
1판 5쇄 발행 2018년 6월 8일

지은이 임서림
펴낸이 신현호
편집부장 예숙영
편집 김수민
편집디자인 한방울
영업·관리 김민원 이주형 조인희
물류 이순우 최준혁

펴낸곳 ㈜디앤씨미디어
출판등록 2002년 5월 1일 제117-90-51792호
주소 서울시 구로구 디지털로 26길 111 JnK디지털타워 503호
대표전화 (02)333-2513 팩스 (02)333-2514
전자우편 dncbooks@dncmedia.co.kr
디앤씨북스 블로그 http://blog.naver.com/dncbooks

ISBN 979-11-5842-967-6 (04810)
ISBN 979-11-5842-965-2 (세트)